2016中国年度网络文学［男频卷］

邵燕君　主编　吉云飞　副主编　北京大学网络文学研究论坛　选编

漓江出版社

北京大学网络文学研究论坛

北京大学网络文学研究论坛成立于 2015 年 3 月 31 日，主要成员是北京大学中文系教师和研究生。

本年度编选者主要阵容为：

女频卷：

执笔者：薛静　肖映萱　王玉王　高寒凝　陈子丰　韩思琪　陆正韵

参与者：叶栩乔　邢玉丹　彭笑笑　金恩惠　杨采晨　李文玉　黄馨怡　李皓颖　刘心怡　余萌萌　金鸽　王瀚慧　张萌　向秋菊　马琳　勾彦殳　范雯玲　向安然　杨茜　孙亦薇　魏雅玲　郑颖锹　辛天屹　张蕊捷　冯嘉苗　范雯玲　岑婧云　孟然　谭紫欣　林颖敏　胡玉洁　王睿妍　刘一然　金灿熙　王博雅　张琳　王月

男频卷：

执笔者：吉云飞　李强　高寒凝　王玉王　陈子丰　杨梦皎　张芯　田彤

参与者：王恺文　王鑫　邢玉丹　杨采晨　孙凯亮　农昌荣　刘家铭　张萌　梁承哲　王浩　陈若谷　陈汝嫣　谢宇程阳　吕宸　王璐薇　郝子涓　余栢耀　张蕊捷　南洪植　张全峰　周一帆　龚翰文　陈智信　王君竹　何智业　唐鼏　周伯洲　王思萌

主编

邵燕君: 北京大学中文系副教授。2004 年创立北大评刊论坛，2015 年创立北京大学网络文学研究论坛，任主持人。2010 年开始转向网络文学研究，现任中国作家协会网络文学委员会委员。著有《倾斜的文学场——当代文学生产机制的市场化转型》《新世纪文学脉象》《网络时代的文学引渡》《新世纪第一个十年小说研究》等专著；主编《网络文学经典解读》（北京大学出版社 2016 年 3 月）。曾当选 2006 年度青年评论家；获《南方文坛》2005 年、2006 年、2011 年、2012 年四届年度论文奖，《中国现代文学研究丛刊》2016 年度优秀论文奖，2013 年第二届唐弢青年文学研究奖；2016 年专著《网络时代的文学引渡》获中国文艺评论年度优秀著作奖。

副主编

吉云飞: 1993 年出生，北京大学中文系硕士研究生。北京大学网络文学研究论坛男频主编。中国作协“2016 年度中国网络小说排行榜半年榜”、第二届“网络文学双年奖”（浙江省网络作协主办）初评评委。在包括《文艺理论与批评》《文学报》《人民日报》在内的核心期刊与全国性文学报刊发表有关网络文学的论文、评论、报道二十余篇。曾两次获北京大学“科学实践创新奖”，获 2015—2016 年度北京大学“五四奖学金”。

目录
contents

001 / 导言："古典时代"迈向"巅峰"，"二次元"展开"新纪元"
——2016年度中国网络文学新趋向　邵燕君　吉云飞　肖映萱

001 / 赘婿　愤怒的香蕉
026 / 历史类网文的集大成者——评愤怒的香蕉《赘婿》　吉云飞
029 / 十州风云志　知　秋
053 / 网文里的"恶之花"，中国式的"现代派"——评知秋《十州风云志》　田　彤
056 / 惊悚乐园　三天两觉
082 / 如何与VR世界的"人"探讨"人的问题"？——评三天两觉《惊悚乐园》　王玉玊
085 / 文艺时代　睡觉会变白
115 / 一篇"文青范儿"十足的"娱乐文"——评睡觉会变白《文艺时代》　李　强
118 / 花与剑与法兰西　匂宫出夢
144 / "历史研究范儿"的"欧穿文"——评匂宫出夢《花与剑与法兰西》　杨梦皎
147 / 永不解密　风卷红旗
172 / "资料库"模式与"军文"的突围——评风卷红旗《永不解密》　李　强
175 / 修真四万年　卧牛真人
204 / "修真，也要讲《基本法》"——评卧牛真人《修真四万年》　高寒凝
206 / 无限道武者路　饥饿2006
229 / "一棵树上的不同果子"："无限流"的新可能——评饥饿2006《无限道武者路》　张　芯
232 / 太上章　徐公子胜治
255 / "网文以载道"的可能之路——评徐公子胜治《太上章》　陈子丰
258 / 雪中悍刀行　烽火戏诸侯
282 / 才华横溢，却难称"巅峰"——评烽火戏诸侯《雪中悍刀行》　吉云飞

285 / 2016中国网络文学大事记
302 / 后　记

导言："古典时代"迈向"巅峰"，"二次元"①展开"新纪元"

——2016年度中国网络文学新趋向

邵燕君　吉云飞　肖映萱

2016年岁末，有两个颇具新闻效应的文化交流事件与中国网络文学的发展内在相关。一个是阅文集团与北美最大的中国网络文学翻译网站 Wuxiaworld（武侠世界）宣布，签署十年翻译和电子出版合作协议，开启了中国网络小说对外输出的新模式。一个是日本著名独立动画制作人新海诚的电影新作《你的名字》热映，不但在日本获得年度票房冠军，也成为迄今为止中国内地票房最高的日本电影。

之所以说这两个似乎比较"外围"的事件与中国网络文学发展内在相关，是因为，前者让我们看到，对于中国网络文学的定位，必须在全球媒介革命的视野中进行——百万级的"老外"爱看中国的网络小说，并且是自发翻译、追更阅读，这一惊喜的发现极大提升了中国网络文学界的文化自信。借助媒介革命的力量，中国的类型小说弯道超车，居于世界领先地位。②与此同时，我们也必须看到，中国网络文学全世界"风景独好"的文化奇观背后，是中国在印刷文明时代类型文学生产机制的缺失和网络时代影视、ACG文化生产机制的落后。《你的名字》的热映显示，那个源于美国、产于日本、对包括网络文学在内的中国网络文化产生极深影响的"二次元"文化，终于破壁而出，不但破了"次元之壁"，也破了国族之壁，从而进入主流大众文化。经过被称为"二次元"年的2015年，中国网络文化的新纪元已然开启，以"网络性"为核心属性的网络文学自然会被席卷其中。

或许我们可以说，中国网络文学"野蛮生长"的前二十年是得天独厚的黄金时代，也是媒介转型的过渡时代，我们这里姑且称之为"网络文学的古典时代"，

---

① "二次元"（にじげん；nijigenn）这个词源自日本的御宅族文化，它在日文中的原意是"二维空间""二维世界"，本是一个几何学领域的术语。但作为一个在网络部落文化中获得广泛使用的词语，"二次元"既可以用来指称ACG所创造的二维世界，也可以用来指称ACG爱好者或者由ACG爱好者构成的亚文化社群，还可以用来指称ACG及相关产业所形成的文化产业链条。此外，在宽泛的意义上，"二次元"还可以泛指受到ACG文化影响的各种网络文化。参阅林品、高寒凝：《"网络部落词典"之一：二次元·宅文化》，《天涯》2016年第1期。

② 参阅邵燕君、吉云飞：《美国网络小说"翻译组"与中国网络文学"走出去"——专访 Wuxiaworld 创始人RWX》，吉云飞：《"征服北美，走向世界"：老外为什么爱看中国网络小说？》，《文艺理论与批评》2016年第6期。

它正在走向“巅峰”，出现经典性的作家、作品;与此同时，随着“网络性”的深入，“二次元”文化也逐渐渗透其肌理。在2016年的创作潮流中，这两种态势交错并行，呈现出高度、深度，以及媒介灵敏度。

一　高度:“巅峰”“名著”，以及“爱”

2016年2月，知乎社区上出现一个提问:“《赘婿》《雪中悍刀行》和《将夜》是否是目前为止网络文学的巅峰表现?”这一“巅峰之问”到年底已有上百个回答，在以网络文学为主题的问答里，算是相当热闹的。这说明，在主流文学界做“高峰/高原”之论的同时，网文圈内部也开始了对网络小说经典化的讨论。

在斩获主流文学界多项大奖[①]之后，猫腻的经典性地位已经基本被主流文坛认可。在2016年9月中国作家协会公布的“2016年中国网络小说排行榜半年榜”上，猫腻的《将夜》(2011)和《择天记》(2014)分别高居“完结榜”和“未完结榜”榜首位置，获得了评委一致的高度评价。相对于猫腻，愤怒的香蕉虽然在主流文学界声名不显，但在网文圈内也有着极高口碑，被认为是继猫腻之后又一位有“大师品相”的作家。本年选2015年推荐了猫腻的《择天记》，2016年度以愤怒的香蕉的《赘婿》为“男频卷”首推篇目。

愤怒的香蕉(网文界惯称香蕉)是网文圈中罕见的立志“写名著”的作家，他受五四新文学观念影响极深，作为一位有经典抱负的网络大神，一直在为创作出自己“心目中那本完美的书”做准备，“到目前为止，我的每本书都是练笔”。不过在香蕉看来，“经典”与“完美”一定得是从网文的土壤里生长出来的。香蕉认为“在文学概念里，有关读者的一面，它才是王道正宗”，哪怕只是为了启蒙大众的引导需要，网络小说多年来积累的写作经验也必须得到充分的尊重，更何况类型小说的固定套路本就是千淘万漉的结果，每一种得以长期流行的网文形式也都是其来有自且各具意味，直指欲望天性乃至世道人心的。

从开始写网络小说起，香蕉就在自觉地“寻找传统文学和网文的平衡点”，并

---

① 2013年《间客》获首届“西湖·类型文学双年奖”银奖，2015年《将夜》获首届“网络文学双年奖”金奖。猫腻也以《将夜》获2015“腾讯书院文学奖·类型小说”的年度作家奖。前两项大奖的主办方分别为浙江省作家协会、浙江省网络作家协会，腾讯书院奖评委也由主流评论家构成。

以他特有的“执拗劲”践行自己的文学观，十年如一日地“苦更”与“慢更”，每一部小说都在稳定的进步之中。《异域求生日记》（2007）初步显示出他结合网络小说和传统小说写法的意识和能力；《隐杀》（2007）则开始奠定作者的个人风格，使他拥有了第一批核心读者；到《异化》（2009）时，他已被认为是都市类的小众大神；而连载至今已五年多的历史小说《赘婿》（2011）更创造了一个商业和口碑上的奇迹——香蕉曾略带自嘲又不无自豪地说，“唐家三少去年赚了一个亿，而我一个月更新十二章拿到了月票榜第八”——这一近乎前所未有的反网文一般商业规律的成就[①]，正是《赘婿》在网文评价体系内部“巅峰”地位的最佳注脚。

《赘婿》是一部极富野心的大作。单从网文内部类型小说发展脉络而言，它集历史类生活文、武侠文、官场文、争霸文之所长，堪称历史类小说的集大成者。更为难得的是，作者以网络小说为根基，又志在超越网文本身的规约，打通了网络小说与中国古典小说和五四新文学以来的现代小说之分野。前两部，以“红楼风”写“宅斗/种田文”；三、四部，以“水浒风”写“武侠文”；五、六、七部，以“三国风”写“官场/军事文”；第八部以后，以“革命史诗小说”写“争霸文”。作者不但充分吸收了各种文学资源，也继承了五四以来的启蒙文化、革命文化的思想资源，并立足于一个“网络人”对自身所处时代命运的思考，探讨个人与家庭、国家、天下的关系。这使《赘婿》的意义超越了网文本身，可放置到中国小说的整体发展脉络中去考察。

在同被列为“巅峰”的三部作品中，烽火戏诸侯的《雪中悍刀行》（2012—2016，纵横中文网）最富争议性。称道的人深为其才情所折服，不满的人则认为其空有才情，如著名网评家安迪斯晨风就称该书是“把主菜扔了用花椒大料陈皮熬了一锅汤”（见安迪斯晨风新浪微博，2016年10月21日）。有趣的是，无论是激赏者还是批评者，都属于网文读者中的同一人群——“老白”，无论从阅读经验还是欣赏水平，“老白”都远胜于“入坑”不久的“小白”，属于网络读者中相对精英的一群，他们多年来忠诚地订阅、打赏、评论，是支持网络文学走到今天的重要力量。其实，那些高评《雪中悍刀行》的“老白”未必不知道这本书的毛病，比如情节不够结实，人物不够扎实，但他们选择原谅，就像选择忍受香蕉的“龟速更新”，因为，他们太希望看到网文中出现“巅峰之作”了，哪怕只是“高逼格”。这群

① 在网络文学VIP收费制度主导下，没有足够的更新量就几乎不可能有好成绩，而《赘婿》只有同期上榜作品更新量的三分之一甚至五分之一。

精英读者正是孕育网文大师的土壤，也是网络文学从“高原”走向“高峰”的不竭动力。

“女频”文中，最能代表2016年度最高水平的当属希行的《君九龄》和吱吱的《慕南枝》。它们像是两朵绽放在起点女生网中的并蒂牡丹，引领着宫斗、宅斗类型的主流。2015年度我们推荐了希行的《诛砂》，2016年度选本以吱吱的《慕南枝》为“女频卷”首推篇目。

吱吱称得上是目前起点女生网的“当家大神”。2010年她就凭《庶女攻略》“一书封神”，这部披着“言情”皮的“职场”文，突破了以往以恋爱为核心的女频穿越模式，女主十一娘秉承“把老公当老板”的信条，凭借现代律师的理智、洞察与辩才，在以宅院为名的职场中牢牢掌握着自己的命运。六年来《庶女攻略》一直雄踞“起点女频书友推荐榜”第一位，背后是无数职场女读者的忠诚守卫。“把老公当老板”向她们提供了一种忘却爱情、只求生存的人生“攻略”，给她们疲惫的身心注入一管强心剂。然而在新作《慕南枝》中，吱吱却重提爱情神话。当宫斗的大幕已然拉开，只待女主姜宪从容收割时，一个名叫李谦的傻小子从天而降，如爱神般掳走了姜宪。已经从十一娘成长为皇后、太后的姜宪重回少女的春心，在“清醒”的人们满腹狐疑的目光中轻盈地登上南瓜车。这样的回马枪大概只有吱吱这样的大神杀出，读者才会自然跟进。大概“一个人的胜利”终究是没有什么意思，又或许，爱，就是不能忘记的。

与《慕南枝》同样引人注目，甚至终结了《庶女攻略》长达六年的霸榜奇迹的，是希行的《君九龄》。与《诛砂》一脉相承，希行在这部作品中，仍然做出了女性对爱的另一种选择：自爱。希行笔下的女主人公，都像是特立独行的技术人才（例如带着现代医疗知识穿越的“医女”），她们坚信一技之长足以立身，即使不谈爱情，依然可以活得精彩。如果说《慕南枝》演绎了一把浪漫主义，《君九龄》则是在现实主义的道路上顽强推进。看似各表一枝，实际上却是花开并蒂。女性独立，道阻且长，需要上下左右，反复求索。

也是在“自爱”的脉络中，晋江纯爱（耽美）大神priest在今年的言情新作《有匪》中做出了可敬的尝试，并且，将“自爱”推向了“人间爱”的大境界。这部武侠小说的女主角周翡，一出场就一剑劈开了情与爱的小世界，只身踏入豺狼当道的江湖，以瘦弱肩膀挑起守护、拯救他人的重担。作为拯救者而非被拯救者的形象，驱逐了“女侠”固有的性别属性所包含的弱者身份，但周翡身为女人的性别困境经验又时时刻刻隐匿在她强大的身影之下，使全文始终处在一种深层不安的动荡背景中。或许是这种内在的矛盾，又或许是尝试新类型，使《有匪》在行文和叙事上远不及 priest 此前的耽美创作那样圆熟完满。但对 priest 的铁杆粉丝来说，她们在周翡身上看到了自己，深深的代入感让她们仍然觉得这篇文很“好看”。

本年度我们推荐的《末日乐园》（须尾俱全，起点女生网），同样也探讨了重新界定女性与人性的问题，并借助“末日求生”的极端场景，将这一探讨推进了很远。

当然，除了关于爱情的探讨，还有很多作品是简简单单谈恋爱的，其中不乏佳作：《我们微笑着说》（霜华月明，云起书院）以一种自省的自传口吻，把我们带回了中学时代的青涩校园；《打火机与公主裙》（Twentine，晋江文学城）认认真真地写爱情本身，从生命和本能的角度，重新回归本源，感受爱意；《千秋》（梦溪石，晋江文学城）则借助“侠士”与“魔头”的对峙，试图回答三观不同如何相爱的难题。

无论是“相爱”“自爱”乃至“人间爱”，在优秀的作品中，我们都看到女性清醒的自我意识，坚定的自我选择，所谓网络女性主义，其先进性正表现在每一种选择都有自己的部落空间。

二 深度：“行业文”“小众文”与“网文中的现代派”

志在攀“巅峰”、有能力写“名著”的作家毕竟是极少数，大多数有追求的网文作家走的是更精专的路数。“专业化”是近年来网文发展的一个重要趋向，当人们的基础欲望在各类爽文的套路中得到充分满足之后，那些原本当作 YY 背景的世界被一笔一画地描绘出来。在一个“靠谱”的世界里 YY，这样的“爽”是更高级的“爽”。而一边“爽”还能一边“涨姿势”，更是何乐而不为？

近几年，在“专业性”方向上最成果斐然的是“历史穿越文”中“历史研究范儿”的一脉，以阿越的《新宋》（2004）为先河，以三戒大师的《官居一品》（2009）、随风轻去的《奋斗在新明朝》（2011）、贼道三痴的《雅骚》（2012）等为代表，这批历史题材的精品网文的陆续登台，让出身草莽的网络文学越来越“讲究”和“体面”起来。2015 年度年榜推荐的《宰执天下》（Cuslaa 哥斯拉，纵横中文网，2010 年至今）和《清客》（贼道三痴，创世中文网，2013—2015），正代表了目前这一脉创作中的“巅峰表现”。

本年度，我们推荐的《花与剑与法兰西》（匂宫出夢，起点中文网，2014 年至今）是一部“历史研究范儿”的“欧穿文”。小说让一个当代中国人穿越到七月王朝的法国，呈上了一幅 19 世纪法国的全景风情画。这是一部特别有“干货”的小说，使用“注释体”，频繁插入重大历史事件、民俗风尚、爵位制度、语言文化等的解释“词条”，行文模仿法国浪漫主义、现实主义小说语调，激活了历史真实的无穷魅力。老实说，从拉开的框架来看，这部小说的写作有着无限的可能性。因为法兰西不仅是浪漫之都也是革命之都，一个来自启蒙理想破灭时代的穿越者置身于法国大革命和巴黎公社之间的风云历史，可以有多少大命题可以探讨？作者也显示了这样的野心，甚至让穿越者夏尔成为路易·波拿马的重臣，会见大仲马、雨果、马克思并与之畅谈，挥洒出历史可以充分参与、尽情想象的豪情。可惜，真正做起来，仍是力不从心。将“历史研究范儿”真正落实进“历史研究”，将爽文模式与浪漫主义小说和现实主义小说连通，需要的思想能力和文学功力确实不是一般作家能抵达的。小说前期将日本恋爱游戏的套路引入历史小说的爽文模式中，取得了不错的效果，但后期由于作者无力真正处理一系列重大的历史命题，从浪漫主义、现实主义一路滑行到自然主义，这一爱情支线最终喧宾夺主，在不少读者对历史主线过于写实以致“比较闷”“不够燃”的抱怨中成了故事的主要亮色。尽管如此，该文仍有可贵的突破之处。作者将目光投注在拿破仑和俾斯麦之间这段相对平淡的法国历史，避开了“欧穿文”在地理上偏向德意志、古希腊与罗马，在架构上偏向军事斗争与帝国争霸的窠臼，并且凭借厚重而缜密的考据功力，区别于同样“法穿”题材的一般性“燃文”（如《以革命的名义》，管杀不管填，起点中文网，2013），在“历史研究范儿”的“欧穿文”中当有探路之功。

说到行业知识与爽文模式的对接，女频中这几年做得最好的是“医女文”。自 2003 年韩剧《大长今》在中国大陆的热播，“医女”元素就进入了早期古言文的书写，它一直是宫斗、宅斗大潮之下的重要推力①。2015 年以来，起点女生网、潇湘书院榜单上越来越多的“医女文”，预示着“医女”继“庶女”“嫡女”之后，成为

① 潇湘书院 2013—2015 作品粉丝榜前十都有“医女文”，如 2013 年吴笑笑的《神医世子妃》，2014 年沧海明珠的《侯门医女》，2015 年姒锦的《御宠医妃》。

接棒的热门元素。2016 年 2 月的电视剧《女医·明妃传》虽非网文改编，但也一定程度上表明了“医女”题材在 IP 改编方面的潜力。而现代的“医生文”，甚至自带更高的社会关注度，同样可能成为网文的下一个 IP 热点。

作为“医女文”的代表，希行可以说是这一类型代名词式的大神（因文中医学内容详细，被很多读者猜测其职业是医生），从《名门医女》（2013）、《娇娘医经》（2013），到《诛砂》（2015）、《君九龄》（2016），她的女主人公雷打不动都是“医女”。无论是穿越而来的现代女医生，还是带着上辈子习得的医术重活一次的重生之人，这些“医女”都凭借自己的一身本领，行走于世家宅院、皇宫朝堂。与普通的“医生文”不同，一旦放置在古代的背景下，“医女”就成了一个独立的类型元素。一方面，“医”的特殊技能如同外挂金手指，使女主角一路过关斩将、复仇打脸，对接了网文最经典的升级、打脸爽文模式；另一方面，正是因为有这一技之长得以立身，希行的女主角获得了独立的前提，才能跳出情情爱爱的苑囿，把爱情当作一种可有可无的选项；再加上，相对其他的宫斗、宅斗元素，“医女”因其背后丰富的专业知识体系，在进入宫斗、宅斗的网文套路之后，总能给读者带来新鲜的“干货”，因而能如此经久不衰。

在都市言情方面，自 2014 年净网行动之后，在一片“拉灯”之叹下，于聚光灯下上演繁华的“娱乐圈文”就成为主打。然而，光有颜值是不够的，“娱乐圈文”也需要与“行业文”结合才能“又美又专”。如琅俨《我有四个巨星前任》（晋江文学城）代表的足球文，成功地将足球这一十分男性向的体育竞技项目带进了女频读者的视线；荔箫《盛世妆娘》（晋江文学城）为代表的美妆文，把美妆这一网络新兴文化和“妆娘”（美妆博主）这一职业引入了网文书写，虽然最终对美妆文化的挖掘大多只停留在品牌、产品的罗列，但不失为一次别开生面的介绍；水千澈《重生之国民男神》（潇湘书院）为代表的粉丝追星文，则第一次把目光从舞台上的明星身上，转向了舞台下的粉丝，把“饭圈”生态（粉丝群体生存状态）搬进“娱乐圈文”，给近年来在青少年间火爆升温的爱豆文化（idol，音译词，指年轻的职业化的偶像明星）以文学赋形，《国民男神》也由此成为 2016 年潇湘书院最大的黑马。

在“都市兵王”“乡村医生”“霸道总裁”霸榜的同时，中国网络小说也在处理着中国“第六代电影”所营造的文艺幻梦，以 1997 年大陆影视圈为故事起点的《文艺时代》（睡觉会变白，2014—2016）为中国“第六代”电影树碑立传，以“演技”丰富了“升级”“制霸”的模式，以堪称专业化的细节知识让“爽感”颇具“文艺范儿”——小说甚至成了故事版的观影指南——经此路径，“娱乐圈文”与“小众文”连通，以“小清新”著称的“豆瓣文青”也终于与以“情怀”自命的“网文文青”相逢一处。

当下大火的《修真四万年》（卧牛真人，起点中文网，2015年至今）则引“科幻”入“修真”，提供了修真小说的另类可能。在修真小说在“大道无情”“以力证道”的“太上绝情”的个人主义路上走得太极端过后，设定了一个修真世界在放肆生长、崩毁又重生之后，竟从中孕育出了现代科技文明，将小说的故事放置在了一个拥有现代化政治经济制度的未来修行文明之中，而非前现代的修真世界。作为一部修真与科幻的类型融合之作，《修真四万年》在借用诸多经典科幻母题（如末日、太空探索、生物恐怖等）的同时，亦吸纳和沿袭了科幻小说以文明整体为尺度思考问题的视野。

“专业化”虽然在整个网络文学创作中属于“小众文”，但仍是其中面向“大众化”的一脉。网文作家中还有人更加剑走偏锋、孤芳自赏，比如，徐公子胜治的《太上章》（起点中文网，2014年至今）以几百万字演绎《道德经》，偏离“以爽为本”的“网文大法”，重拾传统的“文以载道”，虽然不甚成功，但未必此路不通；知秋的《十州风云志》（起点中文网，2012—2015，2016年有番外）虽是脱胎于武侠，继承自章回体，但其“现代感”倒显得比20世纪80年代的“先锋小说”更真切些：撕开一切伪装，反复用那露出来的恶心乃至恶毒的人间事挑衅读者，但这种恶心又没有走向艾略特那空无一物的“荒原”或者卡夫卡那徘徊无地的“城堡”，反而是上承自孔子以来的看重现世生活的中国民间传统，又把那丑恶中的盎然生机描绘得动人心魄，堪称“中国式的现代派”，“网文里的恶之花”。两位“远古级大神”（在网文VIP机制建立之初就已经成名的大神）的高蹈之作颇有些“精英文学”“纯文学”的气质，但这气质却是从网络文学中土生土长出来的。这说明，人类的精神追求和文学探索不会因媒介的变革而中断。虽因商业化主导，中国的网络文学囿于类型小说的大众性，但总有大神敢任性。

三　灵敏度：“虚拟现实”“数据库式写作”与“虚拟现实主义”

网络文学的核心属性是其网络性，其灵敏度首先体现在对于新媒介的敏感上，甚至不是即时反应，而是先行一步。

2016 年被称为 VR（虚拟现实）元年，“虚拟现实”第一次走进大众视野。然而，满怀兴奋的人们也被一再告知，真正想拥有饱满的 VR 体验，在技术上尚有待时日。而在“纸上谈兵”的网络小说中，VR 的世界已经建构了十年。2005 年左右，以玩家进入神经连接游戏、展开虚拟世界冒险为主要内容的网络小说已经出现，《高手寂寞》（兰帝魅晨，2005）、《蜀山》（流浪的蛤蟆，2006）便是早期的代表作。此后，这类作品日益丰富，形形色色的主人公在游戏中占据各式各样的位置，重新定义着虚拟与真实、人与非人（数据）之间的界限。

借助 VR 元年之势，三天两觉的《惊悚乐园》（2015 年至今）在 2016 年大放异彩，这篇以“近未来”神经连接游戏为背景的网游科幻小说长期占据起点中文网游戏类月票榜第一名。所谓神经连接游戏，实际上就是理想化的 VR 游戏，玩家不再凭借键盘、手柄等外接设备操作游戏角色，而是直接将意识连接进网游虚拟世界，从而获得高拟真的游戏体验。《惊悚乐园》中那些关键性命题——衍生者（数据衍生的智慧体）的生存权、后人类情景下人的定义与尊严、虚拟与真实的界限等等——实际上是早已内置于此类网游文脉络之中的，经过多年积累，终于在《惊悚乐园》中得到了更加自觉、更加精彩的表述。

随着 ACG 一代的成长，游戏、动画、漫画共同建构的二次元数据库作为一种全新的生活经验集合，成为网络文学越来越常见、越来越重要的创作资源。时至今日，作者已经不需要再花费篇幅去解释一个系统、一张地图、一个副本、一次穿越 / 重生 / 读档重来，当这些字眼出现时，读者脑海里的一整套游戏经验立刻被激活，它们足以填补所有被省略的文本世界设定。与此同时，小说的线性叙事、时间结构、意义结构，也通通成为“前游戏”时代的旧标签，彻底被碎片拼贴、空间结构、无尽的任务等游戏的常见手法揉烂捏碎。

“无限流”就是这一“数据库”写作的绝佳标本。“无限流”的核心设定是某种超自然力量让现实世界的人“被选中”前往由各种流行文本（包括但不限于影视、游戏、漫画）所构筑的虚拟世界去永不停歇地冒险与轮回，打通了玄幻、科幻、魔法、修仙、武侠等不同的小说类型。不过杂糅过多元素的“数据库式写作”也导致了“无限流”的先天不足：故事缺乏贯穿全书的核心动力，各个副本世界只是被强行堆砌到一起，本身并没有内在的关联。“升级流”小说饱受诟病的“换地图”模式在“无限流”里成了最基本的设定，这样的写法固然能带来一时的新鲜，但并不能持久保鲜。小说需要不断安排人物进入不同副本世界来保持惊奇感，但人物疲于在不同的副本中奔波，导致每个世界的剧情，都只能走马观花式地简单素描，这让“无限流”更像一个一个单独剧情连缀而成的短篇小说集——读者甚至可以直接跳过自己不喜欢的剧情世界而几乎不影响阅读的流畅感。

不过《无限道武者路》（饥饿2006，起点中文网，2009年至今）这部出自非职业作家之手、堪称“旬刊”（平均约十天一更）的兴趣之作，却一步步迎难而上，甚至展现出了“无限流”转型的某种新可能。《无限道武者路》尝试着去真正缝合各个副本世界乃至它们背后所代表的流行文化，借用多元宇宙的设定去容纳所有剧情世界，创造出一个包含无数平行位面的宏伟宇宙，也顺应了当代流行文化突破地域藩篱完成某种虚幻的全球体系的潮流。作者像一个修补匠，通过人物的穿针引线来完善设定，将原来分属欧洲神话、埃及神话、中国神话的元素成功融入一个体系。从另一个角度来说，《无限道武者路》的设定又回到了“无限流”诞生之前的宏大叙事，而非典型的碎片化式“数据库式写作”。但这种回归，是在无数“无限流”作品开疆拓土之后的重新整合，是用一个更加宏阔的多元宇宙包纳了内部的各种或大或小的叙事，使之拥有了某种新的哪怕仍是虚幻的总体性。

男频如此，女频亦如此。越来越多女性玩家能够直接将游戏经验转化为文字，游戏的经验和思维进入网文主流，已经成为常识和常态。对于女性问题的探讨，也得以在这一维度重新展开。如须尾俱全的《末日乐园》将无数个末日副本平行排列在宇宙图景之中，主角在一个接一个的末日世界中穿梭，末日之外并无“常日”，而是跳脱历史的永恒荒芜。这是游戏经验在文学作品中一次非常精彩的转换，作者得以在一个消弭了历史维度的场景中，尝试重新去定义“人性”和“女性”——正是在这一意义上，网文真正成了“游戏场”，具有鲜明的实验性。在人心莫测的末日世界中，主人公林三酒一直坚持着不滥杀、不忘恩、不抛弃弱者的人性底线，这之所以能被读者自然而然地接受，背后是女频近年来一系列“反丛林法则”的创作实践。而这种足以温暖人心的倔强温柔，才是高度内在于女频网文之中的“女性特质”。

随着“二次元”世界被川流不息、无穷无尽的“段子”“梗”密密实实地充满起来，“数据库式写作”成为一种全新的写作模式。发布在铁血网的《永不解密》（2015年至今）就很好地吸收了网络“军迷知识”（“军迷”即爱好军事相关内容的军事迷、军事粉丝），这些“军迷知识”不是单纯的军事知识或爱国思想，也包括“军迷”在漫长交流中形成的情感共识和创作成果（包括著名动漫《那年那兔那些事儿》等）。作者风卷红旗长期混迹于铁血论坛、北朝论坛等“军迷”聚集区。《永不解密》最初在龙的天空论坛和北朝论坛上发布时也得到了这些论坛读者的大力支持。在“数据库”模式之下，资料要素（“军迷知识”“梗”）的每一次出现都构成一个足够让读者“爽”起来的小叙事。读者消费的不再是一个军事斗争表现爱国的宏大故事，而是军事小说里“军迷”感兴趣的各种要素本身。

拉棉花糖的兔子的《天庭出版集团》（晋江文学城，2016）也是一部基于“数据库”模式的同人写作①。女娲、神农、东海龙王等中国远古神话中的人物接踵亮相，以一个又一个的搞笑段子，和形似论坛、贴吧的行文方式，对当下的网络流行文化进行了一次 cosplay（角色扮演）式的重现。这是真正属于 ACG 一代的网文，只有极熟悉“二次元”世界的网络达人才能创作得出，也唯有 ACG 一代的读者，才能 get 到笑点。

从现实到虚拟现实，从“宏大叙事”到“数据库式写作”，从现实主义到虚拟现实主义，人类进入后现代，特别是网络时代以来，认识世界、体验世界、表现世界的方式，发生了根本性的变化。对于这些变化，沿用传统的现实主义、现代主义的文学理论无以解答。笔者认为，针对目前中国网络文学的“二次元化”，最有现实针对性和理论阐释力的理论是东浩纪分别于 2001 年、2006 年出版的《动物化的后现代——御宅族如何影响日本社会》《游戏性写实主义的诞生：动物化的后现代 2》②。在这两本著作里，东浩纪以 20 世纪 60 年代以来在日本兴起的御宅族文化，尤其是 20 世纪 80 年代以来建构了网络文化的“第三代御宅族”为考察重点，提出一系列突破性理论，如“大叙事凋零以后的宏大非叙事”“从故事消费到数据库消费”“作为角色小说的轻小说”“游戏性的写实主义”等，对于当下中国网络文学的发展新趋向有极珍贵的理论参照价值。中国网络文学的发展本来就深受日本御宅族文化影响，经过 20 年的发展，呈现出的状态和遇到的问题，与进入网络时代的日本御宅族文化有颇多共通之处。而基于最近 20 年网络文学的飞速发展和中国网络文学的特殊繁荣形态，中国经验势必对这一理论的发展提供新的沃土，也对我

① 《天庭出版集团》作为一篇“洪荒”文，是晋江文学城划分的“同人 / 衍生”版块特有的“同人”类型。这一类型的同人写作把中国古代神话传说中的时代通称为“洪荒”，以神话传说中的人物和事件作为二次创作的原作基础。

② 目前两本著作都只有台湾译本。《动物化的后现代——御宅族如何影响日本社会》，译者褚炫初，台北，大鸿艺术股份有限公司 2012 年；《游戏性写实主义的诞生：动物化的后现代 2》，译者黄锦容，台北，唐山出版社 2015 年。

们本土研究者提出新的挑战。

其实，不管理论研究者的脚步是否跟得上，网络文学都在以网络速度发展着。2016 年 11 月，晋江同人区刚刚加入了“轻小说”的类别，并将同人区由原来的“非原创小说”“衍生小说”进一步改名为“衍生 / 轻小说”。这再度证明了重度“宅”、重度“二次元”势力的深入扩大。可以想见，等到中国的漫画、动画、游戏，以及影视业的产业水平逐渐跟上网络文学发展的脚步，在“IP 导向”之下，网文“二次元化”的程度会进一步加深。

网络文学向“二次元”方向的发展，正充分说明了网络文学的新媒介属性。网络文学之所以被人们解读为“通俗文学的网络版”，其实是出于其作为“印刷文明遗腹子”的惯性。从某种意义上说，那些显示了网络文学高度和深度的经典性作品，代表的是网络文学“古典时代”的成就。仅仅经过不到 20 年的发展，出身于草根的网络文学就能积蓄起迈向“巅峰”的力量，这实在令人欣慰。但“巅峰”往往意味着转折——或许这样的“巅峰之旅”还要持续几年——与此同时，新纪元也正在“二次元”世界中渐次展开。

赘 婿

愤怒的香蕉

愤怒的香蕉，原名曾登科，湖南人，现象级“苦更”作家——更新极慢且不稳定，但粉丝众多且很忠诚。1985 年生人，自述小学四年级第一次开始写小说，此后每日写文消遣，未有停歇，高中时就以“古幽和”为笔名开始发表网络小说。因家庭困难未能进入大学，高中毕业即赴广州打工，期间以笔名愤怒的香蕉发表的练笔之作《异域求生日记》意外获得了不错的成绩，从此走上全职写作的道路。

愤怒的香蕉是罕见的受五四新文学观念影响极深，有经典抱负的网络大神，一直在为创作出自己心目中那本完美的书做准备。现著有《异域求生日记》（2007）、《隐杀》（2007）、《异化》（2009）、《赘婿》（2011）等。他的每一部书都在稳定的进步之中，《异域求生日记》初步显示出他结合网络小说和传统小说写法的意识和能力，《隐杀》则开始奠定个人风格，拥有了第一批核心读者，到《异化》结束时已被认为是都市小说的小众大神，而连载至今已五年多的历史小说《赘婿》更创造了一个商业和口碑上的奇迹，被读者视为当下最具文学性的网络小说之一。

【标签】历史　厚重　架空　穿越

【简介】

金融大亨穿越到了以北宋为背景的架空世界武朝中，成了江陵布商苏家的赘婿，作为一个在现代社会历尽繁华的金融巨头，宁毅对自己这一最为边缘却又足够安逸的赘婿身份还算满意，打算努力过好一段奇妙的古代休闲生活。可家国天下事，本不愿去碰的他，又如何能避得过了。

第一集《江宁晨风》，是宁毅进入这个世界的温柔视野，开始与这个小家庭和这个古老王朝肌肤相亲，他跑步路过秦淮河，不是刻意保持着疏离，而是对这前现代的中国暂时还"生无可恋"。第二集《暗战之池》，在俗世的琐屑与庸常之中，宁毅渐渐与这个世界呼吸相通，通过一次刺杀和一次绑票，也展开了这纸醉金迷的城池外的片片血火河山。商战与宅斗，虽在平地起了一波小小风雷，关乎一家一姓之兴衰，但在宁毅真正融入大时代的离合悲欢后，那一池之中人情的翻覆与幽微，想起来却都是温软的晨光。一朝英雄仗剑起，又是苍生十年劫。

第三集《龙蛇》，写农民起义。一群失去土地的农民在"圣公"方腊的带领下以乞活与公正的名义将灾难带给他们席卷的路上的所有人。第四集《野火》，谈草莽造反。聚义厅的梁山好汉们挥刀向更弱者。世道坏了，人要造反。宁毅被卷入到这人吃人的世道与江湖中，开始尝试着用自己的方式，也跟随这个世界最优秀的儒家知识分子，去挽救这个国家。

第五集《盛宴》，穿过那野火燎原般的反抗，将目光投向更上层，寻求这个世道坏掉的因由。第六集《胡马度阴山》，是悲惨的边民、分裂的江湖与国战的开始。第七集《君王社稷》，是《赘婿》上半部的收束与下半部的开启，至此，作者复写中国近代史的野心才完全显露，北宋与近代交缠在一起，最深切的屈辱、最慷慨的赴死与最悲壮的抗争、最痛苦的思索，被熔铸到了这一"寓言"当中。这个古老帝国是什么样子，它是因何衰弱、破灭，再也无力挽回，而主角终于走上金銮殿，打破皇帝的头，再用自己的手开出一个新天新地。

第八集《老苍河》，是筚路蓝缕，以启天地。最新的第九集《辽阔的大地》和作者预计中的十集与十一集，则从绝望的呐喊中生出坚定与豪情，完全展开下半部的核心——"革命"，革新旧有之命，革新旧有之民。

选段为第六集《胡马度阴山》中第 555 章后半段、第 556 章及第 566 章，分别描绘了金兵南下灭国之战前，边民求生、武国朝争与金国誓师的场景。

【节选】

第六集第 555 章

……

七月初大雨降下的这个夜晚。被宁毅拥在怀里、身上只穿着一件肚兜的红提从睡梦中睁开眼睛，听到了远处院子传来的喧闹。两人穿起衣服，飞掠而出，来到梁秉夫的院子时，老人已经陷入假死之中。他似乎在睡梦中想要起身喝水，却被一口痰卡在了喉咙里，咳了两下之后，惊动了在外面守着的小黑。

红提在老人的胸口上按摩了一下，而后拍了两掌，昏迷的老人才将痰从喉间吐出来。这已经不是老人第一次表现得如此虚弱，有时候咽下粥饭，他也会被稀粥给噎住。这次之后，老人的身体一天里往往只能活动两个时辰，有的时候他还能拄着拐杖走一走，有时候在椅子上躺着，便昏昏沉沉地睡去了。醒来之时，或许已是第二日的黄昏。

对于红提要过来就近照顾他的想法，梁秉夫还是严词拒绝。意识清醒的时候，他对什么事情都表现得乐呵呵的，看着寨子的发展，看着孩子们的奔跑，有时候还给追打的孩子出些顽皮的小主意。在他的身上，已经没有当初苦苦支撑的威严与架子，也没有肩负责任的巨大重量了。

他又提了一次要去老村子看看的愿望。

经由红提的述说，宁毅其实知道，梁秉夫在老村子待的时间其实并不久。有一天他们在屋檐下乘凉，宁毅趁机问道：“老爷子跟端云姐很熟吗？”

老人听后想了一阵子，也不知道在想什么，随后摇头笑道：“不太熟。”

又过了几天，在红提的同意下，他们终于还是驾起了最好的马车，一路往老村子的那边过去。早晨起来，老人显得很精神，穿上了崭新的、整齐的书生袍，不过他也只能精神一阵子，在马车上与宁毅聊了片刻，就沉沉睡去了。红提守在旁边，为老人调整着气血的运行。老人偶尔睡去，偶尔因颠簸醒来，到了这天下午，他们才回到那作为青木寨原址的老旧村庄。

这里的一片建筑都开始翻新了，有些房屋已经建好，住进来了人，也建起了藩篱。福端云还住在这里，虽然偶尔能跟人打打招呼，但她还没有全好，身上脏脏的，房子里臭臭的，与人交谈时的语气，让人无比辛酸。

马车过去时，他们看到福端云正在跟以前的邻居打招呼，说着看似正常的话。老人已经醒过来了，平淡地看着这一切，然后让马车开了过去。这个时候，宁毅知道他真是跟福端云不熟的。

“我在吕梁山这么多年啦，什么事情没见过，端云确实是可怜了，不过……大家谁都过得不好啊……”

在吕梁山里的这么多年，令宁毅动容的，如福端云一般的人生或是悲剧，老人却早已见过许许多多，难再动心了……

他只在曾经住过的房子边下了车，房子已经坍圮，还未开始新建，看起来即便是完好的曾经，也只是简简单单的两间土房。他拄着拐杖走进去，挥开了红提的搀扶，闭上眼睛吸了一口气，然后颤巍巍地走到一个土堆旁，双手握着拐杖坐下了。

“立恒，红提，你们出去走走吧。老头子要在这里坐坐。”老人挥了挥手，目光望向一旁，“红提，带立恒逛逛你的家……”

红提与宁毅还是出去了，留下小黑在旁边守着，两人却也没有走得太远。他们在不远处老人看不到的地方坐下来。才一坐下，红提便双手抓住了宁毅的衣服，将脑袋靠在他的胸口前，无声地哭了起来。宁毅抚着她的头发。

“我若是不来……他或许撑得还久些……”

作为武道的大宗师，红提也好，林恶禅也好，周侗也好，这些人对人的身体都已了若指掌。老人在这十余年里殚精竭虑，他并非聪慧之人，却以自己的生命扛着责任一路走来，这些年来，红提能够顾着他的健康，却无法顾及一个人在生命燃烧殆尽后的油尽灯枯。

他并非受困于身体上的意外，只是走到了生命的尽头而已。

当然，一如宁毅所说，假如他此时未到，凭着一口气撑过来的梁秉夫或许还能撑上几个月，甚至半年甚或是一年。但宁毅到这里之后，老人心中的事情，终于也就放下了。他已经过完了最为平静也最为充实的一段日子，也将走完他充实的一辈子。

夕阳渐渐地开始泛出火烧般的颜色，小黑那边并没有传来示警的声音。宁毅与红提回去时，老人躺在椅子上，在废墟之中，像是睡去了一般，又像是在回忆着什么。然而听到脚步声，他又睁开了眼睛，醒了过来。他冲着两人笑了笑，躺在那儿，握住了两人的手，交叠在一起。

他回忆起过往的日子，说了一些关于过往的话。

“……其实，我跟你的师父，也算不得熟……我只是个外来的书生，你师父她……对我很尊重，但我们俩，是算不上很熟的，现在想起来，除了公事，私人上的话，却没说很多……

“……但我觉得她很信任我，我觉得我的这个感觉该是没错的吧……她有时候过来关心一下我的生活，红提，你知道吗，虽然寨子里的人饿肚子，可你师父在的时候，我是没饿过肚子的……

“……她来的次数也算不上多，私事、公事……我住在房间里，门在那边……她从门口的那边过来，有时候会坐坐，喝一口水，有时候很着急地又走了。我啊……我想跟她多说几句话的……

“……我的天资很差啊……读书、考秀才、想当官……什么事情都没有干成。红提，你师父……你师父交那么重的担子给我，她……她会不会是信错人了啊？她……她就那么糊涂地死了……

“……啊……你们两个要好好的，你们要好好的……好好地活啊，看到你们能在一起，我……我真高兴啊……”

老人的说话断断续续的，有时候闭着眼睛，像是要陷入沉睡，然后又睁开眼睛。他一开始看着那晚霞，但渐渐地，眼睛的目光，也已经茫然了，不知道在看着哪里。叮嘱完两人好好地过活，老人在迷离中安静了许久，忽然挣扎了一下，似乎想要坐起来，然后又躺下去。

“啊，你看到了吗？……”他低声说道，目光望向远方，就那样望着，像是要追溯记忆与时光的尽头，“那样的天……我们……我们遇上了马匪，我要死了……不过，她就那样出来了，她拿着剑，啊……啊……她……好美啊……我……我……一直……”

老人的声音，在这里停顿了，晚霞犹如天上的潮汐。生命在这一刻，从他的身上永久地离去了。

红提的哭声传了出来。

在我们的人生里，有时候会遇上一个人，他（她）如同闪电般出现，就那样，改变了我们的一辈子。

与这个日子相隔不远，同样是七月里的一天，北方，燃烧着灯烛的大殿里，另一位老人，也正在对床边一批一批的人说话。

从两个月前自马上摔下来开始，这位老人的身体，也已经走向了尽头。

在金朝之前的女真族，不过是东北苦寒之地积弱而松散的一个个部落，他们在白山黑水间艰难生存，在辽人的压迫中，过着如奴隶一般的生活。辽国天庆二年，天祚帝召集女真酋长来朝，席间命令各酋长跳舞取乐，唯有名为完颜阿骨打的女真酋长拒绝。又两年，完颜阿骨打以两千五百名女真士兵起事，经过宁江州一战，扩大到三千七百人，而后在出河店应战十万辽兵取胜，而后，开始了女真满万不可敌的神话，也奏响了灭亡辽国的序曲。

纵横捭阖，戎马一生，在一个民族积弱为奴之时，以巨大的意志与力量撑起整个民族的兴盛，托起兴旺之脊。对于女真这个民族而言，他是当之无愧的大英雄；对于整个时代而言，他也是最为亮眼的一颗星辰，一代天骄！

他的道路，在这里走到了尽头，而在他身边的，是令他自豪的儿子与族人，完颜宗干、完颜宗望、完颜宗弼、完颜宗尧、完颜宗峻……完颜阇母、完颜娄室、完颜希尹、完颜斡鲁、银术可、习不失、拔离速……他们在这位英雄的身边，接受考验，继承火种，是组成这个时代完颜家族的最为璀璨的将星与辅佐者。

在冰天雪地里带着他们杀出来，纵横天下的狼王将要睡下了，然而只要有这些人在的地方，仍旧是冲天的狼烟精气，真正的气吞万里如虎！

整个大殿的肃穆气氛中，床榻上的老人朝床边的人说了很多，即便在这样的时刻，他的思绪仍旧清晰，只是偶尔也会陷入沉默与短暂的沉睡，夜黑到极限了，人们能听到殿外火焰的呼啸声。某一刻，老人又睁开了眼睛，望着上方，静静地想着什么，可怕的沉默里，床榻附近的儿子和大臣们靠近前去，听到了低沉、带着虚弱却又简单的声音。

“……伐辽已毕，可取武朝了……”

夜色中，这是他交代的诸多事情中简单的一条，床边的人点了点头，接着听他说其他的东西。

这天凌晨时分，完颜阿骨打去世了，随后继位的，是阿骨打的四弟完颜吴乞买，成为金国的第二任皇帝，君临天下。

长风吹过一万里。

得知完颜阿骨打终于死去的消息，武朝朝廷上下，都在私下里额手称庆，一个被他们认为最可怕的对手，终于离开了这个世界。

此后又两月，深秋的吕梁舞起了金黄的叶子。清晨，那个曾经老旧的村庄里，福端云从睡梦里醒来，看过了自己所在的房子，她走出房门，如同往日一般，在新建起的村庄里走来走去，有人如往日一般跟她打招呼，她有些惶然地笑着，点头相应。

她收拾了房间，洗了衣服，也给自己洗了澡。好些年来，除了经历的最为悲惨的记忆里，她又一次变得干干净净的了。下午时候，见到她的样子，意识到事情似乎有些不对的村人终于还是决定骑马去青木寨报知红提。那天傍晚，红提还没到，村人看见她抱着双膝，如往日一般，坐在村口的土坡上，睁大眼睛，看黄叶落下，看远山的归人，脸上偶尔也有笑容。

某一刻，她像是看见了什么，脸上露出难以形容的笑容，站了起来，朝前方走了两步，她向着黄叶飘落的方向，伸出了手。

她倒在了土坡上，再也没有睁开眼睛。

……

有成、婆婆……我回来了……

……

天风卷动春日的韶光，卷动夏日的雷雨，卷动秋日的黄叶，卷动冬天的冰雪，滚滚而来，滚滚而逝。

一个旧的时代就要过去了，而在新时代到来之前，人们还要经历无数的战乱与冲突，无数的悲恸与苍凉。

只因天地如炉。

而万物为铜。

第六集第 556 章

轿子离开宫门之后，秦桧拉开帘子，看街道两边的店铺和行人。

时间是八月，京城秋日的明媚景象将他的脸色映得有些难看。眼下正值京城武状元考试的时间，虽然一直以来，武状元这东西不太受重视，但眼下正值朝廷对北方充满警惕，配合着对北面的“招安诏”，以及最近一些舆论上吹捧，汴梁京城里的武人地位升高了不少，一些佩剑之人在街道边走着，都带上了昂扬奋发之态。

秦桧乃是文人出身，对于武人地位的提升，原也该抱持不悦的态度，但不知道为什么，看了一会儿这些身影，他脸上的郁郁之色反而消去了不少，随后才放下帘子，靠在了轿中的椅背上。

心里，其实是很累的。

因为他知道，今早金銮殿上的召对，这个时候也已经传出去了，如果他没猜错，该有人在家中等他。

一路回到府上，管家便过来报告，罗公子已经在堂上等着了。秦桧一面进去，一面让管家召人到书房。

这管家所说的罗公子名叫罗谨言，乃是秦桧的弟子，如今也在御史台任职，虽是官身，但由于秦桧与罗谨言的关系亲如父子——秦桧就不止一次地说起过，若有女儿定将许配给对方——管家也就称他为罗公子。

回到书房之后，短短片刻，便有一名年轻的男子从院外进来了。罗谨言不过二十来岁，但样貌俊逸，身材颀长，办起事来也是精明强干，虽然如今官职不高，但在许多事情上，委实帮了秦桧不少忙。这一次谭稹的“招安诏”发出，北地“匪转兵”的数字便迅速膨胀。朝廷也不是傻瓜，对此事监督要求甚严，不仅有外派官员随时监控此事，私下里秦桧也派出了不少人跟踪调查。

罗谨言便是他派出去的人之一，也可以说是最重要的着手人。两个月的时间，罗谨言搜集了大量的徇私枉法证据，触目惊心，证据的核心，也将箭头直指朝堂上的几位大佬级人物。辽国已灭，金国进入蛰伏期，但压力已经开始转大，秦桧等人心知这是巩固防线的最后机会，证据返回之后，哪怕有着一定的心理准备，秦桧仍然看得睚眦欲裂，大骂贪腐误国，奸臣误国，庸人误国。

然而整个事态的牵扯实在是太大了，他在家中思考数日，嘴唇都起了火泡，这一日将奏疏交上，弹劾官员时，却还是没能将所有的关键证据拿出。

所有被交上去的证据，都经过了精心的陈列，算是御史台的一场大案。不过虽然这次涉及的人员众多，但证据被巧妙地斩断在了中心的外围，案件追到一定程度，是一定可以结案，而且很难再往下走的——即便将剩下的证据再拿出来，案子也很难继续下去了。

能够做到这种事情的，只能是秦桧的亲自操作，他实在太懂得人性，这一刀斩下去，会给人以震慑，但点到为止，恰到好处地踩在了线上，说不定谭稹、童贯等人还要感激他。

但是很明显的，罗谨言并不满意。

“恩师……”

“你别火急火燎的，先坐。”罗谨言进来时，秦桧挥了挥手。

“恩师，我……我不坐。”罗谨言摇了摇头，他大概已经斟酌了许久，此时咬了咬牙，“您……您这是干什么？……”

“干什么……”秦桧手指敲了敲书桌，“你质问我？”

“弟……弟子不敢，但是……”

“但是你实在忍不住而已！”秦桧瞪了他一眼，从罗谨言的这里看过去，眼前一脸正气的老师此时眼眶胀满发红的血丝，嘴唇干裂，目光凶戾。他滞了一滞，有些不好说话。

不过秦桧到底也没有拿“你不懂我的做法”之类的大话来压他。只是过得片刻之后，他吸了一口气：“你当为师想啊，你知不知道……不，你知道，这次涉及的人有多少，局有多大……”

“弟子自然知道。”罗谨言道，“但恩师也曾说过，以雁门关以北蛮人之凶残，一俟北方战事停下，叩关可能极大，这已经是我等最后的机会，便是为之粉身碎骨，也不能让这最后的机会流失，恩师，这些话您都说过……”

“我当然说过！我当然知道！”秦桧砰砰两拳敲在桌子上，他虽然年轻时愤青一点，然而到了眼下，尤其是到达这个地位后，情绪也已经能够收敛，但此时，仍旧显出如狮子一般的愤怒来。

“北地之人，为师当然知道！茹毛饮血，如狼似虎！他们崇尚强者，崇拜蛮力，要获得他们的尊敬，你本身就得有力！可这些年来咱们做了些什么！阴谋诡计、暗中运作！这是秦嗣源，昏聩至极！而李纲呢！本身手段不够，做起事来只知徒喊口号，他正直是正直了，朝堂上他对付得了谁！为什么让他当左相！童道夫！矮个儿里面挑高子，他打的什么仗！说好了与女真联合出兵，为了杭州一点事，一拖就是一年，二十万大军拖上去打不过人家一万人！让女真人怎么看你！”

他深吸着空气：“做完了事情，可以交差了，撂下挑子就跑了。就是图个盖棺的身后名！什么燕云六州，六千万贯！六千万贯啊！拖上去买回来的！人家女真人还怎么弄，六千万贯买六个州，他们还先把六个地方值钱的东西、人全都掳走了……这样的交易他们也敢做！可你能怎么样，他们背后是蔡太师，是半个朝廷的官，半壁江山的商人哪！”

“一样一样，全都让人瞧不起。还有张觉……什么密侦司，你保不住不要随便招降啊！一反一复，让人寒心。这样子的对手，要是你……呵呵。”秦桧讽刺地笑起来，“要是你是女真人，你放着不打吗？你是一定要打下来的啊，满朝文武看不见这样的事情，还在捞来捞去，心存侥幸……”

“可是……”秦桧在椅子上坐了下来，“可是……谨言啊，我若反复推敲后觉得做得了事情，我就一定会把事情揭出来。可做不到啊，为师死在这里都做不到。为师不怕死，可死了又能怎样呢……”

罗谨言梗着脖子：“若死了……至少能如那钱希文一般……”

“钱希文死了可惊醒民众！为师触柱而死只会让人笑话！”秦桧敲打着桌子，“只因民众昏聩庸碌，外面怎样说，他们怎样听！而金殿之上的官员，都是人精！触柱而死，他们只说你疯了傻了！要跟他们打擂台，他们先往你身上泼脏水，杀人诛心！把你泼臭了再杀你！到时候官员、民众，皆唾骂你！你以为万事公道自有人评说？荒谬啊，多少人耿直一生，死了之后到如今还被骂作贪官奸臣啊！”

“可那……也不能什么都不做……”

“做不到。”秦桧稍稍收敛了怒气，靠上椅背，“完颜阿骨打死了，谨言，你知道完颜阿骨打死了的影响最大的是什么吗？最大的是圣上放心了，圣上可以松一口气了，少一点麻烦了。给圣上报忧……他心中忧的时候没关系，他心中更愿意听到太平之事的时候，你报上去，一开始他也会重视，然而当谭稹出来，后面的童道夫出来，再后面的蔡太师他们一个个都出来，包括北地的那么多家族、当官的都出来的时候，你以为他信谁呀？”

罗谨言想了想：“至少，李相、秦相他们会为我们说话……”

“那就是党争！”秦桧瞪大了眼睛，“为师不怕党争，可这个时候，开始党争……谨言，你知道这意义吗？一个乱七八糟的防线至少还有防线，一旦党争，满朝内讧，女真人就此南下时，我们连最后的可能都没有了。”

“谨言，你去想想，景翰四年、五年、六年、七年……朝堂之上宰相换得有多频繁，半年就换一个，一直到北伐，李相上台，再启用秦嗣源，持续了这几年，这两年朝堂之上多少针对他们的参奏，为师能压则压，能抹则抹，有人说为师和稀泥，有谁知道，为师的裱糊之苦。

“为师想要保全李、秦二相，哪怕他们做得不尽如人意，至少有人去做，有谁明白为师的苦心孤诣！你有没有看到，完颜阿骨打的死讯传来之前，朝廷对这次武状元考有多重视！可是他的死讯一来，朝堂上打压习武之人的呼声又开始出现了，开封府尹王时雍，上折子说习武之人最近乱了京畿治安！习文这么多年，这种时候了，他们还怕军人压了他们一头，一堆……乱七八糟的东西！”

“做事是有办法的，尤其朝堂之上……”秦桧叹了口气，“真正决定这件事情的，是圣上的心情，圣上忧，则天下忧，圣上不忧的时候，天下也忧不起来。为师会在最近想个办法，让圣上能忧起来，这才是做事，才是在朝堂上做事之法。你迟早是要进金殿的，到时候，你便明白，要成一件事，能有多难了……为师言尽于此，你好好想想，下去吧。”

“但是……”罗谨言犹豫和挣扎了许久，秦桧已经下了逐客令，开始闭目养神，终于，年轻的男子还是从房间内出去了。

房间里静悄悄的，过了一阵子，有人从外面进来，乃是秦桧的妻子王氏，她端了一碗羹汤进来，见夫君在闭目养神，放下羹汤，给他背后和头上按了一阵。秦桧睁开眼睛，握住她的手。

“听说谨言来了，他就离开了？”王氏轻声问道。

“他……唉，走了……”秦桧干涩地，而又疲倦地答了一句，目光望向门口，天光正从那里刺进来……

罗谨言一路走出院子，走出秦府。回到家中时，妻子迎了上来：“去见恩师了？恩师身体如何啊？”

秦桧视罗谨言如子侄，也是因此，罗谨言的妻子见到秦桧的次数也不少，有时候是去秦府，也有些时候，秦桧甚至会亲自登门来访。对于那位一身正气的夫婿的恩师，罗谨言的妻子于烟也视之如父。

听到妻子的问话，罗谨言的眼中晃过秦桧那布满血丝的眼睛与开裂的嘴唇，终于还是笑了笑："恩师身体还好，他问起了你跟孩子。"

"恩师就是爱操心。"

于烟笑了笑，她看见自家相公情绪似乎不高，想是公事上遇了什么麻烦，想说几句有趣的话儿来开解一下，便听得后方有婴儿的哭声传来，连忙跑过去了。

两人成亲已有数年时间，夫妻感情甚笃，却直到今年二月，于烟才诞下一名男孩，也是两人的第一个孩子。罗谨言走进后方起居的院子，妻子抱着六个月大的孩子，坐在檐下的栏杆边给孩子喂奶，阳光像金粉一般洒在母子两人的身上。罗谨言走到院落另一边的椅子上坐下，相隔丈余，静静地看着这一幕。于烟白了相公一眼，随后又笑了笑，安安静静地坐在了那儿，直到喂完了奶水，孩子不再哭泣，满意地陷入了沉睡，她也是轻轻摇晃着襁褓，坐在那儿没有走开。

她知道坐在对面的夫君喜欢看这一幕。

罗谨言坐得很正，双腿微微张开，手指在两腿之间，轻轻地捏着，看起来像个拘谨的学生。他望着妻儿，目光时而迷离，时而清晰，偶尔也朝妻子下意识地露出一个笑容。如此过了许久，秋天的风像是停了，他抬头看了看那天光，想起恩师说的触柱而死的话，想起杀人诛心的话，终于还是站了起来。

他进到房间里，拿了一些东西，包成一个包裹，往门外走去。

"我出去一下，回来得可能有些晚。"

"嗯，我等你吃饭。"妻子说道。

夜色降临了汴梁城，灯火通明的、熙熙攘攘的大马路，罗谨言从中间转出来，进入回家的小道，快抵达家门口时，他看到了敞开的府门，几辆马车正在门口停着，那边站了些他平时熟悉的人，但此时并不那么熟悉了。

他在这里微微站了一下，脑子里连自己都不知道掠过的是怎样的念头，但终于他还是往那边过去。走过门口侍卫的注目，客厅之中，传来说话声与笑语声，他走近灯光，又走近昏暗，不远处的屋檐下，那位中年的师长正抱着孩子，轻声地逗弄着，妻子于烟站在旁边。相距不到一丈时，罗谨言停了下来，看见了不远处一名随从手上的包裹。

"谨言，恩师来了。"于烟轻声道。

罗谨言拱了拱手："恩师……烟，你带孩子进去吧。"

“不用了，不用带进去。”秦桧逗弄着襁褓里的婴儿，颇为开心，此时他笑着点点孩子的脸颊，说道，“谨言哪，你知道的，我跟你师母一直没有孩子，我视你为己出，我也一直把你的孩子当成自己的孩子看待……你觉得，我一直待你可是真心实意啊？”

“恩师说的什么话……”似乎察觉到气氛不对，于烟笑了笑。

罗谨言拱手，鞠躬：“恩师待谨言，一直很好，是真心实意的。”

秦桧看着那孩子：“我也一直说，谨言你还太年轻，也太鲁莽了。今日之事，你是一时冲动了，你……可知错啊？”

罗谨言站在那里，静静地看着那边的老师，过了半晌：“弟子没错，弟子……已经想得很清楚了。”

秦桧停止逗弄孩子，抬起头来看他。过得不久，摇了摇头。

“养不教父之过，教不严师之惰。我与你亦师亦父，该跟你说说这错在哪里。你告诉我，你为何不拿着这东西去找秦嗣源？”

“秦相手段凌厉，谨言与恩师一样，害怕发展成党争，而且也实在未与秦相打过太多交道。去找燕道章，因他平素清廉守正，弟子只想将这些东西呈交上金殿，而后一切后果，只由弟子承担就好，哪怕身死家灭，这后果弟子也想好了。”

“家灭你也想好了……”秦桧重复了一句，他的声音不高，但目光严厉，“知道吗，将东西交给秦嗣源，你还事有可为，燕正燕道章看似道貌岸然，背后乃是蔡太师的人，你将东西交给他，他拖住你，东西就回来了。朝堂之争，你死我活。你有两件大错，第一，不明敌我，第二，妇人之仁！这两项犯哪一项，都是百死莫赎……你做事有办法，可毕竟是太年轻了，你怎么接我的班哪？你……知错了吗？”

“弟子……知错了。”罗谨言望着对方，“但，恩师也有一错。”

“子不言父过，为尊者讳，我的错，你不该说。”

“恩师就错在迫不得已。”

“……”秦桧目光严厉地盯着他。

“这些年来，恩师做了多少迫不得已的事情，恩师太懂人心道理，什么事情，小的去做，大的就迫不得已。一个人入了官场，官场皆贪腐，他推拒了可以推拒的银子，对迫不得已的，就只好收下，先收一两，再收十两，再收一百两，迫不得已地收钱，迫不得已地枉法，迫不得已地渎职，迫不得已地睁一只眼闭一只眼……”

罗谨言说话的时候，秦桧也开始说话：“道理说得再漂亮，做事还是要有方法，清廉之官吏，一两银子都不受，茕茕孑立的，也许为官清廉还可一说，他能为民做事吗？不懂官场迎合之人，能为百姓做一件实事吗？这世道现实，不是你一个小辈想怎样就怎样的……”

“一天天的迫不得已，一件件的迫不得已，其实，哪有没代价就能做出的事！哪里有不打出血来就能改掉的世道！恩师，你醒醒吧，这世上的大奸巨贪，哪一个会是从小立志当坏人的，哪一个不说自己是迫不得已啊！恩师，您是御史中丞，是天下言官之首，您就是来说事的，天下之事，有天下人去做，而且，亦余心之所善，虽千万人而吾往，您总是说死了也不会有结果，弟子愿以此身一试，说不定有结果呢！”

“天下人若一拥而上，有任何事情能做得好就奇怪了！为师说了，事实如何，与道理无干……谨言，为师说了，你还年轻，你看不懂这些东西，没有关系，你只要给自己时间去看就行了。这些事情，蔡太师虽然知道了，但你若知错，为师愿保你……”

“弟子愿以此身一试，只求恩师给弟子这个机会……”

罗谨言跪在地上，开始磕头。秦桧吸了一口气：“你没有机会了——你的事发了——”

他猛地一挥手，一张纸从衣袖里飞了出来。庭院里，孩子“哇”地哭了。罗谨言还在磕头，他的妻子陪在旁边磕头：“恩师，弟子愿以此身一试，你说过了，这是最后的机会了……”

“你试不了！金殿之上，你说停就停?！你上去了，一群人陪你一起死，党争！半个国家的人陪你一起死！拿下他！”

后方有人持枷锁上来，直接拿了罗谨言。罗谨言被从地上拽起来，他口中喊着：“恩师，您醒醒啊！恩师，我就算死，也要将此事说出来……”

“你谁也见不到了啊……”

微带着痛苦的、轻飘飘的话语响起来，孩子一时间还在哭，位于汴梁城中这个不起眼的院落里，喧闹惊起了一阵，然后又平静了下去。

百万人的城市里，一切都像是没有发生过一般。

秦桧回到家里，握住妻子的手，静静坐了一会儿。

汤阴。

妻子与母亲在房间里收拾包裹，岳飞站在院外的小路上，看着窗户里的剪影。

然后他望向夜的另一边。

月光明亮，照亮前方起伏的山麓，像是有银色的光点正从天上洒下来。

八千里路云和月。

那是他的未来。

第六集第566章

皇城大殿，言语之声持续地传出来。

"……和田，羊脂无瑕白玉杯一对，羊脂无瑕白玉碗一对，羊脂无瑕笔洗、砚台各一尊，青玉雕龙屏风一座……唐朝吴道子《十圣图》一幅……金玉观音像一尊，金玉佛龛一尊，金叶玉皮手书《楞伽阿跋多罗宝经》一部，《金刚经》……"

随着说话声，大量的珍物器玩被抬入殿内。副使在宣读礼品条目的时候，徐泽润偷偷地打量着四周，以及上方的金国皇帝。

作为陡然而起、取代辽国的新势力，金国并非底蕴深厚的贵族，而是猝得重宝的暴发户。不过，作为会宁的这处皇城来说，就连暴发户的影子都没有彰显出来，它占地还算大，但宫墙竟是木制结构，大都由柳树和榆树制成，前院办公，后院住人。只有这大殿显得稍有威势，但比之武朝皇宫，这边的这所"宫殿"，就只能算是茅屋了。

不过，徐泽润心中也知道，真正决定这里是一处什么地方的，不在于它的形状，而在于身处此地的这些人。无论身处茅屋还是身处毡房，前方那个男人身边聚集的人们，已经是全天下都不敢轻侮的存在了。

王座之上，吴乞买正饶有兴致地看着这些被抬进来的、一样样的珍玩。

作为金国的第二任皇帝，完颜吴乞买比之乃兄阿骨打，乍看之下少了几分吞噬天下的气质，他的块头其实比阿骨打要大，据说天生神力，可赤手空拳力搏熊虎。阿骨打未曾起事之前，天祚帝召集女真酋长聚会，会上要求各酋长翩翩起舞逗皇帝高兴，阿骨打坚拒，天祚帝便要杀他，就是吴乞买以随从的身份出来表演自己的拿手好戏，空手擒熊缚虎，逗乐了天祚帝，才免了阿骨打一死。

但也是因此，这个跟在阿骨打身边，又忠心耿耿的大块头，看起来就显得有些老实、傻缺。虽然继承皇位之后，据别人的评价，他也确实不愧是阿骨打的兄弟，但施政是相对平和稳健的。甚至看见对方，徐泽润就不由得想起了之前听到的某个传言：

阿骨打在位时，行事作风都非常节俭，曾与群臣约定：国库中的财物，只有打仗时才能动用，如果有人违反，不论是谁，都要打二十军棍。吴乞买继位后，手头也相对拮据，各方面都要花钱，这位皇帝是苦日子里过出来的人，其他都能忍受，对酒肉却颇有偏好，今年三月有一天忍不住了，偷拿了国库里的钱出去花，被宗翰知道以后，当着朝臣的面揭出来，然后将吴乞买拉下来打了二十棍，接着才是整个朝堂的臣子跪下请罪。

完颜宗翰这个人，徐泽润是见过的，他是金国朝堂上最可怕的大臣之一，说不定还真有可能干出这种事来。当然，如果真有其事，也真不知道这对武朝来说，是福是祸了。

作为武朝的使臣，徐泽润本人原就是个长袖善舞之辈，也善于观相、观人。在跟这些武人、莽汉打交道的过程里，他也知道，这些人多少有一个好处，就是收了钱，也就基本代表了会办事。三个月来，他所联络的金国大臣不少，也知道金国的朝堂上，为了这件事也一直在争论不休。今天过来，虽然一部分认识的大臣并不在，但看着上方金国皇帝那张满意的笑脸，他觉得，这次的事情，应该能有个好结果。

送上了各种礼品，然后正式递上载有贸易来往各种条约的国书，吴乞买收下了，只是顺便看了一眼，放到一边，走下了座位。

他一旦站起来，徐泽润才感受到那庞大身形前的压迫感。身披貂锦，如巨熊般的女真皇帝走到这边来，伸手去摸那些作为贡品的瓷器玉玩，随后又拿起来把玩片刻：“好东西啊。”他低声说着，看到礼品里一些用于朝贡的腊肉、瓷瓶封了的好酒时，也忍不住把玩一下，俯下身去闻闻：“真是好东西……”

“我们打进契丹皇宫时，”他回头对徐泽润说道，“皇帝跑了，带走很多东西，一路上摔的摔碎的碎，有些好东西，没有留下来。当然，也是首先进去的那帮小子，根本不懂，打完之后，他们还到处放火……”

年纪已经五十多，可怕中却也带着憨厚的皇帝脸上简直像是在说“心疼死我了”，他说完这句，又围着那堆礼品看了看，然后向一帮朝臣挥挥手：“退朝了，今日退朝了，你们回去吧。”

众朝臣便开始告退，徐泽润皱了皱眉头：“陛下，那……那份约定……”

“事情已经妥了。”吴乞买从珍玩中站起身来，走向徐泽润，然后直接伸手过来，搂他的肩膀，用他粗重的嗓音说道，“徐使者，不必多想了。来，你随朕来，我带你们见识一样东西。”

吴乞买比他高出一个半头，伸手往他后背一拍，他便忍不住往前跨了一步，此时对方已经开始朝殿外走，徐泽润等人跟了上去。秋日的天空中飘荡几朵白云，太阳已经升高了，带来微微的暖意。皇帝上了他的马车，然后让人将徐泽润一道带过来：“徐使者，你跟朕一起坐。”

徐泽润几番推辞，最终还是上去，他靠着马车帘子边，只将半个屁股坐在车凳上，但吴乞买拉了他一把，让他坐稳一点：“道路颠簸，你不坐稳一点，可是会摔跤的啊。”

皇帝端坐在马车那边，双手按在腿上，面带微笑。

不知道为什么，徐泽润的心里多少有些慌。片刻，马车前行，吴乞买开了口。

“徐使者，家兄与我，在许多年前，便心慕汉学。我们知南面有武朝，繁荣富庶，人人……都能得学问、教化，乃是天朝上国，徐使者，你明白吗？”

徐泽润恭敬地拱了拱手：“泽润……明白。陛下，只要两国能开边互市，能有更多的往来，不久之后，金国……”

“就像你今天拿来的那些东西啊，都是好东西。”吴乞买一挥手，打断了他接下来要说的长篇大论，“当然你们也有问题，你们总喜欢弄些……我们不懂的弯弯道道，那些有什么用呢？想不通，没用的……”

“当然，我们也有问题。”吴乞买并不多作纠缠，接着说下去，“朕哪，刚刚继位，朝堂上有敌人，下面也要稳，我是很不想再打仗了啊，如今辽国完了，幽燕什么的，你们该拿的也拿回去了，能休息一下，最好不过。但是！”

他伸手一指，加重了声音：“但是……朕也绝不希望有人会觉得，我女真人畏战，打出了个天下，就不敢再战！若有人有这样的念头，他就要死了！徐使者，你明白吗？”

徐泽润愣了片刻，拱手道：“外臣，明白了。”他心中却高兴起来，因为这样说时，实际上的威胁，就不会再出现了。果然，吴乞买随后也笑了起来：“明白就好，明白就好啊，你们朝中人若也明白，那就天下太平了。”

说话之间，颠簸的马车已经渐渐停了下来，吴乞买道：“到了，下去吧。”却是首先起身，徐泽润跟在后头下车，前方是一大排的矮房、围墙，方方正正的规矩的院子，几棵树正在秋风里动，四周除了徐泽润这批使臣，以及吴乞买带着的一批护卫，人却不多。皇帝站在院子里，看着这稍有些萧瑟的景象，深吸了一口气，对旁边的众人竖起了一根手指头。

“徐使者啊，你闭上眼睛，听，听这声音。”

徐泽润此时心中七上八下，满是疑惑，他闭上眼睛听了听，只有秋风吹过树冠的窸窸窣窣的声音在响，更远处的声响他却听不清楚了。睁开眼睛时，吴乞买的低语声又响了起来。

“朕年少之时，在长白山中打猎。要做个好猎人啊，耳朵是很重要的，隔得很远，朕就能听出熊虎的声音，它们的爪子，踩进雪里，树叶子啊，轻轻地晃，风从哪里吹过来……一双好耳朵会救你的命，你现在听，这个声音啊，真是……呼呜呜呜呜……”

他挥着手，轻轻模仿着风吹的声音，朝着徐泽润笑了笑，徐泽润却是一脸的疑惑，他也知道，许多皇帝可能就喜欢这种别人摸不透他的感觉，因此有一半的疑惑，也是故意装出来的。吴乞买笑过之后，举步往前，去向那边的一个院门。前行之中，他最后向徐泽润说的话是：“对了，徐使者，朕在马车上说的那些话，你记住了吗？”

徐泽润回答：“回陛下，记住了。”

吴乞买跨过那扇小门。

徐泽润也跟着过去，景物在前方展开，然后有什么东西密密麻麻的，犹如千万只蚂蚁在走，从他的脊背蔓延上去了，头皮发麻，他的整个人，那一瞬间都在收紧。

上京，临潢府。

完颜希尹走进那个精致的小院子时，古筝的声音响了起来，他走上小楼，推门进入了精致的房间，女子正在窗前抚动筝弦，然后朝他温柔地笑了笑。

他在椅子上坐下来，闭目听着女子的弹奏。

“谷神”完颜希尹，算是女真人中，文臣之首。当然，说是文臣之首，最主要还是因为他在众人之间学问最高，对于汉人的学识，儒家的研究，他并不输给南面武朝的许多大儒。早几年他甚至曾经独立创造出女真人的文字。

而不仅在学问上有所建树，在女真的大臣之中，他天才横溢、文武双全。后世曾经留下恶魔一般名字的金兀术，也就是作为阿骨打的第四子完颜宗弼，此时对他是又敬又怕。

居住在这小楼之上的，乃是他的一名妾室。完颜希尹心慕汉学，这位妾室也是一名流落北地的武朝千金，名叫陈文君。两人成亲已有多年，琴瑟和鸣，相亲相爱，陈文君一共为完颜希尹生了两个孩子。在完颜希尹正妻死去之后，妻子的位置一直空悬，她便成了完颜希尹实质上的夫人。此时的女真人对汉人并无偏见，府中的人私下里多称她为“汉夫人”。

每次回到家中，完颜希尹都习惯性地听对方弹上一曲古筝，这次也不例外。待到这柔和如流水般的旋律停下来，完颜希尹睁开眼睛，久久地凝望着这位心爱的女子。陈文君抚动着筝弦，偏了偏头，笑道：“夫君有什么事吗？”

完颜希尹沉默片刻，然后道：“我将南下了。”

视野在前方展开。

巨大的校场，无数的旌旗。校场前方是高高的台子，前方的身影走向高台，高台之下，一大批身着金朝朝服的官员被绳索紧缚，跪在那儿，悉数是徐泽润拜访过的，收下了礼品的官员。高台上各种礼品堆积，珍贵的瓷器、真银器皿，高台下燃烧着一个巨大的炭火盆，热浪滚滚，扭曲空气。

树叶打着旋儿从脚下掠过。

徐泽润是聪明人，极聪明的人，在看清楚眼前景象的一瞬间，有东西从心底浮现出来了，攥住了他的心神。鸡皮疙瘩伴随着凉意，翻涌而上，吴乞买在车上的那些话语涌了出来，而后是更远的东西，他坐着舟船车马一路北上，见过的大好山河，离开家时妻儿的眼睛，无数的眼睛都在从脑海掠过……

大风吹过校场，旌旗、树叶都猎猎作响，天云舒展、滚动。

“你闭上眼睛，听这声音……”

他还在向前走，身体是凉的，脑后是麻的。这是普通的一天，他从未想过，要看见眼前的这一幕，然而某些严重的感觉已经当着他的面冲过来，如天风海雨，轰地扑上山石。

士兵走过来，刀兵打在使臣团众人的背上，然而没有声音，这一刻出奇地安静，他听不到声音，他也感觉视野中晃了一晃，他被打得膝盖弯了下来。视野前方，皇帝走上高台，风吹起了他的袍服，毛皮飞扬在空中，巨大的身躯，双手握拳，在视野的那头面对了无数的兵将，在他的身边，是犹如小山一般的瓷器、金银、珍宝。然后，他的声音犹如雷霆般响起来。

“各位女真的兄弟，你们可知道，眼前的这些，是什么？——”

风雨漫卷，周侗主仆走在异乡的城间道路上，雨正从天上降下来。

江宁，被家人称为小七的少女推着白发的老人，出门晒太阳，看着外面的行人从道路边走过去，老人偶尔说话，露出笑容。

苗疆，名叫杜杀的单臂刀客挥出一刀，敌人的鲜血洒上他的脸庞，旁边，他的兄弟们正在与敌人进行激烈的厮杀……

“他们是南面武朝的珍物，在这里，你们的眼前有这样的瓷器，它值几十贯、上百贯的银钱，这里最贵的一件，拿走它，可保你们一辈子衣食无忧……有这样的和田羊脂玉，这么一大块的，它可以让很多人都发疯，放在家里，可以作为传家之宝，让你传上十辈子……有唐朝的书画……有镶金银的佛经……有给武朝皇帝的贡品……有你有钱也买不到的美酒……这里，成千上万贯的东西，值几十万贯、几百万贯的好东西，它摆在这里——”

风吹过高台，皇帝在风里张开双手：“你们！想不想要！”

杭州，经历了战乱的城市已经被再度建起来，乌篷船划过安详的水路，繁荣的集市间，商贩们高声叫卖，城门间行人商旅来去，熙熙攘攘的热闹……

一个院子里，两名绿林人飞快地交手，其中一个被打飞出去，吐出鲜血，另一人扬了扬手："刺杀心魔，我来带头了，还有谁不服？"

李频走过山村的小径，在溪边取水时，拿起水中的泥沙在鼻间闻了闻。他喜欢这清新的气味。

抬起头来，下方山村间，依稀可见农人来去的情景，天光正好，稻子金黄，就要熟了。

"你们应该想要！"吴乞买的声音回荡在会宁上空，"好的东西，谁都该要！朕也想要！但，朕却不要施舍——"

"我女真人！自先皇起事，从白山黑水里打出来，不过十年，我们已席卷整个辽国！曾经辽人的天下，他们所有的好东西，都是我们的！这个天下！这个天下的珍玩奇物，不比这里多吗?！这些东西，算是什么——"

怒吼声中，他抓住旁边一个巨大的放置瓷器的架子，猛地一挥，架子在空中飞起来，无数瓷器飞起来，小山般砸向高台之下，白花花的，无数珍玩在众人的眼前砸成碎片，几名跪在前方的金国臣子直接被砸倒在里面，头破血流……

矾楼，风度翩翩的书生们摇着扇子，正在吟诗作赋。师师一面抚琴微笑，一面看着前方的这些人。窗外，暑热已经褪去，叶子就要黄了。

罢了，又是秋天。有时候想想，莺飞草长的，又是一年过去……

北面，又一队货物进入了吕梁山，红提站在建好的寨门上，看着过往的商旅。

周邦彦在草庐中倒茶，款待过来的客人。宋永平拿着兵书，在一个山谷周围勘察着，几名县衙兵丁无聊地跟着他。

宁府，小婵捂着肚子发出了大叫。顿时整个宁府都混乱了起来……

东西被摔破的声音轰隆隆地响，随后是盛放金银的箱子，那些金灿灿的珍贵器玩的东西飞上天空，落进巨大的炭炉里，风与火升腾而起。

"瓷器！算什么——"

"金银！算什么——"

"字画！算什么——"

“你们没有看过这些东西吗！不！你们都看过！在你们踏过整个辽国的时候，在你们冲进辽人的城池，冲进辽人的皇宫时，你们都曾经见过了！你们很多人，都将它们拿回了家里，你们什么都有！整个辽国的河山，都是我们的——”

“我们是冰原里的雪熊，是林海里的狼王！我们女真人，只要聚集在一起，则天下无人能敌。我们堂堂正正地拿来了我们想要的东西！我们拿下整个辽国，包括跪在下面的这些人，他们曾经是你们的兄弟，他们曾经堂堂正正地去拿到了他们要的所有东西！你们知道，他们为何跪在这里？因为他们看见这些想要的东西时，竟然开始受人施舍！他们像狗一样，受武朝人的施舍，然后他们要为武朝人游说、做事——”

“他们已不是女真人，他们是狗——”

风在吼，火焰在升腾，高台之下，无数小山一般的珍物在破碎，砸成碎片，溶成金水，烧成灰烬。身形巨大的皇帝，犹如魔神一般在台上奔突，单手就将那价值连城的东西扔向毁灭……

江南，进出县城的官道旁，王山月坐在茶肆里，看着来往进出的商贩，露出了无聊的笑容。

黑暗的小房间里，成舟海归总着手头的情报，偶尔将有用的记入身边的小本子里。

史进将酒馆里闹事的男子顺手扔出门去，然后转身喝自己的那一角酒。街上的行人看着地上的男子，吓了一跳，然后便从旁边走过去，各自做自己的事情了。史进的小弟们才冲上来，一顿拳打脚踢。

太师府，蔡京写下了一幅好字，在秋风里等待着自己干透，然后坐在那儿，吩咐了身边的管家：“这幅不错，待会将它裱起来。”

阳光照射进来，秋风抚动了纸张，角落未干的墨痕上，有这样的字迹：……雅赠会之贤弟。

墨香之中，蕴着微微的茶香、书香，便是君子的风貌。

“武朝的这些使臣，将他们变成了狗！他们带来这么多的东西，归根结底，他们怕我们！他们怕我们打他们，可我们要打他们吗？我们没有——

“长久以来，我们将武朝当作兄弟之邦，将他们视为兄弟！可这帮兄弟，做了些什么！打辽人，他们出工不出力！打完之后，他们在暗地里跳来跳去，就像是可恶的老鼠一般！他们煽动张觉叛乱，他们收留辽国余孽！他们在我们的地方，到处送钱，行贿，腐蚀我的臣民！他们在挖我的肉，他们在离间你们的兄弟！而下面这些人，就是被他们从人变成了狗的家伙！

“他们！生活在最暖和的地方！他们有最好的山和水，有无数的好东西！可惜他们不是人！他们是狗！他们只有钩心斗角，从无尖牙利爪！我们女真人，对待兄弟可曾吝啬过吗？我们女真人，对待朋友可曾小气过吗？打辽国，他们毫无建树，是我们打下来了，再将东西送给他们！让他们可以去高兴，可以去夸耀，可回过头来，他们往你们的身上捅刀子！往朕的臣民里捅刀子！他们将你们的这些兄弟啊，全毁了。”

“但也好，”吴乞买张开双手，在风火之中振起袍服的袖子，“他们过来了，告诉了我们，他们有什么东西，他们有这么多、这么好的东西。而朕看出来了，你们想要，哈哈，但台子上这些喂狗的，我们就不要啦。可还有无数的东西，还有十倍百倍千倍的好东西，都在南边。”

在大地的南边，越过雁门关，有最温暖的土地，有最好的水与土，最适宜的阳光与天气。它们年年月月地滋养着这片大地上的人们，给予他们生存与繁衍的最好的摇篮。

数千年来，他们一代代地在这里建立起伟大的、灿烂的文明，他们也会经历战乱，但很快地，又会再度凝聚起来，重铸秩序。如今，大规模的战乱在这里已经过去了两百多年，重山与绿水之间，一座座城池，一处处村庄都充满了安宁祥和的氛围。日光起时，农人们走出村落的房门，日出而作，城市里商铺开了张，匠人喝过热腾腾的粥饭，拿起揽活儿的工具，官兵守在城门处一面聊天，一面检查过往的客商，衙役在公堂上喊起威武的口号。艄公在江边撑起了橹，海边，渔民架起帆船，开始一天的工作，他们的家人在沙滩上摇晃着手臂，唢呐声响，迎亲的队伍走过青石板桥，轿子里的新娘欣喜而忐忑地等待另一段生活的到来。佛寺之中烟云袅袅，道观里的道士做着养身的操练，树木苍翠的山崖上，石匠们雕刻的巨大佛头，开始渐渐露出端倪。

这是千万生命，无数珍宝聚集的世界……

阆苑转折的府邸之中，新的生命正在诞下，他睁开了眼睛，发出了第一声嘹亮的哭泣。母亲在巨大的痛楚中感到了喜悦，有人双手合十，溢出泪光……

所有的东西，小山一般倒下。

“既然他们是狗，既然他们提醒了我们，既然你们真的想要，那我们——就堂堂正正地去拿吧！今日，就让这些武朝来的臣子们，为我等祭旗——”

徐泽润的思绪早已沉降下去，逐渐地又浮上来，他早已能够猜到对方要干什么，模糊的光影，浮动的思绪间，灵魂都在身体的表里两侧被撕裂。不知什么时候，他已经站了起来，冲出去，大喊着要冲向高台之上的那个身影，他不知道自己在骂什么，而在高台下，有人已经拦住了他——

“不要拦他，让他上来，让朕——给你们看——”

“昏君，我武朝亿万臣民，必会……”

他们看着那道身影冲上高台，直撞向吴乞买，然而巨熊一般的皇帝一只手便抓住了他，然后反手将他轰在了小山般的陶瓷废墟上。他两拳砸下去，那身体已经扭曲了，他又将人拉起来，踩了一脚，撕断了对方的手臂，鲜血喷涌而出，随后轰轰轰的三下，“巨熊”将整个人都硬生生地撕碎了，血浆喷洒向巨大的王旗旗杆，也喷洒上他的整个身体。

“女真万岁——”“巨熊”的咆哮声席卷天空，在如同雷霆般震动大地的响应中，无数的刀光落下，无数的鲜血喷涌，秋日的天空下，皇帝舔舐着鲜血，张开他的大手，“我们——”

他的声音浑厚如恶魔：“出征——”

云，席卷而来。

［节选自起点中文网］

【粉丝评论摘编】

@谁家子弟：喜欢的起点作者之一。所谓喜欢，就是不管写什么题材我都追，不怕烂尾不担心不好看。香蕉文里的主角，装 × 方式是我的最爱，没有之一。不喜欢大咧咧地打脸，不喜欢文青类的忧郁，就喜欢这种谈笑间淡淡小闷骚只有读者才能看得懂的嘚瑟，类似道士写了两首诗词那个桥段，无形装 × 最为致命，完全戳中我萌点，捂胸口倒地。

@己未癸酉：这是香蕉精雕细刻的作品，也是最能表达作者想法的良心之作。虽然有着网文最普遍的种田、商战、架空历史、军事等元素，但这么多内容混杂在一起却又丝毫不乱，伏笔埋得很好，情节也是环环相扣，文字的厚度和信息量在同期网文里是相当大的，在人物刻画和揣摩上也构建得很到位，特别是能够搔到读者爽点的装 × 打脸部分也是铺垫充分，诗词与装 × 结合得很完美，实在是良心装 × 的典范。这也是唯一一本未完本小说我给仙草的，因为香蕉说过一句话："我不相信一时的灵感，我需要的是在我脑子里面转了千百遍然后剩下的东西。"个人觉得在商业化大潮中仍有这样的坚持确实难能可贵，如果喜欢香蕉的作品，那就请等一下，这不光因为宽容，还因为对他的信任。

@翅贺：香蕉大魔王的书，历史穿越类的神作，种马在我这里一向是减分项，不过《赘婿》中的女主真的让我有种一个都舍不得去掉的感觉。家国天下，能写出小家的悠闲快乐，也能写出治国安邦的力挽狂澜，更能写出独守天下的利刃出鞘。

@云之澜：网文圈几个人有本事一个月不更新月票分类前十，半个月不更新月票分类前三？他就是这么牛 ×，就是这么任性，你不服不行啊！

［导引、简介、节选、粉丝评论摘编：吉云飞］

历史类网文的集大成者

——评愤怒的香蕉《赘婿》

吉云飞

愤怒的香蕉（网文界惯称香蕉）是网文圈中罕见的立志“写名著”的作家，《赘婿》是一部极富野心的大作。作者以网络小说为根基，又志在超越网文本身的规约，打通网络小说与中国古典小说和五四新文学以来的现代小说之分野，堪称历史类网文的集大成，并可放置到中国小说发展史的整体脉络中讨论。

香蕉深谙历史小说的套路，却丝毫不按套路出牌。这本书里有生活、有官场、有武侠、有争霸，但无法被归到种田文、官场文、武侠文、争霸文之任意一种。他把惯常的套路砸得稀巴烂，然后把最喜欢的东西拿出来按照最喜欢的模式拼贴起来，使之成为一个能够承载起自己思考的有趣故事——他是以网络时代“命运共同体”一员的身份创作的——正是这一使命感催逼着他打破网文的局限，不但汇集网文的“集体智慧”，也从古往今来的中国小说智慧中获取资源。

《赘婿》的集大成和超越性既是小说类型意义上的，也是思想框架意义上的，两者统合在了作者自创的“身—家—国—天下”的结构中。中国古代章回小说的类型分为四种，即历史演义、英雄传奇、世情小说、神魔小说。每一类型不但指涉着某种欲望模式，同时也是一套指导社会伦理、生活秩序、世界想象的知识体系和价值系统。然而，“小说家言”在寓教于乐的同时，还有着对“正统”的溢出和反抗。美国汉学家浦安迪就曾从思想史的角度，将明代四部小说分别概括为“修齐治平”的反面，即《西游记》“不正其心不诚其意”、《金瓶梅》“不修其身不齐其家”、《水浒传》“不治其国”、《三国演义》“不平天下”。[①] 当下网络历史小说中的种田、武侠、官场、争霸等诸类型也是在 YY 中满足当代人欲望的同时又显示出某种“不安分”。

《赘婿》的主角宁毅可谓是“不修其身”的典范——精神上携带着穿越而来的

---

① 参见［美］浦安迪：《中国叙事学》，北京大学出版社，1996 年，171—179 页。

"当代价值"，身份上是放弃传宗接代的"神圣使命"的赘婿，算得上是中国传统社会格局中最边缘的存在。穿越之初的宁毅游戏人生，以天地为逆旅，视自身为过客，其对家国天下的疏离态度与今天大多数只关心，也只能关心日常生活的网文读者并无差别。但"人是离不开家的，家是离不开国的，国是离不开天下的"，香蕉用最能让读者代入与共情的方式重新讲述了这一"常理"，并且，将古典章回小说和网络类型小说或限于篇幅，或限于成规，往往只经营"家""国""天下"某一面向的束缚打开。从整体架构粗略而言，《赘婿》前两部，以"红楼风"写"宅斗/种田文"；三、四部，以"水浒风"写"武侠文"；五、六、七部，以"三国风"写"官场/军事文"；第八部以后，以"革命史诗小说"写"争霸文"。更为可贵的是，香蕉在打通各历史类型文模式时，不但充分调动了中国古典小说资源，也调动了由五四新文学引入的西方现代文学资源，并立足于一个"网络人"对自身所处时代命运的思考，使这部"集大成"之作的意义超越了网文本身。

借助于穿越、架空等网文"设定"，香蕉把走出历史困境的可能寄托在网络时代的"新人"形象上——宁毅不是沿着儒家（宋明理学）"家""国""天下"的老路再走一遍，而是把"天下兴亡"重新落到"匹夫之责"上。书中为国为民的侠之大者周侗和经世致用的儒家知识分子典范秦嗣源都失败了，他们所代表的正是古典中国最光辉最盛大的价值，虽然精神极其灿烂，魅力更使人目眩，但终究这一切都无可挽回地逝去了。于是，宁毅在金銮殿上打破了皇帝的头。从来就没有什么救世主，也没有神仙皇帝。香蕉借一个架空的武朝，将中国的历史之轮从宋代推衍到近代，重溯现代文明的起源，再论"启蒙""革命"的道理：不平天下就无以治国，没有国就谈不上家，而这一切的根基在于"立人"，个人不需要再通过"家国"才能抵达天下——显然，这样的思想资源来自五四以来的启蒙价值观；香蕉是鲁迅的信徒，试图在网络时代沿着启蒙之路再出发。当然，他面临着巨大的困难，这是身处"后启蒙"时代的思考者们都没有找到解决方案的"世界性难题"。这大概也是《赘婿》更得如此之慢、如此之苦的重要原因（目前总共更新到三百余万字，用了五年多时间，通常网络作家只需要一两年）。不过，他就这么写了。或许穿越者的道路并不能帮助现实中的人们走出"启蒙的绝境"，但至少可以提供 YY 的路径，让人们在"虚拟世界"里体验一把"尊个性而张精神"（鲁迅）的"爽"，乃至"借假修真"，以此为"培养皿"培育出读者的健康心灵乃至英雄气魄，部分治愈时代的"价值空心病”。

还必须提出的是，香蕉在语言的锤炼上也到达了相当高度，不但是烧出了白话的“原味”，也形成独特的个人风格：于缠绵之中内蕴伟力，且极具画面感与清晰度——前者来自对传统文学资源的吸收，后者则是对 ACG 影像文化的创造性转化。虽然在一些章节中，还能看到不少尝试的痕迹，但整体而言已经做到了使一般网文读者看得舒服，从传统读者的目光看来，也具有很高的美学品位。

香蕉一直致力于以创作实践超越“传统主流文学”和网络文学之间的楚河汉界，也一直在为写出自己“心中那本完美的书”而努力着。《赘婿》虽然在一些网文读者那里获得了“目前网络文学的巅峰表现”的赞誉（与猫腻《将夜》、烽火戏诸侯《雪中悍刀行》并列），却未必是仍在艰难但坚定地进步之中的香蕉个人的巅峰。不过，称之为目前历史类网文的巅峰之作，应是当之无愧。

十州风云志

知　秋

知秋，网文界“远古级大神”（指2004年网文商业机制建立之初或更早时期即在网文圈有影响的作家），其以电脑游戏《英雄无敌3》为设定框架的代表作《历史的尘埃》（2004）作为与《亵渎》（2003）齐名的早期西幻经典，至今被许多书友视为难以超越的神作；其后所写《猛兽记》（2007）在游戏文中亦是独辟蹊径；而后讲述一名东方道士独闯西方大陆的玄幻小说《神州道》（2011）在更新25章后便因作者自觉准备不足宣布停更。直到2016年年初，推翻重写，更名为《异域神州道》。

《十州风云志》（以下简称《十州》）写于《神州道》与《异域神州道》之间，自2012年11月开始连载于起点中文网，全文共254章，近130万字。知秋一开始就将本书定位为《异域神州道》前传，故未能将故事完全展开，但也为之增添了网络小说中少见的俊朗与利落的文风。

知秋至今仍保持着网文商业化前的写作习惯，以买断的方式坚持着自己周更的写作节奏。他善于把握宏大题材，在多种类型与风格上都有所建树，尤其擅长塑造人物。在他的笔下，个人在面对历史时往往是渺小的，但可贵的是，他书中的主角从来不惮于直面这种惨淡，更因此生出把握自己命运的强烈意愿与坚定意志，有着浓烈而蓬勃的生命力。

【标签】武侠　东方玄幻　厚重

【简介】

一群人被困在了树林中。

净土禅院的和尚、神机堂的香主、青州大侠和一个野道士，四人同为拯救洛水帮的少主而来，却只带回了一具被剥皮的尸体和一个绝美的白衣少女。而在押送这“妖孽”回城的路上，又偏偏踏入了迷阵。看似同舟共济，实则貌合神离，为了争抢这白衣少女，多少揣测，几番算计，风云过后，聪明的反被聪明误，只有“凑数”的野道士做了最后的黄雀。丛林迷途中上演了一出强肉弱食的反转剧。

故事由此开启。

野道士小夏带着白衣少女明月东躲西藏，却在途中偶遇旧友唐轻笑，勾起了六年前的旧事。小夏这时才明白，早在他与唐轻笑相识的那一刻，他已经身不由己地被裹挟在了乱世的人道洪流之中。闯入天火山救友，跟随唐公正救弟，潜伏神机堂窃取机密，或是追查那幕后凶手蛇道人……小夏总是做自己认为该做的事，却又注定要被卷入一个个阴谋诡计当中，冷眼看尽人间百态，双脚踏遍十州大地，以单薄之身融入这熙熙攘攘仿若一个大粪坑的天下，去体会它的生机勃勃、酸甜苦辣。

正道与魔道的对决一触即发，朝廷与江湖的矛盾若隐若现，西狄的狼神已经发出了复苏后的第一声怒吼！十州风云乍起，人道洪流滚滚，作为一个被命运碾压的小人物，小夏在这污浊的天下里将如何自处？何处是故乡？何处安吾心？大道废，仁义绝，道士小夏已竭尽所能，问心无愧。“道不行，乘桴浮于海。”在神州的动荡终于告一段落后，他放弃成为至高无上的道门天师的机会，远赴异域，引出《异域神州道》的故事。

选文分别来自正文第一卷第13章、第二卷第6章、第六卷第73至74章。《真相［三］》精彩地描绘了被困树林的“真相”揭露之后，灭怒和尚欲将众人灭口前对自己来历的叙述，作者借其之口，将其对这世间丑恶的怒火抒发得淋漓尽致。《少年［一］》讲述了小夏与唐轻笑的初遇。那时小夏被冤枉而浸了粪坑，而后师父希夷道人与之的一番对话则点明了全书的主题：这天下便如粪坑，丑恶中却蕴藏着勃勃生机。《因果［二］［三］》讲述的是地灵师大战之后，净土禅院慧光和尚将众人收入宝塔。此时希夷道人与徐正洲飘然而至，一语道破宝慧心中妄念，将迷失在悟道中的小夏骤然喝醒，破塔而出。

【节选】

第一卷第 13 章　真相 [三]

“大概还是二十五年前吧。那时候我还是一个蜀州境内小村子里的寻常农家少年，父母俱在，加上奶奶还有两个哥哥，一家六口以种地为生。蜀州气候潮润温暖，粮食也容易种，加之我们离唐家堡不太远，倒也没什么山贼盗匪，家里还养着一栏猪，不时杀一口拿到附近的集市上去卖，日子倒也过得滋润悠闲……直到有一天下午，我和我二哥一起去集市贩猪回来，看见了我家那口养了十来年的老母猪在堂屋里打盹。奇怪的是家里却没有其他人的响动，父母不是说过要把留下的猪肉用来熏腊肉么？还有该在院子里晒太阳的奶奶呢？”

这无疑并不是个适合回忆的时候，更不是地方，但灭怒和尚好像根本就不在乎，他没去看剑拔弩张的胡茜和李玉堂，也没理会不远处的小夏，只是盯着地上，完全沉浸在他自己的回忆当中。自言自语地说到家人哪里去了的时候，他还一脸的疑惑之色，皱皱眉，摇摇头。

而周围的三个人却也没有打搅他。明明四周的杀气和恶意明显得能让最迟钝的人起出鸡皮疙瘩，一片寂静中却是一个平淡温和的声音在追述童年，似乎连穿过树叶落下的正午阳光都诡异起来。

小夏没有。他好像没有理由去做任何事，退开了足够的距离，激发了神行符，他随时可以全身而退，他现在留在这里似乎就只是想看看热闹而已。

李玉堂也没有。虽然他额头上已经见汗，握着长剑的手上青筋暴露，脸上的神色也是狰狞一片，却还是没有敢上前动手。因为胡茜还是静静地站着没动。而她没有动，李玉堂也就不知道怎么去动，或者说不敢动。

“……厨房里没有人，我在堂屋口叫了两声也没有人答应，只是里屋好像有股很古怪的味道，像是猪肉发臭了一样。我和二哥走进里屋一看，满地都是血和内脏，还有一些零碎的骨头，父亲母亲，还有奶奶和大哥的头都滚在墙角。原来他们都被吃了，被那头母猪吃了。我二哥像疯了一样大叫着拿起杀猪刀冲出去，但是老母猪只看了他一眼，他就马上动弹不得，然后老母猪上前把他拱倒，一口就咬断了他的脖子。原来那母猪已然成了妖。”

灭怒和尚还是一点都不怒，声音也平静温和，好像说的只是一个和自己无关的故事。而不知什么时候，他身周有了一圈朦朦胧胧、似真似幻的光影在抖动。

李玉堂先忍不住了，手中长剑一抖怒吼道：“无耻秃驴！谁有空来听你什么养猪喂狗的？死到临头还妄想编造些故事来博取同情，果真无耻！看打！”

口中喊着看打，李大侠还是没冲上前去，手在腰间一摸取了一支钢镖，运劲朝灭怒和尚的胸口扔去。

大侠的暗器自然不能带毒，但这钢镖有小半个巴掌大，两三斤重，灌注上劲力打中人要害就算没毒也一样的要命。灭怒和尚依然坐着没有动，他那伤势确实也并不是假的，只是那支钢镖都还没来得及刺中他的身体，就先一步撞在他身周那层光影上，像打中石头一样发出咚的一声跌落在地。

“咦？胡香主……这是？”李玉堂一惊，退了一步，看向胡茜。

胡茜当然也看到了，却还是不动也不开口，好像听灭怒和尚的故事已经听得入了迷。

“也许是那母猪已经吃饱，也许是我平日间喂它的缘故，它没有吃我便走掉了。我在满是血肉的屋里呆坐了一天一夜，直到村上的里正二爷爷带人来查看才把我带了出去。原来那只猪妖从我家出去之后还咬死吃掉了几个人，村里人连忙去镇上道观里请来道士，带领着一群壮丁才将那猪妖给除了。二爷爷带我回去的时候他们正在设宴款待那道士，我本来也是浑浑噩噩的，但看见那道士的时候却突然清醒了过来，因为我认得那道士。半年前我去割猪草的时候曾经碰见过那道士，那道士似乎在附近采药，还用五文钱向我买了些猪草，让我高兴了好一阵子。那道士曾经问我是不是一直用这猪草喂猪，还跟着我去猪圈里看了看，却什么也没说就走了。我好像忽然明白了些什么，大叫起来是那道士害死了我一家，却被众人说是失心疯了，还有人说我是被猪妖的鬼魂给上了身，将我拉走捆了起来。那道士自然说没法救我，最后才由村里卖了我家的田地，出钱将我送到了净土禅院当了一个小沙弥。”

灭怒和尚身周的那层光也越来越明显，那分明是一个人影，一个大了一圈，将灭怒和尚包裹在内的人影。小夏可以认出，之前那几乎把他吓得要退开的就是这个，不过当时那只是骤然一闪的幻影，现在却是随着灭怒和尚的故事慢慢地越来越清楚，越来越明显。

“……过了些年头后我才明白是怎么回事。我割猪草时一直爱去村外山谷中玩耍，那里人迹罕至，我割的那些五叶草大多有十年以上的，那母猪经年累月地吃下来多少也有了些灵性，而我们一家将它所生的每一只小猪都养大杀掉，它怨气岂能不重？多年积累下来成妖不过是迟早的事罢了。这些门道那道士自然也是早已看出，他若是事先开口提醒，那老母猪肉又卖不出价钱，每年的一窝小猪却是我大哥念书的学费，我家里人多半是不肯信的，而且这等微不足道的小事，又怎及得上让妖孽现身为害一方之后再出手除去来得名利双收？果然，后来听说那道人病逝之时已是号称护佑一方平安万家生佛的名道士。

“其实也不能说那道士刻意害我一家。世人大都如此，即便是换了其他人大概十有九个会是和他一样吧。连那成了妖的母猪其实也没什么错，若无我家人杀它数十上百儿女的因，又何来它吃我一家五口的果？不过是因果业报，宿债朝偿而已。只是……只是……”

灭怒和尚皱着眉，闭着眼，满脸愁苦之色地自言自语，身周的那层光影也抖动得越来越剧烈。终于，他深吸了一口气，双眼猛地一睁，那平复了半晌的怒容再次山呼海啸一样地在他脸上涌现，一张口，雷鸣一般的怒吼从胸腹间炸出：“只是这世间怎能如此？怎能如此？怎能如此？”

震耳欲聋的每一声怒吼中，他身周的光影都一闪，一亮，朝外一涨然后再向里一缩。当这三声怒吼过后，那光影已经不见了，灭怒和尚也终于站了起来，被怒火煎熬得发亮的通红眼睛俯视着周围三人。

那是真的在发亮，亮得还有些耀眼，好似两颗烧红了的火炭镶嵌在眼眶里。那已经是一双不可能是人能有的眼，而灭怒和尚现在看起来确实也已经不再是个人，因为没有人能有六只手，六张脸，靛青色的皮肤，近丈高。那层光影在灭怒和尚的怒吼中全部收敛，凝固，实体化，和他合而为一，将他变作了这个样子。

“怪……怪物……”李玉堂目瞪口呆地看着面前这个不再是灭怒和尚的灭怒和尚，双脚已经在打战。

不是李大侠的胆子小，比这形状模样恐怖上十倍的妖魔鬼怪也不是没有，只是这靛青色六臂巨人身上散发出来的威势，威压，气势，更远远超出了这模样给人的印象，仿佛那是与天地世间都同存同有的一尊万古巨像，翻手之间，一切邪魔都只能被碾压粉碎，只需看上一眼，任何阴邪鬼祟都只能被红莲业火化为灰烬。

不只是李玉堂被震住，躲得老远的小夏，还有一直纹丝不动的胡茜也都在不自禁地后退，这青色巨人所散发的气息已直达人的灵魂深处，令人呼吸都顺畅不起来。

“这是……大威德金刚？”小夏忍不住揉了揉眼睛。他当然比李玉堂更有眼光，这尊六臂、六面、全身青色的巨人正是释门五大护法明王之一，文殊师利菩萨愤怒相，号称能荡平一切邪魔外道，护佑超度众生的大威德金刚。

江湖上虽然很多人知道这位净土禅院护法金刚精修的便是这大威德金刚法，但大都以为只是这一法相所衍生出来的法术，禅唱，拳脚之类的神通，谁都没想到他真正精修的居然是这大威德金刚法相本身。

“正因为有诸多外道邪魔，人心迷乱，欲望沟壑难填，这娑婆世界方才如此丑陋不堪，众生凄苦，不得解脱。贫僧面壁三年，才悟通此理。于是在我佛金身前发下大宏愿，要扫尽一切妖魔，杀尽一切恶人，广弘我佛大法，普度众生，让世间人人都信奉我佛，还这天地一片清净祥和。”

灭怒和尚的声音也恢复了，又是仿佛能随时烧起来的怒气弥漫其间，话语本身却是大慈大悲，条理分明，合着这身法相的威严气势，真的恍如神佛临凡。

“虽然以舍利子传功之事想必乃是赤霞师伯自愿，但他一身修为佛法都乃出自我寺，岂有不落叶归根之理？多一颗舍利子放入十方净世舍利塔中，宝塔威能神通就会更大一分，便能慑服更多更大的邪魔外道，直至除尽世间妖魔，让天下人都知晓我佛的大慈悲大神通，从而心向佛法。所以这妖孽定然不能落于他人之手。何况这妖孽得了我师伯的舍利子之事也有损我佛门清誉，更不能任其宣扬出去。好在你们这等利欲熏心之辈要独占这妖孽，居然妄图加害贫僧，贫僧也只有以佛门慈悲度你等速去投胎，重新做人吧。阿弥陀佛。”

佛号声中，灭怒和尚出拳了。

他的上下两对手臂互相结出手印，出拳的只是中间一对手臂的右拳，他也没走动，而是原地朝外一击，一个比人头还大的拳影就呼啸而出，几乎是眨眼即至，击到了他要打的人的面前。

他这一拳没对着阴沉莫测的胡茜，也没理会心神不定的李玉堂，居然是击向了已经站到数十丈开外，看似最没威胁的小夏。

“咦？”小夏大惊失色，他好像也没有想到灭怒和尚居然会先对他出手。好在他一直都全神贯注，还有神行符在身，朝旁边猛地一跳堪堪躲开了这突如其来的一拳。

“大韦陀伏魔杵。”怒气腾腾，也可能实际只是阴沉沉的声音从灭怒和尚口中吐出。看着小夏躲开，他脸上的怒容一丝都没有变动，只是上面一对结出手印的双手骤然捏成双拳，然后朝下虚虚一捶。

轰隆一声巨响，地面猛地抖动了一下，刚刚还跳在半空中的小夏消失了，而那个位置，方圆足足两丈地面也像被人狠打了一拳的面团一样深深凹了下去，尘土飞扬。

第二卷第 6 章　少年 [一]

第一次看见唐轻笑的时候，小夏正在浸粪坑。

那时候他已经在粪坑里浸了一整天了，只浸得头昏脑涨，又饿又渴，好在天气还暖和，他还勉强挨得住，甚至中间还打了个盹。

上面隐隐传来师傅和那衙役讨价还价的声音，已经吵了快半个时辰，似乎是那衙役要十两银子才愿意将他提上来，而师傅只愿意出五两。于是两人就在那里为了这五两银子的差价说来说去，一会儿那个说这下面还是个小孩看你年纪也是为人父母的了你也居然忍得下心啊，一会儿这个说我们干这一行累死累活还要守着粪坑也就是靠吃这点辛苦钱养家糊口养小孩，收你十两已经是看那小孩着实可怜心生慈悲了你这老头怎么还挑三拣四得寸进尺简直岂有此理。

刚开始小夏还去仔细分辨他们的话，后来就实在没这精力和心思了。天气暖和有个好处就是不会太冷，但是有个坏处就是会有苍蝇，而这还是粪坑里，小夏的头昏至少有一半以上的原因是被无数只苍蝇的嗡嗡声给吵晕的，还有些不时在他脸上爬来爬去，他却最多只能甩甩脑袋，但又越甩越昏，小夏甚至发誓如果谁能有办法不让这些苍蝇去爬他，他宁愿在这里面多浸半天也无妨。

更多的还是蛆虫。之前光线好一点的时候，小夏能看清楚这坑底的情况，然后他觉得自己以后很长一段时间不会再有胃口吃饭了，特别是稀饭、粥之类的，他怕一看到就会觉得那每粒米饭都在活力四射地奋勇争先翻腾涌动。这夏天的粪坑其实不该叫粪坑，该叫虫坑。

最倒霉的还是偶尔从上面滑下来的新鲜材料，就算没有直接落到脸上头上，但是飞溅起来的东西也足够了。

说到恶心，刚开始的时候肯定是恶心的，小夏几乎被恶心得晕过去，但是在浸了这一整天之后反而没了什么感觉，可能是恶心得都恶心惯了。至于味道什么的那就更不成问题，被扔下来之后的半个时辰之后他就再也闻不到任何的味道了。

如果师傅和那看守粪坑的衙役谈不拢，那么他就还要继续在这里面待上一天一夜。好在那衙役不会让他浸死，如果发现他实在不行了会将他暂时提上去休息休息，吃点东西喝点东西——如果他还能吃得下喝得下的话——恢复恢复元气，然后继续浸。这些休息耽搁的时间还要除开，直到全部一起浸足两天两夜。这是《大乾律法》上规定的，对于那些没有度牒的野道士野和尚施法牟利的处罚。

就在他忍不住打了个呵欠，吐出两只趁机钻进嘴里的苍蝇，决定干脆再打个盹的时候，上面一个声音传来："我还是第一次看见有人浸粪坑也能浸出瞌睡来。要不要我给你扔一床棉被下来？"

小夏抬头，透过上面的蹲坑看，一个少年正站在上面捏着鼻子看着他。这是个很好看的少年，俊俏又秀气，好看得有些雌雄莫辨。实际上小夏觉得是个少年而不是个少女，也是因为他觉得大概没有少女能笑眯眯地站在男茅房里和一个少年说话，尤其是外面还有两个在为了五两银子争吵不休的大男人。

"难道你经常看人浸粪坑？"小夏有气无力地说。

"没有。"少年捏着鼻子摇头。

"那你怎么知道就没有人会浸出瞌睡来呢？我这不就是浸出来了吗？"

少年很好奇地问："那你到底做了什么，才会被抓起来浸在粪坑里呢？"

小夏叹了口气，说："城里曾老太爷的小女儿最近犯了癔症，一天到晚胡言乱语疯疯癫癫，吃药治不好，去请庙里的和尚法师来念经也不见效，我听说了就自告奋勇地想去试试。结果原来那位小姐只是不满意曾老太爷给她定下的一门亲事所以才装疯的。后来这位小姐半夜偷跑来说要和我一起去闯荡江湖，结果被家人发现。曾老太爷说我用妖法勾引良家妇女，就上报官府把我给抓起来浸在这里了。"

"那你到底有没有用法术去勾引那小姐呢？"

"当然没有。我只是去陪那小姐说了半天话，谁知道那小姐半夜就偷跑来客栈找我了。"

"那你其实是被冤枉的了？"

"当然是被冤枉的了。"

"那你没辩解？"

"当然辩解了。但是曾老太爷一口咬定又有什么办法，他乃是这嘉水县最大的大户，县太爷自然信他不信我，都没有去请庙里法师来鉴别一下小姐是不是真中了法术，那就说明真相如何都不怎么重要了。"

"那你怎么看起来还浸得心安理得，舒舒服服？"

"难道一定要痛哭流涕，哭天抢地，才是浸粪坑该有的样子？"

少年哈哈大笑，说："我只是听说曾太爷府上捉了一个蛊惑良家妇女意图不轨，还用妖法敛财的野道士，被扭送来浸粪坑，所以专门过来看看，想不到还是个这样有趣的小子。"

"你不知道你自己也是小子吗？"小夏抬头看了看这个自以为不是小子的小子，觉得他也一样的有趣。

"我不是小子。我姓唐，叫唐轻笑。"少年的笑容一收。说起自己的名字，特别是说自己姓唐的时候，眼睛在发亮。

小夏点点头："嗯，你好。我姓夏，名字么，还没想好。"

少年皱了皱眉，好像对小夏的反应有些不满，他想了想，突然问："你想不想报仇？"

"报仇？"小夏一怔，好像第一次听到这两个字。

"对，报仇。"叫唐轻笑的少年一个字一个字地说。

这时候，外面的争吵终于得出了一个结果。经过口干舌燥的一个时辰的交锋，师傅最终摆出了一个无可争议的事实——在这里吵的时间越多，那剩下的时间就越少，时间越少就越不值钱，挨到最后那就一分银子都不用出了。那衙役只得败下阵来，答应五两银子就五两银子，收了银子，一边嘴里还在念叨着一边朝这里走了进来。

叫唐轻笑的少年也听见了脚步声，朝外看了一眼，然后就起身从那蹲坑边不见了。

“报仇？”

师傅听到这两个字的时候也是好像第一次听到一样，一双眼睛瞪得老大：“报什么仇？”

“当然是报浸粪坑的仇。”小夏泡在溪水里说。他已经在这溪水里又洗又擦了好一会儿了，但好像身上还有一股恶臭。说来奇怪，在粪坑里的时候他是一点都闻不到这味道的。

“浸粪坑还要报仇？”师傅的表情好像是听到放屁还需要脱裤子一样不可思议。

“呃……”小夏其实也没什么要报仇的意思，《大乾律法》所定，被抓到的野道士野和尚们也大都自认倒霉，如果他们还想报仇，那等着的就不会只是粪坑了。关键的是如果有胆子有法子去报仇的，那也不会只是做个野道士野和尚。现在他不过是听了那少年那样一说，也就随口一问。

“那我问你，你觉得被抓起来浸粪坑是好事还是坏事？”

“是坏事……吧？”既然师傅这样问，小夏也就不是很确定这真的坏了。

“为什么坏？怎么坏？哪里坏了？”

“呃……”小夏一时好像还真想不出是哪里坏怎么坏为什么坏了，但总不能说是好事。

“为什么不是好事？”师傅好像真能看出他在想什么一样。

“为什么好？哪里好了？”小夏确实想不出来。

“嘿，这等一等一的大好事，你这小子居然还看不出好处来么？那我便问你，你刚被浸下去的时候，是不是觉得很臭，很恶心？”

“是。”小夏点头。

“那浸到这后来，是不是又觉得没那么臭，没那么恶心了？”

“是。”小夏又老实地点头。

“那你觉得为何如此？”

“……可能习惯了吧，久入鲍鱼之肆而不觉……”

“那便是了。经如此一浸，你该深有体会那臭与不臭，恶心与不恶心，其实无关那粪坑，全是你自己心中所思所感而已。如此对你磨炼道心，坚定心志大有裨益。”

“呃……”

“还有，在浸那粪坑之前，你心目中那粪坑是不是肮脏污秽之极、恶心之极的地方？”

“……嗯。”总不能说那是舒适优雅、心之向往所在吧。小夏点点头。

“那这浸了一整天之后，一定也见到了那粪坑底下自有一番生机勃勃、繁荣昌盛的景象，是也不是？”

小夏回想了一下，忍住了想吐的感觉，还是点点头。

“那就对了。想那粪坑中物从何而来？还不是人们平日间垂涎欲滴的山珍海味，鸡鸭鱼肉？如此一来，你便知生中有死，死中有生，美妙绝伦之物，顷刻之间也是化作污秽，而污秽至极之中自然也会生出一片生机，正是天道循环运转之道。如此让你近距离去切身体悟天心大道，锤炼心志灵台，不正是一等一的大好机缘？说起来，虽然这《大乾律法》大都不知所谓，尤其是规定修道之人还须得去领受那什么度牒简直是岂有此理，但偏偏这浸粪坑一律却是定得有些道理，只是浸两天粪坑而已，比罚扣银钱充作劳役的好多了，更可磨炼道心感悟天地。如此好的律法，如此好的机缘，现在你居然还想着要报仇？修道之人不时时想着感悟天地人心，却和那江湖中人一样不明事理，好勇斗狠，睚眦必报，成何体统？”

“师傅教训得是。”小夏立刻埋头认错。虽然听得有些头昏脑涨，但师傅说的似乎也确实很有道理，而且反正师傅会一直教训到你认错为止，那还不如早点认错。

“那师傅不惜用五两银子的重金将我提前拉出来，也必定大有深意。”

“嗯……你看，果然悟性大有进展不是？”师傅捻了捻唇边的虾须，满意地点了点头。

“你这第一次浸上一天也就差不多了，加上为师再提点了你一番，那接下来就该是身体力行，将这感悟慢慢消化的时候。恰巧为师收到消息，那五行宗天火派分舵得了一件灵物，要借不久后的九月九日设下天地烘炉大阵炼制一件法宝，如今正急需炎火聚灵符、聚星化灵符等众多布阵所用的下品符箓。为师特意去领了二十张聚星集气符、三十张炎火聚灵符、五十张癸水化形符、一百张辟尘咒，一共两百张的份额来给你练手之用。须得要在这三日之内绘制完毕，交予天火派分舵那里。”

“两……两百张……”小夏顿时瞠目结舌。

“怕什么，还有为师帮你呢。不过你可要小心了，那天火派有些抠门，所发下的制符材料也不多，若是废符太多可要自己倒贴钱进去的。你定要专心专意，全力以赴，将这一整天在粪坑中感受领悟到的大道至理在这绘符之时完全消化了，制符手法和修为必能百尺竿头更进一步。”

小夏站在溪水里愣了愣，突然说：“既然这浸粪坑有如此大的好处，不如我们就折返回去，师傅你和我一起再去浸个一整天，说不定就能修为更进，绘制起这两百张符来也更有把握了。”

“道法自然。若是刻意求之，就没有自然而然的那种微妙玄通之处了。”师傅挽了挽胡须，面露微笑微微摇头，果然是一派高人的模样，随即又叹了口气，“而且虽然在粪坑之中去体悟天心大道这一点是极好的，但也只是对小子你这种修为浅薄、道心未固之辈有用而已。以为师的道心境界却是早已不用浸这些小道小物了。”

“哦？那师傅你不用浸粪坑，所浸的又是什么呢？”

“在为师眼中这世间就是个大大的粪坑。纵观这万丈红尘，污浊肮脏之处又何不比那屎尿蛆虫之堆不堪恶心上百倍？生机正理却又从未断绝。天心意志在这运转变化之中时隐时现，精微玄妙又怎是那一方寸土坑中的变化运转所能比拟的？”

“师傅的境界果然高妙，非弟子我所能比拟万一。”小夏摇头叹了叹气。

第六卷第73章　因果［二］

小夏在画符，不停地画符。

他也不知道自己在哪里，该做些什么，在沉入这片仿佛无边无际的海洋之后他所有的意识就立即溃散得差不多了，只剩最后的一丁点本能让他觉得自己该做些什么。

这时候他看见了前方那一道不知道是远是近是大是小的云纹，虽然那道云纹根本无从分辨形状，但自从看到的那一瞬间，小夏就感觉到了那种从小到大不知道触摸摆弄过多少次的熟悉感，他立刻知道那是一道符。于是他就开始画，没有朱砂黄纸更没有其他任何东西，他只是单纯地用手画，用脚画，用头画，用眼神去画，从最简单的一笔云纹到最复杂的复合符阵，他只是单纯地想把面前那道云纹给画下来，给描述出来。但是不论他怎么样去画怎么样去描述，却还是没触摸到那道云纹最基本的一丁点形状。

不过好在随着他不断地去画去描述去感觉，那最后仅存的一点点灵智慢慢地开始稳固了下来不再继续消散，而且一些有关符箓的记忆也开始恢复。他记得两岁的时候第一次握笔在师傅的道袍上勾出的第一画；他还记得九岁的时候费尽了心思和力气才绘制出了第一笔云纹却因为用错了一张中品的符纸被师傅臭骂一顿；他还记得十一岁的时候在画废了不知道多少次之后第一次成功画出了一张最基本的辟尘符高兴得直哭，却被师傅嘲笑一通；十二岁的时候自己卖出了自己所画的第一张下九品符箓，用卖的一两五钱银子去吃牛肉面吃到吐却忘了要留下买朱砂符纸的本钱……黑木林中据传出自张天师的那张乾天锁妖符，还有厚土门长老石中泥送给他的上品符箓土球。上品符箓中那种难以言喻根本没有固定形态的感觉，他一直想要模仿却一直找不到丝毫头绪。

什么是符？为什么符要称作“符”？为什么不叫鸡零狗碎猪牛木石之类随便一个称呼为什么要叫符？画符到底是在画什么？

看着那好似在面前又好似在无穷远处的那一道云纹，好像根本就简单至极，一笔就能勾勒出来的形状，但却好像又根本无法描述无法看清，小夏一边努力画着一边忽然想起了师傅在教他画符的时候问过的问题。

什么是符？

对啊，什么是符？对面那个是符么？如果是符那到底是什么样的符？为什么无论怎么样画都没办法画好？

这时候周围那片海洋忽然开始荡漾起来。原本是一片寂静、一片混沌的海洋忽然开始泛起了波澜，一阵好像呢喃一样的诵经声开始在这片混沌海洋中响起。和之前那次稍纵即逝一闪之后就完全消失的微弱电光完全不同。这次的波澜是整个海洋在晃动，那呢喃的诵经声也是越来越清晰，越来越洪亮。

无穷无量无边无际的诵经声将所有事物都震荡洗涤，无穷无量无边无际的佛光将所有的一切都穿透包容。

但是到了这一步，却没有一个人感觉到丝毫的压力。那诵经声固然是将人的肉体上下每一个最细微的地方都全数震荡，好似神魂心念都在这声音中共鸣，那佛光好似将人心底最阴私的部分都照亮，却没有给人一点拒人千里之外，令人颤抖膜拜的高大威严之感，那只令人感觉到一种真正深邃的亲切，好似从早已遗忘千年的远古家园传来的呼唤。

张元龄还能支撑着，唐轻笑也是捏着拳头。一张俊秀的脸上青筋暴起满脸狰狞，好像努力抗拒着这佛光和诵经声带给自己的感觉。南宫无忌一脸的沮丧欲死却是慢慢化作了平和，而罗圆圈则是早就已经盘膝坐地双手合十一脸认真，好像是早已吃斋多年的虔诚居士。

他们所受到的还只是余波中的余波，这些诵经声与佛光是从四面八方每一处的虚空中发出，目标对准的是小夏。一波波的诵经声和经文如海潮般积蓄，冲击到他身上，佛光几乎将他照耀得如同透明一般，而他还是如之前那般漂浮在半空和那道玄妙之极的云纹合一，双目呆滞没有丝毫反应。

而他的上方漂浮着一尊小小的佛塔，那正是之前慧光老僧一直托在掌中的那一个，现在是单独悬浮在他身上。那之前蛇道人身躯所化的小伞，南宫无忌身上的气旋所化的甲胄，唐公正所遗留大刀所化的黑色长剑，还有盘膝静坐不动的地灵师一起围绕在他和明月的四周缓缓转动。

慧光老和尚现在看起来已经不像是慧光老和尚了。如果这时候有任何一个佛门信众看见他的模样只会立刻跪下磕头，他那原本平凡的模样变得无比庄严，嘴角挂着淡淡的微笑，眼神俯瞰中带着慈悲，根本就已经和所有佛寺中供奉的佛陀宝相一般无二。

这确实就是佛陀法身，而这无穷无尽的佛光便是净土禅院至高神通，净土禅院根本大法毗卢遮那光照世间经，化一切外道，平一切干戈，衍化一切神通。这不是慧光老僧之力，而是借助十方净世琉璃舍利塔之能才能演化出的至高大法。

毗卢遮那佛，亦称大日如来，三世佛中象征了纯粹的法则之意，独坐于曼荼罗中央，演化出一切菩萨金刚乃至宇宙万事万物万有，亘古以来无穷大千世界之第一因。

当然，此等真正的大道根源，不可能以任何方式表现出任何具体形态，更不可能被任何人所能触碰，这门佛门根源大法也只是以此为鉴，只能尽量靠拢，永无真正成就之日。眼下慧光老僧也只能是以万千心愿念力，无数辈高僧的智慧佛法，借助释迦牟尼舍利之力，强行催动自身模拟出这等大法。

但就在此时，就在这一片祥和神圣、完美无缺的琉璃世界中，忽然传来一声轻微的破裂声，一处佛光琉璃忽然像是被利刃划过一样碎裂开来，露出一道细细的裂痕。

“兀那秃驴！光天化日之下将这一片天地用神通罩住作甚？可是在做什么见不得人的勾当么？”

随着这道裂痕的生出，一个喝骂声也随之传入这片清净圣洁的庄严佛土。

小夏已经停下了手中的动作。他实在画不下去了。周遭的波澜已经越来越剧烈，将他也带得一起起伏不定，卷起的波动也将前面那道云纹几乎遮盖了下去，那传来的阵阵诵经声听得让人生出停下一切的念头。

不过最重要的原因还是小夏也确实再也画不出了，他用尽了所有的办法还是不能勾勒出那道符来。那到底是什么呢？那到底是什么符呢？

到底什么是符？符是什么？带着最后这个疑问，小夏逐渐闭上了眼睛，任由逐渐剧烈的波澜将他推挤，任由宏大的诵经声将他残余的所有思维都震荡洗刷。

忽然就在这个时候，一个似曾相识，却和这周围的景象格格不入的声音传了进来，令他一下睁开了眼睛。

他听不见这声音到底在说什么，这声音在无数诵经声中也显得细小而稍纵即逝。他也无从分辨，只是感觉到极为熟悉，一定是在哪里听到过，一定是在哪里听到过……

“什么是符？为什么符要称作‘符’？”

师傅将手里一张符纸抖得哗哗作响，符纸上用混了火元矿砂的朱砂绘制的云纹看起来像是得了羊痫风一样，小夏看了一眼，退了两步，有些害怕这张下品火行符会忽然炸开。这不是什么稀奇事，这些符纸买得便宜，听说是哪个天师观库存中垫底的，那质量肯定堪忧。前两天捉鬼的时候就莫名其妙炸了一张，险些将师傅的道袍给烧了。

“师傅问你呢，臭小子。你觉得符是什么？为何符要叫作‘符’？”啪的一下，师傅在他头顶上拍了一下，火辣辣地痛。

“我不知道。”小夏抱着头很干脆地回答。

师傅气得眼睛一瞪：“这么简单的问题都不知道？你昨日不是才偷拿了两张下品符箓去山神庙外给那几个小村姑变戏法，骗她们的烙饼吃么？你用得那么顺手，还不知道符是什么？”

“要我说的话，符便是用朱砂和材料将法术在符纸上画出来，用时一放便可。可以拿来卖钱，可以拿来骗人，可以拿来斗法打架。便是这么简单。至于符为何叫符……旁人都这么叫，师傅你也这么叫，那自然就是这么叫了，哪里还有什么为什么的。”小夏一摊手回答，不过旋即马上又一脸虚心认真的模样，“不过我知道师傅绝不会问这么简单的问题，其中必定大有深意，我一时吃不准师傅您的意思，这才不敢随意回答。”

“不错，不错，不愧是我的徒弟，果然有几分悟性。”师傅手捻着胡须面露得意之色，“我这问你的意思自然不是为那简简单单的肤浅答案，乃是符箓之道的根本。莫看天下道家宗门如此繁多，知晓这根本道理的却是寥寥无几，你小子能在初学之时就得闻大道根本，真不知是几辈子修来的福气，现在师傅便说给你听，你可要好好听好了。”

“是是是。小子洗耳恭听。”小夏连连点头。

“符箓符箓，其实是符和箓的总称……不过那箓嘛不大重要，也是正一教那帮拜神拜仙的神棍出来之后才搞出来的，算是符的补充，现在基本上已经混用一起，根本上还是一直以符为本。那何为符呢？为何又叫作符呢？那是符合、符契的意思。不过那到底是要符合什么呢？小子你说说看。”

“……不知道……不，我是知道师傅自有深意，粗浅的回答便不好意思说了，还请师傅赐教大道真理。”

“莫拍马屁，我来问你便是要你自己好好想想。那绘制成符箓的一道道云纹是要符合什么？那可是随手就能画出来的么？就算找个顶尖的画匠师，照着一张最简单的下品符咒，用相同的材料来绘制，那可绘制得成么？”

“那自然是不成的。若无心念神魂凝聚其上去导引元气，那徒具样子又有什么用？”

“不错。每一笔云纹都要灌注自身的心神意志才有用。这里便又可见云纹这称谓的其中奥妙，云无常相，灵光内敛因势成形，意思便说了这云纹的外形都是无所谓的表象，内中蕴含的神念才是真意。那你说那神念真意是要去符合什么？”

“符合……道法么？”

“废话。道法只是元气神念转化之后表现出的结果，却不是本质。”

“那本质是什么呢？还请师傅一口气赐教完吧。日头快过了。镇头那家馒头铺过了午时就关门了。”

“你这小子……面对这等大道至理居然还想着馒头……好吧，师傅也有些饿了，便不吊你胃口了。这‘符’之意思，便是符合天地大道，而绘制符箓便是要以自身神魂信念去描绘天地，符合天地之理，这才能借助天地之力啊。”

“天地？这……”小夏有些迟疑地抬头看看天，低头看看地，“这不大对吧？我灌注神魂心念之时可没想到什么天地……”

“天地如此之大，你这小子如此之小，直如井底之蛙中的井底之蛙，又有何德何能去描述真正的天地？天下间使用符箓的道士如此之多，你当其中多少人能有真正开阔能见天地的眼界么？那符上描绘的是修道人心中的天地，以自己心中天地去引动外在天地，那才是符之本质。”

“所谓符，便是以自己心中的天地去描绘真正的天地。”

以自己心中的天地去描绘真正的天地。

小夏终于想起来了。他伸出了手，在越来越猛烈的波涛中重新开始勾勒，而这时候，那一道不知是在面前还是在远处的云纹好像终于变得清晰了起来。

第六卷第 74 章　因果 [三]

那一声突如其来的喝骂和破碎的琉璃划痕一样，只在这边庄严佛土中一闪即逝，没留下一点痕迹。无穷无尽的诵经声依然是如海潮怒涛一波接着一波，光照一切的佛光依然是汇聚在小夏的身体上，几乎要将他的身躯用光芒直接给融化。慧光老僧的神情还是那般宝相庄严，满脸慈悲，好像刚才什么都没发生一样。

但张元龄却是肯定刚才确实是发生了什么的，他站了起来四处张望，阴沉的脸上终于浮现出几分神采。

没有让他失望。又是一道伤痕凭空出现在了琉璃世界中，随之而来的也又是一声喝骂："好秃驴！仗着法宝缩在里面当乌龟么？释迦牟尼一生何等清苦？讨饭洗碗莫不亲力亲为，苦口婆心去劝人修道不惜被人用刀子砍成几段，结果好不容易留下的几粒骨灰却被你们这些徒子徒孙倒腾出来耀武扬威，搞风搞雨。若是他当年知晓你们这班徒子徒孙是这般德行，恐怕也等不及什么娑罗双树下入灭，直接便去跳海了，也不留什么舍利子给你们狐假虎威，落得个晚节不保，当真是好生羞人！"

张元龄的脸上不禁再露出几分喜色。虽然只是话语产生不了什么实际作用，但能将话语送入这里来，本身就已经是件极不简单的事。而且他相信这人绝不会只是为了送来几句话而已。

这一下不只张元龄听清楚了，连一直合十诵经的十方也睁开了眼睛，神情古怪地看着那一处破碎的琉璃伤痕。

慧光老僧还是像没有听见一样，那道琉璃碎裂的伤痕也很快地就平复了。但几乎是同时，又是一道伤痕被斩出来，这次传进来的喝骂更是恶毒了。

"话说辛辛苦苦一辈子传法授业，最后留下的却是这等不肖徒子徒孙来欺世盗名，那释迦牟尼当真也着实无聊。还敢说什么刚刚一出生就鬼喊鬼叫什么上天下地唯我独尊，若是老道当时得见径直上去一棒子打杀了喂狗！也落得个耳根清净！"

"阿弥陀佛。"慧光老僧终于开口说话了，他开口之时那宝相庄严的法相也褪去，变回了他原本的模样，"能以自身之意斩开这琉璃佛土，施主也当是世之高人，怎的如此口不择言？"

这一阵喝声如暮鼓晨钟，又好像万千雷霆震荡虚空，滚滚荡荡直朝着那一道裂痕传去。但是不过一息之后，那喝骂的声音又再次响起，却没有丝毫收敛的意思："哼，终于肯出声了么？还这般大声，吓唬谁？老道我自说我的，关你屁事？老道我说释迦牟尼猪狗不如，他便真的猪狗不如了？就算他真的猪狗不如，可又关你什么事？什么叫无我相，无人相？你这我执、他执如此之重，还这般轻易就犯了嗔戒，一辈子的佛经是念到狗肚子里去了么？"

慧光老僧面露怒色，正要张口，忽而又微微一呆，居然有些迟疑和恍惚。而琉璃世界的虚空中，那一道原本即将闭合的伤痕却又停滞了下来，甚至边缘有些微微扩散的趋势。

“老道便是最见不惯你们这些招摇撞骗的秃驴！修得个那般大的寺院，整日价和皇家官府勾勾搭搭，明明想着虚名实利斤斤计较，还有脸说什么四大皆空？”这透过裂缝传来的声音却是越来越响亮越来越得意，“明明修为浅薄，见识短浅，却张口便是阿弥陀佛我佛如来如何如何，好似借用他们之名就能不浅薄不短浅一般。明明是你们自己想要如何如何，偏偏要挂靠在佛法的身上，如这什么舍利塔一般强借释迦牟尼和历代秃驴圆寂之力，当真是不知所谓到了极点！如此口口谈空，步步行有，还自以为是自得其乐，不正是妄中之妄自欺欺人？和那魔教中修炼鬼心咒的疯子们又有何区别？仗着几分神通便偷窥因果之机，妄图插手天道轮转，此等取巧之心胜过世俗蟊贼何止千倍万倍？真真正正是大偷大盗莫过于此！犯下如此大妄语大偷盗之戒还装模作样来度化他人？先将自己裤裆里头的屎洗干净了再说吧！”

慧光老僧面无表情，好像根本没有听到一样。琉璃世界中的佛经诵念之声依然是如海如涛，只是那一道在虚空中的裂痕却再也无法合并，反而开始在不断扩大，那周围的琉璃之色也在不断消散。

不知什么时候，那如怒海狂澜一样的波涛涌动已经变得微不可察，充塞天地的念经声也已经听不见了，随着小夏的描绘，那一道无法用言语去形容的云纹正在逐渐变得清晰，逐渐变得好似近在眼前，好似触手可及。

随着这云纹的接近，随着这云纹的清晰，很多东西也在他眼前逐渐浮现，一一掠过。在南宫宅里和南宫同对坐而谈，在神机堂中和着几个野道士一同研制符箓，在被鬼心咒控制的傀儡府邸中找到垂死的石道人……在天火山中眼见着唐公正和金志扬的同归于尽，眼见着大将军和元顺一的现身炼戟、对话，在山谷中帮助唐轻笑潜伏的镖局一同击破山贼……在青州洛水城中被洛水帮聘请，跟着一帮高手一起去跟踪剥皮凶手，在黑木林中被神秘白衣少女杀得只剩几人，用一道重金买来的符箓反败为胜之后却又在迷路的深林中相互暗算……在扬州妓院中偶遇杀错人的正道名门侠女以及要为兄弟报仇的黑道强人，莫名其妙地被卷入其中幸好最后还能带着那头脑不灵的侠女一同脱险……在雍州流字营中和着来自五湖四海天下九州的死囚们一起执行着天下间最危险最要命的任务，也见识到了天下间最不寻常的风景和人性……在冀州跟着一帮马贼鬼混，纵马驰骋于大草原间……在青州和师傅分手……在荆州遇见了唐轻笑，和他一同潜入天火派分舵去偷盗朱雀灵火……和师傅一起四处游荡，捉鬼除妖贩卖符箓为生，当然少不了的是偶尔也会被恶鬼妖怪还有捕快衙役给追得狼狈不堪四处逃窜……和师傅一起攒够了钱便去各地的五行宗分舵学法术，还和那些五行宗道人讨价还价斤斤计较，和各路同道交流道法符箓心得，跟着师傅学习绘制符箓，第一次绘制符箓，第一次用符箓……跟在师傅屁股后面帮忙拿符纸拿雄黄拿黑狗血，被师傅牵着手在乡村泥泞小道上跌跌撞撞地走着，被师傅背在背上沿村讨要稀粥奶水……

一片饿殍遍地、荒无人烟的乡村小道旁，师傅用水将小半个馒头磨成稀糊喂到奄奄一息的自己嘴里。然后将自己举在手中，迎着那耀眼的太阳喃喃说道："小子，从此你便是无牵无挂孤零零的一个人，只有先跟着老道我浪迹天涯。说不定老道我什么时候也要离你而去了……只愿从此天遮不了你眼，地埋不了你心，你自己的路想怎么走便怎么走吧。"

只差最后的一点。小夏的手已经触摸到了那道云纹，那是一道虚无，好像并没有任何真实的存在，但是他知道现在只需要最后一点，他就能彻底将这云纹描绘出来。但是就在离那最后最接近的一处他停了下来，他画不下去了。那最近的一点，最后的一点。也是最为空无，却好似酝酿了无穷奥妙的一点让他不敢点下去。

他看着自己的手，那里空无一物。虽然点下去也许便是虚空生花，万物归一，但他就是点不下去，这一片空荡荡的虚无让他感到有些害怕，他总觉得自己应该抓住点什么。

对了，那里是有什么的。他忽然想起来，用力握了握手，那传来的一片温柔细腻踏实是确确实实存在的，那里该是什么呢……该是什么呢……四周无边无际的海洋飞快地消散了下去，他被手中的触感拉着堕入了越来越深的深渊又好像是逐渐飞向了天际……

那一道伤痕已经越来越大，越来越无法忽视，逐渐从一道丑陋的伤疤演变成要将这完美无缺的琉璃世界一斩而断的断痕。外面那湛蓝的天空，被夷为平地的村庄，还有两个老者的身影已经隐约可见。

"南无阿弥陀佛！"慧光老僧的双眼忽然绽放出无与伦比的金色光芒，所有在无量虚空中流转的佛经开始一起疯狂朝那边涌去，要全力将那处伤痕给消除抹平。

但就在这时，漂浮着的小夏忽然动了动，那一直浮现在他身体上，或者说和他的存在相互重合的那一道云纹终于不见了。

小夏其实是一直睁大着眼睛的，只有这个时候，所有人才都能清晰地感觉到他的眼神从自己身上流过。在这片琉璃世界中，只有他的存在感才能和慧光老僧一样超越了四周的佛光和琉璃，他的这一醒来，不只是让其他人立刻有所感觉，连这方琉璃天地都立刻产生了动荡。首当其冲的便是环绕在他身周四边缓缓运转的四件事物停止了转动。

愕然和震惊终于浮现在了慧光老僧脸上，但他还来不及有任何的反应，就看见一直和那把伞、那把剑、那套甲胄一起静静地在小夏身周旋绕的地灵师也忽然睁开了眼睛。原来他并没有失去自主意识，只是将这一切隐藏了下来静静地在那里等待。

没有想着对近在咫尺的小夏做些什么，地灵师径直化作一道流光将那套虚实相间的甲胄，那把玄奇美妙的伞裹挟在其中便朝那一道正在不断扩大的裂痕冲去，只是十分之一眨眼的时间便已经冲到了那道巨大裂痕的边缘，外面那方天地已经隐约可见。

“南无阿弥陀佛……”慧光老僧一声长叹，那原本正要朝裂痕涌去的佛光经文微微一转，便将地灵师的身影团团围住。

地灵师的身形速度分明已经是快到极点，肉眼也难以捕捉，但就在慧光老僧一叹息之间，他那眼看便触手可及的那一条裂痕便好似远在天边，无论他如何飞遁也都难以触及，然后周围那海潮般的佛经经文便涌上将他彻底淹没。

而就在这一叹息间，小夏已经落到了地面上站稳，同时将明月也拉到怀中抱住，迈步走向了那一道裂痕。他的动作并不快，就和平日间的行为举止一模一样，连一丝慌张都没有，但无论是满天的佛光还是铺天盖地的经文对他来说都好似幻象一般，就连一直悬浮在他头顶，和周围这琉璃世界不断共鸣着的小小佛塔都不能对他有丝毫影响，他就那样抱着明月走到了那一道已经扩张得犹如一条康庄大道的裂缝前，举步迈了出去。

一声好像天地碎裂，又好像无声无息的破碎声，那仿佛无穷无尽无边无际的琉璃世界崩溃了，然后所有崩溃碎裂掉的景象飞快地朝那一座小小舍利塔中收缩而去。只是眨眼之间，这方天地便恢复了原貌，刚才那漫天的佛光，充塞天地的诵经声好像都如梦境一般，没有留下丝毫痕迹。

当啷一声，一把漆黑的长剑跌落在地，正是刚才在琉璃世界中由唐公正所遗留的那把大刀变化而成的长剑。这一声也将有些发怔的唐轻笑惊醒，他飞掠过去将这把既陌生又熟悉的长剑握在手中，脸上的神色变化不定，有些发呆又有些不知所措。

那一座小小的舍利塔已经飞回了慧光老僧的手中。慧光老僧跌坐在地，那干瘦的身体竟然像是一个幻象一般在慢慢变得透明起来，点点的白色佛光正从他的身体深处飘起，朝着掌中那舍利塔投去。而他好似没有察觉到一样，只是将那深陷下去没有眼珠的空洞眼眶看向不远处的两个老者。

这是两个年逾花甲的老者，一个独臂，一个身着一身破烂道袍，独臂老者半跪于地气喘吁吁面如金纸，身着道袍的老道则是一脸嘲弄的怪笑正看着慧光老僧。

“师傅！”小夏一脸难以置信地又惊又喜地看着老道。

“小子，怎么是你？”老道笑嘻嘻地看着小夏，又看了一眼他抱在怀中的明月，脸上的笑意更甚，“哪里去寻来这么漂亮的女娃娃，你小子真是运气了。”

“那边那位道长，贫僧多谢点拨了。”慧光老僧沙哑着声音道。

“不客气。”老道当仁不让地一笑，“那也是老和尚你慧根尚在，居然还能听懂我的点拨。”

“只是道长断了今日之因，可知异日必定承下今日之果么？”慧光老僧的身形越来越淡，好像马上就要消散一般，他本人却毫不在意，只是看着老道问。

“笑话。因果若能断，那还叫因果么？”老道颇为不屑地一哼，“自家修为短浅，眼界不开，那最好便不要多问了。这里高手众多，被人听去了徒然拿去当作笑话。”

“阿弥陀佛，善哉善哉。多谢道长点拨。”慧光老僧双手合十，那舍利塔从他的掌间缓缓浮起，他整个人已经只剩下最后一个极淡薄的影子，“贫僧圆寂在即，敢问道长法号？”

“贫道道号希夷。不过是看在你慧根不错，顺口而为罢了，无须客气。”老道拂须得意地一笑，又指了指旁边单膝跪地，气喘吁吁，看样子是累到极处的老者，“至于这位，你也莫要看他年老色衰好似站也站不稳，便以为他是个无名小卒而无视了。他便是点苍派徐正洲徐老爷子，之前以剑意破开你那金刚胎藏界，还硬接你一声禅音神雷的便是他了。老和尚你不可不知也。”

最后一点光芒投入舍利塔中，慧光老僧来不及再说什么，身形就已经彻底消失。舍利塔慢慢飘到不远处的十方面前，十方伸掌接住，脸上已经泪流满面。

［节选自起点中文网］

【粉丝评论摘编】

@三味线：这本书虽然在各种意义上都是新武侠，但是也有些古风，也说不出来像谁。结构上是由一个个单独的故事组成的，构思极其精巧。我看完第一个故事就惊为天人，很类似当年看完《风姿》前五卷的感觉。因为同时自己也在写东西，顿时就觉得自己写的东西就是渣。构思这种东西我大概从来就没真正学会过。

@myosin：不愧是知秋大神啊，短短的篇幅内就塑造了N个个性鲜明的人物形象。

人情练达又游戏红尘的主角夏道士；来历神秘，实力强劲又纯粹若婴儿的明月姑娘；漂亮得像女孩子的唐轻笑；不会用暗器，不会要阴谋，慷慨豪迈，一刀定乾坤，最不像唐门弟子的唐门弟子的唐公正；能说出“粪坑修行论”的主角师傅；“姑娘你好漂亮哦”的神僧十方；甚至隐约可见的变态大boss。最妙的是，这众多鲜明的人物形象，与设计巧妙、悬念迭出的剧情，都压缩在极短的篇幅里，更显其出众。有人说，十州的设定老土，但我却觉得，现在的作品问题从来就不出在设定和创意上，而恰恰是最基本的人物描写和情节设计这样的基本功不过关啊。能在极短的篇幅里迅速打造出让人印象深刻的人物形象，感觉这种硬桥硬马的真功夫，才是现在的作品最需要的啊。

@萝卜哥：知秋大神的笔力自不必多言。笔下人物各个栩栩如生，夏道士，明月姑娘，唐轻笑，均让人印象深刻。但在快餐文学大行其道的当今，这一部小说的整体节奏就显得缓慢了许多，而且主角的存在感也有些薄弱。大概作者本意也并非冲着网络而来，怎么看这样一部字字珠玑的众生相小说，都是为传统出版而生。尤其是每周一更，更是让现在的读者无法忍受。对于这本书，实在是既爱又恨。爱它文笔绝妙，情节曲折；恨它爽点不足，更新缓慢。

［导引、简介、节选、粉丝评论摘编：田彤、陈汝嫣、谢宇程阳、吕宸、王璐薇］

网文里的“恶之花”，中国式的“现代派”

——评知秋《十州风云志》

田　彤

《十州风云志》是一部有修仙元素的武侠小说，题材很旧、套路不新，仿佛又回到了十几年前修仙小说初生时，笨拙地从武侠中脱胎而出的那一刻。然而，这却是近年来为数不多的让我在阅读中时刻充满新鲜感的小说。作者知秋笔下的江湖不再是人们早已熟悉的、金庸式的前现代世界，也并非“小白”作者们打造的绝对数目化的升级世界，而是一个骨架卓立、血脉贯通的修行世界——从传统武侠中继承的行文方式，恰如其分的修仙元素，让小说在建立起力量体系的同时，也得以有充足的文学资源支持起饱满欲滴的情节与活色生香的人物，称得上是“升级版”的低武江湖。

迥异于主流的修仙文——让主角升级打怪、打完小怪再换个地图打大怪，作者在将主角小夏作为线索、连缀各种事件的同时，也不忘关心被打的“怪”和一起打怪的“小伙伴”们——与小夏的因缘际会固然能够露脸，文本的多线发展更表现了各色人物相异的成长轨迹和价值观念。观念的碰撞触发了事件，而事件的发展也塑造了人物。事件为筋，人物做肉，小说就在这筋肉交织中建立起世界的完整骨架，更以浓墨重彩勾勒出一幅当下主流修仙世界失于苍白的社会横截面，一幅充满了“人情味儿”的《清明上河图》。

如果说传统武侠往往囿于小小江湖，当前的玄幻又是动辄横跨世界宇宙，那么《十州》就介于这两者之间：将格局从江湖扩展到了天下神魔，却又从未忽视对世界图景的描摹。武侠、修仙的双重资源和网文的长度容量为《十州》提供了这种可能性，而《十州》也没有辜负这个期待。

相比于武侠与修仙结合的创作方式，《十州》更大的特点还在于它带来了一种渗透了作者后现代体验的、恶心又生机勃勃的美——作为一名生活在后现代的城市网文作者，知秋的《十州》虽是脱胎于武侠，继承自章回体，其“现代感”倒显得比20世纪80年代的“先锋小说”更真切些：撕开一切伪装，作者反复用那露出来的恶心乃至恶毒的人间事挑衅读者，同时又把那丑恶中的盎然生机描绘得那样动人心魄。

在知秋笔下，“死亡过程”这一真实存在于我们的生活之中，却向来被人们刻意忽略之物被生生甩到了台面上：作者用鲜活细腻的笔触向我们描绘了生命从存在到消逝的过程，也不吝用精彩纷呈的手法向我们展现了生命的脆弱和易逝。他用浓重的笔墨去描绘死，却让人在这死中看到生命力的怒放。不仅如此，“粪便”等让人避之唯恐不及的字眼也大量地出现在了《十州》之中。作者一遍遍地强调它们的存在，甚至还详细地描绘了它们的形态细节、产生过程——这些令人恶心的描写与格外血腥的杀人场面不断地挑衅读者，给读者以强烈的心理冲击，让人觉得反感、不适。

知秋仿佛是通过这种方式，表达了对于主流修仙一味满足读者欲望的厌倦，同时也嘲笑了只敢在虚幻中回避丑陋，甚至连直面现实的勇气都没有的读者。而他就是要故意撕破了那光彩照人的皮囊，逼着“装睡”的读者们看到隐藏在底下的丑恶和残酷，让想到小说中躲避现实的他们无处可逃。

这种“审丑”“求真”，在恶中发现美的精神颇有现代派的风范，但又与现代派不完全相同：《十州》的美并非颓废、病态，相反，掩藏在那丑恶之下的恰恰是勃勃的生机。

《十州》故事真正的开始，被浸了一整天粪坑的小夏被师傅希夷道人教训：“那粪坑底下自有一番生机勃勃、繁荣昌盛的景象，是也不是？”（第二卷第6章）一句看似玩笑的机锋，却成了点明整部小说的谶语。在《十州》世界中生存是残酷的，上一刻，这人还执剑而立好若神明一切都尽在掌控之中，谁知道下一秒会不会手起刀落无声无息身死道消。没有人能够真正地把握住别人，更没有人能够真正地把握住命运。所有人都注定了是历史的陈迹，是历史的尘埃。

但就像知秋在他的名作《历史的尘埃》（2004）中所说：“在历史的天空下，不管你爱与不爱都只是其中的尘埃。无论是谁，所能把握的不过也只是自己而已。”也幸好，人所能把握的还有自己：你可以看到为救兄弟的唐公正在白石城挥下那一刀的风情；你可以看到为查真相的小夏舍命潜入神机堂的勇气；你可以看到为了所谓的“天工计划”把自己弄得人鬼不辨的蛇道人；也可以看到为追求大道不惜祭己身于火海的天火宗长老。

面对这丑恶的世态，面对这丑恶的人心，只听灭怒和尚一声怒吼——“这世间怎能如此？怎能如此？怎能如此？”（第一卷第13章）渺小也罢，无力也罢，但最可贵的是，《十州》中人面对命运的姿态从来都不卑微，从来都不微贱，他们喜时敢笑，悲时敢哭，爱时敢乐，恨时敢怒！

天下大势滚滚而来，人道洪流汤汤而至，你可以看到这些渺小的个人在历史中的选择，看到他们的爱恨，看到他们为了自己的欲望在这凶恶的世间怒吼着要杀出一条血路。贪的，嗔的，痴的；善的，恶的，乡愿的，一齐搅弄在这浑浊龌龊的“大粪坑”中，绽放着最恶毒，最盎然，又最热烈的生命力。

这是从网文中开出的“恶之花”，这是中国式的“现代派”。

惊悚乐园

三天两觉

三天两觉，起点中文网大神级作者。《惊悚乐园》自2013年1月开始更新，目前已连载四百余万字，尚未完结已名列起点游戏类推荐总榜前十，并于2015年出版实体书，且销量可观。其前作《鬼喊抓鬼》（2009—2011）、《贩罪》（2011—2013）亦逐渐被视为“受到严重低估的作品”。《惊悚乐园》借助游戏设定与“无限流”框架，在从侦探文学到任天堂游戏、从搞笑漫画到恐怖电影等数百部流行文本中自由穿梭，塑造出亦正亦邪、意志强大的主人公形象。

2014年，三天两觉成为B站①游戏区up主②，常借口“小说取材”，沉迷游戏，停止更新，故其读者也在B站催更。因三天两觉解说游戏的淡定画风与小说主人公封不觉颇为相似，以至于读者会沿用封不觉在小说中的昵称“觉哥”来在现实中称呼三天两觉。

【标签】无限流　游戏文　悬疑

【简介】

侦探小说家封不觉以失去恐惧感为契机，开始尝试一款名为“惊悚乐园”的最新神经连接游戏。在游戏中，封不觉与王叹之、黎若雨、古小灵等人组成地狱前线社团，一边凭借智力与武力通关副本③、积累经验，一边在巅峰争霸赛等活动中与其他玩家一较高下。凭借着不走寻常路的通关策略、强大的分析推理能力、高超的战斗技巧，以及永远可以轻而易举拉满仇恨的逻辑强暴与吐槽技能，封不觉很快

① B站：名为哔哩哔哩的弹幕视频网站。
② up主：在B站等视频网站上传视频的用户。
③ 副本：游戏中的一种特殊关卡/区域，具有区别于主线剧情的独立任务。

成了游戏中的知名玩家。与此同时，封不觉渐渐了解到“惊悚乐园”中所隐藏的惊人秘密，揭开了自己的身世之谜，并且发现自己身边的朋友们原来也都来历不凡。为了解放衍生者、拯救世界，封不觉开始积极积蓄力量。一场豪赌，正在诸界神魔与封不觉之间拉开帷幕……

选段为第 317 至第 322 章，是疯不觉（封不觉在游戏中的 ID）、鸿鹄等人在推理俱乐部副本中与福尔摩斯和莫里亚蒂进行对决的精彩故事。在这场由福尔摩斯和莫里亚蒂主导的语言推理游戏中，疯不觉以出人意料的推理能力迅速攫取了游戏主导权，揭开了副本真相。作者以充满戏剧性的精彩对话展现了这场充满悬念的智力碰撞，令读者产生“烧脑”的快感。

【节选】

第 317 章　入侵脑细胞 [二十四]

“当前任务已完成，主线任务已更新。”系统提示适时响起。

四名玩家的任务栏中，“所有存活的玩家进入‘推理俱乐部’”这条终于被勾去了。

至于“逃离记忆空间，返回‘测试楼’第七层”这条任务，虽然每个玩家都有，但这并不是共同任务，而是四条一模一样的个人任务，因此玩家们是分别将其完成的。

“哦……是这样吗……”封不觉看到了任务栏中浮现出的新任务——“在‘圆桌游戏’中击败福尔摩斯和莫里亚蒂”，便笑着说道，“难度不小啊……”

“一边说难，一边摆出这种愉悦的神态是闹哪样……”秋风用死气沉沉的语气念道。

“哈……你不也玩得挺高兴的吗？”封不觉笑道。

秋风道：“哪儿看出高兴来了？我身上可还带着流血效果呢。”

封不觉耸耸肩：“嗬……还是鸿鹄最舒坦啊。”

鸿鹄隔着栅栏摆出一张臭脸：“我觉得这种头戴铁笼的造型，已让我失去了一些很重要的东西。”

计长一副丈二和尚摸不着头脑的样子，摸着头问道：“你们这到底是在搞什么？”

“这个问题一会儿再说。”封不觉道，“你先来说一句在记忆空间中尚未‘遭遇’过的留言吧。”

“尚未遭遇……”计长眼神闪烁，思考着这是不是疯兄在给自己暗示。

在记忆空间的解谜过程中，计长倒确实是遇到过几次与“那些留言”所指状况十分贴切的情形，要说他还没遭遇过的留言，应该还剩两句……

福尔摩斯抽了口烟斗，用他的英国腔高声说道：“我相信你和这几位先生一样，清楚地记得那五句留言的内容，所以，请说出一句来吧，以便游戏继续进行下去。”

莫里亚蒂接道：“但不要说你已经遭遇过的留言。因为那些句子的‘暗示’效应已被消耗了，无法作为入局的条件。”

计长左顾右盼，脑中闪过了无数念头。他看到队友们全都安分地坐在位置上，即使有人胸口插着剑。大伙儿都没有动粗的意思，足可见眼前的状况不是靠暴力能解决的。

“嗯……当你以为自己得到了想要的东西时，其实已失去了更多。”计长如是说道。

在记忆空间中，他还没有经历过符合这句留言寓意的剧情。

话音刚落，桌面上的一张卡片，竟在无人触碰的情况下开始移动，缓缓挪到了计长的面前。

“呼——”福尔摩斯吐了口烟，“翻开它吧，语先生。”

既然对方说了“翻开”，就表明这张卡此刻算是背面朝上。计长垂目看向了那张卡片，其背面除了蓝色的无边纹理外，还印着一个词——“暗示”。

计长又抬头看了看队友们，鸿鹄和秋风的神态都很凝重，而封不觉是张笑脸……

“要是我猜得没错……”计长的手已经放在了卡片上，但他没有翻开，而是看着两名boss说道，“疯兄选的那句话是……用笑脸来迎接悲惨的厄运，用百倍的勇气来应付这一切的不幸。而鸿鹄选的是……世界上没有什么地方比得上自己的家。”

“嗬……正确的推断。”福尔摩斯笑着回道，“没错，卡片会根据‘暗示’的内容而产生相应的效果。”

计长冷笑了一声，又对秋风道：“秋风你说了哪句？我猜不出来。”

“真诚的善举，不图回报。”秋风无精打采地应道。

“哼……”计长念道，“看来无论说哪句，都不会有什么好结果。”他又将脸转向了莫里亚蒂和福尔摩斯：“那么……假如我不翻这张卡，又当如何？”

“还能如何？”封不觉替他们回道，“游戏会停留在你的回合，无法进行下去。然后大家就耗着，耗到你被系统判定为消极游戏，或是大家集体因游戏时间过长而断线。”

秋风接道：“顺便一提，行囊里的东西又不能用了。你再拖个一小时左右，我可能就得流血而死。”

鸿鹄也在旁补充道：“而你要是想对教授和侦探先生动粗来解决问题，最好先回忆一下封住一楼大门的那道光壁……猜猜那是谁的杰作。”

计长干笑一声，摇了摇头：“好吧，翻就翻吧，大不了受点伤……”他咕哝了一句，将面前那张卡片翻了过来。

第 318 章　入侵脑细胞 [二十五]

二十分钟前……

福尔摩斯从封不觉身边走过，来到了教授旁边的椅子坐下，并把他的烟盒摆到了桌上：“你是如何推断出教授有一名搭档的？”

封不觉笑了笑：“这儿有六个座位不是吗？”

“就凭这个？”莫里亚蒂问道。

“还不够吗？”封不觉朝椅背上靠了靠，摊开双手，“你对于有序与精准的追求，已成本能，在你的‘脑内世界’，岂会出现无意义之物？”他用手指轻轻敲了两下桌面，“理论上来说，假如我们四名异界旅客全员来到了这里，再算上你，一共也就五人，那为什么要有第六张椅子？很简单，因为还有一个人。”

“那你又怎么知道，来到桌边的人，一定是教授的搭档，而不是另一名客人？”福尔摩斯又道。

“因为我猜，来的那个人就是你。”封不觉回道。

“呼——”福尔摩斯吐了个烟圈，“你从魔镜口中得知了教授是这里的老板。又在看过那段影像后，推断出我和教授都在这个空间内。”他顿了一下，“这我可以理解，但你为什么会认为我和教授是搭档呢？”

“他说得对。”莫里亚蒂接道，“通常人们都认为我们是不共戴天的仇敌。”

“你们俩都已经死了。”封不觉道，“何来不共戴天一说？”

“嗬……说下去。”福尔摩斯微笑着道。

“‘宿敌’这种关系，是建立在两人相互尊重和认可的基础上的。因而宿敌……是可遇而不可求的。”封不觉道，“相对而言，朋友这种关系反倒很容易经营，只需相互了解，并忍受彼此的恶习就可以了。”

封不觉左右看了看二人：“二位是宿敌，而非仇敌。当然了，你们也确实产生过仇恨，但死后……那就不复存在了。”又说道：“这世上物以类聚。撇开犯罪顾问和咨询侦探的身份，你们是非常相似的两个人，在条件允许的情况下，狼狈为奸的可能性极大。”

莫里亚蒂的表情没有起什么波澜，他冷冷说道：“如果你的用词能稍微高雅一点，我会忍不住为你鼓掌的。”

封不觉撇了撇嘴，不置可否。

“那么……‘脑内空间’的事，你又是如何推得？”福尔摩斯又道。

“魔镜告诉我的呗……”封不觉回道，“在我说出第二个问题之前，魔镜就迫不及待地问了我一句，第二个问题是否是‘这两个空间的精神宿主分别是谁’？”封不觉笑道，“在他这句话出口的瞬间，我就已经没必要问了。”

“Your brain，your rule。”封不觉瞅着教授说道，“显而易见的是，在你构筑的世界里，我受到了限制。”他指的自然是行囊栏无法使用的事，“我‘带入’这个世界的东西，一件都无法使用。”说话间，他从口袋里取出了折叠小刀，摆在面前道：“而当我回到自己的记忆空间时，我不但可以用自己身上本有的物品，也可以用那些从你这里拿到的。我想……这是因为我在这个世界里得到的东西，也成了我‘记忆’的一部分。”

“至于这两个世界间的空间转移，应该与实际的物理现象无关，否则我口袋里的东西早就在瀑布的急流中遗失了。”封不觉将双手枕到头后道，“在我的记忆空间中，那些物品之所以是湿的，只是因为浴缸里面的水罢了。”

“嗯……不错。”福尔摩斯道，“但并不完全准确。”

“愿闻其详。”封不觉道。

福尔摩斯应道：“这话……由教授来告诉你吧。”

莫里亚蒂直视着封不觉，沉声说道：“这里并不是我一个人的精神世界，而是一个由集体意志组成的空间。”他整了整衣领：“我和福尔摩斯先生，只是比这里的其他意志更强大，所以占据了主导，从而成了空间的支配者。”

“原来如此。”封不觉道，“那不知我能否做出这样一个假设……如果在精神上，哪怕只有短短几秒钟的时间，我能做到比二位更强，我就会成为这里的主导者？”

“是的。”莫里亚蒂语气阴沉地回道，“你随时可以尝试。”他冷笑一声：“只要你掌握了这个空间的规则，并能在意志上胜过我，那你打个响指就能让我像气球一样爆掉。”

“那么……这个空间的‘规则’又是什么呢？”封不觉道。

“这就得由你自己去琢磨了。”莫里亚蒂回道。

他们谈话间，封不觉旁边的椅子上，突兀地冒出了一个人影，不是鸿鹄又是何人。

“嗯……这里是……”鸿鹄看到任务栏中被勾去的那条个人任务，便立即明白了，“这里就是七楼吗？”

“欢迎来到推理俱乐部。”封不觉抢在教授开口前，喧宾夺主地对鸿鹄说道。

“疯兄……”鸿鹄环顾四周，“这两位是？”

“哦？你不知道？”封不觉沉吟道，“这么说……我们每个人经历的记忆空间是不一样的咯。”

鸿鹄听到这话，便问道：“疯兄你没有遇到彼得·潘吗？”

“我遇到的是魔镜、魅魔之类的……”封不觉道。

鸿鹄长叹一声：“哎……我和一个自称彼得·潘的谢顶大叔，在那儿谈了半小时的人生。”

“啊？”封不觉也愣了。

“他说他离开了 neverland（永无乡，亦译梦幻岛、虚无岛等），选择了长大，还找了份工作，结婚生子，交房贷、交保险……后来还谈到了金融危机，油价上涨……”鸿鹄的眼中是一种十分畏惧的神色，“不知道为什么，我越听越觉得人生无望……”

“哦，你还真是倒霉呢。”封不觉道，“我就好多了，先是魔镜，它把我是世界上最帅的人这个事实隐晦地告诉了我，后来我还干掉了灰姑娘的继母和两个姐姐的幽灵，最后和魅魔来了一发。”

鸿鹄听完这话，唯一的感觉，就是自己被补了一刀。

“哈哈！其实我是瞎掰的，只是想看看你的反应。”封不觉笑道。

“我警告你，剧本结束别加我好友。”鸿鹄面无表情地冷冷说道。

“嗯哼……二位。”莫里亚蒂清了清嗓子。

封不觉好似刚想起那边俩 boss 的存在一般：“哦，对对，我忘了介绍了。”他转向鸿鹄道：“这位是詹姆斯·莫里亚蒂教授。”他用手示意了一下：“他旁边抽烟斗的，是歇洛克·福尔摩斯先生。”

“哦！幸会幸会。”鸿鹄居然真想走过去跟他们握手。

“别动。”福尔摩斯说这话的瞬间，伸手弹了弹烟斗，他这个不经意间的动作，却使得鸿鹄被一股无形的力量压回了座位上。

“我还没说完呢。”封不觉接着刚才的话道，“教授是这里的老板，福尔摩斯先生是他的搭档。”

鸿鹄的脑袋好像短路了几秒，他最终给出的回应是：“这样啊……”

“对，就是这样。”封不觉道。

“各位，既然现在已经有四人入席了，”莫里亚蒂这时开口道，“就让游戏开始吧。”

“什么游戏？”鸿鹄问道。

“是我和教授一同发明的一个小游戏，作为推理俱乐部聚会时的消遣。”福尔摩斯说道。

封不觉道：“我想问问，贵部一共有多少会员？”

“目前来说，只有我们两人。”莫里亚蒂回道。

“其他会员该不会都在这项消遣活动中挂掉了吧？”封不觉问道。

“呵呵……”莫里亚蒂笑了笑，一切尽在不言中。

“疯不觉，你比鸿鹄先到，由你先动手吧。”福尔摩斯说道。

与此同时，教授打了个响指，桌面上凭空出现了一沓堆放整齐的卡片。

“嚯！还有这等好事。”封不觉讽刺道。

“这个游戏，至少须有两名知道‘真相’的人参与，而在这个桌面上，知道真相的人，即我和福尔摩斯。”莫里亚蒂解释道，“你们面前的卡堆中，有‘暗示’‘询问’‘揣测’和‘推定’四种卡片。新加入者，需以‘暗示’入局。”

“所以，我现在得抽一张‘暗示’？”封不觉问道。

“不。你不需要动手去选卡。”莫里亚蒂说话间，桌面上的卡堆便自行摊开，散乱地铺满了桌面。

"呼——"福尔摩斯接道，"'暗示'已经给你们了，一共有五句。"

此话一出，封不觉和鸿鹄瞬间就明白这是在指先前那五句留言。

"你们在记忆空间中活动时，应当已遇见过与这几句暗示相符的情形。"福尔摩斯道，"每遇到一次，就视为暗示被消耗了一条。"他停顿了两秒，接道："而剩下的那些句子，每句都意味着你们得抽一张'暗示'卡。"

"听上去这卡好像不是什么好东……"封不觉话未说完。

莫里亚蒂就打断道："念一句出来，你就明白了。"

"嗬，谁怕谁啊？"封不觉一拍桌子，"用笑脸来迎接悲惨的厄运，用百倍的勇气来应付这一切的不幸。"话一出口，一张"暗示"卡就自动挪到了他的面前。

"还挺高科技啊。"觉哥伸手把卡一翻，"我拿起来了，怎么的吧？"

莫里亚蒂和福尔摩斯都不说话，冷笑的冷笑，抽烟的抽烟。

见他们没反应，封不觉的视线便落到了卡牌上。

这张卡片的正面，印着一张小丑的脸。

几乎在视线接触的瞬间，卡片就从封不觉的手中落下。而他的手，不由自主地伸向了桌上的那把折叠小刀……

第 319 章　入侵脑细胞 [二十六]

时间，回到现在。

计长将卡片翻了过来，放到眼前。他这张"暗示"卡的正面，印着一团黑色的毛线。

"难道准备用线把我缠起来？"计长看了一眼图案后说道。

话音未落，鸿鹄、秋风和封不觉看他的眼神，已起了变化。

"怎……"计长本想问哪里不对，但话还没问出口，他也被正在发生的事情给惊呆了。

此时，从旁观者的视角来看，计长的头发像是发面团一样膨胀了起来，并很快变成了一个巨大的、蓬松的爆炸头。接着，这团"巨发"如一朵乌云般开始"下雨"，当然，落下的不是雨，而是瀑布般的长发。

大约三十秒后，这个过程终于停止了。

计长原本的小平头，仿佛变成了一个大蘑菇，而蘑菇的菇檐下，垂着柳絮般的长发，他要是站起来，旁人就完全看不见他的身体了，远瞅着倒像是个黑色的、毛茸茸的大水母。

“当你以为自己得到了想要的东西时，其实已失去了更多。”计长一边重复着这句话，一边用双手撩开门帘儿般的长发，露出了自己的脸，“虽说我最近确实是考虑过，要把游戏里的平头改成别的发型，但肯定不是现在这个样子……”

“当你以为自己得到了洗剪吹之王的地位时，已失去了尊严与品位。”封不觉冷冷地调侃道。

“哈哈哈哈……”秋风闻言，大笑出声。但几秒后，他胸口插着剑的地方就再度渗出了一些血，“咳……不行……别引我笑，否则我一个小时都撑不到了。”

鸿鹄则是平静地说道：“和我们比起来，你这还算是好的吧。”他说着，将手指穿过脸前的铁栅栏，习惯性地扶了扶眼镜。

“我情愿在头上套个笼子。”计长把脸前方的长发拨开，甩到肩膀后面去，否则他都没法儿视物了。

“各位，让我们继续吧。”莫里亚蒂在这时开口道，“语先生，你来得正好，在你出现之前，你的三名同伴分别完成了自己的回合。”他的语气依旧是波澜不惊：“此刻，我相信你们也都看到了这游戏的玩法。”

“卡片效果我们是看到了，但游戏规则呢？”封不觉道，“我们总不能在你们指挥下玩儿下去吧。”

莫里亚蒂转过头去，和福尔摩斯交换了一下眼神，随后才对玩家们说道：“语言，是一种力量。”他举起一条胳膊，做了个介绍的手势：“请记住这点，因为在这个空间里，或者说在这个圆桌游戏中，这是最基础的一环。”

他用手点了点桌上的那些卡片：“这个游戏的基本规则中，每一名游戏者，都必须用遍‘暗示’‘询问’‘揣测’和‘推定’这四种卡片。”他的视线扫过玩家们的脸：“但有一个问题，这张桌子上，只有我和福尔摩斯先生知道‘真相’。那么作为不知情者的你们，显然是没理由去选‘暗示’的。”

“所以规定我们用‘暗示’来入局吗？”鸿鹄接道。

“是的。”莫里亚蒂应道，“我们把那几句带有‘暗示’属性的话语，留在了各处，以便让你们在登楼的过程中亲眼见证一下这几句‘语言’对空间中其他人物的影响。”

“我能否这样理解……在这个世界里，‘语言’是一种力量，而‘暗示’就是含有负面属性的一种招式。”秋风道。

“不确切。”福尔摩斯插了一句，“但很接近了。”

“在这个桌面上，没有正面或负面一说。判定卡片效果的前提是——说出的语言有没有价值。”莫里亚蒂接道，“目前是我的回合，我来说一个暗示，演示一下。”他顿了一下，朗声道：“暗示——这世上没有谎言。”

言毕，一张“暗示”卡便自行挪到了教授面前。

莫里亚蒂翻开卡片，并展示给了众人，卡片的正面是一片空白：“瞧，没有惩罚。”

大约五秒后，封不觉从他那透风的腮帮子里漏出一声冷笑：“哼……明白了。”他仍在把玩着手中的小刀，一副很轻松的样子：“你是‘知情者’，你现在所说的这句话，能够帮我们更接近‘真相’，所以你的这句‘暗示’是有价值的。”他稍停一秒再道：“而我们这些不知情者，刚才只是说出了你们预留给我们的‘语言’罢了，虽然话的性质确实是‘暗示’，但在这个桌面上，毫无意义。”

“不错，看来你上手了。”莫里亚蒂微笑着回道。

计长沉思了一会儿，总结道：“那么……在这个游戏中，对不知情者来说，选‘暗示’必然会遭到惩罚，因为知情者不需要我们的暗示。而对知情者来说，‘推定’是不能碰的一项，因为你们从一开始就知道真相，没有什么可推定的。”

“但问题是……”鸿鹄打断道，“每一名游戏者，都必须用遍四种卡片，不是吗？”他向莫里亚蒂投去了一道锐利的目光。

“是啊。”莫里亚蒂用理所当然的口吻回道，“放心，我和福尔摩斯先生，并不是那种会作弊的人。”

福尔摩斯补充道：“作为不知情者的你们，入局的第一句话，默认为暗示。呼——”他吐了口烟：“而知情者没有这个限制，以任何一种卡片开局都可以。”他弹了弹烟灰：“只不过……无论是知情者，还是不知情者，在游戏最初的四轮，不可以选重复的卡片。”

“也就是说……每一名游戏者，都必须在前四轮中把四种卡都选一遍。”鸿鹄应了一句，随即问道，“那是否意味着……自第五轮起，我们就可以反复地选同一种卡了？”

莫里亚蒂冷笑一声：“是的，从第五轮开始，即使你每一轮都选‘询问’也可以。”他直接点破了鸿鹄心中所想。

第320章　入侵脑细胞[二十七]

“由我继续吧。”福尔摩斯暂时放下了烟斗，看着桌面道，“推定——莫里亚蒂教授是个弱智。”

他这句话让四名玩家皆产生了一种“难道我幻听了？”的错觉。

唯有莫里亚蒂教授本人，仍是古井不波之色。

“Nice try。”莫里亚蒂神态轻松地道了一句。

福尔摩斯笑了，他耸耸肩，学着之前封不觉的语气道：“试试又不花钱。”

玩家们完全不明白这两个家伙在搞什么名堂，不过，桌上的卡片还是如期而动。一张背面印有“推定”字样的卡片，移到了福尔摩斯面前。

大侦探没有拿起那张卡，只是将卡片在桌上翻了个面，露出其正面的图案来。

卡上……画着一个炸弹。就是卡通片里经常出现的那种黑色圆球炸弹。

福尔摩斯看了一眼卡片，随后站了起来，并稍稍退后几步，与桌子拉开一定的距离。

他开始在自己的各个口袋里摸索，当他摸到外套左侧的口袋时，表情微变：“哦，在这儿呢。”他说着，便从那个口袋里拿出了一个比橙子略大的黑色球体炸弹。

炸弹的外形和卡片上的一模一样，其引线竟然是点着的。而当它被取出口袋的瞬间，引线已然是即将烧完的状态了。

嘭——

四名玩家还没反应过来这是什么状况，爆炸就发生了。三人目瞪口呆，而封不觉则是一张笑脸……

这炸弹的威力倒是一般，只影响了半径一米左右的范围。一团球形的黑色浓烟笼罩住了福尔摩斯的上半身，也遮挡了众人的视线。

莫里亚蒂稳如泰山地坐着，连回头看一眼的打算都没有。

不多时，黑烟散去，福尔摩斯毫发无伤地站在那里。他拍了拍身上的灰尘，大步流星地回到了桌边，拿起烟斗：“先生们，请继续吧。”

“喂……什么意思啊！你们受的惩罚就只是障眼法吗？”秋风不爽道。

“不，那是实实在在的爆炸。”福尔摩斯回道，“如果我留在桌边，很可能会波及到各位。”

“哼……不是障眼法，那就表明他们在这个空间里非常强大，惩罚对他们无法造成伤害。”鸿鹄说道。

“是的。”福尔摩斯咬着烟斗，微微点头道。

“不好意思，”计长道，“我忽然想到，还有一个关键的问题你们没有说明。”他看着莫里亚蒂和福尔摩斯道：“这游戏如何分出胜负？”

莫里亚蒂回道：“只要你们四人中的任何一人推理出真相，便算是你们赢了。”

“而假如我们四个在获悉真相之前就全部阵亡，即是他们‘知情者’的胜利。”封不觉接着教授的话，对计长说道。

“明白就好，轮到你了。”莫里亚蒂看着封不觉道。

“既然不知情者入局的那轮，默认为暗示……”封不觉放下小刀，朝前坐了坐，“那从这轮开始，我就得在说出‘语言’之前，先声明这是‘询问’‘揣测’还是‘推定’对吧？”

“没错。”莫里亚蒂回道。

“顺便问一下，”封不觉又道，“要是我现在再次声明‘暗示’，会怎么样？”

“第五轮前，你的‘重复宣告’将被视为无效。”莫里亚蒂回道，“你的回合将持续下去，直到你宣告一个有效的选项为止。”

“哦……那个，还有一件事。”封不觉指了指桌上，“伸手去翻这些尚未打开的卡片，或者撕毁、破坏……”

“一死而已。”福尔摩斯用优哉的语气打断了他。

封不觉闻言，又摇头晃脑地磨叽了一会儿，突然一拍桌子，喝道：“询问！”

“问就问，一惊一乍地干吗呢……”鸿鹄言道。

“就是，我心脏不好。”秋风指着胸口的剑柄道。

封不觉没理他们，抛出了自己的问题："这个空间的规律究竟是什么？"

觉哥问的这句话，意思上基本等同于"说出来，让我赢"。他也知道事情不会那么简单，只是姑且试试，也算为队友们的回合铺路。

果然，他问完之后，桌上的卡片全都没动。

教授适时解释道："当你发起询问时，对方阵营的游戏者，可以选择回答，或不回答。"

福尔摩斯接道："我们选择不答，你就可以获得一次惩罚豁免权。"

莫里亚蒂道："而我们要是答了这个问题，圆桌将会开始判定……"他顿了一秒："假如提问者本人，能从我们的答案中洞悉到有益的情报，这次询问即被视为有价值。反之，就是无意义询问，提问者要遭到惩罚。"

福尔摩斯乘着教授说话，又抽了口烟，这时他又接道："另外，同一个问题不能问两遍。更改措辞、意思一样也不行，否则亦将遭到惩罚。"

莫里亚蒂耸耸肩："至于你此刻的这个问题，我们自然是……不答。"

他说出这句话后，桌上一张背面为"询问"的卡片便自行翻转过来，并移动到了封不觉的面前，那张卡的正面没有图案，只是白纸黑字写着——豁免。

"喂喂喂……"秋风忍不住插嘴道，"要是你们一直选择不答，那等到有意义的问题问完了，'询问'对我们来说不就废了吗？"他的问题，也是其他玩家所想。

"所以，你们最好在有意义的问题问完之前，尽可能地利用询问获取豁免权。"莫里亚蒂道。

福尔摩斯也用一种有恃无恐的态度提示道："你们也可以尝试设下陷阱，用看似无意义的问题进行询问，诱我们说出有用的信息。"他笑了笑："不必担心我们会撒谎，只要选择了回答，就必须说真话。"

"那么……两位能不能在我选卡之前，把揣测和推定的情况也说一下呢？"鸿鹄问道。

"'揣测'，即是提出假设。"福尔摩斯回应道，"揣测的内容，若与解开真相完全无关，揣测者将直接抽到惩罚卡。"他顿了一下："而合理的、有建设性的揣测，翻开后会是张白卡。这时，我和教授就必须对你的揣测做出回应……回答你'对''错'，或是'不确切'。"

"'推定'，即说出一个'结论'，由圆桌判定正确与否。说对了就是白卡，说错了……就会受到足以致死的惩罚。”莫里亚蒂补充道，“当然了，福尔摩斯受到惩罚，只是因为他说的结论与‘真相’根本无关罢了。正如你们之前推测的，不知情者的‘暗示’没有任何意义，而知情者在‘推定’时，只能说些不相干的或是错误的结论。”

这番解释后，房间中陷入了一片沉默。

四名玩家，皆在竭尽所能地快速思考着。他们都很清楚，眼前的形势有多严峻。

这场圆桌游戏的复杂和困难程度，是前所未见的。而与他们博弈的两名对手，更是神级智者，且在剧本中被设定为近乎无敌的存在。

想赢，就得在有限的时间内、规则的限定中，用“语言”来获得足够多的情报。并以此推测出“真相”，即这个空间暗藏的某种规律。

“我……询问吧。”鸿鹄没有思索太久，他知道时间宝贵，这一圈，他就先稳妥地拿一张豁免卡再说了。

队友们也都理解他的意思，因为秋风已在流血，所以浪费时间很可能意味着减员。而每减少一人，“不知情者”活动的回合就等于少了一个。

“询问——福尔摩斯先生，你刚才没有被炸死的原因是什么？”

智将鸿鹄确实名不虚传，这么问铁定能换到豁免权。因为这两名 boss 的能力与这个空间的规律息息相关，这个问题断然答不了。

“哈……太让人欣喜了。”福尔摩斯转头对旁边的莫里亚蒂道，“教授，今天你请来的客人真的很有意思……”他抽了口烟斗，用烟斗把儿点了点鸿鹄的方向，“比如这位，不仅智力超群，还有着独到的观察才能和推理能力。”

莫里亚蒂用一种不温不火的语气回道：“是啊，又比如那个小子。”他的视线投向了封不觉：“他和你很像，思维敏锐过人、有条有理，但是极度自负、随性、放荡不羁。”

“答，还是不答。”鸿鹄催促道，他并不觉得被两个虚拟游戏中的人物夸奖有什么荣幸的，他只知道，这两个 boss 环顾左右而言他，会浪费一定的时间。

“嘿！别着急啊。”这时，秋风竟然插嘴了，“接下来八成就要捧我和计长几句了，你让他们说完呗。”

“秋风兄，你还真是不知死活啊……”计长撩了撩他那无比潇洒的发型，“要不是你被剑插着，我们也不必争分夺秒的。”

“哈哈哈哈……”秋风又忍不住笑了，“你别跟我说话，看见你现在的样子我就受不了。”

“呼——”福尔摩斯转过脸，看向邻座的秋风，“看来他们在担心这个……”他说话间，抬手动了动手指。

忽然，秋风胸口的那把剑，哧一声倒退而出，在半空浮了两秒后，掉落在地。

秋风反应也很快，赶紧摁住自己的伤口。他打开菜单，观察了一分多钟，发现“流血”的状态虽然还在，但生存值的流失已停止了。看来他只要不松手，血就不流。

莫里亚蒂朝福尔摩斯瞥了一眼，说道：“有必要这样做吗？”

福尔摩斯微笑着回道：“仓皇不定的对手，会让游戏失去应有的乐趣。”

“哼……”莫里亚蒂冷笑一声，看着玩家们道，“诸位，你们听到了，请慢慢考虑，别着急。”

第321章　入侵脑细胞[二十八]

说完这句后，莫里亚蒂略微停顿了两秒，接道：“哦，至于你的这次询问，”他看着鸿鹄道：“很明显，我们不答。”

在他做出此宣告之时，桌上的一张询问卡便自动翻了过来，移到了鸿鹄面前，这张卡的正面，亦是写着“豁免”的字样。

这一刻起，便是秋风的回合了。

“让我想想……”秋风道。

计长在桌子另一端提醒道：“这一圈，最好还是选‘询问’，先抽一张豁免卡保底。”

鸿鹄也同意计长的观点，他接道：“没错，当前我们所知的信息还很少，揣测也不安全，推定则很可能引起惩罚。”

这时，莫里亚蒂开口道：“在此我声明一下，以强度而言，暗示的惩罚介于轻微到中等之间。而询问和揣测若是遭到惩罚，损伤将是中等到严重级别。但推定的惩罚，就是严重级到致命级之间了。”

“按照常规的战略，”福尔摩斯补充道，“不知情者以暗示入局后，第二轮应选择询问来获取豁免权，而第三轮则尝试推定。即使推定错误了，也可以用豁免权抵消惩罚。”他又抽了口烟，“呼……当然，如果对自己的揣测能力有足够的自信，也可以在第三轮选择揣测。可万一你的揣测和真相丝毫不沾边，那豁免权就被揣测给消耗掉了……到第四轮时，你就得在没有任何保险措施的情况下，进行推定。”

“喂……我们可是对手啊。”秋风道，“二位这么殷勤地帮我们进行分析，算是什么意思？”

“我说的只是最基础的战略。”福尔摩斯回道，“我相信你们中的任何一位，稍加思考后，也一样会排出——暗示、询问、推定、揣测这样的顺序，来应对前四轮的。”

“假如你们觉得我和福尔摩斯给出的善意提醒是一种误导，大可不必按照我们说的做。”莫里亚蒂道。

“他们说得对。”计长转头对秋风道，“活着到达第五轮，是我们的首要目标。而福尔摩斯先生所提出的战略，是最正确、最稳妥的。”

鸿鹄插嘴道：“他们只是出了我们本来就能想到的，且极有可能会实施的策略而已，并不算是什么帮助。”他推了推眼镜：“若是你因逆反心理而不这样做，反倒是中了他们计。”

秋风闻言后又思索了一番，随后道：“询问——”他看着教授和福尔摩斯：“除了不知情者全体死亡和解开空间的规律以外，还有没有其他完结这游戏的方式？”

那俩 boss 对视了一下，这次，他们选择了回答。

福尔摩斯笑道：“有啊，你们可以尝试杀死教授。”

莫里亚蒂接道：“如果你们能把我给杀了，这场游戏、这个房间，都会消失。”

他们的回答结束了。桌面上的一张询问卡移动到了秋风面前。

秋风深呼吸了一下，把卡翻开，结果其正面是空白的。

“你应该对自己更有自信一些，年轻人。”莫里亚蒂道，“这是个不错的问题。”

秋风长吁一口气：“看二位有恃无恐的样子，我自然猜到了一些事……”他看着队友们：“很显然，以我们的实力，根本杀不了教授。但是，假如我们推理出了这个空间的规律，就有机会做到……”

鸿鹄接道：“但是……既然已推理出了空间的规律，便没必要冒险战斗了，直接以‘推定’的形式出来，赢得游戏就是了。”

“也不能排除……我们四个当中，有人明明知道了真相，却不进行推定，非要置教授于死地的情况。”封不觉忽然开口道。

这一瞬，三名队友都朝他投去了意味深长的目光。

“干什么？”封不觉斜躺在椅背上，摊开双手道。

“疯兄，我觉得只有你会做这种事……”计长说道。

秋风和鸿鹄也点点头，表示赞同。

“那就别玩儿了，我先试试杀人的办法好了。”封不觉说话间，竟从行囊里拿出了一件东西来。

“什么！”其余三人看到封不觉把手伸进行囊时，皆是一惊。

因为他们仨的行囊，在来到这个房间后，都重新变回了封印状态，按理说大家都是玩家，封不觉没有例外的道理。

但见，封不觉端起反重力弹射器，并从口袋里取出了那部诺基亚手机作为弹药，瞄准了莫里亚蒂教授：“有遗言吗，教授？”

“哈哈哈哈……”福尔摩斯在旁边大笑，并且放下了烟斗，为封不觉鼓掌。

莫里亚蒂倒是依旧很镇定，他坐在桌边未动，平静地问道：“难以置信……第二轮刚刚过半，你竟然完成了推理。”

“对手太弱或太强，都会剥夺游戏的乐趣，不是吗？”封不觉笑道。

“究竟怎么回事？”鸿鹄道，“疯兄……你到底……”

“这个空间的规律就是……”封不觉胸有成竹地接道，“信以为真即是真。”

“我勒个去……你怎么想出来的……”秋风这回是完全没跟上觉哥的思路。

封不觉暂时放下了弹射器，说道：“首先，回想一下最基本的提示……语言，是一种力量。”他用手指轻轻敲了两下自己的太阳穴：“你们还记得那五句留言吗？”

没等队友们回应，封不觉又接道：“这些留言，并不是事情发生后的评论，而是事情发生的原因。”

“这么说……我们在登楼过程中见到的那些……”鸿鹄第一个反应过来。

计长接道：“都是留言在先，事发在后……”

“跃入六楼顶上的瀑布时，那五句话已成了我们‘记忆’的一部分。”封不觉接道，“于是，我们在记忆空间中的经历，有一些就应验了留言。”

觉哥的视线扫过队友们："我没猜错的话，你们身上带着的火柴、尖顶帽、扫帚、苹果，全都在记忆空间里为了解谜或推动剧情而消耗掉了是吗？"

三人皆是微微点头，他们确是在各自的记忆空间中，用掉了所有的剧情物品。

"这几件东西有两个共同点，其一，它们全都是我们在'测试楼'内部所得；其二，它们都因种种原因，在我们进入这个房间之前就被用掉了。嘀……这不禁让我有了一个假设：是不是有人，不想让我们把这些东西带进这里。"封不觉说着，指了指弹射器前方悬浮着的手机，"你们看，我在测试楼外面弄到的手机、小刀、笔记本等，就全都带了进来。"

"这里是最终的房间，那些'剧情物品'在来到这里之前被消耗掉不是很正常的吗？"计长说道，"而疯兄你的那些小刀、笔记本之类的，都是可以带出剧本的'工具''装备'之类，并非推动剧情的必需品。"

"是啊，这样的解释似乎也说得过去，但是……"封不觉冷笑一声，"教授先前对我说过一句话，让我很在意。他说……'这里并不是我一个人的精神世界，而是一个由集体意志组成的空间'。结合眼下的状况，我明白了，记忆空间的那段插曲，其主要目的，就是为了让我们把那些不该带进来的东西给消耗掉。"

"为什么？"秋风问道。

"因为那几件东西，是其他意志的'造物'，出现在此，会对教授产生某种影响。"鸿鹄若有所思地接道，他勉强算是跟上了觉哥的思路。

封不觉笑道："教授，这你不否认吧？"

"没错，那些物品可以对我造成一定的威胁。当然，前提是你们知道怎么用。"莫里亚蒂大方地承认了。

"哼……反正现在东西都不在了，也就无所谓了是吧？"秋风冷哼道。

"再来说说这圆桌游戏开始后的情况吧。"封不觉接着道，"我们四人按照规则入局，纷纷被'语言'的力量所伤，这没什么好多说的。之后到了教授的回合，他立即露出了破绽。"

"你说什么？"莫里亚蒂语气微变，皱眉问道。

"不不不，我说什么无所谓，关键是你说了什么。"封不觉复述道，"暗示——这世上没有谎言。"

此话一出，福尔摩斯持烟斗的手便微微一颤，他沉声道："哼……看来教授的这个暗示太明显了。”

莫里亚蒂道：“难道听完这句话你就猜到了真相？”

“我是有了一个推定，但我没有确定。”封不觉耸肩，叹息道，“哎……你的暗示没有遭到惩罚，就代表这个暗示是有意义的。既然你给了我一条有意义的信息，我总得从中挖到点什么才对得起你啊。”

秋风接道：“信以为真即是真，也就是说……只要思想上认定是真实的事情，就会成为真实。”

计长也道：“所以‘这世上没有谎言’，就有可能成立。”

结合封不觉的结论，这两位自然也都明白推理的过程了。

“让我离真相更近一步的，就是福尔摩斯先生的推定。”封不觉继续说道，“他说……‘莫里亚蒂教授是个弱智’。”他笑了笑：“我试着以另一种角度思考……作为知情者，在‘推定’时，自然不可能说出与真相有关的正确结论，因为那就等于是认输了。因此，福尔摩斯先生一定会说一句与真相无关的推定。其实他当时完全可以说一句类似‘天是蓝的’‘雪是白的’这种废话，然后接受惩罚就是了。可他没有……正如教授你说的，福尔摩斯先生他‘极度自负、随性、放荡不羁’。所以他说了一句‘莫里亚蒂教授是个弱智’。呵呵……这就有意思了。为什么他不说‘长颈鹿会喷火’或者‘猪在天上飞’呢？因为他知道……如果自己说出这样的话来，这些事情是有一定概率会变成现实的。”

封不觉伸出一只手，指了指周围：“你们二位都很清楚这个空间的规律，而且早已习惯于操控这种规律了。你们只要说服自己的大脑，认定一件事是真的，那事情就会变成真的。就像刚才，福尔摩斯先生只要让自己‘相信’，炸弹对他造不成任何损伤，那他就是毫发无伤。”

“这种类似自我催眠的方法可以通过训练变得精熟，对你们来说不算难事。”觉哥歪着头，对教授道，“而‘莫里亚蒂教授是个弱智’，则是一句福尔摩斯先生根本不可能说服自己相信的话，所以他抱着一种戏谑的态度说了出来。你的那句‘Nice try’，和他的‘试试又不花钱’，我一听就明白了。他的行为，貌似是试着用语言把你变成弱智，而当他失败后，你们俩就半开玩笑地问了这么两句。至此，我已基本确定了真相。”

“那你为什么不在自己的回合，直接选择推定呢？”福尔摩斯问道。

“不保险啊。”封不觉回道，“万一我错了呢？”他摆了摆手指，“在那个时候，我需要的只是更多的、用于验证结论的时间而已，于是我就先选了询问，并问了一个万无一失的问题。”

“你发起询问时，我还没把询问的规则完全讲出来，你能问出那样的问题，的确可称得上谨警过人。”莫里亚蒂评论道。

“过奖。”封不觉回道，“总之……我很清楚，要验证自己的结论，未必得通过圆桌游戏中的回合，我坐在座位上就可以完成。”

鸿鹄用匪夷所思的眼神看着封不觉道：“你在那么短的时间内，就掌握了不用‘语言’操控规律的方式？”

“这确实有难度，但并非不可能。”封不觉道，“我默默地给自己心理暗示，告诉自己……我有两条舌头。”

“哈？”

包括莫里亚蒂在内，整桌人的表情都是陡变。

“结果成功了。”封不觉说着，张大了嘴。他原本的舌头下面，又伸出了一条一模一样的舌头来，“这样，我就完全确定了真相——只要我说服自己一件事是‘真实’，那它就会实现。”

“呃……我说……”秋风忍不住道，“你为什么不用‘我的脸完好无损’来做试验……”

“那不就暴露了吗？”封不觉反问道。

“哈……”莫里亚蒂狞笑起来，“因此，在确认了杀死我们也能结束游戏后，你便动了杀机？呵呵……恕我直言，这是否有些不智呢？”他瞥了一眼旁边的计长：“让你的同伴，直接以‘推定’说出真相，不就赢了吗？”

“嗯——”福尔摩斯也抽着烟道，“你能从次元口袋里取出物品，确实值得夸奖，但你真的要与我们战斗吗？”他的语气还是很从容：“对于我们来说，用‘思维’和‘语言’改写这里的真实，已是习以为常的事了。只需要几秒钟，我就能让自己相信‘疯不觉是一块石头’或者‘疯不觉碎成了肉酱’这样的事。”他指了指觉哥：“而你，说服自己‘我的次元口袋可以使用’，就已花了不少时间吧？你怎么可能赢我们？”

“疯兄……貌似人家这是好言相劝啊。”计长说道。

"他们是在故作镇定而已，哼……只要我坚信'疯不觉不会死'，就什么事都不会有。"封不觉笑道，"当别人相信的'真实'和我相信的'真实'相悖时，这便是一场简单的、意志力之间的角逐了。"

"疯兄……你又何必……"鸿鹄也很不理解，此刻只要计长说出推定，游戏就会胜利，为什么封不觉还要执着于和两名 boss 翻脸。

"还不明白吗？"封不觉打断道，"这个地方，只是个精神世界罢了。所以语言和思维在这里才会无比强大，甚至有着逆转秩序的力量。"他脸上的割痕，在这时愈合，舌头也变回了一条："现实中，我们的身体，想必早已在'推理俱乐部'里了，但我们的精神，被囚禁在这个所谓的'测试楼'。"

封不觉接下来的话，boss 方面是听不到的："我就问各位一个问题……你们是想快点儿通关，还是跟我看看这个剧本的真相？"

鸿鹄、秋风和计长，面面相觑。

身为职业玩家，有时是需要在乐趣和效率之间进行取舍的。而他们三人，骨子里也都有着一种和觉哥类似的东西，那就是近乎病态的好奇心……

"好，按照你的想法做吧。"鸿鹄说道。

计长也道："我就舍命陪疯子了。"

秋风还躺在椅子上："我正在试着说服自己'我的胸口没有伤'，所以阻止不了你。"

"呵呵……"封不觉笑了，他再度举起了反重力弹射器，用诺基亚炮弹对准了莫里亚蒂，"教授，我得很遗憾地告诉你，无论在哪个维度里，无论在哪种物理定律下，无论在哪种生物的认知之中……被这玩意儿击中，都是必死无疑！"

呼——

手机在弹射器的作用下呼啸着飞出，莫里亚蒂教授一脸错愕地看着那个黑影轰向了自己的脸……

几乎在攻击生效的同时，系统提示接二连三地响了起来："当前任务已变更，主线任务已更新。"

"世界观已破解，玩家：封不觉，获 2700 点技巧值奖励，团队已可在任务菜单的拓展选项中阅览该剧本的世界规则。"

"已进入隐藏剧情流程。"

任务栏中，"在'圆桌游戏'中击败福尔摩斯和莫里亚蒂"这条被横线画掉了，在下方出现了一条新的任务："战胜真正的'老板'，或逃离推理俱乐部。"

第 322 章　入侵脑细胞 [二十九]

下坠感，突兀而猛烈的下坠感。

与之同时传来的，还有遍及全身的疼痛。

场景的转换依旧只用去了一瞬。

四名玩家似是从梦中惊醒一般，他们猛然睁眼，便发现自己正在下落。当然，只是几米的落差而已，这点距离还摔不死他们。

四人掉落在了一张绛红色的地毯上，皆是呻吟着起身，并抬眼观望。

周围是一片书籍的海洋，看着好像是个图书馆。有六排极高的书架拼衔在一起，形成一个六边形，如同围墙般将他们围在其中。

天花板的高度接近十米，可见的地方就有好几个吊灯，照明没有问题。

就在四名玩家的正上方，悬挂着一个方形大铁笼子，此刻笼子底部的铁板已然打开，看来这就是他们落下的原因。

"这儿就是所谓的'现实世界'了？"秋风一边问出这个问题，一边伸手摸着自己的胸口，还好，那个血洞不见了。

"应该是吧。"封不觉从地上站起来道，"你们的生存值如何？"

"我几乎没有损伤。"鸿鹄回道。

计长道："我也是。"

秋风回道："先前的损伤好像消失了啊。"

封不觉自己的生存值，也回到了 96%，看来在"现实世界"里，他们的生存值一直是满的，直到从上方的铁笼落下，才掉了一点点。

"嗯……这就对了。"封不觉说道，"在那个精神世界里得到的物品也全都消失了。"他指的是自己口袋里的打火机、笔记本、钱包等。

"哈！我在记忆空间里用掉的消耗品居然都在啊。"秋风说道。

经他提醒，封不觉再度打开菜单，检视了一下行囊栏。他发现自己吃掉的一片 SCP-500 和一瓶生存值补充剂竟然也回来了。

再看技能栏，在精神世界中学到的南斗飞龙拳却是还在。

“物品方面，我们应该回到了刚进剧本的状态。”封不觉道，“不过……我之前在记忆空间里学会的技能被保留了下来。”他摸着下巴推测道：“若是我没有立即学习这个技能，而是以技能卡的形式将其放在行囊里，或许东西就会消失吧……”

“你运气还真好。”鸿鹄道，“竟然能捡到技能。”

“你不是也有机会学的吗？和中年彼得·潘聊了那么久，就没乘机让他教教你怎么飞？”封不觉回道。

“我还真向他请教过了。”鸿鹄回道，“他告诉我，想飞起来，一是需要小妖精的粉末，二是‘相信’自己能飞。”他顿了一下：“现在想来……这似乎也是一个关于真相的提示，可惜……当时我认为他只是说出了原著的设定而已，所以没当回事儿。”

鸿鹄说完这句，又补充道：“哦，另外，我也试过向他请教剑术。”他叹了口气：“结果他说，自己离开 Neverland 的第二年，就因为持有管制刀具的罪名被捕过一次，他的短剑被有关部门永久性没收了。”

“哎……成年人的世界就是这么可怕啊……”秋风长叹一声。

计长道：“咱们不都是成年人吗，这话说得……”话虽如此，但他回应时的语气和秋风也差不多。

封不觉道：“看来诸位的童年都很美好，于是，长大后就生出了一种……‘当年我身在福中不知福’的感慨。”

鸿鹄看着觉哥道：“嗯……让我猜猜……疯兄你小时候就不太正常吧？”

“还好，我七八岁时的性格就与现在相差不大。”封不觉回道。

“那就是非常不正常了……”秋风接道。

“反正那时候的我就觉得，儿童，包括青少年这样的社会角色，是一个受到严重歧视的群体。”封不觉道，“所以我在十一岁时，写了一篇名为《关于成年人对少年儿童持有的刻板偏见》的论文。”

“以此表明在亿万祖国的花朵中，也是混有一两朵你这种奇葩的？”经此一本，秋风的吐槽功力显著提高。

“当时还是皮秋（即皮丘，港译比超）的你懂个屁啊。”封不觉自然不会在语言交锋中落下风。

计长在旁评道：“不过……疯兄你也确实是个奇人啊，我十一二岁那会儿，憋五百字的作文出来都困难。”

封不觉冷哼一声：“这算什么？本大爷早在十岁时就已在一本作业本上通过手写完成了短篇小说处女作《剑神》。像论文这种篇幅的文字，我拿台笔记本电脑往马桶上一坐，拉一橛子屎的工夫就妥妥儿地写完了。”

他们几个看似是在聊天，其实都是一心二用，手脚全没闲着。

[节选自起点中文网]

【粉丝评论摘编】

@安迪斯晨风：首先说设定，表面上看这是一本网游小说，但是这个网游里面玩家需要按照不同的游戏模式在各种不同的随机世界里进行，所以……其实这是一本无限流。但是与其他靠装备、靠热血或者是靠血脉变异的无限流完全不同，这本书的主角在副本里面极少打斗靠武力破局，主要是靠智力用解谜的方式通关，这又让很多副本写得像是推理小说。就这样，作者还不满足，他还在现实世界中安排了几个鬼神之类的东西，在游戏世界里安排了很多觉醒的 NPC[1]，为此他还发明了维度的概念，这又让《惊悚乐园》看上去像是一本玄幻小说……

@萧岳：到现在这本《惊悚乐园》，可以看出三天两觉在试图从《鬼喊抓鬼》的欢乐吐槽和《贩罪》的冷酷残忍中间走出一条路，可以兼顾两方面的东西。他的尝试是比较成功的。在《惊悚乐园》中，整体故事是比较严肃的，但是很多细节给人的感觉确实是轻松快乐的。这是个突破，作者已经可以比较娴熟地把两种风格融于同一作品中，而且在《惊悚乐园》中作者的编故事能力和叙述水平又有了进一步的提高，有很多匠心独具的小点子小设计很有意思。

① NPC：电子游戏的非玩家控制角色。

@李臆:《惊悚乐园》着笔于无限流，能延伸出来的东西本来就很多，又有天堂地狱赌局的大前提，况且三天本来就是一个想法很多的人，他是在借着《惊悚乐园》写很多东西，世界观价值观在《惊悚乐园》都有很好的体现。觉哥不走寻常路，在别的小说里妥妥的大反派……更像是一个喜欢恶作剧的天才，注定了不平凡，也很自负。如果只看剧情，那么很多桥段的设定让你耳目一新，推理也环环紧扣，如果加上世界观和价值观，那么需要联系现实思考的东西更多。所以看小说不喜欢思考的人会觉得很累。

@三天两觉的脑残粉：他的勇气让我们佩服，他的懦弱让我们自省。没人会在意一个虚拟人物在想什么，但我真的希望，那个精神世界真的存在，所有的虚拟角色在其消亡后，都能在一个地方永远地留存。

@rrrrr5r：作者设定的惊悚故事内容新奇，描写细致，引人入胜。毫不夸张地说，我在凌晨独自在电脑前阅读时，经常被因为音量调得非常低而显得若隐若现的起点页面广告吓得惊吓值起伏不定。……更难得的是，作者在作品里逐步让读者了解这个不会恐惧的男人本质里是相当腹黑的，在恐怖小说里，以喜剧形式表现其腹黑本质能在很大程度上缓解读者的精神压力。不过当主角开始团队行动的时候，恐怖故事已经不吓人了，……人物互动槽点太多，让人忍俊不禁的机会比让人心头一紧的次数多得多。

@青春期的神经病：灵感充沛，按时交稿，山珍海味热切糕；文思枯竭，只字难书，一碗清汤煮面条。觉哥真人。

［导引：王鑫，简介：王玉王，节选、粉丝评论摘编：王鑫、郝子涓、余栢耀］

如何与 VR 世界的"人"探讨"人的问题"？
——评三天两觉《惊悚乐园》

王玉玊

《惊悚乐园》是一篇以"近未来"神经连接游戏为背景的网游科幻小说。所谓神经连接游戏，实际上就是理想化的 VR（虚拟现实）游戏，玩家不再凭借键盘、手柄等外接设备操作游戏角色，而是直接将意识连接进网游虚拟世界，从而获得高拟真的游戏体验。在 2005 年左右，以玩家进入神经连接游戏、展开虚拟世界冒险为主要内容的网络小说已经出现，《高手寂寞》（兰帝魅晨，2005）、《网游之蜀山》（寄影清风，2006）便是其中的代表之作。此后，这类作品日益丰富，形形色色的主人公在游戏中占据各式各样的位置，重新定义着虚拟与真实、人与非人（数据）之间的界限。

《惊悚乐园》便是在这样的背景之下产生的。小说中那些关键性命题——衍生者（数据衍生的智慧体）的生存权，后人类情景下人的定义与尊严，虚拟与真实的界限，等等——实际上是早已内置于神经连接类网游文脉络之中的，只是在《惊悚乐园》中得到了更加自觉、更加精彩的表述，而这必须归功于作者出色的文学天赋与艺术技巧。但与此同时，《惊悚乐园》凭借神经连接技术的高沉浸式体验所还原的，实际上却是隔着屏幕、操纵鼠标和键盘的玩家状态。

安德鲁·伯恩研究指出：当游戏玩家描述自己所操纵的角色时，会交替性地使用第一人称与第三人称，这标志着玩家对于游戏"娱乐层面"与"再现层面"的不同沉浸方式[①]。而在对于神经连接游戏的描摹之中，由于玩家与其角色在行动上的高度一致，这种"双重性"常会被极大地削弱。但在《惊悚乐园》中，这种"双重性"却被重新凸显出来，它在叙事内容上体现为主人公封不觉与其游戏中的化身疯不觉以相似的态度应对着游戏与现实中截然不同的生活情景，在叙事形式上则体现

① 参见［英］戴安娜·卡尔、大卫·白金汉等：《电脑游戏：文本、叙事与游戏》，丛治辰译，北京大学出版社，2015 年版，第 97—116 页。

为“疯不觉”与“作者”这两个角色在故事中的同时在场。

在大部分时间中,《惊悚乐园》的主角封不觉（疯不觉）承担了为作者代言的功能。面对这个是非失据、主体破碎的时代，作者寄希望于一种无历史纵深的、具有绝对自主意志的自由个人。而封不觉，便是将这种自主意识贯彻寰宇的人。他是游戏精神的践行者，对他而言游戏的乐趣不在于服从规则，而在于利用规则，不在于达成（系统规定的）目标而在于反制系统，不在于获得奖励而在于探索未知，而世间事，皆可以游戏目之，不论生死得失，但求所行皆所欲；他是独断专行的救世主，他要解放衍生者、拯救世界，其原因无关命运、悲悯、良知或社会责任，而是因为那些是他认为正确的事情，既然正确，就要实现；他以唯一唯我、不可复制的鲜明个性反抗现代社会对人的驯化；他不择手段而又无欲无求，道德、法律、情意都不能成为禁锢他的枷锁，但他的目的从来只关（心中的）是非曲直，无关（自己的）利益荣辱。

但在某些时候，“作者”又会直接作为一个人物在故事中发声，这就使得《惊悚乐园》的叙事本身，带有一种浓厚的游戏解说风格。特别是当作者称呼封不觉为“觉哥”时，这种包含轻微调侃意味的亲昵称谓，使得作者作为游戏解说和故事主导者的地位鲜明地突显出来。“作者”的在场，固然是吐槽传统中本就存在的惯例（高超精妙的吐槽技巧同样是《惊悚乐园》的一大看点），但在《惊悚乐园》中，却也成了拆穿封不觉的伟大假面的一种计策。在封不觉气定神闲、语惊四座的时候，“作者”会毫不留情地将封不觉的宏论斥为“逻辑强暴”，封不觉也会毫不脸红地巴结作者，以防被坑。“作者”的拆台与“主角”的谄媚，让读者鲜明地意识到其间的权力关系：封不觉只是一个受作者摆布的出演者，为了能够持续出演这个智计无双、武力超群的主角，他必须小意奉承、出让尊严。

在赋予封不觉以绝对的自主性和主宰力的同时，却又不断发出自反性的质询，这与隔着屏幕的电子游戏何其相似。在游戏之中，我们所操纵的角色在游戏中击败boss、营救公主，仿佛无所不能；但玩家却又时刻清醒地意识到，那些炫目凌厉的技能，不过是手指轻按键盘所造就的效果，再传奇的角色也是玩家操控的傀儡。于是，一边是封不觉激情洋溢的盛装出演，一边却又是“作者”毫不留情地揭发其虚假性，某种关乎主体的后现代困境便在此刻突显出来——那个能够对于碎片化的扁平世界保有玩世不恭的游戏状态，同时又不断追求绝对真理、拥有强大自我意志的个人实际上是无法在现实中存身的，因为其精神气质在根本上是自我矛盾的——当历史与社会因素尽被抽离，当人生成了一场严肃以对的虚拟游戏，真理也不过就是名为“逻辑强暴”的语词游戏。再没有任何人能够判断封不觉所坚信的正义究竟是对是错，他凭借强大力量施加于世界与自身的，究竟是恩惠还是暴行。封不觉可以勇往直前，却从不敢断言自己所做的一切是对的，即使他的意志已然贯彻天地，他也仍旧与真理一墙之隔。

当封不觉将人生过成了一场游戏，三天两觉也就把书写化作了一次冒险，一边建构着“超人”式的强力主体，一边又拆解着这个伟大个人赖以存身的历史纵深。一边唱戏，一边拆台，唯有在这样的循环往复之中，读者才能触碰到那种关于个人主义理想的后现代焦虑，那或许才是作者于无意识之中最为真诚地展现着自身的地方。

文艺时代

睡觉会变白

睡觉会变白，起点中文网新人作者，《文艺时代》是其第一部连载完结的网络小说。作者是资深网文读者，“很喜欢‘娱乐文’，从《大亨传说》就开始看，然后就自己写了一本，就是《文艺时代》”（《文艺时代》“后记”）。《文艺时代》于2014年6月29日至2016年9月18日在起点中文网连载，共255万字。连载期间，该作长期居都市职场类月票榜前十，职场类小说会员月点击榜前十，成绩优秀且稳定。

【标签】娱乐文　都市　重生　文青

【简介】

褚青重生到了1997年，一次偶然的机会被导演挑去演《小武》，后又在《还珠格格》里饰演柳青，和范小爷恋爱。他后来不断提升演技，成为“第六代”导演的“御用”男演员，在国际电影节斩获大奖，还进入香港和好莱坞发展。他和范小爷成立了自己的工作室，在发展演艺事业之外，还凭借自己影响力为中国电影发展探索理想道路。

选文是第三十八章—第四十一章、第一百零四章（部分）。第三十八章—第四十一章精彩地展现了《苏州河》的拍摄过程，融入了作者对影片的解读，主角褚青也是从这次拍戏开始体验到表演的魅力。第一百零四章选取的是主角与王瞳拍电影的部分，在影视与现实之间建立起了奇妙的对应关系。这两部分都涉及与褚青关系很好的女性角色，但作者更多地展现了他们在演戏方面的“心有灵犀”，这也反映了《文艺时代》中女性情感线的基本处理模式。

【节选】

第三十八章 爱情是什么

两个以前从不认识的人坐在了一起。

然后呢?

然后……

当然是爱情。

……

范小爷依依不舍地去拜访达摩祖师了，褚青也暂别了自己的女朋友来到了魔都。

上次跟老贾进汾阳是坐拖拉机，这次跟楼烨进魔都是坐发着跟拖拉机一样“突突突”声音的渡船。

我们姑且称这个玩意儿叫渡船。

褚青踩着脚底下的一坨烂铁，两侧还挂着几个橡皮圈子，摇摇晃晃忽上忽下地保持前行，总担心它随时会沉。

这种感觉，完全不像在坐船，而是开着拖拉机在越野。

苏州河沿岸不仅催生了大半个古代申城，又用了一百年时间搭建了现代大魔都的整个水域框架。时到今日，苏州河在城区内的河道已经十分地窄，窄到就像个人声熙攘的垃圾场。

一艘艘的渡船从旁边掠过，或疲怠地静止，或残喘着前行，每艘船上都载着一些奇奇怪怪的东西。有狗，有自行车，有一袋袋的粮食，有一根根的木头，还有一个个古怪的人……

“这条河很脏吧？”

楼烨不知什么时候走到他旁边，扶着船头的栏杆，问道。

“嗯。”

褚青看着河里漂浮着各种腐烂奇怪的垃圾，点点头。

楼烨道：“我就是在这儿长大的，在这个城市，在这条河边。”

他一挥手，指着岸上正在建设的高楼工地，指着白灰石桥上扛着自行车走路的人们，指着好奇往这里张望的小孩子，道："这城市有 800 万人口，每天都在改变，唯一不变的就是这条河，她是这个城市的源头活血。"

"那个……"褚青想说话，又被打断。

楼烨接着道："我看着这条河的时候，就像看着一个童年的老朋友，还有这个从小长大的城市变化。好像我的生命轨迹，都随着河水在自己面前流过。"

"导演，我晕船，先吐会儿！"

褚青急急撂下一句话，跑到边上，扒着船帮子就开始吐。

开船的船头面无表情，并没有因为他给这条河里又添加了点秽物而感到丝毫不快。

楼烨一脑袋黑线，这孙子趴在那儿稀里哗啦吐得跟真事儿似的。

褚青虽有点晕船，但还不至于有呕吐感，结果刚才一股控制不住的汹涌分分钟从胃里翻腾上来。

别跟文艺青年说话，太特么累得慌！

你看老贾多朴实。

"给，擦擦嘴。"

周逊从后面递过来一张纸巾。

褚青吐完擦了擦嘴，觉得舒服了许多，笑道："谢谢周公子。"

就在前不久，褚青又发掘出自己的一项爱好，就是给这些青涩的小苹果起外号。

一行人在飞机上的时候，褚青就开始"周公子！周公子！"地叫，把周逊哄得咧着嘴就没合上过。

论起外号，谁有我贴切恰当有内涵！

不过，为什么会产生这种没节操的癖好呢？

可能是那种"谁都不知道，就我知道"的病态的成就感在作祟。

"你是我的小呀小苹果儿，就像天边最美的云朵……"

得了吧褚青，你也就这点出息了！

四月份的魔都，不冷，却潮湿，空气中都饱满着水汽，黏在身上紧绷绷地难受。

楼烨跟老贾真的不一样，他文艺十足，他才华灵动，他看重感觉。

剧组刚来到魔都，还没歇脚，他就拉上两位主演跑到苏州河上坐船兜了一圈。

要的就是，让俩人培养出那份感觉。

褚青和周公子问他这个故事，他说故事不重要，重要的是爱情，重要的是浪漫。你们要懂得浪漫，懂得爱情，自然就懂了这个故事。

周公子听得神采奕奕，她不是学院派出身，跟褚青一样走的也是野路子，看重的也是感觉。楼烨的风格和方法，十分合她的胃口。

感觉，感觉……

感觉你妹啊！

褚青蹲在一边画圈圈，你让我一苦孩子出身，好容易才刚谈上一场恋爱的沧桑青年找感觉？

……

在这座城市中，每天都有人出生和死去，每天都有人生气和开心，每天都有人到来和离开，当然每天也有人丢掉饭碗和找到工作。

马达是个送货的，他的工作就是把东西从城市的一头送到另一头，从不问缘由，从不问对象。

他唯一的业余生活，就是在自己那间黑屋子里，在那个 150 瓦的铮亮的大灯泡下，整夜整夜地看盗版碟。

褚青穿着一件白色的短袖 T 恤，伸了个懒腰，从沙发上站起来，趿趿拉拉地走到卫生间。

摄影师王玉举着那台 16 毫米的破机器跟在后面，镜头摇晃，把他的背影拍得像挂歪了的相片。

褚青照着镜子，里面是一个面容干净的男子，留着利落的短发，二十六七岁的样子。

他眼睛里没有一点表情，即便在看着镜子，也仿佛看不到里面的自己。就这样，洗脸，刷牙，又把脸擦干。

然后，褚青忽地把脸凑过去，用力抹了抹右眼角，有块眼屎没有洗干净。

这一刻，他的眼睛有了那么一丝波动，似乎有些恼怒和厌烦。

下一秒，他支起身子，眼神又恢复到古井无波。

“停！好！”

楼烨喊了一声。

这是褚青拍的第一场戏，楼烨给了他和周公子极大的自由度，只要不偏离大方向，细节方面想怎么演就怎么演。

从第一天开拍，楼烨就一直处在一种亢奋的状态。

这两个演员找得太对！太合适！太恰当了！

他看着褚青和周公子在镜头前任意挥洒着他们的灵动和天赋，感觉自己就像个造物主一样，在创造一个最完美的生命。

是的，不是死物！是生命！

《苏州河》的构架是标准的双线结构，周公子一人演两个角色——美美和牡丹，戏份较多。褚青戏份较少，再刨掉单独的戏份和与其他人演的戏份，剩下的才是和周公子搭戏的部分，其实已经没剩多少了。

目前，两人还是各拍各的，没有对手戏的出现。

以他们俩的状态来看，楼烨本应妥妥放心的，但恰恰相反，他最担心的就是他们的对手戏。

就是因为那个该死的感觉！

楼烨总觉着周逊调整得非常好，但褚青似乎一直没摸着头绪。他愁的就是，到时候褚青演不出那种爱情的感觉来。

没有感觉的爱情，还叫爱情么？

楼烨不得其解，也没法给褚青说戏，这种事不是嘴上说就能通透的。

其实原因很简单，因为褚青是个很理智的人，而周公子则是个异常感性的人，这种人碰到《苏州河》这样文艺的剧本，真若如鱼得水，分分钟无压力。

褚青的演技还没到化境，做不到那种瞬间变身剧中人物的本事，他需要思考，需要酝酿，需要一个可以说服自己去那样表演的理由，需要一个眼神一抹微笑一缕阳光一滴泪珠，来触发他的感觉。

……

马达，他的生命就如他的名字一样。

他一辈子都在运动，就像一台可以转动不休息的机器。

马达中学辍学后，就在苏州河边厮混，跟几个肮脏的小瘪三。他的表情永远是很木讷的，木讷到近乎死去。

直到有一天，一个朋友骑着一辆偷来的摩托车出现在他眼前。那是辆很旧的哈雷，160 迈的时速，霸气而复古的外形。

马达一眼就喜欢上了，褚青也一样，他不会开车，也不会骑摩托车，但不妨碍他的喜欢。

他花了半天时间专门来练骑摩托车，从早上摔到中午，终于能稳稳地驾驶它奔跑。

褚青骑着摩托车在前面跑，后面是一干小伙伴在追。

他回头瞅了他们一眼，又转过头，前方镜头里，定格的是他那张扬的大笑和年轻冲动的眼睛。

这天下午，阳光难得的温润。

“青子，行吗？”

马上就要拍男女主角的第一场戏了，楼烨不由紧张起来。

褚青略带迟疑地点点头，道：“行！”

其实他心里堵得慌，因为他搞不明白，他怕把戏演砸。

褚青很仔细地研究过马达这个人物，他迷茫，自私，冷漠，狠辣！有着青年一切的特征。

他花掉所有的钱买下了那辆哈雷，以为这是他人生新的开始，可以任意驰骋闯出一番大事业，最后，却成了一个送货的。

他骑着这辆曾经充满了梦想的摩托车，整日奔跑在没有梦想的城市里。

这样的人生，褚青搞不明白他还在期待什么，因为他总觉得马达心里在期待着。

牡丹是个学生，母亲早逝，父亲是个酒商，每次把新女朋友领回家的时候，就打电话叫马达过来，让他把牡丹送到她姑姑家。

今天这场戏，就是拍马达和牡丹第一次见面的时候。

“各人员就位！”

王玉扛着摄影机对准了一扇旧木大门，门前停着马达和他的摩托车。

“吱呀！”门被拉开。

周公子从里面走出来，她穿着一身红色运动服，球鞋，衣服敞着，露出白色的贴身小衣，还扎着双马尾。这身造型其实很微妙，显示出一个很模糊的年龄。

周公子 24 岁了，但长得小，演起这种粉嫩的大萝莉毫无压力。

她被老爹赶出来，一脸的郁闷，不爽地扫了一眼这个男人和他身下的摩托车，用一种随意又试探的语气问：“你让我在哪儿坐？”

这张小脸，纯净得近乎残忍，犹如照进密林里的月光，褚青那堵着的心情也似密林中的湖水，一下子被照得通透澈亮。

有人写过：于千万人之中遇见你所遇见的人，于千万年之中，时间无涯的荒野里，没有早一步，也没有晚一步。那也没有别的话可说，唯有轻轻地问一句：“噢，你也在这里吗？”

褚青没听过这句话，但他此刻的感觉就是这样。

感觉，感觉……

马达日复一日地在奔跑，也许心里还藏着自己都不清楚的梦想，就是有一天，他会遇到点什么。

可能是件事情，也可能是个人。

就像在今天的此刻，他遇到了牡丹。

褚青扭头看了看后座，又看了看她，道：“要不你坐前边吧？”

周公子指了指后座，道：“我要坐后边。”

褚青随口说了一句剧本里没有的台词：“把衣服拉上。”

周公子绕到镜头前，手一撑，像坐自行车一样侧身坐在了摩托车上，然后手一拽，拉上了拉链。

褚青偏过头，戴着那个小一号的安全帽，下巴被紧紧的松紧带勒出一个可笑的形状。

他用一种略微烦躁的语气道：“你这样不行，坐好了！”

周公子两手交叉放在腿间，又郁闷又闹心地看着他，但还是接过他递过来的安全帽，右腿一跨，变成骑坐的姿势。

褚青发动了摩托车，又回头看一眼，见她似模似样地系上安全帽，嘴角露出不被察觉的一丝笑容。

“坐好！”

“轰轰！”

摩托车开走了，走在路上，载着两个人。

褚青在前面，下巴被勒得仍然可笑，周公子在后面，把头凑到他耳朵边。

褚青忽问：“你看什么呢？”

周公子道："看你呢。"

褚青道："我有什么好看的？"

周公子晃了晃头，轻声道："看看都不行啊？"

她的声音并没有被吐槽那般夸张的沙哑，反而带着点异样的性感，忽又凑到褚青的耳朵后边，道："你平时开车就这么慢么？"

"怎么了？"

"没劲！"

"怎么没劲了？"

"就是没劲！开摩托车就要有开摩托车的样子，你开得太慢了！"

"我是怕我开快了，你受不了。"

"你才受不了呢！"

褚青笑道："那我们试试？"

周公子扬起小巧的下巴，道："试试就试试！"

王玉操作着镜头，把一个大特写定在她的脸上，随着摩托车轰鸣声越加强烈，两侧的景物唰唰往后飞去。

周公子按着安全帽，两只眼睛眯起来，笑着看褚青，就像在看她自己。

他们两个坐在了一起，然后呢？

当然是爱情……

第三十九章　天生演员

大陆太需要一位导演把中国的城市展现给西方人看了。

不是第五代那些大量的农村畸形的爱情故事，而是在城市中生存的人们的真实状态。

但至少到目前为止，这个人还没出现，老贾不行，楼烨也不行，他们都太过自我和封闭。从某种意义上讲，楼烨是异常冷酷的，他无意在这座城市里寻找一段历史，一种真实，他所关心的，只是破败的城市下，一个镜像般的，最完美的，爱情故事。

褚青在魔都待了半个月了，他始终不适应。这里不像汾阳，怎么也遮掩不去它庞大的城市轮廓。

他讨厌大城市。

此时正是清晨，他穿着一身运动服刚刚跑完步，就是沿着这条苏州河。

褚青不是楼烨，感受不到这条河带给他的那种童年习性和唏嘘，在他眼中，这就是条布满渡船和垃圾的臭水沟。

他正蹲在河沿上抽烟，青灰色的天空和老绿色的河水，一个广袤无极，一个狭窄逼仄，八竿子也打不着的两种事物远远望去居然也会有相接的地方。

褚青觉得自己碉堡了！

在20世纪90年代的魔都，在苏州河边，抽着烟，两眼望天，这种背景就算你在撸啊撸，你也会觉得自己特文艺特有内涵。

更何况，他旁边还有个周公子陪着。

“你怎么起这么早？”

“年纪大了，睡不着。”

周公子从背后来到他身侧，笑道：“你真的只有22岁么？”

褚青瞥了她一眼，反问道：“你演小女孩儿演那么像，还好意思问我？”

周公子笑道：“我本来就是小女孩儿！”

褚青不说话了，其实，他有点害怕她。

娱记圈有一套流传已久的采访秘籍，就是如何攻略那些大明星的技巧。

比如采访陆翊，你就跟他聊阳光，采访周逊，你就跟她聊大海。

周逊喜欢大海是众所周知的，你只要跟她说大海保准会让你的采访变得很愉快。

这样的女孩子，根本只适合生活在童话里。她活着完全就是为了追求自己的精神充实，比如生活，以及爱情。

俗话说，东有周逊，西有泰勒。

这两位女神换男友的频次和数量都是世人皆知，周逊纵然比不上泰勒，但在国内当属第一。

她不是滥情，也不是花心，只是她的爱情来得突然，去得也突然。她永远在追求爱情的新鲜感，并且对每份爱情都投入了百分百的自己。

褚青很害怕跟这样的女孩子打交道，倒不是他自恋，以为人家会看上自己，而是他对这种异常感性，异常讲究感觉的人非常非常地不感冒。

无论什么事情，他们所需要的永远都是感觉！感觉！感觉！

褚青这种吃饱了就觉得天下太平的平凡苦逼，理解不了那层境界。

“你怎么不说话？”

周公子看他沉默不语，不禁问道。

“啊？哦，那你怎么也起这么早？”褚青问了一句。

周公子又有点小结巴起来，道：“被子，被子太潮了，睡得全身……全身都痒。”

褚青道：“今天晴天，你拿出来晒晒。”

《苏州河》不比《小武》富裕多少，就算有多的，也都给了演员片酬了。毕竟褚青已经不是以前的初哥，周逊也是个势头颇猛的新人，都不能再按路人甲乙的酬劳算。

所以，剧组在衣食住行方面十分节省，要多寒酸有多寒酸。

周公子点点头，又问：“那身上痒怎么办？”

“也晒晒。”

“那怎么晒？”

“这个……”

褚青望了望东边，太阳已经冒出头，他忽地跳上河沿的方石，两条手臂高高伸展开，去够远远的那缕阳光。

似乎觉得自己手不够长，他还跳了几下，嘴里叼着烟道：“就这么晒呗。”

周公子扑哧一笑，用那种略带沙哑的声音道：“行了行了，太傻了，快下来。”

褚青也觉得自己很傻缺，跳了下来，捻了捻烟头，弹进旁边的垃圾箱里。

周公子：“你还有烟么？给我一根。”

褚青不喜欢女孩子抽烟，但人家真抽自己也管不着，又摸出一根递给她。

周公子叼在嘴里，褚青帮她点上。

她狠狠吸了一口，可能太猛了，随后就被呛得连连咳嗽，白色的烟气从嘴里冒出来。

褚青一边帮她扇着余烟，一边诧异道：“你不会抽啊？我还以为你会呢。”

他指的是第一次见面那天，她叼起楼烨的烟，还像模像样地吸了两口。

“咳咳，我，咳咳，我装的。”

褚青纳闷："那你要烟干吗？"

周公子终于喘匀了气，看了他一眼，忽地也跳上大方石。

学着褚青刚才的样子，嘴里叼着烟，两条胳膊用力向上伸着，去碰触那缕阳光。

这会儿太阳已经升高了点，那缕细细的光线就在离她头顶不远的地方。周公子奋力跳了两下，终于在第三下的时候，被阳光照到了一点暖暖的指尖，又从指缝中划过。

"哈哈！我碰到了！"

周公子兴奋地在石头上又蹦又跳，疯了一样。

褚青直接看傻了，很需要再抽根烟冷静一下。

有时认真到呆，有时疯狂到颠，所以说么，他真的挺害怕这个女孩子的。

……

剧组的摄影师是王玉，他和余力威的风格很不一样。

他喜欢扛着那台摄影机跟着你到处跑，有时拍你正面，有时拍你背面，你以为他在你身侧，一转头却发现他又在拍那劳什子路灯。

这样是很费体力的，王玉有时候扛不动了就用手提着，还提不稳，来回地晃。

拍特写的时候，褚青就看着镜头在自己脑袋边不到 10 厘米的地方晃荡，老担心会砸了自己。

他也问过楼烨，为啥不固定着拍呢？

楼烨说太穷了，买不起三脚架，凑合凑合吧。

凑合个毛线！蒙谁呢！

褚青可不信他这通忽悠，非要看看拍出来的是啥效果。王玉征得楼烨同意后，大方方地直接把摄影机递给他看。

于是褚青和周公子挤在一起围观取景器里的画面。

楼烨追求的镜头和老贾完全是两种风格。老贾的电影里充满了大量大量的长镜头，平实朴素，如最真实的记录。楼烨却是中位的镜头，焦距不断地推进和拉远，画面忽而清晰忽而模糊，而且在不停地晃动。

虽然色调是灰色的黯淡，虽然画面中呈现着一种粗糙的颗粒感，虽然有时镜头的运动和节奏有点怪，但这些，都不妨碍把褚青和周公子俩人震撼到了。

这是昨天晚上刚拍的一场戏，周逊长发烟妆，紧紧的绿色短裙和丝袜，那张小脸忽远忽近，如一只迷离的妖精跳动在迷离的街头。

褚青和周公子不禁对视一眼，一个在无声地问，原来你还能这么好看。另一个在翻白眼，你才知道？

自俩人第一次的对手戏拍完，楼烨就完全放下了心，如果不是那该死的资金还在时刻困扰着他，他甚至觉得自己这辈子都可以别无所求了。

这两个年轻演员每一次细微的变化与交锋，每一次灵动的发挥与随意，都让躲在镜头后面的楼烨整个心脏都在抽搐。

周逊和牡丹，褚青和马达，似乎已经不存在界限，融为一体。周逊会在褚青开摩托车的时候特自然地搂住他的脖子，褚青也会走着走着就蹲下身一脸不耐烦地给周逊系好松开的鞋带……

这些，都是剧本上没有的。这种互动，就像两个人在亲手捏塑一段浪漫的爱情，然后等它到达最美好的那一刻时，偏偏又要亲手砸个稀巴烂。

楼烨一想到这个，每个细胞都充满了一种病态的兴奋感。

于这部戏而言，他们俩的最大区别就是，周公子相信这个爱情故事，褚青不相信，他宁愿相信这个故事背后的真实。

马达其实是个送货员，他有过一个女人，分手后还保持着联系，经常帮她送一些违禁品。后来那女人知道了牡丹的存在，就计划着让马达绑架牡丹，然后向牡丹的父亲要一笔赎金。

顺便说一下，那个女人就是奈安演的。

但马达忽然觉得自己真有那么一点喜欢这个女孩子了，就故意避而不见。然后在一个雨夜，牡丹跑来他家里。

“哥你一会儿悠着点啊，别砸着我。”

褚青很担心地对王玉道，等下的镜头全是大特写，还要转圈拍，看他那小胳膊小腿生怕他拿不住机器。

王玉开玩笑道：“放心吧，我肯定瞄准你砸，不会伤着小周。”

褚青道：“得！昨儿白请你吃条头糕了！”

副导演毛晓锐凑过来道：“哎青子你不够意思，光请他不请我？”

褚青打着哈哈，转移话题，这时楼烨突然喊了一嗓子：“各人员准备了！”

毛晓锐翻了个白眼，跟着打板：“咚！”

褚青深吸了一口气，控制着情绪，站在幽暗的门口，拉开门，门外映出一片明亮的晕黄色。在这片晕黄里面，是全身湿透的周公子。

她抱着这个男人送给她的生日礼物——一个洋娃娃，脸上不知是雨水还是汗水，喘着气，被冻得发抖。

看见褚青，她忽地咧开嘴笑了一下，然后战战兢兢地看着他。湿湿的头发黏在额头上，下面是一双明亮的眸子，害怕，而且委屈……

褚青拿着毛巾，面无表情地帮她擦擦脸，动作不轻也不重。

周公子抿着嘴，惶恐地打量着这个房间，总让人觉得她下一秒就会哭出来，却硬生生地忍着。

她偏头，看见桌子上放着一瓶酒。

几乎没有思考的，她拿起酒，拧开盖子，倒进自己嘴里。酒顺着嘴角淌下来，眼泪也顺着眼角大颗大颗地往下滴。

褚青过来就要抢那瓶酒。

周公子死死抱着不撒手，瘦小的身子被褚青拽得歪歪倒倒，哭道："我喝多了你才让我留下来！"

褚青抢下酒瓶，放在桌子上，一回身，就被她更加死死地抱住。

周公子搂着他的脖子，热烈而生涩地吻着他的脸，吻着他的嘴唇，然后紧紧贴在他的鼻子上，哭道："你不理我是不是因为你喜欢我？"

外面雪亮的雨色透过窗栏照在他们脸上，形成分明的光影，雷声轰轰，大雨倾盆，天花板吊着那个 150 瓦铮亮的大灯泡在俩人头顶晃荡。

王玉转过机位，换到两人的另一边。

周公子泪水湿了脸，不停地吻着他，试着伸出舌头又缩了回去，最后把头靠在他的肩膀上。

褚青露出正面，仍然是木讷的表情，那对眼睛却已经被她的炽热融化了。

他惶恐这个女孩子对自己的爱情，他又迷茫自己对她的爱情……

"好！"楼烨喊停。

周公子仍然紧紧抱着他，仍然哭得撕心裂肺。

褚青也抱着她，他是第一次拍吻戏，没有想象中的激动，异常地平静。过了一会儿，听哭声愈小，才揉了揉她的头发，轻轻把她推开。

周公子抽抽搭搭的，看大家都在瞅着，脸一红，不自然地转移注意力："导演，我演得怎么样？"

楼烨竖起大拇指，赞道："小周你就是天生的演员！"

说完又对褚青补了一句："青子，你也一样。"

褚青："……"

第四十章　故事

如果我走了，你会找我吗？

会！

会一直找吗？

会！

会找到死吗？

会呀。

你骗人，这样的事情只有爱情故事里才会有。

……

这天，马达来找牡丹，牡丹很高兴。

马达那个前女友制定的计划是，让他把牡丹带到一个地方待上几个小时，然后她给牡丹的爸爸打电话勒索一笔钱，最后几个人平分。

这是栋废弃的老楼，旧得连灰尘都不愿意飘进来，堆着破烂的家具和别的稀奇古怪的东西。

不知道他们上了几层楼，来到一个本来应该是客厅的地方，褚青把一大块破布蒙在可能是沙发也可能是几块木板的上面，远远看去真的就像一个大沙发。

机位死死地钉在侧面，镜头对准那张沙发。

周公子好奇地打量一圈，问："我们为什么不去你家？"

他不答话，不过没关系；自己还背着书包，逃了学，不过也没关系。

只要能跟他在一起，自己的生命就会被点亮。

周公子开心地一跳，搂住了褚青，随后，就印上了他的嘴唇。

两人倒在了沙发上，她骑坐在他身上，手一拉，拽开了运动服的拉链，然后就要脱掉衣服。

褚青一直在被动地接受，一声不吭，此时似乎忽然反应过来，拽住她的手，然后抱着她转了个圈，把她按在了沙发上。

他扶着她的肩膀，一字字道："咱们今天什么都不干，就在这儿坐着。"

周公子眨了眨眼睛，以为他在开玩笑，或者在用一种特殊的方式。眼光流转得似溢出水来，站起身，又要往褚青嘴上凑。

褚青轻轻地把她按回去。

周公子又猛地站起来，褚青使劲一推，"砰"的一声，她踉跄地跌坐回去。

她眼睛呆滞了片刻，又有点害怕。

"坐着！"褚青提高了音量，很不耐烦。

她真的害怕了，从来没见过他如此冷漠的一面，双腿蜷在沙发上，一个劲揉弄着嘴唇，不知在想什么。

就在这时，手机响了。

褚青接道："喂？等会儿！"

说着把电话递到她面前，道："你不是会唱歌么？唱两句给他听听。"

周公子睁着两只大眼睛，一眨不眨地看着他。

褚青喝道："快点唱！"

"可我眼前总是不断浮现你的脸……"

她唱了一句，忽然什么都明白了，抢过电话急急道："爸！你……"

褚青又抢回了电话，道："你答应过的事做完，她就可以回家了。"

周公子直直地盯着地面，又直直地盯着他，眼神跟死了一样。

"好！"楼烨喊道。

这场戏拍得十分顺利，没有 NG，不到一个上午就 OK。下午，则要拍全片中最重要的一段镜头。

剧组人员很开心，但褚青和周公子的情绪都有些异常，两人忽然变得很奇怪，很沉默。

楼烨很担心他们的状态，问："青子，小周，你们还行么？不然我们明天再拍。"

隔了几秒钟，褚青似才反应过来，摇摇头，缓缓跟周公子对视一眼，道："导演，没事。"

"真的没事？"楼烨问。

周公子的嗓子变得比平时更低沉，道："嗯。"

楼烨还想说什么，随即看到褚青对他摇摇头，便道："好了，大家先休息，走了走了。"

他把人都轰走了，这间破屋子里只剩下两个人。

周公子还蜷在沙发上发呆，褚青走过去慢慢地蹲下身，轻声道："没事了没事了。"

她还是没反应。

褚青犹豫了下，握住她的手，感到这双小手在掌心微微颤抖。

他特理解这种状态，因为他刚才整个身子也都在发颤，但他控制力强，很快就恢复过来。

方才那段戏，别看两人表面上平静无波，连对白都没几句，但力气全在里面收着。

这场戏的每一个细节，每个微小的动作，眼神的变化，声音的轻重缓急，全靠两人在死撑着。可以说，这两个年轻的演员把从影以来积累的所有功力都投入到了这场戏里。

这可比琼瑶剧那种大喊大叫累多了，褚青方才真的差一点就破功，差点就跟不上对方的节奏和情绪，有那么一瞬间，居然产生一种无能为力的感觉。

周公子的情况其实也差不多，她看着褚青，也有那么一种力所不及的失败感。好在最后撑了下来，就像坠在悬崖边上，只用一只手抓着，拼尽全力终于爬了上去一样。

牡丹知道马达背叛了她的爱情，她就变得生无可恋。而马达还在迷茫自己对她的感情，这种迷茫又让他感到一种愤怒。

两人的这番心里纠结，都需要那种近乎变态般的内敛才能表现出来，以至于憋得两个演员心里都特压抑。

周公子仍然颤颤的，嗓子里发出一种似哭似笑的声音，慢慢把头靠在了他怀里。

褚青全身僵了一下，手不敢乱动，就像个衣服架子似的让她靠着。

……

下午，重头戏开拍。其实剧本里写的是第二天清晨，但为了赶进度，楼烨就选在跟清晨差不多光线的黄昏傍晚。

马达接到了事情成功的电话，准备送牡丹回家。

两人下楼，褚青狠踹着那辆摩托车，就是踹不着火。

周公子在旁边看着，忽低声问道：“你让我爸出多少钱换我？”

褚青扭头：“你说什么？”

她提高音量：“你让我爸出多少钱换我？”

“四十五万。”

她点点头，喃喃道：“四十五万，我真便宜。”

“你说什么？”

周公子一下子就爆发了，撕心裂肺的，像是要把全部的生命都嘶吼出来：“我真便宜！”

她猛地推开褚青，又推倒了摩托车，转身撒开腿就跑。

褚青急忙在后面追，喊道：“哎！你去哪儿？”

周公子回头喊：“你别管我！”

她在前面疯了一样地跑，穿着那身红色的运动服，球鞋，扎着双马尾，一如两人第一次见面时。

褚青在后面疯了一样地追。

“你去哪儿？”

“你别管我！你走开！”

由于喊得太过用力，两人嗓子都在破音，以至于说的内容都不太清楚。

王玉扛着摄影机也疯了一样地跟着跑，镜头里摇晃的似乎不光是牡丹奔跑的影子，还有她逝去的爱情和生命。

两人穿过街道，一直跑到桥上，周公子翻过护栏，用手扒着，下面就是那条老绿色的肮脏的苏州河。

褚青喊：“你疯了，你想干吗？”

“你一直在骗我，你根本就不喜欢我！”

她手里拿着那个洋娃娃一指，道：“别过来，再过来我就跳下去了！”

褚青只好顿住。

周公子脸上居然露出一种很得意的笑容，还小小地蹦了几下，笑道："你也会上当受骗啊，你以为我会跳下去么？"

王玉的镜头像钉子一样钉在她脸上，捕捉着她每一个表情变化。

下一秒她收敛笑容，道："如果我跳下去了，我会变成一条美人鱼来找你的。"

那张小脸，纯净得一如初见时的近乎残忍，唯独那双眼睛，里面似乎什么都没有，又似乎包含着她的一切，她短短十几年的生命中，那些忧伤，快乐，还有失落的爱情。

太阳也似生无可恋地坠了下去，最后一抹暖色照在这个女孩子的脸上。

然后，她往后一仰，双手张开，跌落河中。

……

如果故事就此结束，那楼烨顶多算个很普通的文艺青年，但他骨子里是冷漠的，于是他又安排了第二个故事。

《苏州河》是标准的双线结构，主要人物有四个：牡丹和马达，美美和那个用第一人称叙述的摄影师，也就是"我"。

两个故事的感觉完全不一样，一个天真残酷，一个现实轻浮，一个像孩子的童话，一个像童话破灭后孩子长大成人。

马达出狱后，一直在寻找牡丹，无意中在一家酒吧碰到了美美，和牡丹一模一样。

她做着一份低微的工作，在酒吧的大水族箱里扮演美人鱼来吸引顾客。她金发，浓妆，眼神散乱，不相信爱情，跟城市中很多女孩子一样。

《苏州河》从骨子里就透出一种性感，从叛逆的天蓝色指甲油到魅惑的翠绿超短裙，从带着野牛草的伏特加到飙上160迈的旧哈雷，从牡丹的双尾辫子到美人鱼的金色假发……

第一个故事和第二个故事，褚青就像从一个世界来到了另一个世界，画风完全完全的不一样。

他此刻正攥着剧本，跟楼烨平静又激烈地争论着。

"他们为什么会上床呢？"褚青问。

楼烨反问："你说谁？"

"马达和美美。"

"你不懂？"

"我不懂。"

楼烨问："你哪里不懂？"

褚青道："我从开头就不懂。"

楼烨看了看在边上旁听的周公子，笑道："那你就从头开始问。"

楼烨已经拍了一个多月了，忽然突发奇想，又加了一个情节。就是马达和美美上床的镜头，虽然没有亲热戏，虽然只有一个一起躺着的画面，但褚青觉得不懂。

他问："马达喜欢美美么？"

楼烨道："他当她是牡丹，所以是喜欢的。"

他又问："那美美喜欢马达么？"

楼烨道："不喜欢。"

周公子却同时道："喜欢！"

三个人都皱了皱眉。

褚青道："到底是喜欢还是不喜欢？"

周公子看了眼楼烨，道："我觉得，她喜欢，她喜欢的是，马达跟她说的故事。"

褚青沉默。

楼烨笑道："青子，喜欢或不喜欢有那么重要么？"

褚青点头，道："重要。"

楼烨道："但对很多人来讲，这并不是那么重要。"

他站起身，拍拍手道："好了！你也别想了，准备拍戏。"

周公子看褚青皱眉不语，忽然来了一句："你不想跟我上床？"

褚青吓得肝颤，道："不是！啊……是！啊也不是！"

周公子笑道："开玩笑的，走吧准备开拍了。"

第四十一章　你会找我么

"一切不会永远，只要我回到阳台上去，这个爱情故事就会继续下去，可是我宁愿一个人闭上眼睛等待下一次爱情。”

……

美美跟那个摄影师在一起，他们在阳台上喝酒聊天，在黑夜中疯狂地做爱，然后她在天亮时离去。

但他们都知道，对方并不是自己第一个，也不是最后一个爱人。

直到有一天，她遇到了马达。

褚青扒着更衣室的帘子，看里面那个女孩子化妆换衣服。

这是个将近一分钟的长镜头，周公子挽起头发，戴好金色的假发，脱掉衣服只余胸罩和内裤，又穿上美人鱼的红色裙摆……

在王玉的掌控下，那种散乱与哀艳被表现得淋漓尽致。

等她表演完后，褚青就冲进了更衣室。

周公子一回头，整了整衣服，道：“你找谁？”

“我找你。”

“可我不认识你啊。”

褚青奇怪道：“我是马达，你不记得了么？”

周公子翻着一个很鄙视的白眼，道：“我不记得了。”

褚青拉她的胳膊，道：“你怎么了？”

周公子挣开，司空见惯道：“行了，下回少喝点。”

酒吧老板在外面喊：“美美！”

“来了！”

她应了一声，擦身而过时，对褚青道：“像你这样的我见多了，少来！”

此后，马达每天晚上都会去看美美表演，然后坐在更衣室里给她讲牡丹的故事。

美美觉得好笑，这种老套的故事，谁会信？

何况是她。

但她还是陷进去了，就像个魔咒。

褚青坐在她对面，用一种随意又痛苦的语气讲着：“然后，我把她绑架了，把她带到一个，一个老楼里……

“第二天早上，我带她下楼，她问我值多少钱，我说四十五万，她说她真便宜……

“然后她就跑了，一直跑到桥上，然后，然后，她就跳下去了……”

周公子戴着金色的假发，涂着浓浓的眼影，眼神有那么一瞬间的恍惚，然后问道：“你的牡丹长什么样儿？”

“两只小辫子，红白格子运动服，黑球鞋，黑裤子，黑背包。”

“还有呢？”

“还有就是，她左腿上有一朵牡丹花的图案。”

周公子咧开鲜艳的红唇笑了笑，道：“像那样的牡丹花满街都有卖的。”

“你有么？”

“我没有，我又不是你的牡丹。”

她低头揉捏着自己的手指，忽地抬起头，道：“如果我告诉你，我也有呢？”

褚青摇摇头，眼睛如湖水般平静，道：“我不信。”

“你不信，想看看么？”

然后，他们就上床了。

褚青人生中的第一次床戏，只有这么一个镜头：他压在她身上露出后背，周公子在他耳边不停地喃喃问道：“我是你要找的牡丹么？”

美美当然不是牡丹，于是马达离开了她，继续寻找着他的牡丹。

再然后，他终于找到了牡丹，在一家偏僻的便利店里当收银员。两个人靠在一起看苏州河上的夕阳，然后干了一瓶带野牛草的伏特加，开着摩托车一起冲进了河里。

这场戏，褚青和周公子吃了很多苦头。

在码头上，下着大雨，褚青一动不动地躺在地上停尸，旁边是个女替身。雨点子砸在他身上，冷到疼痛，身下是湿泞的席子，黏黏的带着毛刺都扎进了肉里。

美美冲到码头，看着地上躺着的马达，身边还有一个女孩子，跟她长得一模一样。

她霍地转过头，脸上带着惊恐，仿佛世界崩塌的那种惊恐。

“原来他说的都是真的！”

当她不相信马达的故事时，她享受这个故事，但她知道这个故事是真的时，她一下子就崩溃了。

她期盼着牡丹那样的爱情，给那个摄影师留了张纸条，写着：“来找我吧！”

……

清晨，微冷。

苏州河边，褚青和周公子按照他们的日常，正在晨聊。

周公子戴着耳机，腰里别着随身听，轻轻地晃着脑袋。褚青瞥了她一眼，悠闲地吐出一个烟圈，看着它在空中慢慢飘散。

两个月，《苏州河》的主体镜头全部完成，所有人，包括楼烨都轻松了很多。按照他一开始计划中的进度，能拍完一半就不错了，但由于两位主演太过彪悍，习惯性地一条过，省下不少胶片，也使得进度大大加快。

这部电影拍到这份上，楼烨真的别无所求了，即便今年不能完成，大把的希望仍然留给了他。

褚青也很轻松，估摸着也快离开魔都了，一想到这个，就莫名地开心。

不过，当他看到周公子也华丽丽地吐出个烟圈时，一下子就消沉下来。

他居然教会了周公子抽烟，固然有她自己愿意的因素在里面，但也让他感到了一种危险。

怕挨削……

被各路人马削……

周公子吐出个烟圈后，很得意地看着他，意思是我还行吧?

褚青郁闷，你好好一女神跟我这儿抽三块钱一包的烟有意思么，自己还不掏钱买，老蹭我的烟……

他问："你听啥歌呢？"

周公子摘下一只耳机，耷拉在脖子上，道："范小萱的歌。"

褚青对这个答案很意外，他对范小萱的印象就停留在"左三圈右三圈"那个阶段。

"你要听么？"她问。

"听。"

周公子把那只耳机塞进他耳朵里，里面传来一段很怪异的旋律：

"天是灰色的，雨是透明的，心是灰色的，我是透明的，哈……爱是盲目的，恋是疯狂的……"

褚青不由问："这歌叫啥？"

周公子道："《自言自语》。"

"你是自由的，我是附属的，她是永远的，我是错误的……"

褚青对这种风格的歌无感，他喜欢那种"森森太平洋底森森伤心"的流行歌，不过此时此刻听起来也挺有味道的。

两人一人戴着一只耳机，安静地听着，直到唱完。

"你拍完干吗去？"她忽问道。

褚青摘下耳机还给她，道："上学吧。"

周公子讶然："上学？"

"嗯，中戏的表演进修班。"

"哦，真好，我读的书就少。"

"你也可以去啊。"

"我一直都没时间。"

褚青点点头，道："那倒是，你比我红。"

周公子有点不好意思，羞恼道："少说风凉话！"

她这种性格的女孩子，真的非常非常适合做朋友，可以一起玩耍一起忧伤，一起没心没肺。但如果说做女朋友，那就有点承受不起，至少褚青觉得自己承受不起。

她道："我可能，我回去有部电视剧的试镜。"

"什么剧？"

"名字还不知道，李绍红导演的戏。"

褚青一听李绍红，心中了然：《大明宫词》。

也是周公子一飞冲天的开始。

作为朋友，他觉得自己应该表示点什么，于是学着韩剧里的桥段，单手握拳往下一顿，道："Fighting！"

"……"

周公子的神经没来由地抽搐了一下，五官都皱在一起，没办法，他刚才的动作太贱了，贱到让人忍不住想踹上一脚。

然后她就真的踹了，边踹边骂："什么乱七八糟的！好好说话！"

褚青连续几个闪现没躲过去，拍了拍裤子，道："我可就这一条裤子。"

"回去给你买一打！"

"你回去不拍戏么？"

周公子忽然就不说话了，褚青撇了撇嘴，这么些日子，他早习惯跟这种文艺青年的相处方式。忽然就像个疯子，忽然就像个傻子，忽然又像个自闭症患者。

总之，自己抽着烟，淡定地看天上云卷云舒……

一会儿，就听她沙哑着嗓子，慢慢道："如果，如果我走了，你会找我吗？"

这话不是牡丹说的，也不是美美说的，而是她自己说的。

她不是开玩笑，很认真地在问。

褚青弹烟灰的手轻轻一抖，道："会。"

"会一直找吗？"

"……不会。"

周公子沉默片刻，道："你说的是实话。"又问："那你为什么也会找我？"

褚青笑道："因为我们是朋友啊。"

演这种文艺片最大的冲动就是，你往往会很容易地就喜欢上一个人。别说讲究感觉的周逊，就连褚青也时常会对着那两条小辫子，那身翠绿的紧身裙怦然心动。

但是，你不能因为这种突如其来的心动，而真去做什么事情，它可能随时会消失，就像来临时的突然。

"朋友么？"

周公子喃喃自语，看着河水发呆，忽又笑道："那如果你女朋友走了，你会一直找么？"

"会啊！"

"会一直找到死么？"

褚青哑然，半晌，才缓缓道："我不知道。"

他真的不知道，如果有一天范小爷走掉了，他会不会一直找到死。

牡丹和美美就像一个人的正反面，看似不同，骨子里却都是相信并且渴望着爱情。

马达和摄影师其实也是如此。

马达在牡丹跳下去那一瞬间，才明白了自己对她的爱情。他一辈子都在城市中奔波，感受并寻找着他的爱人，他生命的意义也在于此。如果有一天，他停了下来，他就变成了日常生活，变成了那个摄影师。

变得那般的麻木冰冷，变得那般的机械生活，变得也会随口说出："那我们是现在就分，还是做完爱再分？"

褚青不晓得自己会如马达一样拼命寻找，还是如摄影师一样，特平静地说："闭上眼睛等待下一次爱情。"

周公子笑了笑，随后伸了个懒腰，道："我回屋了，牙还没刷呢。"

褚青瞅着她的背影，郁闷不已，这丫头给他出了个大难题，自己却拍拍屁股走了。他又点上一支烟，在那里沉默。

褚青真的觉得自己变了，而且变得太多。以前他绝对不会去想这些事情，他嘴里常说的"闲得蛋疼"的思考。

拍完《小武》，他去思考生活，拍《苏州河》，他又去思考爱情。

这是什么狗屁节奏啊！

我为毛要去想这些？而且我为毛停不下来想这些？

罪魁祸首是电影么？

好像是吧！

褚青自欺欺人地划定了原因，这该死的电影！让我一苦孩子去想这么高冷的命题，实在太难为人了。

他喜欢范小爷，但究竟喜欢到什么程度，可以为她做到什么程度，自己真的了解么？

褚青挠着头，狠狠地，似想把头发都揪下来。

越想越烦，越想越闹心，他终于忍不住，跑回宾馆，"啪啪啪"开始敲楼烨的门。

楼烨一脸睡意地打开门，见褚青一副抓狂的样子，很是惊诧。

"导演，我想请天假。"

第一百零四章　电影照进现实

"妈，江江乖么？"

“挺听话的，嗯，那我就放心了。”

王瞳坐在房间里，拿着电话，道：“我这都挺好的。”

她轻轻晃动着上身，显出几分小女儿的娇憨，道：“可能我明天就回去，但现在也说不好，反正您就别操心了，行，那我挂了啊。”

说着撂下电话，呆坐片刻，忽又摘下话筒，拨了几个号，等了会儿，没人接……

对面的床上，行李箱敞开着，里面是散乱的衣物。她利索地收拾好，拉上箱子，又坐了回去，两手撑在身侧，耸着肩膀，安静地看着地面。

然后，就听到了敲门声，起身去开。

这个镜头足有一分多钟，王瞳毫不费力地顺了下来，甚至让人感觉再给她一分钟的时间，仍会这般的精彩。她就算在那儿干坐着，全身散发出的味道也能驱散画面的枯燥感。

褚青碰上的电影导演似乎都对长镜头有所偏好，吕勒不像老贾那般晦涩，楼烨那般颓艳，他的影像里充满了生活化的灵动和自然，一点都不遥远。

“好！”

吕勒对这种单人戏份就没那么不着调了，一本正经地喊了声。

这房间不是临时的，就是王瞳自己住的房间，那个行李箱和衣物也都是她自己的。话说这戏可没有造型师，除了褚青第一场那身蓝西装，是剧组跟人借的，剩下的衣裳，都是他们俩自带的。

这会儿他穿着件卡其色的夹克，正站在门外，等着下一场戏。

“Action！”

“吱呀”一声门被拉开，露出褚青的脸。这段是双机拍，他背后也有台摄影机，对着王瞳。

她刚才没打通的电话就是给他的。本来心里很郁闷，结果一开门，就像拉开了满目繁花的世界，这个男人就站在自己面前。

她一下子就笑了，惊喜而雀跃，可随即又慢慢合上嘴角，恢复平静。因为她不知道这个男人会说些什么，是来告别，还是来告别……

“准备要，走么？”褚青压着嗓子，带出点沙哑的意思，问道。

王瞳垂了垂眼眸，摇头道：“没有。”

褚青往别处扫了眼，道：“我是看那些作家……他们都走了么？”

“我还有点事。”她轻轻吸了口气，声音变得很低。

“哦。”

“你合同签了么？”她问。

“还没有。”

“……”

有些时候，两个人是很害怕话题说尽的，一旦尽了，那就表示，这次的不期而遇也该结束了。而他们的联系纽带，偏偏又只能靠这些无趣的话题来支撑。

旧情人相见，各自都已为人父母，寒暄过后，还有继续下去的必要么？

褚青低下头。眼神游离不定。

王瞳这次没有躲闪，直直地盯着他，忽然又笑了笑，很不自然。她不知道该用什么表情去面对，所以只好笑了笑。

她期待着他下面的话，却又害怕不是自己想听到的。

“那……”褚青终于抬头。咽了下口水，喉结动了动，故作自然地笑道:“怎么着？”

见他这样子，王瞳的笑意更盛，把两条胳膊背到身后，勾着手指，调皮地看着他，似在等着鲜花盛开般的憧憬。

褚青却还要矜持一番，探头往屋里看了眼，问:“整理东西呢？”

“嗯。”她干脆拧了拧身子。

褚青也笑了，舔了下嘴唇，道:“出去，转转？”

“好啊。”

戏一结束，两人同时往吕勒那边看过去。

“过！”

这货急忙喊道，又操起导筒叮嘱:“晚上还有夜戏，大家可以先休息，到时候给我打起精神来！”

众人稀稀拉拉地应着，各自收拾道具回屋。

褚青被化妆师按在椅子上，开始抹另一种黄坨坨的东西，这个抹完之后，才能洗脸，这样卸妆会容易些。

他脸绷了一上午了，难受得紧，直接跑到这屋子的卫生间，哗啦啦地冲水。

王瞳就拿着条毛巾，站在旁边。

他脑袋还伏在水池里，就那么一伸手，感觉毛巾搭在了手里，又紧抹了两把水，才抬起头，开始擦脸。

刘一伟看着他们的互动，眨了眨小眼睛，搂过吕勒，二人转出门，悄声道：“老吕，这两人肯定不是在谈恋爱。”

“我知道。”吕勒扶了扶眼镜，黑黝黝的脸上露出一丝古怪的笑容，道，“他们要真在谈恋爱，我这片子就毁了。”

……

暧昧这概念，特博大，所有看不见摸不着，又让人心痒痒的东西，都可以称之为暧昧。

诗意，恰恰就在其中。

吕勒那双眼睛，见识过无数男男女女，他第一次看到这两人，就察觉到那种丝丝连连的牵扯。他是先写的剧本，后挑的演员，可后来反倒觉得，这戏就是给这两人量身定做的一样。

不远不近，不熟悉，不陌生，感觉刚刚好。

若是换了范小爷来拍，即便演技够格，最后也得搞成一部逗比片，因为她跟褚青的关系太确定了。而男女之间，往往就是那股子不确定，才愈发让人骚动无比。

……

［节选自起点中文网］

【粉丝评论摘编】

@前湾港学院：大家看这本书的爽点是什么呢？对我来说，演技这种抽象的东西被写得非常爽。

@飞星传书：“重生”金手指用得谦虚而有节制，不像其他的一“重生”就全知全能，大卖的影视歌全记得，攒点钱就想自己开公司全赚了……

@zyzw4475：看着主角一步步成长，看着主角演技一步步变得深厚，真的有种超爽的感觉。很多作者写演员类的小说，读起来干巴巴的，都说演技好，大受好评，粉丝狂热等，百分之八十以上只敢侧面描写演技，就说谁看了张大嘴巴。其实这样写也可以，至少不影响阅读和爽快。但是如果有作者能细细地把演技掰开给你看，把神情、体态、心理、技巧描写得绘声绘色、精彩绝伦，立马让人有眼前一亮的感觉，一下子就和绝大部分娱乐小说分开了……

@voody：娱乐类小说看得不少了，差不多的套路……出个什么作品就得雇一班路人甲乙丙丁来惊叹来轰动，抄些资料，搭上个“系统流”或是“重生流”或是“异界流”，炒一炒，这菜就成了。以上这些“娱乐文”的主流要素，在《文艺时代》里基本找不着，或者公正点说，有，但味道很淡。主角是“重生”的，但并没因此变天才，而是混成个捡垃圾的破烂王。主角也泡女明星，但跟范小爷的爱情平淡而又有趣，即使剥离范爷的身份名字，把这文当成一般都市文来看，也很有意思。

@禾黍：……第六代导演开始浮出水面。但作者再一次凸显了他不同于普通网络小说作者的卓绝眼界，他漂亮地写出了开放下的虚伪和水下的新枷锁，一部又一部电影和电影创作者依然在看不见的地方呻吟。一切向钱看的中国电影界再没出现能让男主动心的片，他在繁忙光鲜却压抑沉闷的生活里，最终为了他所热爱的电影，转而去好莱坞混。他在B级片里演龙套配角，出色的人缘让他后来又参与了两部好莱坞大片，同样是配角。碰上喜欢的小成本电影，他就用砸资本的方式来争取主角。即使他最后成了在好莱坞混得最好的华人影星（成龙发哥都已经半隐退的前提下），作者也没有闭着眼睛给男主一个奥斯卡，这份克制，令人赞美。

@颠倒琉璃梦：本书下个月完结，一直跟着猛听见要完结，心里仿佛被什么撞了一下，很难受。看过很多娱乐文，但在我心中比得上这本的一个都没有。青子仿佛一直都在的，演过《苏州河》，演过《蓝宇》，演过《盲井》，和范小爷要结婚……

真的，我仿佛看到娱乐圈有“我们俩工作室”，有汤汤，有宝强……有很多很多我喜欢的演员。可惜没有，没有青子，范爷也不是范小爷，周公子也不是周公子，没有“我们俩”，什么都没有。

［导引、简介、节选、粉丝评论摘编：李强、张蕊捷、南洪植、张全峰］

一篇“文青范儿”十足的“娱乐文”

——评睡觉会变白《文艺时代》

李　强

自男性向“娱乐文”诞生以来，就逐渐形成了“制霸”“后宫”两大基本爽点。“制霸”即升级，主角一般都是从“死跑龙套的”升到“大咖”或“娱乐大亨”；“后宫”后来也有“暧昧流”等变形，但都以占有女性为终极目的。以影视业发达的韩国、香港娱乐圈为背景的“韩娱文”“港娱文”也在“娱乐文”类型中形成了“制霸”格局，所谓“十娱九韩，剩一部还是港片”。就像是万绿丛中一点红，以1997年大陆影视圈为故事起点的《文艺时代》为中国“第六代”电影树碑立传，给浓脂厚粉的“娱乐文”带来一股清新“文青风”。

不过，“小清新”的《文艺时代》并非不注重“爽”，而是以“演技”丰富了“升级”“制霸”的模式，以堪称专业化的细节知识让“爽感”颇具“文艺范儿”——小说甚至成了故事版的“观影指南”（比如，新浪博客上的“偶然草木香”博主从2015年7月就开始写“跟着《文艺时代》看电影”系列博文）。“表演”也从单纯“升级”的道具变成了有专业性但不乏趣味的“技艺”。在女性情感线方面，《文艺时代》采用的是单一女主模式，褚青和范小爷（以范冰冰为原型）恋爱，一起打拼事业，修成正果。男主周围也有一些关系微妙的女性，但他们之间的关系也是以“欣赏”代替了“后宫”。

作者对表现“演技”的痴迷和女性角色的“非后宫化”，让不少读者觉得《文艺时代》是一部“文青范儿”十足的“娱乐文”。“文青”本来笼统地指对文学、艺术等有着浓厚兴趣，喜欢思考社会人生等问题的青年。在网络时代，他们形成了自己的“部落”，有自己的趣味标签。如《文艺时代》里重点介绍的电影就与活跃在豆瓣网电影频道的文艺青年的品位高度重合。在网络空间一度十分流行“文艺青年、普通青年、2B青年”的“文普2”描述框架，相对“文青”来说，“普青”“2青”的趣味要简单粗浅、草根化一些。在网络文学脉络里，“文青文”是一种与“小白文”相对的风格。虽然“文青文”常常被“小白”们讥讽为“酸文”，但这里的“文青”

更指向一种“情怀”，即一种价值关怀上的追求。在生活观念、审美气质上，网文里的“文青”与“小白”同属草根一脉，与以文艺、小资为标签的“文艺青年”相比，更接近于“普通青年”和“2B青年”。

为了把“豆瓣文青范儿”引入网文，睡觉会变白采用了“曲线救国”的方式：在人物设定及叙述站位上先偏向主流的“普青”“2青”读者。男主最初就只能是收破烂的底层人物，女主只能是有世俗味儿但又被“普青”“2青”奉为女神的范小爷。作者的一个特别聪明之处是找到了贾璋柯这个中介来沟通“普青”与“文青”——他披着“普青”的外衣将褚青引入了“文青”世界并将其改造成了“文青”。其实，贾樟柯聚焦的“小武”们，就是网文的绝对主角“屌丝”。只是，“小武”们不能逆袭，他们不但没有“金手指”，反而被镜头钉死在边缘、底层、小人物的位置上，被一层一层地剥去了所有的意识形态幻觉——那些美好的幻觉正是像路遥《平凡的世界》那样优秀的现实主义作品成功打造出来的。非常有趣的是，这部被认为“最真切”的现实主义力作也在网文圈被认为是“最伟大的YY小说”——因为，不但孙少平们对自己的未来真诚地相信，作者和读者都真诚地相信。然而路遥的时代已经过去了，“第六代”们和网文作者们都无奈地醒来，前者用仿纪录片的方式让人们“睁了眼看”，后者用YY的方式让人“睁着眼睡”。尽管，前者被称为“反抗的先锋艺术家”，后者被认为是“犬儒的通俗作家”。但其实，他们在某种意义上是“一伙的”，至少彼此之间特别好相认，都是被驱逐出梦境的可怜人。

当然，要打通这两者的脉络也不是一件容易的事，作者在《后记》里也坦承没能处理好“主角从随遇而安到心灵触动，最终决定为中国电影做点事情的心理转变”。简单来说，主角褚青“心理转变”前的部分就是“普青”“2青”读者喜闻乐见的主流“娱乐文”套路，“心理转变”后的部分则是“文青”读者最期待的内容。为了减小转变的阻力，作者有时还将这些“文青”的“酸”的部分（“普青”“2青”读者眼中的）拿出来“嫌弃”一番：“别跟文艺青年说话，太特么累得慌！”但紧接着在字里行间又流露出对他们的敬意，之前的“嫌弃”就颇有“我自抽三耳光你们就不好再骂我”的用意。即便如此，这种协调两类审美观甚至是世界观的艰巨任务，不是在一部作品中就能够完成的，更何况《文艺时代》还是处女作。

虽然没有完美地处理上述问题，但《文艺时代》仍是一次堪称惊艳的尝试。作者揭示了现实娱乐圈的种种问题，通过YY描绘了理想的文艺的时代图景。让读者所熟悉的现实有了全新的面目，“文艺”也超越了升级道具的角色而真正成为从现实生活中升腾起来的艺术。《文艺时代》的成功似乎也暗示了这样的道理：只有以熟悉类型爽感机制为前提来吸收融合“部落”文化，“文青范儿”才能真正在类型文中落地生根，从“小清新”走向“大文青”。

花与剑与法兰西

匂宫出夢

匂宫出夢，性别不明，作者起点账号显示性别为女，而“匂宫出夢”，原为西尾维新所著小说《戏言系列》中的角色，设定为“少女身少男心”。曾任龙的天空论坛（国内最大的网络文学论坛）军史版版主，显示出很强的“宅男”属性，又因其缠绵细腻的文字风格和感情描写，被书友戏称为“学姐”。在政经文史领域有着相当的功底，对欧洲特别是法国的历史文化政治尤为精熟。同时作者也是资深“二次元”用户，创作的首部网络小说《无头学姐异闻录》（2013）就是日本动漫《魔法少女小圆》的同人作品，改作在讲述属于穿越者的魔法故事之余，还穿插了大量对日本当时政治、经济、历史的科普。

《花与剑与法兰西》是作者的第二部作品，作者在以流畅细腻的法式笔调摹写人物生活情态、勾勒复杂政治局势的同时，亦穿插有大量法国历史文化的补叙，既不失正剧的厚重感，更将日式的恋爱游戏元素引入到故事中，与19世纪法国上层阶级的生活方式熔铸到一起。本作2014年3月开始连载，目前字数逾330万，第六卷更新中。

【标签】穿越　外国　历史　法国

【简介】

《花与剑与法兰西》讲述来自当代中国的年轻人穿越到19世纪的法国成为贵族后裔夏尔的故事，作者自述这是一段穿越者在法国大革命之后凭借其勇气、智慧和“后见之明”一路经营奋斗，最终使自己和国家一同抵达荣光彼岸的历史；但同样这也是一个后启蒙时代的中国人在法国大革命的理想失败后的波旁王朝与法兰西第三帝国中钻营投机、用良心去换取胜利果实的故事。此外，从各具风情的女子到倾轧翻覆的官场，从煤矿电厂的投机到铁血杀伐的战争，作者以细腻且带有独特法式风情的叙述为读者展现了一幅19世纪法兰西上流社会的全景图。

感情线方面相当有二次元的恋爱游戏风：女性角色们设定鲜明、性格各异，但均强烈且专一地爱恋着男主，最终也都被男主一一攻略。夏洛特（青梅竹马/妻子）、芙兰（妹妹）、玛蒂尔达、玛丽、萝拉……对这些美艳且有智勇傍身的女子的神貌、衣饰、起居与内心世界的细致描写也为本作添了一分轻盈和动人。

选文出自第一卷第三章的《祖孙对话》，借助人物之口交代了故事开始时的大背景，夹有相当多对当时法国政治力量、社会局势的精准翔实的介绍，其时法国贵族开始没落、资本要素顺势上扬，多方力量跃现，这条脉络的勾勒为随后故事展开铺好了画幅，并奠基了主角的行动方向。其后的选文主要是主角夏尔与社会众名流的往来与对话，包括与卡尔·马克思的往来，而书中有关《悲惨世界》创作等的探讨，更与作品本身所戏仿的欧陆小说风格构成了某种互文关系。

【节选】

第一卷第三章　祖孙对话

得到了老侯爵的许可之后，夏尔打开了卧室的门走了进去。

卧室的陈设出奇简单，没有什么特别的陈设，只有墙壁边有几个掉漆的柜子，一张铺着白色床单的床，柚木制的床头柜上点着一盏油灯，正放射出昏暗的光线。

靠着床背半躺着的老人看着夏尔，然后抬起手来指着床边示意："我的孙儿，坐那儿，给老维克托好好说说……"

夏尔将今天的经历和密会内容详详细细地跟侯爵讲明了，包括后来的枪战。

老侯爵听着他的讲述一直没有插话，只是微微皱紧的眉头显示他一直在思考。

"这么说来，后来的意外与你们无关了？"

"就我个人所见，应该是如此。"夏尔点点头，"巴黎最近一直都不太平，恐怕是警察在追捕盗匪吧。"

出于安全考虑，波拿巴分子召开密会的时候一向是选择人流较大且普遍穷困的贫民区，比如这次的第十七区，而这种地方一向鱼龙混杂盗匪横行，发生这种事倒也不算特别奇怪。

老侯爵虽然也和夏尔抱持着一样的看法，但是出于老人特有的谨慎，他还是继续追问了很多细节才放下心来。

接着，老人轻轻地搓了搓手，然后将右手送上额头，轻轻抚弄了一下短发——虽然表情上还是古井无波，但是这些动作在亲昵的人面前还是暴露了他的激动。

"所以，这次他们已经决定要动手了？"

"我想就快了。"夏尔点点头，"现在的王朝政府丝毫不得人心。"

"这个政府从第一天开始就不得人心，"老人冷冷地回答，"然而它依旧活到了现在，一个政权能不能存活下去不在于它多得人心，而是在于它能多使人畏惧，法兰西只喜欢能用鞭子抽她的政府。”

夏尔被老人的尖刻评论给说得滞涩了一下。

老侯爵继续说了下去：“不过，我同意那边的看法，现在确实是个大好时机！波旁家的旁系小子（指身为波旁王室旁系奥尔良系出身的现国王路易·菲利普）现在已经没有多少精力来照看他费尽心机得到的法兰西了，而苏尔特那个坏种现在也老得不行了——没有这个坏种，我们早就把国王又赶到德意志去了！他们的后面还有谁呢？还有谁能支撑这个政权呢？”

夏尔又点头附和祖父的说法。

“现在那些高踞法兰西顶端的人，他们和那个时代一样看不起出身寒微的大臣，自己却又生不出足以当大臣的孩子来，等到事到临头了又想着化装成娘们逃跑！”侯爵尖刻地评论，“法兰西的衰败就是从他们开始的。”①

这话说得简直就和1789年的革命者一样！难以想象居然是名门贵族之后说出来的。多年来被人打压投闲置散的愤恨，在此刻表露无遗。

出于多年来郁郁不得志的愤懑，特雷维尔侯爵在某些话题上总是言辞火爆，态度激烈。他的这些言行虽然在波拿巴党人中一向极得喝彩，然而在帝国倒台后的法国当权者们看来肯定就是大逆不道，从而更加坚定了打压他的意志。

夏尔任由自己的祖父发泄，只是用温和的眼神看着侯爵，轻轻抓住他的手。

一直在尖刻嘲讽现政权的老人，突然换了一种和善的眼神看着夏尔，他那光洁红润的大脸上露出和善而又严肃的神情。

“不过，我的孙儿，你和他们不一样，我可以跟天主担保，你是法兰西最优秀的年轻人。”

被至亲这样夸赞，就连夏尔也有些不好意思起来。

“旁人都说我这是自夸，呸！老维克托从不夸大其词，你有学识有教养，又有做大事的意志，全法兰西能找得到几个？”

“爷爷……”夏尔终于顶不住了，脸都有些发红。

“好吧好吧，”侯爵也笑了，“我的孙儿，你今年多大了？”

夏尔被老人的话题突变搞得有些惊诧，过了片刻才回答：“二十岁了。”

---

① 指身为路易十六最宠信的大臣之一的蒙莫兰伯爵，曾任外交部长，在1792年化装成女性试图脱逃被捕，9月被送上断头台，不久后他的族兄，蒙莫兰家族族长蒙莫兰侯爵同被送上断头台。

“二十年了啊……居然已经过了二十年了！”老人长叹了一声，“你小时候围在我脚边乱爬的样子却还像是昨天发生的一样，时间过得可真是快啊！”

接着侯爵抽起了手然后轻轻抚摸自己孙儿的脸：“现在已经有姑娘迷上了吧？瞧你这个俊俏样儿，差不多赶上我当年了！”

夏尔的脸更加红了：“不，还没有。”

“那你该上上心了，等到看上了哪家姑娘就赶紧追求，别丢了老骑兵维克托的脸！”老人轻轻拍了拍夏尔的肩膀。

“那也得别人看得上才行吧？”

“我的孙儿还有谁能看不上吗？”侯爵不屑地笑了，“你有这样的相貌，有这样的才华，你还有特雷维尔这个姓氏！法兰西还有你配不上的女子吗？就是王家的公主，你也配得上！”

“您还是给我留点颜面吧……”夏尔终于被自己祖父的盲目夸赞给弄得受不了了。

“我只是实话实说而已，要说起来，我的孙儿，一个年轻人所能拥有的东西你都已经拥有了，除了一个富裕的家境……”接着他眼神黯淡了下来，又轻轻重复了一遍，“可是我们没有钱啊。”

夏尔内心苦笑了起来，在现在这个时代，没钱还不够悲惨吗？

大革命最恐怖的后果——或者说最伟大的成就，因不同人的立场而异——就是自它之后所有法国人，甚至包括贵族也明白了一个至理：上帝并未天生就注定某些人高贵，若无权势相伴，血统一钱不值。

当路易十六和他的王后死于断头台，他的王太子在饥寒和疾病的催迫下毙命淤泥之后，人人都发现再高贵的血统也没法让脖子硬过断头台的铡刀，于是法兰西人对从前的贵族和领主的敬仰和顺服已经统统消失不见，就连贵族们自己也不再相信自己注定统治法兰西。

不仅如此，如今连“贵族”这个词也在贬值。

虽然波旁王朝在外国刺刀的帮助下重新夺回了法兰西的政权，但是他们毕竟无法让时光倒流，而必须承认法兰西已经面目全非，而不得不承认大革命中应运而生的新贵们。拿破仑时代由皇帝册封的贵族大部分仍旧被原封不动地保留下来，还有些人甚至因为投诚而被路易十八封进了法兰西贵族院。

当原本是农民，皮货商，士兵乃至盗匪的人，获得了贵族爵位甚至堂而皇之地坐进法兰西贵族院的议席时，人们对贵族的敬仰还能剩下几分呢？

血统曾是上流社会的通行证，若无好的姓氏，一个人一辈子也休想走进那些著名的客厅和沙龙，一个新封的公爵远不如传承几百年的伯爵那样受人尊重。而如今，在如今这个时代，金钱取代了门第成为社会的枢轴，所有的一切都围绕着金钱旋转。传承了几百年的贵族，哎哎哎恭喜您能躲过大革命的风暴，活下来真是不容易啊，欸？等等，您有钱吗？

老人沉默了片刻，突然叹了口气，眼睛里的光芒都黯淡了下来。

“如果当年我攒下一点家业就好了，可是那时却老想着及时行乐！唉，人就是这样，总是老了才知道后悔……”

夏尔重新握紧了老人的手，紧紧地盯着他，眼神里充斥着温情。

“不，您给我的感情，比给我留下任何财产都重要。”

老人也盯着自己的孙儿，眼睛里竟有泪珠滚动。“老维克托真是走了多大的运，临到老得到这样一对孙儿孙女！”然后，他的眼睛里又重新有了无限的神采，“不过，我的孙儿，老维克托会让你拥有一切的，我们要有钱，我们要重归荣光，我们要夺回法兰西！”

是的，夺回法兰西，这是波拿巴党人自从 1815 年后永恒的夙愿。

1830 年七月革命发生后，路易·菲利普国王一改前朝对波拿巴分子的高压政策，进行了有限度的宽容，希望最大限度地凝聚人心。

这种优容的最顶峰，就是 1840 年从英国政府手里迎回了拿破仑皇帝的遗骨并且以荣誉的方式安葬了皇帝。

然而……波拿巴分子要的不是宽容，甚至也不是荣誉，他们要的是法兰西，是政权。这是国王怎么也无法容忍的，于是对波拿巴分子的异动的打压也一直在严厉进行。

在 1916 年，俄罗斯帝国的最后时段，沙皇曾经发布诏书晓谕他的臣民，用一种几乎是哀求的语气说：“你们要自由，我给你们，你们要出版、言论、游行的自由，我统统给你们，除了我的政权。”

而革命导师列宁的回答也极其简单：“除了政权，一切都是虚幻。”

对 1847 年的波拿巴党人，乃至历朝历代的政治团体而言，这是同样的答案。

一定要夺回法兰西！

第一卷第一百一十一章　维克多·雨果的文学批评

“维克多·雨果先生到！”

随着仆人们的通报，一个中年人慢慢地走进了这位著名文学女青年的客厅，然后冲已经落座的诸人点了点头。

他前额宽阔，鼻梁挺直，方方的脸上流露出智慧的气息，而眼神十分锐利，却又带着点莫名的忧虑。他的头发留得略长，似乎是要突出那种文人的气质，然而举手投足间也带了点政治家的气派。

“晚上好，诸位。”

声音并不大，但是却十分从容而且淳厚，满载着在法兰西贵族院当中锻炼出的应有的风度。这位此时志得意满的中年人，此刻哪里会想象得到日后的坎坷！

其他人也连忙跟他打了个招呼，一点也不见了刚才的傲气。

刚才还在兴致勃勃地大肆批驳雨果已经江郎才尽的作家们，此刻完全鸦雀无声。有兴趣在背后议论他的人，却没有勇气当面批驳法兰西学士院院士兼贵族院议员一番，哪怕打个招呼也生怕显得不礼貌。

好吧，大多数的文人本来就是如此。

反倒是之前帮他说话的夏尔的表现要淡定得多，也只是冲这位未来的大文豪点了点头——这倒不是因为他天生傲骨非要表现得卓尔不群什么的，而是因为他原本就没打算过一辈子吃文学饭，因为实在也不怕在文学圈里得罪谁，于是想要卑躬屈膝也提不起劲来……

佩里埃特小姐殷勤地招呼雨果坐到她旁边，似乎这位人士的到来才是她所策划的重头戏，然后让他也参与到了聊谈当中来。而雨果也毫不客气，直接坐了下来，然后以十分得体的殷勤姿态和主人闲聊。

“您刚才在谈些什么呢，我们亲爱的佩里埃特小姐？”

“我们在谈当今的法兰西文坛呢，各自都在说各自喜爱的当代文学家，”蓝丝袜小姐回答，然后微笑着指了指夏尔，“这位茨维尔先生可是在说，除了巴尔扎克先生之外，最喜爱的作家就是您呢！”

“啊哈，这怎么敢当呢！”雨果顿时尴尬地笑了一笑。

不，你日后绝对当得起，只要你的人生轨迹还在如原本一样走下去。

接着雨果突然看向夏尔，笑得十分温和。

“您就是茨维尔先生？果然是如同传言一般的年轻啊！您的书我看过，写得不错！”

“您能听过我的名字是我的荣幸。”夏尔颇为冷静地致谢。

“真没想到会是这样年轻……”雨果轻轻自语了一句，然后又抬起头来跟其他人闲谈起来，“说起当代最欣赏的文学家来，我个人最推崇夏多布里昂先生，他的诗歌开创了一个新的时代。”

他的这个提名并不是十分让人信服的，但是人人都知道雨果最崇拜夏多布里昂，因此也没有人反驳些什么，反而一片附和。

可是夏尔却不怎么欣赏这位夏多布里昂先生。

没错，夏多布里昂是个出色的诗人，而且是维克多·雨果的偶像，是雨果进入文学界的引路人，早年在雨果步入文坛时对他有不少照顾。但是同时却也是个人品格调不高的政治家，或者说——是一个失败的投机者，法国政治家们的反面教材人物。

他一开始是一个坚定的保皇党，在波旁王朝复辟后进入政府，一度当了外交部部长（1822—1824 年），然而因为政治斗争失败，他最终被解除了这个职位。失去了职位之后，他开始抛弃早年使他发迹的君主主义思想，把自己包装成了一个自由共和派——然而在 1830 年，波旁王朝垮台七月王朝建立之后，他还是无法得到新王朝的任用，只能一直赋闲在家当一个文学评论家。

他是一个失败的政治家，一个彻底从独木桥上跌落的失败者，也是夏尔绝对不想去模仿的对象。

提到夏多布里昂之后，大家就互相闲谈了一些有关这位大人物和年轻的安培先生以及雷卡米耶夫人的那些著名的风流韵事，一时间整个沙龙都变得轻快起来。①

“当时夏多布里昂先生已经差不多五十几岁了吧？也真亏得他有那个心思去玩……”佩里埃特小姐叹了口气。

---

① 在 19 世纪 20 年代，著名物理学家安培的儿子、未来的著名语言学家让－雅克·安培和当时已经 50 多岁的夏多布里昂以及哲学家巴郎什三个人同时在追求雷卡米耶夫人，闹出了很多趣事，在当时的社交界常常被引为笑谈。

“我亲爱的朋友，对我们这些作家来说，年纪从来不是问题。”一位中年作家笑着回答，“即使因为年老而身体虚弱①，我们的思想仍旧足够锐利……”

一时间整间客厅都被这个略带调侃的双关笑话弄得哄堂大笑，连文学女青年都笑了出来。

按理来说，在一般的沙龙中说这样的话是有些失礼的，但是作家们崇尚奔放，而且鄙视条条框框，因此只要回答得机智就没有人会放在心上。

“不过，现在我听说，可怜的夏多布里昂先生已经行将就木了，听说最近又病倒了吧？医生现在每天都往他家里跑。”笑了一会儿之后，一位作家轻声问。

“是啊，我之前还去探望过他。现在他已经是重病缠身了，恐怕过得不久就会……”雨果轻轻摇了摇头，显然不忍说出最后的话。

“这真是非常遗憾啊……”有人叹了口气。

“我们每个人都终将面对这么一天，夏多布里昂一生的成就足以让他毫无悔意地回到上帝跟前。”雨果回答，“我们都会有这一天的，有区别的不是结果，而是方式。”

“不仅是方式，还有态度。”夏尔补充了一句。

“对，还有态度。”雨果点了点头。

……

时间越来越晚，客人们开始纷纷告辞，夏尔本也想直接告辞，但是却被佩里埃特小姐用眼神阻止住了。

还有什么事呢？夏尔不禁有些好奇。

很快，客人们几乎都走完了，最后就只剩下了雨果和夏尔还仍旧留在这里。

蓝丝袜小姐笑着向雨果点了点头：“雨果先生，如您所愿，今天我把他给您带来了。”

嗯？

夏尔心中有些意外。

“茨维尔先生，是我请佩里埃特小姐尽可能地将您请过来的，没有给您带来什么不便吧？”还没等他反应过来，雨果就笑着冲他说了一句。

---

① impuissance 一词在法语中既有虚弱的意思，又有“不举”的意思。

“倒没有什么不便，只是有些意外……”夏尔老实地回答，“我只是，没想到您居然会在意我这种小角色。”

“小角色？”雨果摇了摇头，“绝不是什么小角色，即使现在是，未来也绝对不是，您这个姓氏是笔名吧？真名是什么呢？”

“总有一天您会听到的，但不是现在。”夏尔笑着回答。

他的这种态度并没有让雨果感到生气，甚至也没有多少意外。在被冷酷的现实磨平棱角之前，年轻的作家们总是会有一些矜持和自傲的，他过去也曾是如此。

“那好，我非常期待着您成名的那一天，我相信这一天很快就会到来的。看过您的作品之后，我就有这种感觉。”

“非常感谢您的夸奖。”夏尔连忙向对方道谢，同时内心竟然感到一丝激动——维克多·雨果这种大文豪，有一天居然当面称赞我有文学天赋，天哪，天哪！

看出了夏尔的激动，雨果微笑了起来：“不过，我找您来，不是为了夸赞您的，而是为了批评您。”

嗯？迎头一盆冷水几乎让夏尔有些莫名其妙。

“您的意思是？”

“没错，您很有天赋，您刻画的每一个人物都让人印象深刻，这是您的才能。但是，您现在是在浪费您的天赋！”雨果直视着夏尔，表情十分严肃，“您看看您的东西，要么写宫廷的奢华绚烂，要么写惊奇耸动却古怪离奇的情节。您的小说缺乏对哲理的思辨，也缺乏对时代本身的探讨，而这是文学家所应有的责任不是吗？茨维尔先生，您本应该做得更好的，却不肯去做，这太让人遗憾了。”

也许是怕这些批评的话太重，雨果马上放缓了口气。

“请您不要生气，我是因为对您的期许才说这些话的。也许我现在也没有什么立场来说您，您也知道，我现在的作品都不被人们所看好，而且我也觉得确实不好。但是我希望您，您这样有才华的年轻人不要步我的后尘，您是有天赋的，不应该将它浪费掉，您本来是能成为一个伟大的文学家的……”

夏尔在这种雨果严厉而充满了诚挚心的批评前，不由得感觉一阵心虚。

“可是，现在的读者就喜欢这种小说，写这种小说能够快点换来钱……”

“您是因为缺钱吗？”雨果似乎明白了什么，“如果现在缺钱的话，我能接济您一些。年轻人，不要太过拘泥于没有意义的尊严，如果需要帮助就直接说给我听吧，就当是我借给您的。您应该好好去潜心写书，不要被那些无聊的俗事所羁绊，早点写一本能让人人拜服的小说，就像歌德那样！”

夏尔心中苦笑。

我确实缺钱，可是您那点身家哪里填得起这种缺口啊……

“谢谢，我现在暂时已经不缺钱了，不过我会牢记您今天的指点，努力在日后写出好的小说的。”他郑重地回答。

看到青年人郑重的样子，雨果总算放下了心，不过他还是没有忘记再叮嘱一句。

“命运会捉弄我们每一个人，但是您终究还是您。在显赫的时候，我们不能得意忘形，在困顿的时候，我们也不能灰心消沉，一切阴霾终将散去。我希望您能记住这一点。”

“谢谢您，我会记住的。”夏尔诚挚地点了点头。

他是真正做到了这一点的人。

第一卷第一百一十二章　争论与决心

夏尔没想到，今天维克多·雨果居然是专程为了教训自己而来的。这不是一种屈辱，而是一种莫大的荣幸——世上能有几个人能够得到这种被“批评”的机会呢？

而且，至少在夏尔看来，他教训得十分有道理——在雨果这种正统的文学家看来，文学作品就是要紧扣时代的脉搏，写出作者心中的见解。而以这种标准来看，自己的那些注重描绘宫廷的作品，实在太过于奢华富丽华而不实了，就算是东方也有文以载道这种说法，不是吗？

“年轻人会因为各种原因而陷入困窘，但这并不是可以消沉放弃的理由。我之所以跟您说这么多，是因为我不忍心看您偏离轨迹，达不到您原本的高度，而不是因为我对您有什么意见。”

“我知道的，谢谢您。”不过，可惜……我的志向根本不在文学之上，所以，抱歉。夏尔默默地在心中叹息了一声。

“我们的茨维尔先生好像并不将您的告诫放在心上呢……”在旁边坐着的佩里埃特小姐笑言，“您的苦心好像都白费了。”

她是唯一知道夏尔真相的人，可是她似乎完全只是想起哄，从一开始起就不断在打趣，显然就是想要看文坛的作家们互相嘲弄争执的样子——真是可爱的恶趣味啊。

“年轻人总归是有点傲气嘛。”雨果摆了摆手表示自己并不放在心上，“您今天如果无法完全听进去也没关系，请您好好记得我今天说的话就好，以您的智慧，未来总有一天您会懂得我所说的。”

在这种恳切的目光注视之下，夏尔一瞬间竟然有些感动。

“我要做的事，有很多比写书更加重要。”这一瞬间他脱口而出，“所以我无法全身心地投入到创作当中。”

“比写书更加重要？什么？”雨果有些惊奇。

“理想，”夏尔回答，“单靠写书是完成不了我的理想的。”

“理想？看来您的志向并不仅仅是写小说而已？”雨果有些惊奇，不过很快就恢复了正常，“您是想要从政吗？好吧，这也难怪，年轻人有志气这很好。”

在这时的法兰西，学而优则仕是十分常见的，以作家的身份积累人气和人望，最后慢慢进军政界转型成政治家的例子不少。比如夏多布里昂，甚至比如雨果自己，都成了部长和议员。

在他看来，对面的这位年轻人也有这样的潜力——只要走对了路。

“那么您是希望怎样从政呢？”

夏尔的脸上恢复了平静。

“没事，您可以把您心中所想都说出来，今天我们当然应该畅所欲言，这里又不是贵族院……我觉得作为前辈，我还是能够在这方面给您以某些指导的。”雨果笑着让夏尔直说，“您知道，我是以夏多布里昂先生为师的，他将我带入了文学界的殿堂。但是他的有些政治观点我也并不认同，而且有时候会公开反对甚至批驳，这并不会有损于我对他的尊敬。同样的，您对我也大可以实话实说，这同样不会影响到什么。”

“我要创造历史。”片刻的沉默之后，夏尔以自己最平静的口吻说出了心中埋藏最深的话。

当然，这里没人懂得他这句话最深处的意思，所以雨果对他的这句话虽然有些惊奇，但是并不觉得惊世骇俗，甚至可以说……他反而露出了那种高中教师面对热血学生的表情。

“不瞒您说，我年轻的时候也这么想过，谁都会有想当英雄的时候嘛。但是一个人的力量毕竟有限，而且，路是要一步步走的，我个人建议您先潜心于写作，积累出足够多的生活和处世经验之后，再交好一些政界的人脉，到时候慢慢走入政界不迟。”

平心而论，雨果的建议是十分中肯的，他本人就是这么走过去的。

但是……夏尔并不需要如此，如果穿越了还只能对前辈邯郸学步的话，那才是一种耻辱。

“我会有自己的打算的，先生。”

“好吧，看您自己去想了。”雨果也微微叹了一口气，“我还是刚才那句话，如果您未来碰到什么挫折和麻烦，尽管可以来找我，如果我办得到的话我会尽量帮助您的。”

算了，年轻人的理想，只有在屡屡碰壁于现实之后才会慢慢熄灭吧，靠自己的三言两语来浇灭是不太可能的。而且，如果他的理想廉价到因为自己三言两语就能更改的地步的话，这个年轻人又有什么可以看重的呢？况且，走弯路也是人生的一种必要历练吧，只要来得及回头就行。

而夏尔的回答再一次让他有些惊愕。

“非常感谢您对我的看重，如果您以后碰到些挫折，我也会尽我所能给您一些帮助。”

真是个高傲的年轻人啊！此时正处于人生最顶峰的维克多·雨果，在心里不禁暗暗感叹了一句。他哪里想得到夏尔到底指的是什么，又哪里想得到夏尔的这个承诺是一种多么大的尊重。

“您刚才好像是说，自己想要创造历史，”雨果转换了话题，“那么可否跟我说下，您想创造些什么历史呢？”

“只属于我的历史。”夏尔以直言不讳的神情回答，“就好像一首诗，一本书，一个剧本一样，我要一个完全由我一个人创造出的历史。”

尽管无人知晓，尽管人人都会以为这是个狂想，但是我自己知道，这就够了。

"一个人创造历史？"雨果几乎被夏尔严肃的表情给逗乐了，"一个人怎么能创造历史呢？这是由所有人共同创造的。"

"但是有些人，能够以一己之力推动历史朝自己想要的方向走去。这仅仅需要决心、勇气、毅力，还有一定的运气。"

"没错，这种人倒确实存在，但是您觉得您是那种人吗？"雨果的表情有些古怪，"那是圣贤或者恶魔的工作啊。"

"我哪种都不是，但我觉得我可以做得和他们一样好。"夏尔平静地回答，"至少可以去试一下。"

好吧，我承认我可能比不上那些人，但是他们却没有穿越的帮助。夏尔在心里默默加上了一句。

"可没有那么容易尝试的啊，创造历史不是您所想象的那么简单，"雨果摇了摇头，"恕我直言，茨维尔先生，您的政治观点太过于精英主义了，这可能不会对您步入政界带来多少帮助，如果我是在议会上碰到您说这一番话的话，您已经多了一个政敌了。"

"正因为知道今天只是闲谈而已，所以我才畅所欲言，"夏尔微笑着回答，"而且，我觉得就算精英主义也比众愚政治要好。"

"就是您眼中的众愚，创造了历史。"雨果的目光变得严厉了一些。

"……在那些精英的带领之下创造了历史。"夏尔丝毫不为所动。

"看样子您真的觉得自己能够带领人们去创造您的历史了？"

如果不能一个人去创造新的历史，那么穿越还有什么意义？我重新过这一生还有什么意义？夏尔在心中呐喊了一句。

"我必须能！否则我这次的人生就毫无意义。"夏尔眼中满是坚定，"我必须要去创造属于我的历史，不管结果如何！"

雨果有些难以置信地看着面前的青年人，惊诧于对方这坚定而又有些古怪的志向。

"看来您确实是志向远大。"凝视了夏尔片刻后，雨果突然笑了出来，"可是您的这种偏执的看法，实在是让人无法接受。"

"是的，您无法接受。"夏尔一点也不对他的回答感到惊奇，"但是不管您信不信，我敢说最后我的观点会获胜，尽管我从不会公开声明这一点。"

雨果沉默了。

这个年轻人的自信让他吃惊，接着他感到话题已经偏出了原本的轨道，今天他原本只是想和这个年轻人探讨文学的，结果却又谈到了政治上。

“不得不说，您今天给我带来了极大的惊奇和兴趣，比原本所想的还要多。我现在还不知道您到底想要创造什么历史，但是有一瞬间我竟然觉得您是能够办成您所说的事的……当然，也只是那么一瞬间而已，我还是不认同您的看法。”他叹了口气，“因为我不知道您的具体情况，所以我也无法断言什么。不过，我会等着的，等着看看您到时候会有如何的成就，年轻人。”

……

在离开这座公馆的时候，夏尔仍旧有些五味杂陈。既有被文豪看重所带来的欣喜，也有因观念不同而争论所带来烦闷，甚至还有些对这位文豪未来坎坷一生的某种怜悯。

不过，不管怎么说，未来的拿破仑三世皇帝对他还算是非常客气的。在流放他之后几年就宣布赦免了他（1859 年，拿破仑三世颁布大赦令，赦免流亡的共和主义者），是他自己拒绝回法国的。而且，无论双方闹得有多僵，拿破仑三世也没有为难雨果的子孙，他们都好好地生活在法国。

从这一点来看，拿破仑三世还是比较有节操的。

最后，夏尔下定了决心。

新的历史将会证明我所说的是真是假，我会做给你们看的，等着吧！

第三卷第八十章　卡尔·马克思初评特雷维尔

“……正如我们之前所说过的那样，法国那位借着伯父的幻影爬上了高位的总统先生，是一个愚蠢可笑而又危险的小人物，他借助一时的机缘和众多无耻的谎言上台，并且依靠同样一种东西来维持其摇摇欲坠的统治。

“而在巴黎举办的世界和平大会上，一个名叫德·特雷维尔的年轻人，就给我们上了生动的一课，告诉我们如今法兰西是被一群多么厚颜无耻而又危险之极的人所统治着。

“‘……只有欧洲各国的力量达成某种程度的平衡，和平才能够降临世间。

“……

“‘如果能够足够尊重法国的话……’

“以上的这些话，都足够作为一面镜子，折射出这群人的心中所想了。我们只需要擦去那些貌似平和的词语的遮盖，就能看出这群人到底打算干些什么。

“首先，我们要指出的是，这位德·特雷维尔，并不是什么无名之辈，而是路易·波拿巴所倚重的骨干党徒之一。正因为如此，他才成了法国新成立的铁道部的国务秘书——没错，仅仅才二十一岁，他已经高踞国务秘书之职！

“难道不正是依靠了路易·波拿巴的权势，他才能够如此平步青云吗？

“由此我们也可以看到，路易·波拿巴为了犒赏捧自己上台的党徒们，居然慷慨大方到了这种地步，居然如此不吝惜于国家的资财，居然会让这么年轻的人就担当此等要职。已经超出了我们所预期的程度——他们倒是不怕把整个国家都抢光。

“而且，已经有足够多的证据证明，这个年轻人如同他的那些年长一些的同党一样，很快就被他们辛苦篡夺的权力所腐蚀，正在利用他手中的权力，帮助他的家族从属于国家和国民的财富中大肆偷窃，损公肥私。

“这样的一个人，不正是极有资格作为以路易·波拿巴为首的匪帮的杰出代表吗？

“正因为如此，他的发言，某种程度上也可以看作是波拿巴分子们的集体思想。我们可以从这些只言片语当中，再一次看清楚这一群大盗的本质。

“正如我们经常看到的那样，惯于要弄诡计和花招的政治家们，经常会在一派胡言当中偶然透露出一些真相来。而这次的德·特雷维尔由于年纪尚轻，玩弄花招的经验还不够，比他们的同党透露出了更多的真实意图，简直可以被当作一份波拿巴分子的自供书了！

“‘我国在这个体系中所处的位置过分地低，低到了她甚至快要不愿意维护体系的地步。难道这种情况很合理吗？难道这个强大的国家、这个繁荣的民族不应该处于一种优越地位吗？难道她没有资格要求一个更为合理的体系吗？’

“请看：这是何等直白的交代啊？这些阴谋家们妄称法国应该在欧洲体系当中要有更好的地位，只有这样他们才愿意保留和平。那么如果欧洲没有满足他们呢？他们还会摆出如今这样一副笑脸迎人的假面具吗？

“看到了这样的一些剖白，难道还有人对他们万一永久地篡夺了权力——虽然这明显是不可能的——之后的意图还抱有任何幻想吗？他们以法国受到了委屈为借口，为自己无休止的权力欲和扩张欲涂脂抹粉，难道现在还有什么疑问吗？

“我们继续看下去。

“‘为了保持和平，我们应当努力维持欧洲的某种均势，这个道理，在世界也是通行的。亚洲也是如此。同时，维持一种如果万一均势不幸被打破时迅速重新建设新均势的能力……

“‘每一个国家当然是不对等的。大国所经之处，小国自然应该望而却步……’

“哈，这是多么直白的自供啊！

“之前他已经说了，这群匪徒对法国所处的地位并不满意，也就是说他们存有打碎目前欧洲均势的欲望，他们想要在打破目前均势的同时重建一种新的均势，一种什么样的均势呢？已经说得很清楚了，在这群人看来，小国只能匍匐在大国们——他们倒是还不敢直接说法国——的脚下，任由他们肆意妄为。他们认为只有在这种情况下，法国才能恩赐给欧洲以和平，这是何等的厚颜无耻呢？

“这就是那位一直在用‘和平’‘均势’这些词来为自己涂脂抹粉的德·特雷维尔，这也是那位一直在阅兵式上毫无诚意地喊出‘我们要和平’的路易·波拿巴，这就是他们的真实想法。

“和平女神依莉妮的面纱下，战争之神玛尔斯的狰狞嘴脸已经峥嵘毕现，难道我们还能够有任何疑问吗？

“看看那些人所惯常说的话吧，‘平衡’‘和平’‘秩序’这些都是多好的词，可是包裹在这些词语的糖衣之内的，是战争的毒药！路易·波拿巴每一次关于和平的花言巧语，最后都只是为战争来粉饰。

“这群匪帮玩弄着和平主义的花招，欺骗欧洲各国，想要趁他们不注意，盗取整个法国，然后再利用他们盗取来的国家，去实现他们最恶毒的计划，他们要重建一个致力于让法国无所顾忌的新体系，难道现在还有人能够怀疑吗？

“所幸，在德·特雷维尔发表了这样一通厚颜无耻的言论之后，他马上遭到了旁听者们猛烈的抨击，甚至让他不得不提前结束了演讲，灰溜溜地滚了下台。

“正因为如此，我们有理由相信，法兰西民族作为一个优秀而且文明的民族，是不会上这群匪徒的当的。路易·波拿巴和他的那些借助偶然的运气爬上高位的小丑们，将会如愿以偿地带着人们讥笑声永远地消失在尘埃当中……”

“哦，不，很遗憾，我亲爱的博士。”夏尔轻轻摇了摇头，继续翻动着手中的《新莱茵报》，“他们无疑是会上当的。”

不过，这篇评论的作者当然是看不到当事人的回答了。

翻开了新的一页之后，夏尔继续读了下去。

“我们继续谈谈夏尔·德·特雷维尔这个人，虽然是匪帮中的一个小丑，但是我们同样要承认，他是一个十分特殊的人。

“之所以说他特殊，是因为他的身份十分奇特而且有趣——众所周知，德·特雷维尔是法国有名的贵族家族，而出身于这样的贵族家庭，却投身于波拿巴的麾下，并且还得到了路易·波拿巴的十足看重，这种情况确实十分罕见。

“他的飞黄腾达，实际上反而证明了法国贵族阶级的衰微——名门贵族已经不得不抛弃他们旧时代的高傲，与波拿巴所代表的那样一群流氓同流合污了。

“是的，贵族和资产阶级，这两个法国的统治阶级在波旁王朝复辟后几十年的合作与斗争当中，现在已经分出了高下，尽管这两个阶级都反动腐朽，但是他们毕竟还是有能力上的差别的。前者已然没落，虽然紧紧抓住旧日已经褪色的光环不放；后者雄心勃勃，恨不得一口气把世界吞个干净！

“从目前我们能够得到的情况来看，德·特雷维尔就是这样一个人，他是一个资产阶级化了的贵族，包裹在这位贵族头脑中的，不是法国封建贵族谋求扩张领地的思想，而是法国资产阶级谋求扩张资本利益的思想。他毫无原则，唯利是图，野心勃勃，狂妄自大，却又善于用贵族式的举止和外表来掩饰自己，贵族的狡诈和资本家的贪婪被他融为一体。由于他的年纪，他还有足够的时间变得更坏，如果不加阻止的话，这个人势必将成为一群坏蛋中最坏的那一个……”

看完了，没了。

夏尔突然感到一阵意犹未尽。

这是孔泽刚刚给他拿过来的报纸，是从国外直接送过来的。

天哪！还真是没想到啊！自己居然被那位马克思博士点名剖析了一番！

“哦，这可真是无法言传的光荣啊！”他情不自禁地喊了一声，然后慢慢地放下了手中的报纸。

“先生，您好像十分高兴？”旁边的孔泽，有些瞠目结舌地看着夏尔，似乎是觉得夏尔已经被骂疯了，“他骂您骂得如此厉害……”

"没关系，这没什么。"夏尔无所谓地摇了摇头，"我们并不在乎骂声。"

"可是，您同时还给他经常寄津贴啊！"孔泽还是没转过弯来，"如果我没有理解错的话，您每个月都要寄给他一笔津贴，让这位博士在伦敦过得逍遥自在——然后他就用这样的攻击性言论来回报您……"

"这没什么，不用管，就这样吧。"夏尔还是一副满不在乎的样子，"我说了，这是一种光荣……"

"那您以后还要继续给他寄津贴？"孔泽一脸的难以置信。

"是的，有什么不行的吗？"夏尔反问。

"好吧，您是老板，您说了算。"呆了片刻之后，孔泽轻轻耸了耸肩，不再与他纠缠。

这些贵族，还真是一群让人看不懂的生物啊。孔泽不禁在心里嘀咕了一句。

罢了，他不在乎的话更好，反而给自己省了事。

如果在别的事情上，他也能有这么宽宏大量就好了。

第四卷第一百五十八章 《悲惨世界》

"您要是专注于做一个文学家，那该是多好的事情啊……"

听到了雨果的这句感叹之后，夏尔只是淡然笑了笑："相信我，我的选择，为这个国家避免了一个重大的损失……"

"我看您继续在政坛搅风搅雨，这个国家的损失才会更大吧……"眼见夏尔如此自吹自擂，雨果忍不住冷笑着嘲讽了一句。

不过，因为这句看上去是开玩笑的戏言，两个人的气氛总算变得相对和缓了起来。

"雨果先生……"

这时候，旁边玛蒂尔达的招呼突然传了过来。

看着夏尔和雨果产生了一些不愉快的争吵，玛蒂尔达心里也产生了一些迟疑。但是，心里对这位作家的喜爱和尊敬，仍旧战胜了这种迟疑。

在两个男人的视线都转移到自己身上之后，即使是一向镇定，此刻的玛蒂尔达也忍不住有些心情激动了——毕竟他们两个在各自的方面都可以称得上是极其优秀。

“雨果先生……”玛蒂尔达定了定神，然后抬起头来用那种仰慕的眼神看着对方，“我从小就看过您的作品，一直都非常喜爱它们，我认为您可以说是当代我国最伟大的作家了……”

“哦，谢谢您的夸奖，本人不胜感激。”雨果笑着点了点头。

不过，虽然用词很礼貌，但是看得出来他并不将这种话当一回事——作为一个成名作家，他面前从来都不缺乏这种向他表示崇拜的女子，其中有些还和他走上了床。所以他早已经听惯了这种空洞的恭维了，不会有什么触动。

当然，他已经从刚才这个女子和夏尔的态度当中看出她可能和夏尔“十分亲密”了，因而对她也格外礼貌了许多。

“先生……真的，能在这里碰到您，确实令我感到很惊喜，因为我已经仰慕您很久了，一直都想见您一见。”虽然雨果的语气明显只是在敷衍，但是玛蒂尔达的态度仍旧不改激动，“我一直都想和您说一些话，您……您能够拨冗，稍微听我和您说几句心里话吗？”

“嗯？请说。”带着一种淡淡的意外，雨果点了点头。

“我看过您的每一部作品，仔细地看过。”玛蒂尔达的脸还是有些微红，语气也有些急促，“您词锋的华丽一直都为人所折服，而且……不管是否同意您的看法，每个人都必须承认您进行过深入的思考。但是……”

说到这里，玛蒂尔达小心地看了雨果一眼：“我觉得，您在近几年来的作品，没有最初那样吸引人了，可能是我们已经习惯了您的出色，而对您有了更高要求的缘故吧……”

“您说得没错。”听到这个女子的话之后，雨果忍不住在心里苦笑了一下，他心里知道对方说的话实际上已经很委婉了。实际情况还要更加让人难堪——自从他在四十年代投身政治界之后，到现在为止，就再也没有写出过什么有好评的作品来了。

“有时候，我觉得文学创作就像是上帝在借着一个人的手在写一样，当我们不再有上帝眷顾的时候，我们这些卑微的凡人就无法再写出那样好的作品了。”

“不，并不是这样！”玛蒂尔达突然断然回答。

她略显激烈的态度让其他三个人都微微一惊。

夏尔也闹不懂她怎么了——雨果的这句话，明显是自谦，然而玛蒂尔达却认真了。

也许是因为这是她真正感兴趣的话题吧。

"并不是天赋的问题，先生，即使您近期的作品，我们也能看得到那种文墨间跃动的灵气。您的文字仍旧是极其优秀的。"玛蒂尔达认真地盯着雨果，"但是……我认为，有时候您过于追求感情的激烈冲突了，过于追求为了表达自己的思想而有意改变您作品中人物的言行，所以人们就会感觉到不协调感。其实您根本不必这么做，我认为真正的思想是蕴含在每个人的言行当中的，您只需要将它们通过不偏不倚的笔表现出来就好……您希望借人物之口说的东西越多，他们能说的东西就越少。还有，有时候您过于追求剧情的神秘感，反而让作品的吸引力下降，您为什么不试着写一部完全反映现实的作品呢？以您的文笔，您可以写出一群震撼人心的普通人的，哪怕他们再怎么平凡卑微，您也能够抓住那种打动人心的闪光……"

随着玛蒂尔达的话，雨果的脸上笑容慢慢消失了，越来越严肃地看着她。

"哦！我们请来了一位多厉害的评论家啊！"为了不让自己好不容易请来的贵客生气，佩里埃特小姐连忙感叹了一声，打断了玛蒂尔达的话。

玛蒂尔达这才回过神来，发现自己刚才到底有多么失态。

她的脸瞬间就变得通红。

"哦，先生，真是对不起……我不是有意在批评您，我只是在说我心里的一些看法而已，请您千万不要见怪。我说这么多不中听的话，正因为您是我国最为优秀的作家，我希望您能够走出创作的低谷，为我们奉献出最好的作品，我真的……真的非常期待那一天！"

玛蒂尔达脸上的诚挚，每个人都能看得出来。雨果自然也不会毫无触动。

他呆愣地看着玛蒂尔达，片刻之后才移开了视线，看了看夏尔。

他原本以为夏尔带过来的只是一位寻欢作乐的女子而已，顶多有些附庸风雅，却没想到对方竟然真的看完了他的所有作品，还能够给出如此有见地的评判和建议。

没错，虽然意见有些偏颇，但是也确实有些见地。

很多东西正好说到了他的心里。

"不，我怎么会见怪您呢？"雨果摇了摇头，"事实上我应该很荣幸才对，我居然被人如此看重！您说的东西是完全有道理的，没错……我确实打算沉下心来，写一些更加能够打动人心的作品了。"

"那真是太好了。"玛蒂尔达暗自松了口气——一来是为了对方不责怪她的无礼，二来是在期待对方日后真的能够做到。

"实际上，正如您所说的那样，我已经厌倦了写什么鬼怪和魔王了。我打算以后有空就写一部描述下层人物的小说，写他们的悲惨境遇，也写他们在逆境当中所散发出的人性光芒。"雨果笑着点了点头，"希望能如您所说的那样打动人心。"

"一定会的！"玛蒂尔达喜形于色，"您可以提前告诉一下我大致的内容吗？我已经急不可待了，先生！"

"我已经写了不少了，只是最近一直太忙了所以无法写完而已。"雨果貌似遗憾地摊了摊手，"不过我可以跟您保证，这将是一个取材于真实的故事——一个苦役犯通过自己的奋斗抹消了身上的耻辱，同时变成了一个造福社会和他人的人，但是结果却仍旧被不宽容的社会所吞没的故事。"

"听上去很吸引人，"玛蒂尔达微微睁大了眼睛，"那么，衷心祝愿您早日将书发行出来吧……"

"我会尽力的。"雨果点了点头，然后好像又想起了什么似的，他又笑了起来，"对了，这本书我现在还没想好书名。既然您都已经提出这么多意见了，我能请您同时也赠送给我一个书名吗？"

玛蒂尔达被他的话给惊呆了。

"我……我可以吗？"

"当然可以了，我迫不及待地想听您的答案呢。"雨果严肃地回答。

玛蒂尔达红着脸低下了头来，虽然心里很羞惭，但是她不打算放弃这种殊荣。

"我还没有完全看过您的作品，所以也不好定得太好。不过……既然您打算写一部控诉社会的作品，那么……尽量取一个平易近人的名字如何？比如……就叫《悲惨的人们》怎么样？我想，这个题目虽然不够华美，但是肯定和普通人的遭遇十分贴切了，而且也会激起读者们的好奇心，让他们更加想要看到您的作品……"

"这样的题目？"雨果微微皱了皱眉头，显然还在权衡着什么，"嗯……您说得倒也有些道理。我会记住的，到时候我把其他的名字拿在一起权衡一下，看看用哪个。”

然后，他又朝玛蒂尔达笑了起来：“不过，如果采用了您提出的名字的话，我会在题记里面感谢一位聪明、可爱、然而不知名的姑娘的……”

听到了雨果暗中对玛蒂尔达隐藏身份的调侃之后，玛蒂尔达忍不住更加羞惭了。但是她还是不敢将自己的身份全透露出来，只好选了折中方案。

“您就叫我玛蒂尔达吧，先生。”

而此时的夏尔，并没有注意到他们现在的玩笑了，他的心里已经被一个念头所震惊到了。

啊哟！

《悲惨的人们》不就是《悲惨世界》吗？

这本书是雨果构思了多年，最后在流亡期间出版的——竟然是玛蒂尔达给它命的名？

这……可真是……

夏尔一下子都不知道该说什么好了。

“好的，玛蒂尔达，谢谢您，您真的很聪明。”雨果赞许地朝她点了点头，当然碍于礼节，他没有问这位明显看上去不想透露自己身份的女子到底是谁，“而且很有才情，我想很多男人也不如您……只可惜我现在公事实在太多，不知道哪一天才能让您看到这部作品……”

“没关系，什么时候我都能等！”玛蒂尔达马上回答。

“这个倒是不用担心，先生，我想您会有时间的。”夏尔突然插话，说了一句意味深长的话。

夏尔已经和路易·波拿巴他们商定好了，在不久之后，只要政变成功，就要将他和其他一些反对派们逮捕起来，或者流放到国外去。

到那时候，雨果就有的是时间来写作了。

……

“夏尔！我真不是在做梦吧！”

当离开佩里埃特公馆的时候，玛蒂尔达仍旧没有完全从那种激动当中恢复过来。

她的手里紧紧地抱着一本《巴黎圣母院》，正是蓝丝袜小姐赠送给她的原版书，而且上面还有雨果的慷慨签名和题词。

“您不是在做梦，而是真真切切地实现了梦想。”夏尔殷勤地回答。

“是啊……是啊……真是太好了，这真是让人难以忘怀的一夜啊……”玛蒂尔达喃喃自语，“夏尔，谢谢你，居然能让我有这样的幸运。”

两个人一边走一边聊，最后来到了夏尔马车停靠的地方。

“用口头谢可不好吧？”夏尔调侃地笑着回答。

玛蒂尔达的脸重新变得有些红，然后她闭上了眼睛。

夏尔低下了头。

在冬日清冽的月光下，在稀疏的马灯的照耀下，两个人拥吻在了一起。

“夏尔……”拥吻了许久之后，玛蒂尔达才从这种幸福当中清醒了过来，重新抬起了头，看着面前凑得如此之近的爱人，“真的谢谢你！”

然后，他突然发现夏尔的样子好像有些不对。

他一动不动，好像全身上下都被冻结了一样。

玛蒂尔达感觉有些奇怪，于是转头顺着夏尔的视线看了过去。

然而，她本人也僵住了。

就在他们不远处，穿着一身黑色衣裙的夏洛特，正平静地看着他。

[节选自起点中文网]

【粉丝评论摘编】

@FATMANLEGEND：……宛如鸢尾花般优雅华丽的文采，跌宕起伏又环环相扣、波澜壮阔的剧情，以及气势磅礴、厚重真实的故事环境，都为本书增添了寻常文章难得一见的完美魅力。而历史类小说的精华——同时也是最危险的悬崖——对故事年代的历史事件与人文背景，作者进行了详细的、全面的研究与解读，并将其于故事中真实地再现于读者面前。当以上这些特征结合于一本书上时，不免让人沉浸其中，恍惚间竟有身临其境之感，仿佛显示屏上的不是一行行文字，而是一幕幕鲜活的戏剧——特别多嘴一句，本书虽然含有后宫内容，但各位女主角既不喧宾夺主，也没有被“用完就扔”，始终在舞台上发挥着只属于自己的独特魅力，甚至各位配角的表演与退场也都恰到好处。……

@灭绝十字：最近几章里描写了大银行家和约瑟夫合作利用革命牟利的计划，并且把主角也加了进去，这个情节从合理性上来讲完全没有问题，资本家本来就该这么办，越是混乱越是他们发财的机会，约瑟夫的统治理论对于他所拥有的力量来说也很合适，但是这其中主角的心理表现与他前期的心态相比很明显是精神分裂。

我为什么这么说呢？因为前期夏尔的表现是一个民族主义者，一副要为了法兰西的崛起奋斗终生的样子，现在他却开始建立大资本家的觉悟了，这未免有点滑稽，因为民族主义者和大资本家的心理是完全不能相容的。资本的本能就是不断膨胀，为了扩张不惜一切，对于资本来说只要能实现增值，没有什么是不能出售的，所谓国家和民族也不过是一件商品罢了，顶多价值高一点。而对于民族主义者来说，国家和民族是绝对的，不能放弃的。一个坚持民族主义的大资本家必然是一个不合格的资本家，终将被其他资本家击败吞噬。一个要当大资本家的民族主义者是不存在的，因为坚持民族主义的人永远成不了资本家。

最近的情节中夏尔下了大资本家的觉悟，这和他前期民族主义的坚持无疑是冲突的，如果要保持人物思想的连贯性，这里参与这件事是必须的，因为这是情势的需求，当时不加入就是自寻死路，但是绝对不能从心里认同这种事，因为对于真正的民族主义者来说，这种事是不对的，这无疑是损害法兰西利益的，在没有上位时为了上位可以理解，但是如果上位之后还要这么干的准备，那么就谈不上民族主义者了。

@且听风吟：但这样一个无视自己的阶级，看不起同时代其他人的家伙，却什么也做不到，只是和别人一样随波逐流罢了，不过他更幸运一些，知道一个大概的方向，他却因为这小小的幸运而将自己视作众生之上，何等狂妄，何等愚蠢。我看不到主角坚决的意志和志向，他只是一个投机者，一个他看不起的政治动物，利用平民，欺骗他们然后放弃他们。一边做着伤天害理的事一边在心里责备自己，这种责备并不是什么忏悔，只是能让他自己感到好受一些罢了，然后再继续做下去。

@abc76318：原本想看的是轰轰烈烈的大革命，结果却看到了整天死逼（编者注：撕逼）的修罗场，女主们刻画得很有魅力，但是我要看的是钢铁和蒸汽，是革命和铁血，不是整天撕逼的后宫言情!!! 但是想想作者也不是写给我看的，所以也就心平气和了。

愿意看修罗场的同志们，喜欢看十九世纪早该进坟墓里的所谓法国贵族们钩心斗角的同学可以看一看，毕竟这本书文笔还是不错的，细节描写也很好。而至于想看革命，想看主角如何发展生产力种田爆兵称霸什么的，还是算了吧，毕竟正如我标题所写的，这本书的别名可是叫作《穿越法兰西之我和我的姐姐和妹妹和妹妹的朋友和姐姐的朋友的惨烈修罗场》。

PS1：说实在的我真是很痛心疾首地看到一本本来可以封神的书变成了晋江最多的那种宫斗言情，然而作者似乎并不在意成绩，写书纯粹的兴趣，变成这样也就可以遇见的了。

PS2：不过自从转成后宫言情之后女读者数量节节攀升。这么一想……真是细思极恐啊。

［导引、简介、节选、粉丝评论摘编：周一帆、陈若谷、杨梦皎］

“历史研究范儿”的“欧穿文”

——评匂宫出夢《花与剑与法兰西》

杨梦皎

从七月王朝至法兰西第二帝国的风云翻卷之中，近有枫丹白露宫内珍馐杂错，远有加来港中白帆点点；疏阔处，是法国旧贵族与金融寡头、王党与革命分子挟邪取权的四分秩序；绵密处，是夏洛特狡黠中带着冷艳、玛蒂尔达纤柔里藏有傲慢的各色风情，连卡洛琳皇后蓬纱裙上的褶痕都宛然目前——这便是《花与剑与法兰西》所呈上的19世纪法国全景画。匂宫出夢携龙空论坛军史版版主的身份而来，先反“欧穿都去找茜茜公主”的惯例，再截取拿破仑和俾斯麦之间的动荡别史，一出手就有历史研究的专业范儿。剑可覆朝政，花可傲西风，张弛之间，还做了一番个人奋斗史和温情生活史的刚柔调剂。

大历史，偏要用小叙事，长时段，执的是细毫笔。匂宫出夢赌的就是一个“够真实”与“够专业”，全不必依靠“发明米尼枪、发明内燃机、发明发电机、打了某贵族某皇帝的脸”的惯常YY套路。自21世纪的中国穿越而来的夏尔，仅仅握有一个褪色的旧贵族姓氏，他赤手空拳，辗转于铁路、金融、电报多个领域大发国难财，终于位极人臣——作者意图通过贵族衰亡的背景，借存在还是毁灭的根本性命题，倒逼出这柄剑行动的意义。

在欧穿类型文中破旧立新，一要另类选材，二要恪守史实。而且，这个史实必须栩栩如生，让读者同时体验到“解陌生”的快感和重新陌生化的新奇。小说前半段频繁使用“注释体”，是成功勾画千面法兰西的关键。行文不时插入重大历史事件、民俗风尚、爵位制度、语言文化等的解释“词条”，将知识干货飨会读者：元老院如何在流亡皇帝手中复兴？“熊”和“蓝丝袜”分别指代什么文学现象？包括弗拉斯卡蒂赌场的来龙去脉，“光荣三日”与贵族命运的关系，男女结婚张贴布告的趣味风俗……一并激活了“历史真实”的无穷魅力。文中夏尔和朋友们会见大仲马、雨果、马克思并与之畅谈的桥段，又挥洒出历史可以充分参与、尽情想象的纯真豪情。

读这本书涨姿势。只是“姿势”太高也就僵住了。从外交谈判到与银行家传杯弄盏，主角的生活就是一桩桩事件的依序展开，无戏剧性、无张力、无深度的材料造成结构拖沓，又淹没于知识性细节中，成了“事”而不是“故事”。许多读者诟病小说在观感上不够“燃”、不够“好看”，恐怕和小说过度端起“历史范儿”有关，但也跟“欧穿”的情感内在动力不足、作者的价值立场中空有关。存在于“明穿”“清穿”等中国历史穿越小说中的民族主义立场，已经被法兰西的设定掏空了。换言之，他无从寻觅那个需要负责的历史大义，只能退而求一己安身，而当他紧紧攀附着事实律，道德律随时面临被作为障碍扫除掉的危险。

这篇小说的写作，要求作者匂宫出夢从喜爱并收集异域文化的旁观者（论坛版主），跳到建构历史主体的超越角色上，而一旦脱离家国叙事和欲望叙事的轨道，作者便无力处理这一身份难题，路径正义的问题被尴尬地抛在一旁，历史真实被简化为成王败寇的二元框架。通观全文，作者有意靠近 18、19 世纪浪漫主义和批判现实主义的笔法，人物阿尔贝与雨果的《浪荡儿》形如一体，可惜这场致敬已然剥离了其最为真理性的内容：“文明批判。”司汤达笔下贵族青年奥克塔夫的悲剧没有了，巴尔扎克《纽沁根银行》中对里昂工人艰难度日的悲悯也消失了。

小说与那篇鼎鼎大名的《路易・波拿巴的雾月十八日》在主题上极为肖似，只是马克思的批判性理路荡然无存。路易・波拿巴复辟帝制的“倒退替代制度”，于主角夏尔而言不过是向前延伸的历史线条的横折弯钩；卡尔・马克思所矜哀的欧洲那些失去土地而流离失所的农民，成了发迹的无产者所践踏的尸体。夏尔完全逆写了马克思借此檄文“打碎资产阶级国家机器”的初衷，走向反面，但那并不是因为夏尔（及作者）在未来的时间点上看到共产主义是空头支票，而是我们已然身处资本世界内部，在同一的物化关系中向利益法则俯首。当我们从“惯性政治”里生长出对“统治”的服膺，最终只能形成那一套空心历史观。

为了脱身于“真实之困”，匂宫出夢选择掺入现代 ACG 文化要素，不断通过一众女性角色的观照，把狼一般的政治动物夏尔，“软处理”为可堪信赖的合作伙伴，还原到普普通通的“妹控”与“御姐控”上。当人物选择“没有了正义，还有爱”的时候，其人性或许仍然可望“真实”。

只不过此种“真实”，多有牺牲。当夏尔和他的女友们构成攻略与被攻略的二次元关系时，“玫瑰丛林”的美好人设崩塌了。曾经从藩篱中成功出逃的芙兰们，她们与父辈的不合理要求进行抗争的勇敢，作为联络人寻找政治同盟的胆略，通过素描方式“加密”待运送文件的机敏，转身就沦为围绕在夏尔身边的环肥燕瘦，因妻子和情人的身份对立而视如仇雠，满心怨怼。

绣榻非稳，花非花，直须折后，余落红。19 世纪法国女权运动兴起，女性逐渐参与社会生活的真实历史背景，成了陪衬的“花儿”而不是“花”。温情生活史不复温情，它被主人公的个人奋斗史所收编，二者的并轨失败了。当小说在架空历史文脉络上创造新鲜经验的同时，我们尤其期待它在历史观上的扎根。只是遗憾，匂宫出夢仍在庭中舞剑弄花。

永不解密

风卷红旗

风卷红旗，另有笔名“杰本少年”。从 1999 年就开始接触网文，也比较熟悉铁血军事、北朝等军事论坛。风卷红旗利用工作闲暇时间写作，其第一部公开发布的网络小说为《红楼之星火燎原》(签约之前名为《无限江山一片红》，2014 年 12 月 2 日至 2015 年 7 月 10 日在纵横中文网以“杰本少年”的笔名发布，2015 年 7 月 21 日开始在铁血读书网连载)。

《永不解密》先是以帖子的形式在龙的天空论坛（2015 年 2 月 27 日）和北朝论坛(2015 年 2 月 28 日）连载，因其“寻找重生者”“第一人称”等创意而引发热议。同年 3 月 3 日开始在铁血读书网连载，12 月 25 日上架。《永不解密》长期居铁血读书网月收藏榜前三名、月点击榜前五名、总打赏榜前十名。因更新缓慢常居催更榜榜首，该书也被读者戏称为“永不更新”。

【标签】军事　重生　悬疑

【简介】

《永不解密》讲的是军事情报参谋“我”（林千军）与“重生者”“蝴蝶”由一封意外来信引发的故事。“我”（林千军）偶然接触到了一封神秘来信，写信人“蝴蝶”是一位从 21 世纪重生到 1983 年的爱国者，他想用自己的“后知之明”来帮助祖国，但又不想暴露自己。他在信里提及不少国家机密，还讲了未来的一些重要事件。中央领导高度重视这些信件，专门组建了中央猎狐行动小组，“我”（林千军）被抽调进这个小组负责拆阅“蝴蝶”来信。这个小组除了要查找寄信人“蝴蝶”之外，还要追寻丢失的“蝴蝶”来信，在此过程中与国外间谍势力展开了激烈争夺。

选段是第十九章、第三十三至第三十四章、第八十四章和第九十二章，基本反映了《永不解密》的主要特征：集合了各种网络空间尤其是军事论坛上的爱国“军迷”知识；语言整体轻松欢脱，充满活力；悬念设置巧妙，能够引人入胜。

【节选】

第十九章　他们这是在找死

一夜之间，改革春风吹遍神州大地，也吹到了这个小小的会议室里。

李晨风同志充分发扬民主，把手一摆："事情就是这么个事情，情况就是这么个情况，大家来想辙吧。"

组长的话音落了蛮久，竟然没有出现大家争相表态、踊跃发言、为国建策、一语兴邦的热烈场面，谁都没有开口，点烟的点烟，喝茶的喝茶。

章天桥鄙视地看了一眼这帮烟鬼，站起身来，把椅子带响了，然后去旁边拿起热水瓶续水，她没用会议室里的白瓷杯子，自己带的紫砂茶杯和茶叶。续好水后，看大家都在看自己，也不动声色，慢慢地走回来坐下。

她左右看了一圈，等大家都没再敢盯着自己看，便从兜里一掏，摸出一包中华，抽出一支叼在嘴上，再一掏，摸出个有年头外面磨得光亮的 ZIPPO 打火机，"啪"的一声打开了盖，点燃了烟，也在那里一副生人勿进的样子在想事情。

太有范了吧，大姐！

大家都不说话，李晨风也不客气，直接点将了。

"呵呵，大家怎么都还有点不好意思啊，别扭扭捏捏的，跟大姑娘上轿似的。小白，你先说说看。"

密保出身的白泉益摁灭了烟，揉了揉脸，先看了看大家的表情，然后有点不服气地说：

"好！我先说。零号机是从我们这边丢的，是我们安保工作没做好，还要麻烦各个兄弟单位帮忙给找回来。在这里我代表我们密保部门做检讨，我来之前领导已经交代了，全力做好配合工作。不过周春兰只是一办的一般工作人员，密级也不高，就是管管群众来信的收发，这个凶手夜瞳霜又是个二鬼子，也没想到会是美人计，也没人发现异常，导致……"

李晨风听到扯到责任问题，直指一办的保密工作，炮轰到自己身上去了，就听不下去了，只好打断他的发言道：

“没要你说这些，是说下一步怎么办？”

“哦！”白泉益装作才明白过来，故作粗鲁地说，“我们密保听起来牛皮哄哄的，实际上也就管着眼皮底下的一亩三分地，现在凶手跑到日本去了，零号机也过去了，必须要追回来，不，就是抢也要抢回来，我们这边是没辙了。我说你们公安、国安、中联还有军情就是干这个的，谁知道你们在那边埋了多少钉子，放了多少眼线？兜里的私货也都别藏着掖着了，都拿出来吧，江湖救急，火烧眉毛了，零号机是老头子们指明要的，重要性大家都知道。养兵千日，用兵一时。党和人民养着大家都不是吃干饭的，事情搞砸了，谁都别想过年了。”

组长和白泉益唱双簧一上来就逼宫有外线的业务部门，大家在没有盘算考虑清楚的情况下就只好仓促应战，见招拆招了。

柳子元平日低调，在公安这方面的职能全面移交之前的交接当口，考虑到还没成立就被“蝴蝶”在一号机里轰了一炮，说国安系统里有大叛徒，他们的身份在组里确实有点尴尬，对搞明白“蝴蝶”专案的心思也最为迫切，估计在即将成立的国安里，他跑外线多一些，陈观水抓内线多一些，所以他第一个站出来挡枪口了。

“道理大家都清楚，我也不多说了。现在我们国安还没成立，和公安那边的交接还没办好，只是搭了一个空架子，日本那边的情况也还不是很清楚，目前关键的问题是要在日本找到这个夜瞳霜和井田小五郎现在在哪里，他们到底是职业间谍还是民间人士，是冲着刺探情报来的还是别的什么原因，零号机有没有被他们报告给日本的防卫省，要是没有又被他们藏在哪里，问题需要一个一个解决，不能盲动，更不能冲动，一下子把那边我们的人都动起来，日本人肯定就会跟着动起来，人家知道的知道你是在找人，不知道的还以为第三次世界大战爆发了呢，谁也不想搞个古巴导弹危机出来不是？”

白泉益不上当：

“谁说了要你全动起来了，找到两个人，拿到零号机，就这么简单，还导弹危机，你蒙谁呢你？”

陈观水跟着帮腔顶上去了。

“现在有个很大的问题不知道大家考虑过没有，在一号机出现之前，零号机那是当作是小孩子的胡思乱想、梦话连篇被丢进故纸堆里的垃圾玩意儿，谁都可以把它不当回事，也没有人会相信。现在是麻秆打狼两头怕，如果大张旗鼓去找，甚至秘密去找被日本人或者美国人发现我们非常重视全力在找零号机的话，那就好看了，东西和人就在他们的地盘上，他们要马上去找或者要重视起来的话，我敢说，零号机想找回来的可能性几乎是零，谁知道那蝴蝶在零号机里写了什么惊天动地的内容啊，找不回来或者被敌人重视了，那就亏大了，连蝴蝶也会暴露也会有危险。林千军，一号机是寄给你们军情的，你说是不是？”

因为保密的原因，组里有些事情也是相互瞒着的，知道我是第一个发现一号机的人只有两个，我还在寻思自己人微言轻但军情这边在日本也算占大头，该说点啥才合适，就被陈观水带了进来，稍作考虑只好跟着话题发言了。

“大家都是行内的老师，我也没有别的想法。从蝴蝶在一号机里的措辞来看，他还是非常谨慎和小心的，一号机里为了取信我们，说了很多，直到提到了……”

我说到这里顿了顿，组长和子元、观水三个人的脸都青了，我清清喉咙，接着说道：

“咳咳，直到提到了那个，咳咳，我们才真正确认要么蝴蝶说的是真的，要么就是出现了重大泄密，咳咳。”

我脑袋转得飞快，努力考虑措辞，说起来就有点断断续续，只好不停干咳一下，我只是一个小参谋，比不上组里的各方诸侯，发言什么的总要多考虑一下才是，这个陈观水，真的是在害人，但话还是要努力说完。

“零号机既然没有引起周春兰的警觉和重视，固然与她本人的思想僵化有关系，但也可能是信里的内容关于未来的预见性的比较多，可以马上验证的情报信息比较少有关，既然这样的话，日本人为什么会拿走这封信，他们会不会认识到这封信的重要性，还是未知数，毕竟他们不知道一号机的内容，如果无法马上验证的话，就关系到……”

章天桥见我说得结结巴巴的挤也挤不出来一脸难受的样子，放下茶杯来插我的话题了。

“我希望大家不要把希望寄托在敌人的愚蠢上面，这样很危险。日本鬼子的民族性我还是有些了解，我们看蝴蝶这件事好像是天方夜谭，非要不见棺材不落泪，不见兔子不撒鹰。因为我们信奉的是马列主义，讲的是科学唯物主义，对预知未来这样不科学的事情天生就有排斥感，到现在有人对一号机还是怀疑大于相信。他们信奉的是神神道道，讲的是唯心主义，对什么特异功能、神鬼传说方面的东西天生就比我们容易接受，日本是属于我们中华文化圈里的，又一起打了那么多年的仗，对我们的研究也最深透。据说，在日本的防卫省里，就有专门的机构在研究什么《推背图》《烧饼歌》之类的东西，我们把它当草，他们把它当宝，说不定就是周春兰在夜瞳霜面前无意中提起过，被日本人如获至宝，才招致杀身之祸，抢走了文件，到主子那里去邀功求赏。”

谭燎原受章天桥的启发也跟着开了腔：

“孔子曾经曰过：‘我非生而知之者，好古，敏而求之者也。’还曰过：‘生而知之者，上也；学而知之者，次也；困而学之，又其次也；困而不学，民斯为下矣。’说明生而知之，自古是相信的，历史文献里也记载了很多，只是无法考证。有情报资料显示，现在美国等国家正在开始研究特异功能，美其名曰什么人体潜能科学，说明他们在这一点上思想是要比我们开放的。我同意章天桥的话，我们不相信的东西，未必我们的敌人不会相信，所以我们已经没有时间了，必须要尽快找到零号机的下落，把东西抢回来。”

我看着谭燎原晃着个大光头，叼着烟，屠夫似的脸庞，鲁智深的语气在那里之乎者也，自己的思路一下子就断了，突然间隐隐约约想起了在哪里听到的一段话，一个念头油然而生，我想到今天听王启年说的话了，受到启发，等谭燎原说完，我就已经组织好语言主动开口谈点自己的意见了，为此我还有点小小的兴奋。

“我有一点看法，请大家指正。我觉得现在还有一件急需明确的事情，就是案件的性质和定性，这是比较容易查清楚的，对我们以后开展的行动也很有帮助。”

然后我就把今天从王启年那里听到的肖雨城智破研究所笔记本被盗案的事情说了一遍，等大家陷入思考的时候接着说道：

“如果有迹象显示，这两个人是间谍，那么我们在日本的行动就要直接针对日本的情报机构，找到零号机的下落，然后去换、去骗、去偷、去抢也好，反正赴汤蹈火也要去把零号机搞回来；如果他们不是体制内，只是业余的或者根本就是顺手牵羊拿走了零号机，他们在中国杀了人，所以害怕得躲了起来，那么东西很可能在他们手上，只要找到他们就很可能找到零号机，有所侧重，至少也能抓紧时间、事半功倍，在日本那边的工作也好开展一些。”

至此，话题打开，大家也纷纷发言议论了起来，比如沐雨尘说要加强力量，请国安这边也介入，一起派人到夜瞳霜的家乡去搞外调，陈观水说散会后马上安排去调查下两个人的背景，话里话外洋溢着乐观与自信，白泉益说回去再查一下周春兰的交际情况，看能不能发现什么新线索，好像国内的事情都好办，大家心照不宣地都没提日本那边的事情，暗地里都在做盘算，充分发挥了大家联络员的作用，把整个会议开成了团结的大会、胜利的大会。

李晨风在那里笑眯眯地看着大家一顿乱扯，好像忘记了会议的主题似的，还时不时插话让大家发挥，倒是把国内这边的工作基本都安排部署得井井有条。

大家正说得起劲的时候，会议室边上小房间里的那部红色电话机响了，大家就静了下来。

电话铃声响个不停，催促着来人接听。

李晨风站起身来，走到小房间里，接起了电话，顺手关上了门。

“我是李晨风，请讲。”

我们在会议室里静静地等着组长接完电话，过了一会儿，看着组长神情严肃地从房间里出来，我有了一种不祥的预感。

组长回到自己的位置上，没有坐下，而是双手撑在会议桌皓白的桌布上，扫视了我们一眼，然后冷冷地说：

“今天下午有一个年轻的女人用中文通过街边的公用电话给我国驻日本大使馆的武官安襄浮打电话，声称她手上掌握了一份我国的高度机密的情报，是由一号首长亲自撰写的关于中国未来三十年发展战略的计划和方案，要安襄浮立即向国内报告，她开价一百万美元，给我们十五天的时间准备，届时她会再打电话过来。”

“这条白眼狼！组长，让我带队过去吧，看我不抓住然后虐死她。”

白泉益气得跳了起来，心里还不解恨，又踢了桌子一脚，仿佛那是那两个王八蛋一般。

会议室里一片哗然，大家议论纷纷。

我是林千军，我的工作遇到了新的难题，我已经为迎接新的更加艰巨的挑战做好了准备。

第三十三章　蝴蝶是我们的目标

我叫林千军，林暗草惊风的林，千山鸟飞绝的千，将军夜引弓的军。

组长，李晨风组长的职务如果转到我们部队来的话，是不是能称将军我还换算得不是十分清楚，因为组里大家各自原来的情况也不能说一定是机密，但是如果不是间接了解到的情况的话，一般不会去主动问的，特别是我这样人微言轻的小参谋，如果屁颠屁颠地跑去问：

"组长，你是什么职务级别？"

"天桥姐，你是什么级别？"

"子元大哥，你是什么职务？"

对方高不高兴还在其次，得到的答案还不是自己找不愉快，没问之前大家都是组员、同事，问了之后，他们就都成了首长、领导，一不小心就会让他们不开心。

现在首长、领导们的心情就很不开心。在机密的办公居所深夜发出那么大声音之后，大家机警地醒来应对可能存在一丝的危机的可能性，这是情报工作者应有的职业素养，应该受到表扬。但你发现大家都被你冒失的行为吵醒了，不但不道歉，消除一下影响，反而抓了大家来开会。

话说现在又不是以前那段日子了，传达最高指示要不过夜，如果说是工作紧张要加班，明明大家白天的时候都在闲着写检查，又有什么事是急得不能明天说的。

好吧，就算是组长刚刚想到的事情非常重要，重要到要马上开会进行讨论也就罢了，他现在把我们五个人撂在会议室，自己又跑去外面和章天桥拉拉扯扯地说些什么东西是不能让大家听到的，大家真的有点烦躁了。

以上，不是我想的，是我看谭燎原、白泉益、柳子元和沐雨尘他们一脸的不高兴臆想出来的。

过了大概十多分钟的时间，组长先走了进来，然后章天桥抱着一摞文件袋也跟着走进来了。

组长先是看看大家，轻咳一声然后说：

"今晚上召集大家开个会，因为灵感总是灵光一闪、稍纵即逝，所以要大家一起来参与讨论。虽然大家都是可靠的人，但开会之前我还是要重申一遍，今晚的会议属于高度机密，不许私自做任何的记录，也不能在外面任何场合进行谈论，发下来的文件散会前会立即全部收回。章主任，麻烦您把材料给大家发一下。”

章天桥看了组长一眼，然后拿了一张表格放在组长面前的桌子上，组长俯下身子看了看，然后掏出钢笔在上面签了自己的名字，边签还边说：

“我签字，我负责。”

组长签好之后，章天桥收了回去，然后给组里的每个人都发了一个文件袋——红色的绝密文件袋。

章天桥边发，组长边说：

“文件袋里是一号机和五号机里关于蝴蝶的自我介绍部分的复印件，今天晚上我们开会的议题就是根据这些材料来分析和推理蝴蝶的身份信息，为将来找到蝴蝶奠定基础。”

组员们一看这个架势，顿时都紧张起来了，刚才的那些不满全都抛到了脑后，平日里显得严肃老成的那些人一个个都表情兴奋，目光炯炯有神，盼望着，期待着，然后一个个都小心地拿出袋子里的文件，一个字一个字地认真地看了起来，会议室里一时鸦雀无声。

前面就说过了，组员们对密级和分工不同，对蝴蝶来信内容的了解程度都各有不同，像我就是一号机我看了一半，听局长说了部分后面的内容，在组里因为工作原因知道了信中信里的一点内容，五号机我看完了正文的内容，但信中信的内容我一点都不知道这样的程度在组里应该是排在第三，有的组员像沐雨尘甚至连两封信的信封都没看到过。

说句不怕死的话，这样严格的层次分明的保密制度，也正是导致我们组工作效率低下的原因之一，搞具体业务的看不到真东西，当领导、管档案和打杂的（也就是我）反而知道得最多。

我拿着那几张材料再次进行研读，虽然里面的内容对我来说并不陌生，曾经多次在心里暗自回味，但再读起来还是感到有不一样的新奇感。

这是来自三十多年后的人和现在的对话啊！

慢慢地，静悄悄的会议室里开始发出各种怪异的声音，白泉益的浅笑，沐雨尘的叹息，谭燎原的椅子挪动，柳子元在用手指头敲桌子，就那么几页纸的东西看得再慢大家也看完了，然后都是各种怪异的表情，原来我们在严正以待打交道的搞了半天是这样说不出来的奇怪的一个人啊！

我在看五号机的时候已经受伤过一次，所以对他们的心情感同身受。

组长看到大家看得差不多了，就起身从门外推了一块移动黑板进来放在自己的座位后面，然后拿了支粉笔在黑板上端中央大大地写了“蝴蝶”两个字，然后开始说话了。

“蝴蝶！就是我们要研究的对手！”

章天桥：

“他不是我们的对手。”

组长皱眉：

“那就是对象。”

白泉益悠悠地回了一句：

“不以结婚为目的的谈恋爱都是耍流氓。”

“目标！目标！”

组长被大家噎了两句几乎都要咆哮了，他挥舞着粉笔道：

“我先汇总一下目前掌握的情况，然后大家再补充，集思广益，一起来找到这只蝴蝶，先不要打断我的话。”

李晨风跟以前我们学校教语文的班主任似的，一边板书一边说话。

“根据我们目前从一号机掌握到的情况来看，蝴蝶来信里写信的是一个年龄在七至九岁的男孩子，这也是我们一直在疑惑的，为什么一个小孩子能知道这么多东西，是不是这个小孩只是信的撰写者，蝴蝶实际上隐藏在他背后，要找到这个小孩才能找到蝴蝶，对不对，雨尘？”

沐雨尘道：

“经过国内最权威专家的笔迹鉴定，大家一致认为……”

李晨风打断他的话。

“长话短说，是还不是？”

沐雨尘郑重地点了点头说：

“是的！”

“那么，在五号机的自述部分，蝴蝶给了我们一个解释，他说他是在他的脑海里浮现出了一些关于未来的知识和信息，他还提到了将来的网络小说里的重生类和穿越类的小说，说是小说中的主人公在种种因缘巧合之下从现在回到过去或者去到别的世界里，然后开始崭新的人生，那么他的意思是不是暗示他本人的情况就是重生或者是穿越？我们不管这种东西是不是不科学，至少他本人的表述是这样的，对不对？”

大家点头表示认可。

“那么从五号机来看，蝴蝶他本人是不是就有很大可能就是来信的实际书写者？蝴蝶就是一个小男孩，就是这个小男孩掌握了未来的知识和信息，他自认为自己处于一种重生或者是穿越的状态之中。”

大家都被李晨风大胆而荒诞的推测给惊呆了，连做记录的章天桥都放下了钢笔，定定地看着李晨风，提醒道：

“李组长！这不是儿戏，这将是可能决定我们行动未来方向的一个重大转折，我有必要提醒你，这么讲必须要有依据，可靠的依据。”

李晨风一挥手。

“我这样讲自然有我的道理，就从我们最实际掌握的笔迹来说。蝴蝶在信里的笔迹，鉴定专家怎么说，笔锋老成中带着稚嫩，开笔重，落笔轻，呈现出因为气力不足而无法驾驭笔力的特点。这字从一个几岁小孩的角度来讲，已经写得很好了吧，当然小孩子的字写得好一点当然也不奇怪。可为什么专家们会说可能还留有潜力？为什么会又老成又稚嫩呢？这些天我一直在想，这是为什么？为什么会这么矛盾？

“我还怕是小孩子练字临帖造成的影响，就专门拆了几个字出来放大秘密找人请教了几位字写得很好的首长，然后又找了书法界里非常可靠的大师，大家都认为小孩子即使临帖也不会写成这样，最后启公那里，他说这字根本就像是大人在学小孩子写字，而且拿给他看的字根本就没怎么正规地练过，完全是野路子，靠的是经常写，自己摸索出来的钢笔字写法。那这样就很明显了，会不会是蝴蝶本来可以把字写得更好看一点，但是局限于身体力量的限制，只能写成目前的这个样子？”

谭燎原听到这里兴奋地一拍桌子，喊道：

“那不就是说蝴蝶是一个小孩子的身体里住着一个来自未来的几十岁的老妖怪吗？”

组长自己一时难以描述的情景被人一语道破，也兴奋地提高声量道：

“是的！是的！我要说的就是这种感觉。”

然后底下的人也鼓噪了起来。

“这不就是跳大神么？”

“什么吗！应该叫夺舍！”

“鬼上身嘛，就是附体啊，我小时候还见过。”

“《聊斋志异》里不就是有写嘛，长清僧某，道行高洁，夺舍纨绔子弟的故事，年仅而立，而辄道其八十余年事。”

会场闹成了一锅粥，有的说以前在哪里哪里听说，有人死了又活过来，然后完全变了一个人，这是属于封建迷信派的；有人说英国小说家乔治·威尔斯的小说《时光机器》是不是在未来时光旅行成为可能，这是科幻文学派的；有人引经据典，有人据理反驳，有人旁征博引，不可开交。

第三十四章　蝴蝶会是谁家的孩子呢

会还是那个会，但气氛已经完全不一样了！

你相信几十年党龄的谭燎原会在那绘声绘色地讲听奶奶说过的村里有个懒人扎个纸人装是自己媳妇糊弄他舅舅的故事吗？

你听坚定的布尔什维克柳子元说过他在东北下放时深山老林的小山村里见到过狐仙上了村姑的身吗？

白泉益还在那喊：“你们知道咱们老京城的333路最后一班公交车和故宫里面闹鬼的事情吗？”随时准备在两个人的对话里插上一嘴。

本来应该最猛的、掌握了最多秘密的，无论是真实发生过的还是传说的都不在话下的章天桥笑而不语，她嘴边挂着轻蔑的微笑，意思是不是表示你们说的都层次太低，不过是以讹传讹罢了，姐姐这里有真东西的节奏。

我毕竟年轻，阅历也不是那么丰富，完全是生在红旗下、长在新中国，深受科学唯物主义的洗礼，在这场小小的风雷激荡、热情澎湃的思想解放（封建迷信）的浪潮中并不是那么有发言的兴趣，所以就在一边围观。

章天桥脸上挂着淡淡的笑意，让在一边悄悄关注着她的我心都提了起来，他们的发言已经非常劲爆了，这个疑似国家最机密档案的管理员之一的大姐不知道又会说出什么惊天动地、颠覆大家的世界观的秘密出来。

“大家静一下，我说一句。”

她果然说出口了，她真的是要发言了，会议室里顿时静了下来，都盯着她等着她讲话。

章天桥摸摸脸，咳了一下。

“你们这样子看着我，是不是想等着听我也讲讲什么大内密档里的聊斋故事啊？”

大家都不好意思地收回了目光，装作一副若无其事的样子。

章天桥转过头来看着组长，目光中带着一丝不善。

“李组长，请恕我直言，虽然你刚才的判断很有新意，也很大胆，确实是有逻辑上说得通的地方，但是与我们今天会议的主题并没有直接的关系，蝴蝶是小孩子也好，不是小孩子也罢，我们目前掌握的线索都必须要首先找到这个写信的小孩子，所以请你要么尽快地进入主题，如果你今晚上召集大家开会就只是为了讲这么点东西的话……”

章天桥拿起组长签字的那张表格和自己那份发放下来的档案袋摇了摇，又放回桌上没有再说话。

“好了，下面我们进入正题。”

章姐太猛了，把会议的气氛从信马由缰、海阔天空一下子就拉回来了。

李晨风点点桌子，然后继续讲话。

“目前，关于现在的蝴蝶，大家注意，是现在的身份，我们只知道他是个字写得不错的小孩子，他为了不让我们找到他，也着实下了一点功夫，除了指纹以外，像是信封、信纸、墨水甚至写字用的钢笔这些线索，他都已经统统注意到了，技术部门目前的报告是，统统是上海生产的，面向全国销售的著名品牌，追查下去的难度很大。”

沐雨尘举了下手，示意自己要发言，组长点了点头。

“蝴蝶有一个地方也许是疏忽了，一号机中他主要使用的是英雄的碳素墨水，这个因为生产和销售量太大，没有办法查下去。但是，他在盖上他的蝴蝶印记的时候，使用的是蓝墨水，而且不是英雄这样的大厂的牌子。目前，我们部里的技术部门在上海方面的配合下已经分析出了他所使用的蓝墨水的技术指针，正在对全国的大小墨水厂的产品进行比对分析，如果是地方上的小厂子生产的话，那么就可以从其中找到更多线索。”

这时候白泉益插了一句嘴，我发现他蛮喜欢在开会的时候插话的，不过一般他都能讲到点子上，大家也就不和他计较了，比如这一句也是。

“这个小朋友好像还蛮有钱的嘛。大家可以算算看，这个小家伙光给我们写信就要花多少钱？信封、邮票、墨水、信纸，沐处长，蝴蝶他用的是什么钢笔你们分析出来了没有？”

“是英雄的 329 型高级铱金笔。这个都不用什么专家分析，明眼人只要一看那尖细顺滑的笔画痕迹就看得出来了，我也用过，蛮好写的。”

没等沐雨尘回答，那边柳子元就已经抢答了，沐雨尘也予以了追认。

白泉益“啧啧”了两声。

“那也算是高级货了，如果是在地方上来讲的话。这么小的孩子就用这么好的钢笔，看样子这小家伙的家庭条件应该不错啊。”

“那也说不定啊，如果这小孩就是蝴蝶的话，那么他的心理年龄和知识阅历我们就不能把他当成普通的小孩子来看待了，而是一个成年人，一个来自未来的成年人。他应该有很多办法可以赚到钱。他既然想方设法在投递地址上耍花招，一会儿杨城、一会儿京城的，那么在这些细节问题上，他也可能会故意留下些小线索来误导我们寻找他的思路，因为他的动机就是做好事但不想留名字，只说自己叫红领巾。他既然是不想自己被我们找到的，那么我们在这一点上就不能不防。”

我也忍不住发表我的意见了，然后加强了语气继续说：

“而且，看了蝴蝶在两封信里的自述以后，我觉得不妨要以最强烈的戒心来应对这个家伙的恶作剧，是的！至少在他的那些夸张的警告声明文字和自述部分上，我觉得蝴蝶都是在搞恶作剧，除了标点符号，其他的都不能过于相信。”

“如果蝴蝶的经济开支情况不符合自己的家庭条件的话，那么就要至少向家人解释他的钱从哪里来，就会引人注目，这和他目前表现出来的小心翼翼不符。信里也说到，在未来的文学作品的类似情况，都是把来自未来当作自己最大的秘密，生怕被人发现，这也符合人们一般的思维逻辑才是。”

白泉益立马提出了辩驳的意见，但也有人出来站在了我这边。

“小林说的有道理，划定寻找的范围，失之毫厘，谬以千里，事关重大，必须要谨慎。我觉得不管这个小家伙是那种不管家庭条件贫富与否，他都会想方设法改善自己的生活水平和条件的人，他即使冒点险都会在所不惜，所以单凭他用在信件上的开支较大来推测他的家庭条件较好，还是不够充分。从信里的内容可以看得出，我是说一号机和五号机的基本内容……”

会议上有些小小的动静，章天桥用冰冷得近乎桀骜的眼光一扫，大家马上安静了下来。

“从蝴蝶目前表现出来的来看，他并不是一个意志坚定的人，有点浮夸，追求认同，说得直白一些，我的判断就是无论现在的他，还是在曾经的未来的他，都是一个比较普通的人。俗话说得好，由俭入奢易，由奢入俭难。不要忘记了，在我们未来的国家里，是物资非常丰富，生活水平很高的时代，现在我们还是处在买东西都要凭票的时代，他势必是会非常不适应，一定会想办法来改变，会特别突出的地方应该是我们认为是享受的方面，大家可以自己感受一下，是不是这么一回事啊？”

看着章天桥在那里侃侃而谈，其实大家一直以来都对蝴蝶的身份信息有着种种猜测，在自己心里已经有了很多的想法，现在组长把这个问题终于拿出来放在桌面上讨论了，大家于是开始各抒己见、一吐为快了。

谭燎原比较直，也不看组长越来越黑的脸色，瞅着章天桥停下来喝茶的空，也立马跟着发言了。

“其实我想换位思考一下也很有意思，对找蝴蝶也许也有帮助，就比方我自己吧，我要是回到十岁的时候，一定要轰轰烈烈地，也给毛主席写信，一定要选最重大的事件，特别有意义的那种，抗美援朝把美帝赶下海，台湾一定要解放，赶美超英什么的都不在话下，什么原子弹、氢弹、导弹，想有就有，大庆油田，打下去就能出油，轮船什么的，直接万吨起步，主战坦克必须要有，没有五对轮子你都不好意思出门和人打招呼，还有要告诉雷锋同志，别站在车后指挥倒车……”

谭燎原耍了会宝，就要触及敏感的内容了，他倒也知道怕，不敢讲了，冷了一会儿，抓抓头最后迸出一句算是结尾了。

“快去救列宁，布哈林是叛徒！”

还是组长拯救了会议陷入混乱，在大家一通发挥之后，把他身后的黑板写了一大半，又把话题拉了回来。

“大家都谈了很好的想法，说明大家也一直在思考这个问题，蝴蝶来信重要不重要，当然重要，但最重要的是蝴蝶这个人，他才是源源不断的宝藏，这个相信大家也十分地清楚。我今晚上之所以要临时召开这个会议，就是我在和小林、林千军的谈话中捕捉到了书法的这个灵感，觉得对我们寻找蝴蝶有较大的帮助，所以想听听大家的意见，大家都谈得很好。但是我要再次强调的是，一切关于蝴蝶可能身份的信息，无论大小，每一个细节，都是绝密中的绝密，就是在组里也不准私自谈论这个话题，如果有人胆敢走漏一丝出去，无论是谁，都是对祖国和人民最大的犯罪，我会第一个毙了他，无论他躲到哪里。”

有杀气，我感觉到了组长身上的杀气，会议室里气温都好像低了几度。

“好了，我觉得章主任的逆推法就用得很好，谭燎原的用自己的身份来代入蝴蝶的想法也很有启发，我们就是要开一个诸葛亮会，集思广益寻求突破。下面大家先来讨论一下蝴蝶自称是文科僧这个问题，大家知道我们国家从 1952 年开始在大学实行文理分科制度，1977 年开始，在高中也开始了文理分科，蝴蝶想表述自己是学文科的学生，为什么又用的是僧人的僧字，究竟是错别字还是别有用意，大家有没有什么看法？”

沐雨尘发言说蝴蝶的语法表述表现出典型的文科生特征。

白泉益异想天开地说蝴蝶也许不是故意写错字，是不是在未来文科生在大学里找女朋友比理科生要难，所以这样写是未来流行的对自己像僧人一样的生活的一种自我讽刺。

在座的唯一的一位文科生章天桥对这种说法表示了抗议和反对，并举了古往今来、国内国外的例子进行了强有力的反驳，把在座的理工生的刚刚滋生的沾沾自喜的情绪打回了现实。但章天桥还是敏锐地从白泉益的话中找到了灵感，认为是不是蝴蝶本人没有什么女人缘。

于是，组长又在黑板上写下了腼腆、内向两个性格判断，然后各打了一个问号，再两个箭头指向一句话，不讨女孩子喜欢，再打一个疑问号。

会就是这样开下去，大家你来我往，提出问题，然后讨论，再得出各式各样、千奇百怪的带着问号的答案，充满了不确定性，但这样的推理过程大家十分地投入，并乐此不疲。

作为当事人，我当然知道组长在大家面前说了谎，他想到的那一点没有说，甚至感觉他一时冲动要开这个会，现在却在努力地往回收的节奏，但总之，这是我们组里第一次正面对寻找蝴蝶这项工作召开专题会议，会议取得了许多成果，是一次团结的大会，成功的大会，胜利的大会。

即使会议开到了凌晨，因为第二天还有工作，不得不散会，但大家还意犹未尽，但我感觉到大家都丝毫没有疲倦，组里的士气从未如此高昂，也许这才是组长的真实目的。

散会后，组长喊我帮忙收拾东西，章天桥在清点所有的文件和纸张，以便全部建档，这样会议室里就只剩下我们三个人了。

组长轻轻地对我说：

“千军，我告诉你，你只要自己心里有数就好，然后你也认真仔细思考一下，我觉得，蝴蝶可能是在我们部队或者是和部队有关的单位长大的孩子。”

我听了以后真的是吃了一惊，我知道这句话的分量，也瞬间明白了组长为什么不敢在会上和大家说了。

我叫林千军，我不知道自己该不该知道，但我不自觉地知道得越来越多了。

第八十四章　套路套路全都是套路

肖雨城来找组长的态度是明确的，神情是坚决的，但是在李晨风放下筷子等他说话的时候，这位前档案保管员的表情变得有些犹豫，也许他是想到了什么，但是因为想得太多，事到临头的时候反而反复权衡了起来。看他站着累，我给他让了座，他坐了下来，用只限于我们这一桌能听到的声音说：

“我听说我们来之前，你给大家布置了任务就是写一篇如果是自己重新回到了小时候会怎么样的材料，我也从这个角度来假设了一下，我觉得，蝴蝶在自我介绍的时候，不是说过他以后会爱写小说吗？蝴蝶要是想着让自己的日子好过一点，他一定会瞒着大人在赚钱的，一个这么大的小孩子，如果想要光明正大地赚一些收入的话，写些东西给报刊投稿赚稿费会是一个好办法，我们一方面可以从这方面来试试看，另外还可以要有关部门搞一个少年儿童的科幻作品的征文大赛，看能不能吸引蝴蝶也参与进来，然后我们根据掌握的笔迹等方面的情况从中把他挑选出来。”

李晨风听了以后点了点头，这个主意看似不错，但他并不是十分地感兴趣，他更感兴趣的是肖雨城刚才跑来找他的真实意图，毕竟连我都发现了这个主意应该是肖雨城临时抓来应付的，这样子的建议他随时都可以向李晨风提出，但没必要在大家吃饭的时候跑过来对李晨风讲。

他一定是突然想到了什么，但是却又在开口之前退缩了。

“那个要你写的关于‘3·15’专案的工作报告你写好了没有？”

李晨风问道。

“嗯，已经差不多写好了，按照你的要求，我写了两个版本，一个是我们的真实行动的情况报告，还有一个是小说版的，这个有点难度，正在写结尾，过两天就可以交给你了。”

我看着李晨风露出了果然如此的表情。

“我跟你催过多少次了，你抓紧一点，现在急着要了。”

“我知道了，你放心，我不会误事的。”

在我的记忆中，组长曾经说过肖雨城这厮的故事写得好，但从来不喜欢写结尾，他甚至说过“最好的作品，就是没有结尾的作品，比如说《红楼梦》，可以永远让读者牵肠挂肚”这样的话出来，简直是丧心病狂，没想到连组长交代的工作他也会习惯性地拖着结尾不写，真是让人说他什么好啊。

“这个举办科幻作文大赛的主意不错，奖励可以适当提高一点，看能不能把蝴蝶给钓出来。等你把手上的这件事情办完，你就写方案给我。”

“好的。”

这个建议其实并不那么靠谱，但是聊胜于无，因为我们知道蝴蝶这个家伙正在想方设法把自己隐藏起来，而能给报纸杂志写文章赚稿费的孩子在地方上的学校里那就是名人了啊，更何况参加全国的作文大赛，但是下雨天打孩子，闲着也是闲着，肖雨城这个办法也不是不行。

“你来找我还有什么事吗？”

“哦，是还有一点事，但我还要再想想。”

“那边吃边想，菜凉了就不好吃了。”

肖雨城跑过去把自己的碗筷拿了过来，凑在我们这桌吃了起来。

但组长这餐饭注定吃得不那么太平。

“李晨风，李晨风，我有事跟你说！”

章天桥带着王艾达风风火火地冲了进来，她们两个听歌可以当饭吃，没想到居然会这时候又跑出来吵李晨风吃饭了。李晨风放下碗筷，无奈地说道：

“又怎么了？”

章天桥扫视一下四周，小食堂里就只有我们组里的人在，我们的伙食都是麻烦连里的炊事班做好以后送过来，大家自己动手，各取所需，绝不会出现大师傅打菜的时候手抖的情况，等大家吃完了再有执勤的密保人员负责来收。

“我和艾达在楼上又听了几遍那首歌，越听越觉得不对劲，这里面可能有问题。”

“有什么问题？”

坐在边上的白斯文见李晨风没有作声，便插嘴问道。

章天桥看了一眼白斯文，先没讲话，从边上踢了两根凳子过来，拉着王艾达坐下，大家都没了心思吃饭，就等着她说明情况，然后章天桥也刻意放低了声音说道：

“我也是听艾达说的受到启发，艾达，你把刚才告诉我的事情跟大家说一遍。”

“其实我也没说什么，我就跟章姐说，我在外面的时候也很喜欢听歌，什么 Rock、Jazz，还有 R&B 之类的，像是这首歌这样来处理的旋律还是第一次听到。”

我静静地看着艾达，她的谈吐之间拥有着一种无声的非凡的魅力，声音吐字轻柔而清晰，但是我一点都没听懂她提到的那些音乐术语。

“你在外面也从来没听过像这样的歌吗？”

李晨风皱着眉头问道。

“是的！没有听过，而且这样子的歌其实不适合合唱，感觉有点混乱，要是能听到适合的独唱的话，我的判断会更加清楚一点。”

艾达肯定地回答。

“肖教授，你刚才来找我，最开始也是为了这首歌的事情吗？”李晨风虽然没有正眼去看但不知道怎么知道肖雨城也有话说，于是又去问他。

“是的，我也不是很确定，所以刚才没说，但是我们几个人都觉得从来没听过这样灵活大胆、富有激情的歌，想给它归类都找不到合适的类型，毕竟音乐这东西也是相互衍生发展的，陈观水开玩笑说，这首歌像是从天上掉下来似的，我们现在的职责就是要关注一切异乎寻常的新生事物，所以我觉得会不会……”

李晨风轻轻摆手示意让他别接着说下去，然后看着章天桥微笑着说：

“章主任，你记性好，学东西快，特别是嗓子亮，要不你一个人独唱一下这首《铿锵玫瑰》，让艾达和我们大家听一听，有没有在哪里听过像这样子的歌曲？”

“唱就唱，这歌以后就是我的保留曲目了，你们给我把桌椅板凳什么的，撤开！”章天桥噌地一下站了起来，双手一挥跟个女王似的，大家连忙把桌椅拉开，把舞台给让出来，围着她坐成一个小半圆。

“一切美好只是昨日沉醉”，

“淡淡苦涩才是今天滋味”。

……

章天桥的声音有一点沙哑，但是歌声里充满了自信和激情，唱得很不错，但如果不是双手环扣置于胸前的话，也许给我们的感觉会更好。

一曲唱罢，现场掌声四起，经久不息，这个一方面确实刚学就唱成这样很厉害，另一方面看章天桥那陶醉的样子，谁也不敢得罪她不是。

“有点像是 RockandRoll，就是节奏放慢了许多，以前没有听过这样子的处理方式，我真的听过很多外国的流行音乐，但是这没有。”

艾达审慎地发表了自己的意见。柳子元接着说道：

“RockandRoll 我们这边翻译叫作摇滚，西城那边就有些家伙在玩这个，还说是什么什么乐队，我以前也跑去看过，唱起来都是蹦蹦跳跳、疯疯癫癫的，高兴起来还要砸东西，疯狂得很，我还看到一个砸烂了自己的吉他然后因为再也买不起了，只好坐在地上哭，他们一个个都留着长头发，装得很颓废的样子，我听过他们自己写的歌，都是些庞克和重金属之类的，跟这首歌的风格根本不搭调，相信他们也写不出这样子的歌来。”

我正好坐在柳子元旁边，伸手去捅了捅他的腰，小声地说道：

“这么好玩，下次也带我去玩玩。”

“好玩什么啊，我们去是为了工作，那唱起来嘈杂得很，怨天鬼叫的，别人唱歌要钱，他们唱歌是要命。”

“啊！别人唱唱歌噪音扰民你们也管啊，你们又不是片警。”

“这玩意是从美利坚传过来的，传播的都是些什么无政府主义、享乐主义、悲观主义、虚无主义，还宣扬纵欲主义，就连国外有时候都要管控一下，更何况我们那些老头子哪里见得这些东西啊，还不是要派我们去盯着点，免得腐蚀我们的革命青年，挖我们的社会主义墙脚。”

“那倒也是哦，不过有机会还是要带我去见识见识。”

“有时间再说吧，他们有时候会在一些地下酒吧里唱唱。”

“那我知道了，上次休假还有哥们拉我出去玩玩，不过现在这风声有点紧，那些家伙可别栽进去了。”

“可不是嘛！”

就在我们说话的时候李晨风也没表态说什么，只是和白斯文窃窃私语地说了几句，然后又向慰问演出后的章天桥表扬了几句，大家又当什么事都没发生过一样，继续吃饭。

我再不懂音乐这时候也猜出其中的端倪出来了，大家这是对《铿锵玫瑰》这首歌的横空出世产生了怀疑了，觉得这不像是现在应该出现的歌曲，大家心底都有了答案，但是大家谁也不说。

我比他们知道得更多，想得也要多一些，就在吃晚饭白斯文通知大家开会的时候，我突然想到了一种可能性。

“套路，套路，全都是套路！”

我叫林千军，我想我们大家又要开始忙了。

第九十二章　背叛季节的候鸟只有死路一条

……

日子就是这样过了三天，终于中午等到机要处打电话过来通知我们说，基地那边待会儿要和我们通电话，下达新的指示。我喜出望外，拖着肖雨城，喊上方舟就走，小叶就留在房间里守家。

天气很热，但是我们步履匆匆，机要处这边我都来过几遍了，但每次进去还是要查验证件，方舟就只能等在外面。按组里的安排，出来了肖雨城就是我的领导，所以是他负责按约定的时间用处里最高权限的密线给基地打电话，机要处的人也退了出去，很快电话就接通了。

电话谈了蛮久后，肖雨城就和那边道别，然后放下了电话，就在当地小声地告诉我电话的内容。

基地那边通过对东瀛驻京特工系统的监控，没有发现异动，一切都还是风平浪静，那个差点就被军情局的特工踢出去的夜萌娘也没有再出来捣乱，“3·15”专案组和公安部里的清查工作已经取得进展。D日快到了，为了配合全国的大行动，也为了配合我们组里的工作，所以原定计划在暂停三天后继续进行，由鲁省公安厅派四人坐火车过来协助我们的工作。我们在这边先把胡文海搞定，和鲁省的民警会合后，尽快在确保安全和保密的原则上，把胡文海押往泉城参加鲁省举行的大型公审公判大会。

“胡文海这家伙，我还是蛮想他，不知道他在监狱里吃得好不好。”

肖雨城说。

“他应该不会想看到你的，看到你就会想起他那盘生肉了。”说这话的时候我想起来当时那个场景也多少有点反胃。

“如果他配合的话，我也会用白水煮一下，甚至还会慈悲地往里面加点盐。”肖雨城说，“嗯，我其实还有那么几个有趣的主意都还没有得到实践。我们刚开始审讯的时候可以看到那个胡文海是什么样子的，负隅顽抗，试图挑战自己的极限，后来我和艾达的做法只是让他时刻处于一种强烈的感情之中，让他为之恐惧，焦虑，痛苦，绝望，以至于到后来根本就不会注意到自己吃的是什么，山珍海味吃起来也味同嚼蜡，完全陷入生存本能的状态，为了继续生存那么一刻时间什么都愿意去做。”

他顿了顿又说：“这样，他就会告诉我他当时脑子里究竟想着什么，什么秘密也就都藏不住了。”

说完他不禁为自己的得意之作笑起来。

“那你自己觉得能顶得住这样的审讯吗？”我这个问题问得有点扫兴。

“我不知道，但我不会愿意用自己去尝试的，之前我就自己会想办法。”肖雨城摇着头回答。

我没吭声。

看得出来他不怎么高兴，他说鲁省的人要等明天才到，我们等下午再开车去看胡文海，要让胡文海心甘情愿地接受法律的制裁和审判，不要在公审的时候出什么幺蛾子。

我说最多让胡文海到时候喊喊二十年后又是一条好汉，要是敢喊冤枉就整死他。

肖雨城说人家本来就是要去死的有时候心一横就不怕这个了，要让他老老实实地认罪伏法，等回去再和我商量，办完事了老是占着别人的地方也不是个道理。

我们出了门后，又见到了方舟——他就在外面的一间小房子里等着我们，然后我们就往回走，因为任务已经确定了，我的心放下了，所以脚步很轻松。

在走进贵宾楼的时候，肖雨城脚步顿了顿，我问他怎么了，他轻轻摇了摇头，说没什么。

我们顺着宽阔的楼梯上到了四楼，因为是午休的时间，又因为炎热，没事的人估计都在休息，整座楼静悄悄的，很安静。只有大院里的树上蝉儿叫得有点喧嚣。

我正准备开口喊人，突然看到这时候走在最前面的肖雨城左手向后猛地一摆，同时停下了脚步，右手顺势从腰上掏出了手枪，身体弯下，半蹲着靠到墙边，整个动作一气呵成。

我和方舟马上就醒悟过来，跟着肖雨城的动作掏枪保持警戒状态。肖雨城鼻子耸动着，连吸了几口空气，然后把左手食指竖到嘴上，示意要我们肃静，然后用手语指挥着我们向前慢慢移动到我们居住的405房门边的位置。

两间房的房门都紧闭着，走廊上到处空荡荡静悄悄的，只有我们三个人蜷着身子，拿着手枪，守着个房门在等候，要是这时候别的房间有人出来，估计会吓一大跳。肖雨城难道发现了什么？

“怎么了？”我用手语比画着问道。

“空气中好像有不好的味道，我有种不祥的预感！”肖雨城同样用手语回答说。

“要不要叫人？”

“我不能完全肯定。”

“我来开门，然后1、2、3冲进去。”

“好！”

我们俩彼此点了点头，我悄悄地迅速挪到了门的左侧，那里也正是门锁位置的所在。我观察了一下，看样子，锁是完好的，并没有被撬的痕迹，这应该是个好消息，肖雨城也许只是错觉，至少我是没有嗅到什么特别或者不同的味道。

我慢慢地站起身来，钥匙在右边裤兜里，用左手去拿还稍微有点困难，这时候一只手伸了过来，直接就从裤兜里帮我把钥匙掏了出来。

是方舟这小伙子，他也跟着我摸到了这边，我伸手跟他要钥匙，结果他神情严肃地拒绝了，他紧紧地抓着钥匙，冲我们亮了亮，然后指指锁孔，再指指自己，示意让他来开门。

肖雨城在对面抿着嘴唇点了点头，于是我又慢慢地蹲下了身子，抓紧了枪，等待肖雨城发出指令。

方舟站到门边，迅速地将钥匙对准了锁眼，肖雨城手一挥。

“咔嗒”一声，锁开了，然后方舟就冲了进去。

这家伙！他的教官是怎么教的。

我来不及责怪他，一个标准的战术滚身动作，也从大开的房门冲了进去，并迅速靠墙，枪指前方，扫视全场，时刻准备着对任何可疑的目标开枪。

但是，房里除了我们三个人，没有任何可以开枪的目标，除了一个在客厅里倒在血泊之中的人，是小叶！

他死了！

[节选自铁血读书网]

【粉丝评论摘编】

@厂长：如众多论坛和贴吧的书友所说，这是一本仙草，在现在这个白白白的时代有这样一本网文可以说殊为难得，于是毫不犹豫到铁血去充了值，也希望作者能说到做到——绝不太监。这个创意并不是那么新鲜，很多人都玩过，但水平却天差地别，作者通过第一人称加旁白的方式塑造了独特氛围：一个隐形的重生者给国家来信与负责处理重生者来信这一重大事件的“我”，从诧异到怀疑，从怀疑到重视，从部门到牵动最顶层，这几封来信是漩涡也是高潮，虽然谍报方面写得有点过于理想化，但节奏感和爽点仍然是瞬间 UP、UP、UP。

@云八百：实体书的实力和结构，嗯，而且是那种一看就放不下来的实体，没有许多实体那种故作晦涩纠结的恶习。故事有点回到初心的意味。以前说回到过去都是救国强国，后来慢慢变成个人发财泡妞打脸，甚至发国难财。要说还带有网文色彩就是网友客串和一些网络梗。

@zsslqh：正经又有点搞笑，非传统打脸爽文，漏洞是有的。这本书，就是从重生者报效国家，而且是从国家方面来描述这个故事的。

@挑嘴的乌鸦：第一人称，非套路文，然而故事剧情却依旧环环相扣，引人入胜。对故事本身而言几乎无可挑剔，从作者的文笔到故事安排，到煽情，到故事背景的构建，乃至故事真实感的体验上都趋近完美。此文以悬疑要素贯穿全文，以几封神秘书信为卖点，将现今时尚元素与二十世纪质朴怀旧风格进行碰撞，主角非穿越者，却因为这几封书信与神秘穿越者发生生动而又充满趣味的互动，两个时代的碰撞所产生的化学反应使故事发生了质的变化，使故事角色更显真实而又丰满。

@叶偬：作者构思巧妙，以第三者身份观察穿越者，算是一种独辟蹊径的写法，而且也另外塑造了一位忧国忧民，而不是利用穿越优势炒股、买彩、自己发财的人。

@小说呆子：一晚上看完了三十六万字的反传统重生小说《永不解密》，不得不赞叹一句这本小说我等了好多年。一直以来看的重生小说全是当官经商迎娶白富美走上人生巅峰，都有个共同特点就是绝不透露自己的重生身份，闷声发大财，所以想过有没有那么一本小说，重生以后情系国家，把自己掌握的信息告诉国家，为国家的强大做一点贡献，直到今天意外地遇到《永不解密》。

［导引、简介、节选、粉丝评论摘编：李强、邢玉丹、杨采晨、孙凯亮］

“资料库”模式与“军文”的突围
——评风卷红旗《永不解密》

李　强

网络“军文”是以军事斗争为主要线索来书写爱国情怀的小说。在网络文学发展早期，“军文”是影响力最大的小说类型之一。这些小说多数是畅想未来中国“红旗插遍东南亚”的模式，代表作有《从春秋到战国》（梦回汉唐，2002）、《汉风》（克劳塞维茨，2004—）等。此外，早期历史穿越小说大多是通过军事斗争改变历史走向的（如《异时空——中华再起》，中华杨，2002—2006），因而也被称为“历史军事小说”。但时至今日，“军文”的发展已经陷入了内外交困的局面。内部而言，早期的快感模式未能及时自我更新，爱国情怀逐渐变得空洞而难以落地。就外部环境来说，“军文”也是有关部门审查的重要对象，网站的自我审查尺度一直在收紧。①

风卷红旗机智地避开了前人“以身试法”试出来的“禁区”，不写具体的高层人物，也不宣扬“收复台湾”“打倒美日”等敏感主题，而是突出“谍战”元素，聚焦于局部的间谍战。这些都大大减轻了作品面临的审查压力。

在读者粉丝评论中《永不解密》被讨论最多的是第一人称视角和“旁观者”设定。第一人称视角对作者掌控全局的能力要求异常高，在当前网文更新压力下，第一人称这种费力不讨好的写法连“仆街写手”都不会用。但风卷红旗反而很好地发挥出了第一人称限制性叙事的特点，使其变成了写谍战悬疑的优势：“我”（林千军）参与行动，但不能在第一时间看清全局，只能层层逼近真相，这是一种曲折的但有强度的“爽”。就情感表现来说，第一人称也有利于直抒胸臆，渲染情绪。更难得的是，《永不解密》里的第一人称视角不是“重生者”而是“旁观者”的。读

① 2007年4月，国家新闻出版总署发布紧急通知，要求全国网站立即下架《重建帝国》《共和国之怒》等15部“有严重政治问题的网络长篇小说”。文学网站对军事小说的审查尺度收紧，此类型的发展受到影响。在2014年4月开始的“净网”行动中，军事小说与官场小说一起变成了“被下架处理”的“重灾区”。

者跟随“我”的视角去猜测、寻找这个“重生者”。“寻找、保护重生者”取代“重生者直接改变历史”成为“重生文”新的“爽感”。

第一人称视角和“旁观者”设定能够吸引读者“入坑”，但真正能够让读者持续“追更”的原因还是其独特的“资料库”模式。《永不解密》很好地吸收了网络“军迷（即爱好军事相关内容的军事迷、军事粉丝）知识”，这些“军迷知识”不是单纯的军事知识或爱国思想，也包括“军迷”在漫长交流中形成的情感共识和创作成果（包括《那年那兔那些事儿》等内容）。风卷红旗长期混迹于铁血论坛、北朝论坛等“军迷”聚集区。《永不解密》最初在龙的天空论坛和北朝论坛上发布时也得到了这些论坛读者的大力支持。[①]《永不解密》中还有不少与现实的互动，如 2016 年 4 月 1 日更新的第七十四章“81192，请返航”就呼应了当天网络上纪念王伟的“81192，请返航”活动（王伟是 2000 年 4 月 1 日因中美撞机事件而牺牲的飞行员，81192 是其战斗机编号）。作者还巧妙地用了一些网文圈的“梗”，如“千年龙套帝王启年”（第十章《王启年的传说》）、“我的未来是星辰大海！”（第二十三章《来自未来的你》）等。

《永不解密》吸纳网络空间的“军迷知识”和网文圈的“梗”构成了一座“资料库”[②]。“资料库”并不仅仅是增加一些“接地气”内容，与读者保持互动，更重要的还在于它是一种全新的故事消费模式。读者消费的不再是一个军事斗争表现爱国的宏大故事，而是军事小说里“军迷”感兴趣的各种要素本身。在“资料库”模式之下，资料要素（“军迷知识”“梗”）的每一次出现都构成一个足够让读者“爽”起来的“小叙事”。几乎每章都出现的“我是林千军”，就像“弹幕梗”，重要的不是“弹幕”的内容（解释“林千军”三个字的那些诗词），而是这个“梗”出现本身便能制造出狂欢效果，能够让读者“爽”——这是作者与“军迷”读者之间有默契的阅读消费方式。

不难看出，作者力图表现作为军事小说内核的爱国激情，但现实的审查压力（正如之前的军事小说所面临的一样）却迫使作者无法完整讲述一个以共和国历史为背景的军事爱国故事。若不依靠“资料库”的资料要素来填充，爱国激情就有戛

---

① 风卷红旗：《写给读者的话》，2015 年 12 月 9 日。
② 参照日本学者东浩纪的“资料库”理论，《动物化的后现代：御宅族如何影响日本社会》，褚炫初译，台湾大鸿艺术股份有限公司，2012 年，第 44 页。

然而止或走向空洞的危险。作者召唤出的爱国激情越多，对资料要素的需求就越大。写作过程中，作者需要不断往这个“资料库”填充新的资料要素，同时还要努力保证统摄全局的谍战悬疑故事结构不被“撑爆”，其难度可想而知。这也是《永不解密》难以保证更新速度，被读者戏称为“永不更新”的内在原因。

《永不解密》是网文新手的剑走偏锋之作。作者打破成规，采用第一人称视角和“旁观者”设定，通过吸纳转化网络“军迷”和网文圈的文化，用“资料库”模式为军事小说带来了鲜活之气，也在审查力量强势入场后的网络文学场里为军事小说找到了一条突围之路。

修真四万年

卧牛真人

卧牛真人，自称起点新人作者，《修真四万年》是这一作者名下的唯一一部作品。虽然作者曾多次声称这是一部“新人新书”，但因行文流畅、深谙起点爽文套路，被很多读者视为资深作者更换马甲另起炉灶的作品。

《修真四万年》2015 年 3 月 15 日首发于起点中文网，仍在连载中，截至目前约有一千五百余章，四百余万字。连载期间常在起点月推荐榜科幻版块位列前十。

作为一部以修真为架构，以科幻为内核的类型融合之作，《修真四万年》并没有满足于简单地拼贴类型元素，而是试图以科幻的话语资源解决修真类型的内在困境。在花哨繁复的设定之下，隐藏着对修真文主流价值观的彻底颠覆。

【标签】科幻　修真　未来

【简介】

修真历四万年，人类文明历劫重生，以“修真”为基础，形成了高度发达的未来社会。

主角李耀出身天元界星耀联邦的垃圾场，脑中融合了异界穿越者的意识。一次意外中，他获得了四万年前修真者欧冶子的记忆，走上了修真者的成长之路。

高考取得优异成绩之后，李耀拒绝了知名院校的邀请，前往大荒战院最不被看好的炼器系修行。在种种磨炼中，李耀的修为迅速提升，并明白了修真者的责任所在：作为人类的精英，带领社会前进，对抗妖兽与天魔，保护普通的人类。天元界与血妖界碰撞融合，星耀联邦面临大劫，李耀与同伴们前往无数大千世界，在战火中寻求修行之道。

《修真四万年》在题目与设定风格上模仿了美国桌游《战锤 40000》的科幻设

定。在《战锤40000》中，险恶的宇宙里充满了异族、邪神和堕落者，人类处于毫无希望的血腥厮杀中。《修真四万年》则在此之上引入了“修真”元素，通过主角视角展现人类文明发展进步的奋斗史诗。

选文第一百零五章讲述了李耀在前往大荒战院的列车上遇到了炼器师丁引，丁引告诉他修真者的天职是保护普通人；选文第一百一十至一百一十五章中，列车遭遇了妖兽袭击，丁引在内的七名修真者挺身而出，牺牲生命等来了救援，李耀受到精神震动，完成了灵魂觉醒，正式成为修真者。

【节选】

第一百零五章　修真者的天职

中年人一愣，看到李耀手腕上射出了一道自己的虚拟影像，不由微笑，点头道：“你好，我是丁引。”

“太好了，丁老师，我叫李耀，是一名即将进入大荒战院炼器系学习的新生。我非常喜欢您的著作，您的四部著作我都有收藏，目前正在学习之中，我觉得您的理论深入浅出，数据又十分详尽，实在是不可多得的理论专著！”

李耀兴奋至极。

这位来自隐神谷的炼器宗师丁引，虽然没有炼制过什么惊世骇俗的神兵利器，却是炼器师圈子里首屈一指的理论家，对炼器理论有非常深入的研究，写出过好几部很有分量的著作。

最难能可贵的是，他的写作对象以年轻人为主，所以在很多基础理论上都解释得十分详尽，非常适合当入门教材。

李耀从他的著作中学到了不少东西，受益颇多。

没想到炼器师圈子里颇有名望的理论家居然是这样一副貌不惊人的打扮，李耀手足无措，语无伦次起来：“丁老师，您看，我正在学习您的这本著作，这，这都是正版的，这里还有您残留的神念灵纹……”

丁引被他的话给逗乐了，笑道：“李耀同学，不用给我看，我早就感知到了。大家相逢就是有缘，不介意的话，我给你写句话吧。”

“太……太好了！”

李耀喜滋滋地将微型晶脑递了过去，丁引眼皮低垂，口中念念有词，忽然双眼一睁，眼中流光溢彩，一道金色光辉一闪而过，冲光幕电射而去！

“好了，李耀同学。你的手很不错，基础打得十分扎实，是一块炼器师的好材料！”丁引笑着说。

其实丁引心里还是有些嘀咕的。

因为从李耀的双手判断，明显下过苦功，有很深厚的基础。出身自十分古老的炼器世家，怎么会去大荒战院这种地方学炼器？

大荒战院最出名的是武斗系，要学炼器，应该去深海大学啊！

不过转念一想，深海大学炼器系是全联邦的明星专业，分数线很高，估计是小伙子没考上，退而求其次。选择比较冷门的大荒战院炼器系，也是无可奈何的选择。

丁引是地方上修炼宗派的炼器师，并非“九大”中人。平时又忙于理论研究，很少关心圈子里的新闻，李耀向深海大学炼器系发出挑战的消息还没传到他的耳朵里。

他人老成精，自然不会去戳李耀的伤疤，还是发自内心地鼓励。

李耀接过微型晶脑，重新打开虚拟书。扉页下方多出了一行龙飞凤舞的金色小字：“炼出无尽星空——赠李耀小友！”

李耀的目光在这行小字上停留，眼前忽然一花，仿佛真的出现了无数星辰旋转，感受到一股深不可测的神念气息。

李耀知道，这是丁引的神魂印记，代表了他的“亲笔签名”，是别人无法模仿的。

没想到这位大师如此平易近人，李耀按捺住内心激动，小心翼翼地问道：“丁老师，多谢您的鼓励，不过我的基础比较薄弱，书里有一些地方理解得不够透彻，比方说在第七章里，您说在链锯剑之类的近战法宝中，可以采用双重折叠符阵结构来进行灵能和机械能的转化，可是我觉得这样做会增加许多零件，不但提升了制造成本，而且故障率也大大增加，请问究竟有什么好处呢？”

“哦？”丁引也来了兴趣，没想到这个年轻人看问题的角度这么刁钻，连连点头，微笑道，“李耀同学，你很不错啊，大部分像你这个年纪的毛头小伙子，都会直接以法宝的威力来判断强弱，认为威力越强的法宝就越厉害，没想到你竟然能考虑到炼制成本和故障率，不错，真的不错！来，把书翻到这一段，我解释一下——双重折叠符阵结构，可以将灵能转化为机械能的能量损耗大幅降低，而且只要炼制手法得当，故障率并不会提升多少，你看，具体是这样……”

一老一少，两颗脑袋碰到了一起，你一句我一句，浑然忘我地探讨起来。

一开始两人还绷着劲儿，稍微有些矜持。

渐渐地，语速都开始加快，两人的神色无比凝重，语气也越来越激烈，时不时在光幕中画出一张又一张鬼画符般的结构图，还有一串串龙飞凤舞的草图，什么“孤星上人公式”，什么“磐石尊者定理”，什么“星磁转动力量假说”，一个个常人听来有如天书的名词从两人口中爆豆一般蹦了出来，把旁边的乘客听得一愣一愣，就像在看两个疯子。

李耀如洪水泛滥一发不可收拾，连珠炮一般抛出了一串串问题，心中不时赞叹："大师就是大师，平日里冥思苦想十天半个月都弄不明白的问题，被人家三言两语就点透了，而且回过头来看，根本没有用到超出自己知识范围的概念，实在是高山仰止，令人敬佩。"

殊不知这会儿丁引脑门上也是冷汗直冒。

因为他发现这个小青年实在太诡异了！

李耀提出的一系列问题里，十个中有九个都是非常基础的，丁引可以游刃有余地剖析通透。

可是在九个普通问题之后，往往夹杂着一个十分刁钻诡秘的问题，乍一听平平无奇，稍微仔细一考虑，就会发现里面机关重重，布满陷阱。

丁引吓出一身冷汗，不得不聚精会神，动用全部计算力才能得出答案。往往还心里发虚，不知道自己是否回答全面。

就像是两人比斗，李耀在一顿花拳绣腿之后，猛地刺出一两记天马行空的撒手锏令丁引措手不及，难受到了极点。

"这小子究竟有没有深入学习过炼器理论？说他深入学习过吧，他最多二十出头，提出的大部分问题也很浅显，不可能是个中高手；可说他是个刚入门的新手，怎么能提出这么诡异的问题，简直像是一把把来无影去无踪的妖刀，快把我问住了！"

丁引诧异不已。

仔细回忆了一下，丁引发现只要一涉及四万年前古典炼器学理论时，李耀就能冷不丁地杀出一两个让他汗流浃背的问题。

而只要回到现代炼器理论时，李耀又变成了懵懵懂懂的愣头青。

丁引暗暗奇怪："这小妖怪究竟是哪个宗派培养出来的？怎么对古典炼器学说有这么深的研究，连几种最生僻的假说都了解得一清二楚？这么好的一块材料，送到大荒战院炼器系，真是浪费了！"

不行，这小子提出的问题越来越生僻了，好几种古典理论丁引都只是隐约听过，根本不了解准确的定义。

丁引暗暗叫苦，不动声色把话题往现代炼器理论上引导。

李耀却是谈出了兴致，谈出了冲动，谈出了真火，一次又一次把话题重新扭转到古典炼器学上。

最后丁引实在受不了，扭头一看，惊讶道："咦，列车快开了！"

"不会啊，还有大半个钟头呢，丁老师您不用担心，咱们说到哪儿了？对了，我记得在四万年前的魔门幽泉宗，炼制过一种九阴母子剑，幽能缠绕的秘法，和丁老师书中所说的第四种模型有一些相似之处。不如我们来谈谈九阴母子剑吧！"李耀兴致勃勃地说。

"我先上个厕所！"丁引板着脸，霍然起身。

"我也去！"李耀跟在他身后，喋喋不休，"话说这九阴母子剑炼制起来无比残酷，具体是这样……"

"我上个大号。"

"哦……"

丁老师在厕所里坐满半个钟头才依依不舍地出来，一出厕所门，李耀就像是忠心耿耿的小狗一样扑了上来，丁引根本不给他发话的机会，指着前方道："检票了，我们快走！"

"这么快就检票了？"李耀挠了挠头皮，意犹未尽地说。

"年轻人不要这么心浮气躁，我把灵鹤传书号码留给你，咱们以后有的是机会交流探讨！"丁引如释重负地说，一把抓起行囊，忙不迭往人群里钻。

"丁老师，您坐几号车厢？不如我找人换一下车票，咱们到车上继续讨论？"李耀兀自不肯放过他，把黯星岩往背后一甩，高声叫道。

丁引冷汗都下来了，支支吾吾道："不用了，这趟车上军方的法宝维修师是我的老同学，我们很多年没见了，等会儿还要叙叙旧，咱们下回有机会再聊吧，李耀同学。"

"下回可就没那么容易在绿皮慢车上遇到您这样的大师了，要不是列车线路那么紧张，您也不会放着豪华列车不坐，跑过来坐这种破破烂烂的绿皮车嘛！"李耀嘟哝道。

这句话却令丁引站住，回过头来，神色有些古怪地说："李耀同学，这你就错了，我和很多修真者一样，就算有更加豪华的快车可坐，甚至就算有更加便捷和安全的交通工具，我们都不会坐的。在大荒上，一名真正的修真者，只会选择人数最多的交通工具。”

“为什么？”李耀奇怪，不明白自己随口一句话，怎么会激起丁引这么大的反应。

“为了保护你们啊！”

“保护我们？”这个答案出乎李耀的意料。

“当然了，李耀同学，我们修真者并非不能搭乘更加先进的交通工具，不过——”丁引淡淡一笑，平庸无奇的脸上涌动着浓烈的骄傲和自豪，“不过，倘若所有修真者都搭乘了更先进的交通工具，列车上只有普通人，一旦兽潮来袭，谁来保护你们呢？”

“……是这样。”李耀若有所思。

丁引点头，郑重其事道：

“虽然列车上加挂着装甲战斗车厢，还驻扎着大批联邦军，可一旦兽潮来袭，其间又混杂着强大妖兽，普通人是绝对抵挡不住的。所以在妖兽荒原上，修真者一旦出行，都会尽量选择和普通人一起，万一出事，就可以及时保护普通人——这可是我们修真者的天职！”

“修真者的天职？”这是李耀很少听到的一个词。

丁引说到“天职”两个字的时候，浑身发光，仿佛有一种莫名的力量在他的灵魂深处炸开，令他升华成了一种……截然不同的存在！

“修真者是人类文明的战刀，保护每一名人类不受妖魔鬼怪的伤害——这是修真者最崇高的使命，也就是我们的‘天职’！”

丁引说完，微微一笑，挺直如军刀的脊背重新伛偻下去，变回了平庸无奇的秃顶中年人，混入人群，夹杂在一群打工者和学生中间，缓缓通过检票口。

李耀在原地站了半天。

他并不完全明白丁引的意思，却能感受到话语中蕴藏的“力量”。

这是一种和“灵能”和“拳力”和“剑气”截然不同的力量。

看不见摸不着，虚无缥缈，连一颗鸡蛋都无法打爆。

却令李耀胸膛中的热血“呼”一下燃烧起来！

“真想快点成为修真者！”李耀自言自语，紧了紧行囊，也混在人群中通过了检票口。

第一百一十一章　谁是修真者?

红眼军官愣了很久，忽然重重一拍脑袋，大笑道："没错，没错，是我想岔了，就算我们干不死这杂种，只要拖延三分钟，三分钟就够了！"

顿了一顿，扫了一眼越来越庞大的妖族巨人，红眼军官眼中涌出强烈的蔑视，道："不过光凭我们两个，就算燃尽生命，粉碎神魂，恐怕仍不足以将它拖延三分钟，不知道会不会有人站出来，和我们——并肩作战？"

"会有的，一定会有的。"丁引微笑，眼中是一往无前的坚定。

李耀在旁边听两人对话，字里行间竟然带着几分悲壮，他心中浮起一道不祥的预感，不由叫道："丁老师，你们——"

丁引微微一笑，比画了一个"抱歉"的手势，淡淡道："很对不起啊，李耀同学，在候车室还答应你今后要多多交流炼器问题，恐怕我要食言了。"

红眼军官在微型晶脑上按了几下，十几道光幕同时射出，幻化成了十几个车厢里的监控画面。

绝大部分乘客都没意识到外面发生了什么，都以为是雷暴引起了颠簸，不少人还在大声向乘务员抱怨着。

只有极少数乘客坐立不安，感知到了兽潮的存在。

这些人有老有少，形态各异，穿着打扮也不像是同一阶层，却都有一双清澈到极点的眼睛，散发出淡淡的灵气。

"我们运气不错，这趟车上修真者不少。"

军官咧嘴一笑，开启通话符阵，沉声道："谁是修真者？请到列车尾部集合——这里需要你们。"

他的声音通过神念转化，变得慷慨激昂，在每一节车厢荡漾开来。

"谁是修真者？"

"谁是修真者？"

"谁是修真者？"

李耀死死盯着监控画面，发现在几节车厢中都有一些乘客发生了变化。

2号车厢中，一名头发斑白、精神矍铄的老爷子，缓缓站了起来，从行李架上取下一顶淡金色草帽，一丝不苟地戴在头上，又对着车窗整理了一下仪容，这才拄着龙头拐杖，淡定自若地朝车尾走来。

3号车厢中坐着一个肥头大耳的大胖子，粗短的手指上戴着三只金光闪闪的大戒指，旁边还坐着一个衣着露骨的女孩，看年龄，足够当他的女儿有余。

开始大胖子一直把女孩子搂在怀里，一边安慰一边上下其手，旁若无人的姿态，显得有些嚣张。

不过当大胖子听到召唤时，脸上的肥肉猛地一抖，瞬间变得无比严肃，甚至有些阴森恐怖。

大胖子犹豫了很久，表情越来越狰狞，后槽牙都要咬碎，忽然一拍大腿，搂着女孩子狠狠亲了起来！

他亲得如此投入，仿佛再不亲这辈子就再也亲不到，不管女孩子如何挣扎都不肯放手。

足足亲了半分钟，大胖子终于松口，霍然起身，捧着怀孕五六个月一般的肚子，向车尾艰难挪动。

女子擦去脸上的口水，有些疑惑地问了他一句，似乎在问他去干什么。

李耀看到大胖子不耐烦地挥了挥手，说了两个字，看口形，是——

“尿尿！”

6号车厢尾部坐着一对三四十岁的夫妻，看穿戴普普通通，就像是随处可见的上班族。

听到召唤，女的毫不犹豫就站起来，男的却面露惧色，犹豫片刻，伸手去抓女的。

女的瞪大眼睛，眼中涌出强烈的震惊和鄙视，一把甩开丈夫的手，还指着丈夫的鼻子骂了一句，随后头也不回，向车尾走来。

丈夫涨红了脸，羞愧得快要哭出来，最后一咬牙，一拍桌子，也站起来向妻子追去。

9号车厢中部，坐着一名身穿素白长裙的年轻女孩子，长得十分清秀，就像是一朵开放在深谷中的幽兰。

当所有人都坐立不安时，她却十分淡定地翻看着一本实体书。

在这个晶脑大行其道的时代，还喜欢随身携带着实体书的人已经很少很少，纤纤素手捻起书页的动作，给女孩儿增添了一分清新脱俗的味道。

听到召唤，女孩的睫毛微微颤动了一下，她取出一枚树叶炼制而成的精致书签，小心翼翼地插在书页中间，随后将实体书留在了行李架上，十分淡然地向车尾走来。

在他们经过的车厢，还有几名眼中流光溢彩，感知到危险的修真者。

不过这些人都把头垂得低低的，几乎要低到裤裆里去，不敢和他们对视。

很快，五名修真者出现在装甲车厢中。

肆虐的风雨和咆哮的兽潮都没能使他们动容，反而流露出了“原来如此”的释然。

“我是修真者。”一丝不苟的老人说。

“我是修真者。”脑满肠肥的大胖子气喘吁吁地说。

“我们夫妇都是修真者。”中年夫妻相视一笑，手挽手，手指缠着手指，如同盘根错节的并蒂莲。

“我也是修真者。”清雅如兰的女孩子浅浅一笑，淡淡道。

丁引和红眼军官对视一眼，同时放声大笑。

“我们两个也是修真者，没想到今天居然有五位道友站出来和我们一起并肩作战，真是痛快！”

丁引从怀中取出了一片拳头大小的圆形法宝，贴在额头上，骤然闪亮，仿佛他长出了第三只眼。

“嗖！”

从法宝中忽然射出五道红色灵丝，正好刺中五名修真者的前额。

“神念交流器？”李耀眼前一亮。

精神力强大的高阶修真者，可以毫无限制地用神念直接沟通，心念一动，就能让别人明白他的意思。

丁引这样的筑基期修真者，显然还没修炼出如此神通，不过借助神念交流器，也可以在瞬息间传送大量信息流，达到心有灵犀一点通的效果。

神念交流所传输的信息量是天文数字，三秒钟后，五名修真者都流露出若有所思的表情。

丁引收回灵丝，炙热的目光扫了一圈："情况就是这样，诸位道友意下如何？"

一丝不苟的老者上前一步，如一株熊熊燃烧的古树，庄严而又狂热，点头道：

"不错，我同意丁道友的分析，只有牺牲我们几个，才能争取到三分钟宝贵时间，老朽庄忠海。炼气期十三层，不过我是研究型修真者，体内灵能有限，即便粉碎神魂，恐怕都只能激发太乙雷磁炮两次。"

大胖子抹了一把脸上的雨水，笑道：

"我叫高大康，炼气期十一层，管理型修真者。自己开了一家公司混饭吃，以后怕是吃不着啦，哈哈。我年轻力壮，虽然修为不如庄老深厚，拼着这一身肥肉，也能激发两次太乙雷磁炮！"

中年夫妻对视一眼，女的微笑道：

"我叫严晓蝶，我老公叫张猛。我们两个都是炼气期六层修炼者，不过我们修炼了一门比较特殊的双修秘法。联合起来，争取激发两次吧！"

深谷幽兰一般的少女道：

"我叫卫青青。今年刚从天幻书院毕业，本来是准备去大荒深处的一个小村庄当乡村教师，我的境界最低，只有炼气期五层，我是一名文艺型修真者，还是一名幻文师——可惜在兽潮面前都派不上什么用场，我拼尽全力，争取激发一次吧。"

"好！我和老丁两个都是筑基期修真者，我们粉碎真元，灵能爆炸，总也能激发太乙雷磁炮三五次，大家加起来，就算弄不死这个杂种，至少拖住它三分钟！"红眼军官豪气干云地说。

所有人介绍完毕，大家都把目光投向了角落里的江涛。

李耀这才想起来，角落里还缩着江涛这个修真者。

江涛像是死了三天三夜，脸色惨白，结结巴巴道："我，我只有炼气期三层修为，我恐怕激发不了太乙雷磁炮，我，我……"

"我"了半天，他忽然激动起来，指着七名修真者，疯狂大叫："你们，你们简直是疯了，为什么要牺牲自己，去救一车不相干的人！"

七名修真者一言不发地看着他，眼神很淡漠。

在细雨中，就像是七座铜铸的雕像。

江涛愈发受不了，声嘶力竭地尖叫：

"我们都是实力强横的修真者，至少还可以活一百多年，享受大好人生，怎么可以莫名其妙地死在这种地方，怎么可以？”

大胖子冷冷道：

“正因为我们是实力强横的修真者，所以危机来临时，才要挺身而出，修真界有一句话，想必你也听过——强者的鲜血，要为弱者而流。”

卫青青道：

“而且你也亲眼见到了兽潮爆发的恐怖，就算我们不挺身而出，十几分钟后也会被鬼面银蚊追上，到时候一样是死。”

庄忠海老人平静道：

“你也是修真者，拥有非凡的计算力，你可以自己计算分析一下，看看还有没有第二条路可走。”

江涛眼珠子一转，尖叫道：

“当然有！鬼面银蚊吞噬一车人的生命，总要一段时间，我们都是修真者，绝对能跑出几十里地去，正好遇上援军，就能逃出生天！”

庄忠海老人眯起眼睛，一字一顿道：

“年轻人，你的意思是，让整整一车普通人当我们的肉盾，是吗？”

第一百一十二章　修真者在此！

江涛涨红了脸，吞吞吐吐道：

“我……我当然不是这个意思，我是说……遇到兽潮爆发是谁都意料不到的事情，这些普通人死了也只能算是他们自己倒霉，我们修真者都是社会的精英，国家的栋梁，凤毛麟角一般的存在，就这样白白死了……岂不是太可惜？只有……只有我们活下来，才能为这些死去的普通人报仇啊！”

此言一出，七名修真者都哑口无言。

刚才还有些犹豫要不要挺身而出的张猛，忍不住低声问妻子：

“小蝶，我刚才的模样，是否和这家伙一样无耻？”

“怎么会？”

严晓蝶笑了，温柔地搂住了丈夫的脖子，深情道：“我老公是整个天元界最帅的男人，就算无耻的时候，也无耻得很帅！”

说着，她踮起脚尖，深深吻住了张猛的双唇。

丁引十分淡漠地看着江涛，就像在看一条狗：

“这位小友，道不同不相为谋，既然你不愿意履行修真者的天职，就请回自己的车厢吧，请注意不要惊动普通人，免得引起恐慌。”

“你们太傻了！”

江涛咬牙切齿，面目扭曲地说：“什么‘保护普通人是修真者的天职’，什么‘强者的鲜血要为弱者而流’，那都是几百年前的老皇历了。除了你们这些傻子，谁还会当真？我就不信车上只有我们几个修真者，肯定还有不少修真者和我一样，准备蛰伏到最后——这才是最明智的选择！”

卫青青的声音很轻，却很坚定：“我自修我真。别的修真者如何，与我无关，我只求……问心无愧。”

“你们简直，简直不可理喻，不可理喻！”

“那你就赶快滚蛋，不要在这里啰啰唆唆，妨碍老子拯救世界！”

大胖子朝江涛脚下啐了一口唾沫，恍若一柄飞剑直挺挺地插在他双腿中间，吓了他一跳。

江涛的脸色由红变紫，恍若一块新鲜的猪肝，嘴唇动了动，却是不敢回骂，脖子一缩，踉踉跄跄向 15 号车厢退去。

一名伤兵躺在他前进的道路上，正在痛苦呻吟。

江涛一步跨过，看都不看一眼。

红眼军官冷冷看着，忽然扯着嗓门吼了一声：“石头，把所有兄弟都集结起来，带上伤员，转移到 15 号车厢！”

“营长！”

一名剃着光头的络腮胡大汉急了：“我不走，我要和你一起血拼到底！”

红眼军官狠狠瞪了他一眼，暴喝道：“石连长，再重复一次，把所有兄弟集结起来，在 15 号车厢组成第二道防线，保护整车老百姓的安全，这是命令！”

“营长……”络腮胡大汉哽咽起来。

“石头，修真者有修真者的职责，联邦军有联邦军的职责。我是一名联邦军人，更是一名修真者。现在是我履行职责的时候，而你的时候还没到呢！去吧，坚守岗位，准备战斗，如果我们没能拖够三分钟，就轮到你们，记住，哪怕多拖延一秒钟，一秒钟也好！”

红眼军官在络腮胡大汉肩膀上重重一拍。

“是，营长！”

络腮胡大汉和所有士兵一起，“啪”一声，立正，敬礼，砸得水花四溅。

随后，他们扛着雷火爆矢枪，抬着重伤员，轻伤员彼此扶持着，向15号车厢撤退。

“李耀同学，你也该走了。”丁引走到李耀面前，和蔼地微笑着。

李耀怔怔地看着一切。

他的额头奇痒无比，一股莫名的力量在里面左突右蹿，似乎有一把钻头从里到外狠狠钻着他的天灵盖，整个大脑“嗡嗡”作响，一片沸腾。

“丁老师，你们要牺牲自己，为我们争取时间？”李耀喃喃问道。

丁引点头，坦然道：

“是的，等你们都撤走之后，我们会选择合适的时机，让装甲车厢和列车脱开，你们继续前行，而我们会一直掩护你们，尽量争取三分钟时间。”

李耀急道：

“丁老师，就算你们要燃烧生命，透支灵能，争取在瞬间轰出超越自身负荷十倍以上的灵能来激发太乙雷磁炮——那也没必要和列车脱开啊！透支灵能未必会死，但是和列车脱开，装甲车厢失去动力，落入鬼面银蚊的大潮之中，绝对会死，绝对会死的！”

丁引叹息道：

“没这么简单，李耀同学，在没有超高压缩晶元匣的情况下，太乙雷磁炮是结丹期修真者才能运用自如的强大法宝，我们这些低阶修真者就算是燃烧生命，粉碎神魂，勉强驱动太乙雷磁炮，也不可能准确瞄准。

“就像一个三岁孩子拿着雷火爆矢枪，哪怕他使出吃奶的力气扣动扳机，也打不中百米开外的目标，是不是？”

“这——”李耀语塞。

丁引微微一笑，道：

“在这种情况下，只有一种办法能让他击中目标。

“那就是走近一些，再近一些，一直走到目标身边，枪口抵着目标的太阳穴——不，不是太阳穴，是把枪管塞进目标的嘴里，狠狠扣下扳机，才能一枪爆头！

“所以，我们别无选择，只能和晶轨列车脱开，你们继续前进，我们则深入鬼面银蚊大潮的内部，从内到外轰出雷磁电球，这样才能命中。

“我们七名修真者耗尽了全部计算力，别无选择，只有这一个办法了。

“真遗憾不能和你再次切磋，李耀同学，最后我要告诉你……

“九阴母子剑的幽能缠绕模式，我真的不知道，这种法宝的名字我连听都没听过，所以在候车室里才装作要去解大手，其实是为了躲开你，并不是我故意藏私不告诉你。哈哈哈哈，有点丢人，是吧？”

李耀张了张嘴，胸中有千言万语想说，却是什么都说不出口。

“再见了。李耀同学，祝你早日觉醒灵根，成为修真者，成为……真正的修真者。”

丁引叹了口气，手指微弹。李耀顿时觉得手脚酸软无力，动弹不得。

丁引转身离去，对太乙雷磁炮进行最后一次检修。

“快走吧，这里太危险了！”

两名士兵将李耀硬生生拽到了15号车厢。

“嗤”一声，15号车厢和装甲车厢之间的大门重重关上。

李耀这才恢复力气，奋力挣脱，一步蹿到大门前，鼻子贴在强化玻璃上，向外张望。

黑黢黢的夜空中，鬼面银蚊组成的妖族巨人越来越近。

它一次又一次伸出魔爪，狠狠抓向晶轨列车的防御法阵。

每一次碰撞，都爆出大团电弧。

晶轨列车左摇右摆，如同惊涛骇浪中的一叶孤舟。

妖族巨人出手的频率越来越高，防御法阵发出的电芒却是一次比一次黯淡。

僵持了十多分钟之后，“砰”一声，诡异的扭曲在空气中荡漾，似乎有什么东西消失了。

妖族巨人的魔爪肆无忌惮地抓了过来。

防御法阵被彻底破坏。

此时此刻，阻挡在兽潮和整整一车普通人之间的，只有七名低阶修真者。

其中战斗型修真者只有红眼军官一人。

“就是现在！”

红眼军官狂吼一声，对准装甲车厢尾部的脱离符阵重重捶了一拳。

“吱呀”一声，装甲车厢晃晃悠悠，和晶轨列车分离开来。

晶轨列车如离弦之箭，速度飙至极限，无比疯狂地向前疾驰。

而装甲车厢的速度却是慢了下来。

在李耀眼中，装甲车厢就像是化作了一支致命的利箭，一往无前地向妖族巨人电射而去。

而他耳边也传来七名修真者如雷霆爆发的咆哮。

“诸位道友，我们并肩作战！”

“斩妖除魔，就在此刻！”

“修真者在此，蛇虫鼠蚁，上来领死！”

装甲车厢在李耀的视野中变得越来越小，就像是一叶小舟，被鬼面银蚊组成的惊涛骇浪一口吞噬。

但就在下一刻——太乙雷磁炮发出了咆哮，一道无比耀眼的电弧如同蛰伏在大泽深渊中的巨龙，一跃而起，张牙舞爪，将妖族巨人从中间撕裂！

妖族巨人发出震耳欲聋的惨叫，表情无比痛苦。

无数鬼面银蚊被电成焦炭，停滞了半天才重新凝聚。

趁着它停滞的工夫，晶轨列车又向前方蹿出十几里。

妖族巨人正欲追赶，第二枚雷磁电球冉冉升起，在它的头颅上方狠狠炸开，把它轰得晕头转向，连声哀号。

第三枚……第四枚……第五枚……

每一次妖族巨人想要前进，都会被雷磁电球化作的电弧大网死死拖住，动弹不得。

李耀怔怔地看着。

不知何时，有些滚烫的液体，在他的脸上纵横交错。

他十分清楚，以丁引等人的修为根本无法驱动太乙雷磁炮这样的强大法宝，轰出堪比结丹期修真者全力一击的雷磁电球。

他们正在疯狂运转灵能，甚至是自爆经络，透支生命，以血肉和神魂为代价，强行激发太乙雷磁炮！

如丁引、红眼军官这样的筑基修士，燃烧全部生命，或许可以强行激发三五次太乙雷磁炮。

而卫青青等人只有炼气期修为，又不是战斗型修真者，灵能储备并不充足。

或许强行轰出一记太乙雷磁炮，就足以令他们燃尽生命，粉碎神魂，当场陨落。

他们是在用宝贵的生命，为整整一车素不相识的普通人争取三分钟时间。

只因他们是——修真者！

第一百一十三章　亮剑

第七枚……第八枚……

连续十几枚雷磁电球连环爆开，化作一道堪比天雷的闪电大网，将鬼面银蚊凝聚而成的妖族巨人死死缠住。

巨人胡乱挥舞双手，发出惊天动地的怒吼，气急败坏地撕扯，半天才把电网彻底撕烂。

接下来兽潮中沉寂了很久，再也没有雷磁电球轰出，似乎七名修真者都已陨落。

忽然——

一团闪耀的人形冲天而起，飞到上百米高空，卓立于妖族巨人头顶。

两支巨大的翅膀张开二三十米，纯粹由光焰交织而成，自他背后文身处源源不断地喷涌而出。

是红眼军官！

红眼军官浑身上下未着寸缕，显露出一身纵横交错的伤疤，他像是一个顶天立地的蛮荒巨灵，硬生生将数千斤重的太乙雷磁炮扛在肩头，整个人被雷磁电球的光芒染成了刺眼的蓝色！

“杂碎，这就是——修真者！”

红眼军官狂笑，周身缭绕的电弧越来越明亮，越来越暴躁，最后化作一团太阳般的蓝色光芒，整个人完全融化，狂暴无匹地爆裂开来！

最后这次爆炸凶猛到了极点，把妖族巨人整个头颅连带着半边肩膀尽数炸得灰飞烟灭。

一分钟后，兽潮才再度凝结成人形，惟妙惟肖的面孔中流露出了一丝惶恐和迷惘。

或许它可以模拟出人类的形态，甚至能模拟出人类的智慧。却永远都无法弄明白，为什么这些人类会争先恐后地去死。

它也拥有强大的计算力，按照它的计算，这些人都是晶轨列车上最强大的人类，有 90% 的几率可以逃生——只要让它美美地饱餐一顿。

“人类……”

妖族巨人晃了晃脑袋，有些笨拙地追了上来。

它的爪子从晶轨列车屁股后面险险掠过，撕下一块铁皮。

晶轨列车上的乘客甚至能听到隐约的“嗡嗡”声，就像是一大群蚊子在耳边吵闹。

“兄弟，到 14 号车厢去吧！”络腮胡大汉石连长对李耀道。

李耀头痛欲裂，双眼迷茫，下意识道：“你们——”

石连长扫了一眼周围，凡是还有力气站起来的联邦军士兵，全都聚集到了他身边。

他们像是一组石雕的群像，面无表情，眼神凝滞。

即便刚才还惊恐不安的小兵，在老兵的安慰下，这会儿也鼓足了勇气，周身笼罩着浓重的血性。

“我们是正规军，你是伤残退伍兵，所以由我们来组成第二道防线，而你组成第三道防线！”石连长道。

李耀一愣，咬牙点头，一言不发地向 14 号车厢走去。

他浑身发烫，大脑仿佛熊熊燃烧，某种无比神秘的力量，正在疯狂轰击他的松果体。

在这一秒，他无比渴望变强，无比渴望变成真正的……修真者！

14 号车厢，所有伤员都被转移到了这里，轻伤员正在默默地擦拭枪械，检查弹药，组成第三道防线。

重伤员躺在地上，咬牙切齿，尽量不发出呻吟。实在忍不住了，他们就低低地哼着一曲慷慨激昂的调子——是联邦军的军歌。

“给我一支枪。”李耀对一名轻伤员道。

对方有些诧异地看了他一眼，随后咧嘴一笑，将一支雷火爆矢枪抛了过来。

“咔嚓咔嚓！”

李耀用力上膛，仿佛要将满脑子熊熊燃烧的神魂都轰到枪管里去。

15号车厢中，石连长高高举起了雷火爆矢枪，按了一下枪身上的自毁灵符，大喝一声：“联邦军，全体都有，砸枪！”

“啪！啪！”

十几支雷火爆矢枪重重砸在地上，四分五裂，变成废铁。

“链锯剑——出鞘！”

十几把寒光闪闪的链锯剑被十几名热血沸腾的联邦军士兵牢牢攥在掌心，高举到半空中，交错成了一片杀气腾腾的钢铁丛林。

按照军规，在陷入重重包围，敌强我弱，绝对无法逃生的情况下，联邦军将热武器毁掉之后，就会用链锯剑进行——最后的白刃战！

“孙大头，等老子数到三，你就发动脱离符阵，把15号车厢和晶轨列车分开，我们一起去把这头畜生宰掉，听到没有！”石连长高叫。

一个脑袋比较大的小兵笑嘻嘻地应了一声，摩拳擦掌道：“没问题，老子当了两年列车兵，连妖兽的鸟毛都没摸到过一根，今天总算可以过瘾了！”

十几名士兵一起大笑起来：“好，今天就让咱们一块儿，去摸摸这杂种的鸟毛！”

“一！”

石连长瞪眼，怒吼。

“杂种，来吧，尝尝爷爷的链锯剑！”士兵们一起咆哮。

“二！”

石连长看着孙大头。

孙大头咬牙，走到脱离符阵前面，攥紧拳头，掌心攥出鲜血。

“等着吧，畜生，我们的修真者很快就会出现，把你送到阴曹地府，爷爷们在那儿等着你，等着把你再干死一百次……”士兵们肆无忌惮地狂笑。

“三——”

石连长声嘶力竭地吼叫起来，却没能听到自己的声音。

孙大头和所有士兵也是一样，万分惊讶地抬起头。

在他们头顶几千米的高空，某个超高速移动的物体突破音速，轰出震耳欲聋的巨响，呼啸而至！

李耀扒着车窗，眼珠子瞪得比牛眼还大，只见一道璀璨夺目的白色光球从远处飞来。突破音障产生了大团白雾，在身后荡漾开来，形成了一圈圈巨大的涟漪。

直到妖族巨人面前，光球急停，显出真身。

是一名身穿白色晶铠的修真者！

"是山海派的修真者！"几名士兵兴奋地大叫。

山海派是妖兽荒原上一个实力平庸的三流宗派，综合实力连联邦前一百位都排不上，一名结丹期修真者都没有出现过。

这名修真者最多筑基期的境界，即便有晶铠加持，也不可能发挥出超越结丹期的战斗力。

而他所面对的铺天盖地的兽潮，可是产生了灵智的妖族，是联结丹期大修士都会感到恐惧的绝强存在！

在海啸般的兽潮面前，山海派修真者的身影显得格外渺小。

就像是朝着夜空飞去的一只萤火虫，瞬间就会被黑暗吞没。

可这只小小的"萤火虫"连半秒钟都没有犹豫，从背后抽出一根金属长棍，轻轻一晃，长棍两侧分别喷涌出一道十几米长的光焰，凝聚成了两把锐不可当的光焰斩舰刀。

斩舰刀，连晶石战舰都能一刀两断的凶悍法宝！

"萤火虫"周身缭绕的光芒瞬间膨胀了十倍，把山海派修真者衬托成了一个十几米高的巨人。

山海派修真者挥舞着光焰斩舰刀，不顾一切地冲入兽潮！

"嗤嗤嗤嗤嗤嗤嗤！"

就像一柄烧红的刀子狠狠切入一块豆腐中，山海派修真者直接将妖族巨人的一条手臂斩落，随后又在它胸口开了一个前后对穿的透明窟窿。

可妖族巨人原本就是由亿万只鬼面银蚊凝聚而成，纵然七零八落，也无法伤到它的根本。

恼羞成怒的妖族干脆不再凝聚成人形，幻化成了一条数千米长的巨蟒，张开血盆大口，将山海派修真者一口吞下！

“轰！”

巨蟒头部激射出七八道光束，整个脑袋瞬间崩溃，山海派修真者周身光焰狂喷，恍若一团天火，照亮整片大地。

巨蟒断裂的脖子中发出“嗡嗡嗡嗡”的声音，无数鬼面银蚊从身躯涌了上来，再次组成头颅，第二次将山海派修真者吞下。

山海派修真者拼尽全力，光焰狂燃，又一次击碎了巨蟒的头颅。

第三次……第四次……

山海派修真者的光焰越来越微弱，行动也越来越迟缓，威风凛凛的白色晶铠上沾染了不少鬼面银蚊的妖血，不断腐蚀晶铠，冒出一个个气泡，泛起一片灰色的妖气。

终于——

当山海派修真者第六次击碎巨蟒头颅之后，斩舰刀的光焰完全熄灭。

他身上叮满了鬼面银蚊，密密麻麻一片。

山海派修真者摇摇欲坠，周身光芒无比黯淡，如同风中之烛，随时都会熄灭。

他还不肯放弃，挡在兽潮和晶轨列车之间，一次又一次尝试重新点燃灵火，激发光焰斩舰刀，却是一次又一次地失败。

鬼面银蚊蠕动着，第七次凝结成了吞噬天地的巨蟒，脖子一扬，脑袋如标枪，狠狠刺了过来。

山海派修真者丢开光焰斩舰刀，抡起了愤怒的拳头！

晶轨列车中，李耀的拳头和他一起攥紧。

紧得所有骨骼都要从皮肤下炸裂出来！

“轰！”

就在巨蟒要将山海派修真者一口吞下的刹那，云层之间忽然传来一声火山爆发似的轰鸣声！

几乎同一瞬间，巨蟒的脑袋变成赤红色，狠狠爆裂，化作无数团炙热的岩浆，四处溅射，飞快蔓延。

岩浆就像是拥有生命的灵火，不管鬼面银蚊怎么逃窜，都能不断跳跃、溅射、传染，很快就形成了一张铺天盖地的火网，将巨蟒死死纠缠在无穷无尽的烈焰之中。

“三昧真火！是三昧真火！”李耀无比激动，和所有士兵一起发出野兽般的吼叫。

援军终于来了！

第一百一十四章　火山爆发

片刻之后，李耀头顶传来了狂暴的轰鸣声，一股肃杀之气缓缓挤压下来。

就像是一座巍峨的大山飞到了晶轨列车上方，镇压住方圆百里的天地之间一切生灵。

李耀贴着车窗，鼻子都快挤扁，瞪大眼睛向天空中看去。

只见一艘数百米长的晶石战舰缓缓越过晶轨列车，势不可挡地朝兽潮碾压过去。

透过战舰底部的反重力符阵泛出的七彩涟漪，李耀一下子就辨认出来：

“是联邦军的屠龙级中型驱逐舰，专门为了镇压兽潮爆发而炼制，前甲板上搭载一台三联装混元真火炮，三根炮管分别模拟‘精’‘气’‘神’三元，同时激发，就能轰出威力强大的三昧真火，能够以妖兽尸骸为能源，不断溅射、蔓延，将兽潮彻底焚烧殆尽才会熄灭！”

“嗖！嗖！嗖！”

从晶石战舰上飞出了几十台武装战梭，犹如几十把巨型飞剑，在兽潮周围游弋。

一旦发现有鬼面银蚊妄图逃脱三昧真火的肆虐范围，就一拥而上，毫不留情地将鬼面银蚊镇压回去。

刚才还威风不可一世的鬼面银蚊，此刻却变得无比凄惨，巨蟒完全崩溃，化作一条条又细又长的蚯蚓，在火焰中挣扎着，扭动着，发出惨厉的哀鸣。

而天空中殷红如血的妖魔之眼，也不知在什么时候无声无息地合上，一轮明月从乌云后面挣扎着，显出皎洁的身形。

天元界和血妖界之间的虫洞彻底关闭。

“我们赢了！”

李耀闭上眼睛，眼睛酸涩无比。

有一种滚烫的东西在眼眶里凝聚，如同压抑许久的岩浆，即将不顾一切地喷发。

直到此刻他才松开手掌，掌心出现了四个鲜血淋漓的窟窿，指骨发出“嘎吱嘎吱”的声音，如同锈蚀在一起的齿轮。

“我们当然会赢！”一名大腿齐根斩断，用灵符勉强止血的重伤兵，勾起发白的嘴唇，笑道，“我们人类可是无尽星海中最强的战斗种族，几只小小的蚊子苍蝇，岂是我们的对手？”

……

三小时后，晶轨列车停靠在荒原中一处废弃已久的无名小站，被几百座临时搭建的军营重重包围。

数千名手持爆矢枪的军人将晶轨列车围了个水泄不通。

屠龙级晶石战舰悬浮在晶轨列车上方，还有几十名修真者缭绕着晶石战舰盘旋，小心翼翼，如临大敌。

这是每次兽潮爆发之后的例行检查。

因为以往有过先例——某些智慧高深，妖能强大的高级妖族，借着兽潮爆发的机会，悄悄混入天元界，甚至伪装成人类潜伏下来，造成极大破坏。

吃过几次亏之后，联邦对兽潮爆发就极为敏感，有一整套严格的检查程序，绝不给任何一头妖族混入天元界的机会。

不过，这一切都不会对乘客明说。

惊天动地的大战自然是无法完全隐瞒的，告知普通乘客的统一口径是晶轨列车在即将驶出雷暴区的时候遇上了小股妖兽袭击，很快就被列车兵打退。

不过晶轨列车也遭受到了严重的损坏，必须停下来进行全面检修之后，才能继续上路。

或许有朝一日，档案解密，一切都将真相大白。

乘客们将会知道，有七名修真者为了给他们争取三分钟时间，将宝贵的生命化作了闪耀的雷云风暴。

乘客们将会知道，有一些青涩的联邦军，为了给他们争取哪怕一秒，砸碎爆矢枪，举起链锯剑，准备扑向山呼海啸的兽潮。

乘客们将会知道，有一名山海派的低阶修真者，在几百里外听到了他们的呼叫，不顾一切地赶来，面对鬼面银蚊的惊涛骇浪，高高举起光焰斩舰刀。

而此时此刻——他们还什么都不知道。

在临时帐篷里，有些乘客愤愤不平，不住抱怨：

“不就是打退了一小波妖兽吗？怎么闹出了这么大的阵仗，都不知道要耽误多久！”

而他们的亲人，那些体弱多病的老人，怀抱婴儿的母亲……已经在联邦军和修真者的守护下昏昏睡去。

在不远处几座白色帐篷里，一台台手术正在紧张进行，十几名和李耀差不多年纪的青涩小兵，将被截去残肢断臂，安装上灵械义肢，成为联邦伤残军人。

尽管对残酷的未来还一无所知，这些士兵脸上依旧焕发出淡定的微笑。

李耀蜷缩在废弃小站的站台一角，看着来来往往的乘客和联邦军，眼神无比迷茫。

虽然外表看不出半点异样，但他的大脑已经被烈焰烧灼了三个小时，仿佛蜷缩在这里的只是躯壳，而他的神魂依旧沉浸在惊心动魄的三分钟里。

七名修真者挺身而出，驾驭着装甲车厢冲向兽潮！

红眼军官赤裸上身，背后光翼喷涌，肩扛太乙雷磁炮，化作撕裂天地的闪电！

联邦军砸碎雷火爆矢枪，高高举起链锯剑，发出杀气冲天的战吼！

山海派修真者挥舞光焰斩舰刀，以一往无前的姿态，向妖族巨人全速冲刺！

一幕幕热血沸腾的画面，如璀璨的星辰在李耀脑域深处不断闪耀。

而他耳边也不住回荡着海啸般的怒吼：

“诸位道友，我们并肩作战！”

“蛇虫鼠蚁，上来领死！”

这些画面，这些咆哮，凝聚成了一股莫名的浪潮，在他的脑域深处猛烈冲击，令他口干舌燥，呼吸急促，心跳加速到了平时的十倍，松果体更是剧痛无比，令他产生了用黑翼剑挖开天灵盖的冲动！

“嘶……”

李耀忍不住低吼起来，拳头不由自主地攥紧，周身肌肉都纠结到了一起，每一根骨头都“咔咔”作响，仿佛要刺穿皮肤，爆裂开来！

“怎么回事？我的大脑深处似乎正在疯狂分泌一种未知激素，令我的五脏六腑，甚至每一束肌肉、每一条血管、每一颗细胞都疯狂运转，律动的频率越来越快，快受不了了！

“这，这难道就是——”

李耀咬碎牙齿，一条条青筋如粗大的蚯蚓凸起，汹涌澎湃的力量在筋脉中疯狂流转，一圈又一圈，荡涤着他的身体。

“涛哥，没想到你这么厉害，竟然在最关键时刻修好太乙雷磁炮，打退了妖兽的进攻，救了整整一车人！”

正当李耀神魂燃烧，血脉沸腾之际，耳边忽然传来一道尖利的女声。

“太乙雷磁炮”五个字令李耀一愣，眯起眼睛朝声音传来的方向望去。

正是江涛和顾丽丽。

江涛微微一笑，正要说话，忽然看到不远处的李耀，流露出一抹尴尬之色，想了想，朝李耀大步走来。

“兄弟，没想到你貌不惊人，居然还有这么快的手速，连雷火爆矢枪都能修好，果然是真人不露相。我叫江涛，是江家子弟，大家交个朋友吧。”

江涛微笑着向李耀伸出手。

江涛虽然是江家子弟，但只是旁系，家族中的竞争者非常多，能投入到他身上的资源很是有限。

而顾丽丽虽然不是修真者，但她父亲是拥有好几座晶矿的土豪，一旦两人的关系彻底确定，顾丽丽的家族就可以投入海量资源到他身上，助他修炼。

所以江涛才会不顾一切地疯狂追求顾丽丽。

刚才之所以“挺身而出”，也是为了在顾丽丽面前展现英雄气概，没想到会遇上兽潮爆发，差点没把他吓尿了。

幸好顾丽丽并不知道实情，军方不可能在短时间内就解密一切，江涛便在女朋友面前大吹大擂了一番，将李耀所做的一切都安到了自己头上。

没想到这么巧，遇上了正主儿，差点儿没把牛皮戳爆。

“作为修真者临阵退缩，传出去终究不是什么光彩的事情，说不定家族里几个对头都会拿出来大肆炒作，败坏我的名声。

“列车上那些大头兵倒是无足轻重，这个乡巴佬就有些麻烦了，别看他土里土气的，而且只是大荒战院炼器系的新生，但毕竟是九大中人，手速又这么快，说不定什么时候就一飞冲天，成为举足轻重的大人物。

“对这样的人，还是趁他没发迹之前，提前结交，大家有了交情，自然一切都好说了嘛！”

江涛平日里虽然有些张扬，毕竟是大家族子弟，还没蠢到极点，在分析清楚利害之后，立刻生出和李耀结交的心思。

可是李耀正处于火山即将爆发的混沌状态，七情六欲都放大到了极限，根本无法控制。

在大脑思维尚未下达指令之前，两个字就像是两柄飞剑从喉咙深处电射而出：

“滚开！”

江涛脸色一变，刚才在晶轨列车上那么多修真者对他流露出鄙夷的眼神，把他当成一条临阵脱逃的狗，已经令他羞怒到了极点。

没想到现在连一个普通人都敢对他大吼大叫。

环视四周，有不少士兵正在巡逻，江涛强忍怒意，从怀中掏出一沓金灵通卡，抽出一张空白的卡片递了过来。

“大家都是学炼器的，又何必拒人于千里之外呢？我看你的穿着打扮，家境应该比较普通，不然也不会沦落到大荒战院炼器系去了，不过学炼器是很花钱的，想要出类拔萃，少不得在正常学习之外自己多开开小灶，这张卡里有二十万，你拿去随便花，就当我提携晚辈，哈哈哈哈。”

江涛将金灵通卡硬塞进李耀怀中，附耳过来，压低声音道：“不过刚才发生的事情，你可不要随便乱说，身为九大学生，‘祸从口出’四个字是什么意思，你应该懂的。”

第一百一十五章　新世界

话音未落，江涛感觉胸口涌来一股大力，竟然被李耀推开了三四步，那张金灵通卡也狠狠甩在了他的脸上。

李耀双眸血红，一股诡异的力量从骨髓深处涌动出来，令他生出不可遏制的冲动，想把火烧火燎的拳头轰进江涛嘴里。

江涛愣住，没想到这个乡下人居然这么不给自己面子，竟敢推他。

而自己——竟然真的被他推开了！

灵根觉醒是修真界最神秘的现象，每一名修真者觉醒灵根时的状态都不尽相同，而江涛是纯粹的创造型修真者，灵根觉醒时根本没有这么痛苦的反应。

他做梦都想不到，李耀正处在觉醒边缘。

只要再来一点刺激，一点点小小的刺激，就能——

江涛勃然大怒，一步蹿到李耀面前，揪着他的衣领，咬牙切齿道：

“我好心好意和你结交，你居然这样羞辱我，简直给脸不要脸！

“怎么，你是不是以为，那七个白痴都是英雄，而我是个孬种？那又如何？现在我还活着，可以享受美好人生，而那七个白痴却死得连渣都不剩下！”

“白……痴？”

李耀如火如荼的眼眸深处浮现出一圈又一圈的涟漪。

江涛狞笑：

“明明是实力强大的修真者，却为了一群微不足道的普通人而去死，不是白痴又是什么？

“告诉你吧，傻小子。这里是大荒，修真者的数量比内陆多得多，当时车上起码还有十名修真者，他们都和我一样，做出了最明智的选择。

“我们真是孬种？当然不是！我们这叫保留实力，以待时机，君子报仇，十年不晚！

“只有这七个傻乎乎的白痴才会站出来，和兽潮硬碰硬！

“还‘强者的鲜血要为弱者而流’，哈哈哈哈，都什么年代了，还说这种屁话，简直笑掉大牙！

“总之你给我听好了，我是炼气期三层修真者，还是江家子弟，我的力量是你根本无法想象的，只要你敢说出去半个字，我就像碾死一只蚂蚁一样，碾，死，你，乡巴佬，你，听，清，楚，没，有？”

没有。

李耀什么都没听到。

只听到脑域深处，有一根紧绷的琴弦狠狠扯断，发出余音袅袅的爆响。

“叮！”

又像是一道禁锢神魂的枷锁被扯个稀烂，阻挡洪水的大坝完全崩溃，汹涌澎湃的力量从脑域最深处狂喷而出，经过松果体的增幅，被放大几十倍，轰出眉心。

一道血焰冲天而起！

一瞬间，李耀眼前一片血红，整个世界都染成红色，耳边传来山呼海啸般的轰鸣，仿佛亿万枚晶石炸弹同时炸裂，把他炸飞到一个无比精彩的新世界！

李耀完全丧失了思考能力，饥渴难耐的铁拳化作一头咆哮的凶兽，在大脑没有下达指令之前就狂奔出去。

“咔嗒！”

好似西瓜爆裂的声音，随后是一声凄厉的惨叫。

就像是进攻的号角响彻云霄，令李耀的最后一滴鲜血都沸腾起来。

他的另外一只拳头也化作了凶兽，不由自主地攥紧，举起，后撤，轰出！

接下来——他就什么都不知道了。

……

［节选自起点中文网］

【粉丝评论摘编】

@聆尘子：第一卷，尤其是开篇百十章，典型小白套路爽文（看评论很多读者都倒在开头），第二卷开始变得好看起来，布局像样，阴谋也够水准线。PS1：作者是三体脑残粉，里面引用了黑暗森林理论，某些角色的设定也借鉴了三体；PS2：看了一半多才恍然大悟，人妖之战原来就是量子物理和生物科学之间的对决啊……

@白诺溪：优点：脑洞很大，换地图很熟练，打脸很多很过瘾，世界观越写越宏大，三观很正，力量系统尚未崩坏，配角设定每个人都站得住脚，智商未下线，套路用得不难受。缺点：情节过于紧绷，女人不讨喜，没有后宫，第一卷太小白气息。

@邓丹泠：大家可以看看现在的起点网文，各种新设定和新情节层出不穷，但是为什么很多作品让人看了还是觉得超无聊，无味，甚至想摔手机，除了文笔，笔力之外，最重要的一点，这部小说没有灵魂！也就是没有中心思想，换句话说就是三观未立！三观都未立的小说根本称不上一部完整的小说，更何况说构建一个崭新的世界呢？

《修真四万年》不敢说设定或者情节多么让人感叹或者觉得新奇，但是它跟其他同类作品最大的区别就是，它是一个有魂的作品，先不论这个魂的完整与否好劣高下，它至少在呈现一种精神。我想说不管一个人在现实中混得怎么样，但是在看小说的时候除了想看到主角混得好，心中也更希望主角能有人样。

@花和海：虽然描写的是未来修真，带入的却是现在国家产生的过程与变迁，能让读者自我思考体制的好坏，其中的困难与困惑。描写主角个人的经历，写的其实是时代的碰撞，思想的火花。

主要是这两章又写到李耀想保护普通人，和在古修大环境漠视普通人生死，依然有心中愿意帮助他人的其他角色在，主角不是一个人在战斗，对比现在华夏有点倒退的社会良知，有点感触。

［导引：高寒凝，简介：王恺文，节选、粉丝评论摘编：陈若谷］

“修真，也要讲《基本法》”

——评卧牛真人《修真四万年》

高寒凝

假设有那么一个修真世界，在放肆生长、崩毁又重生之后，竟从中孕育出了现代科技文明，那自然有一番光怪陆离的景象。《修真四万年》的世界观，正是建立在这个假设之上。究其实质，便是用科学话语和科幻设定重构修真文原有的类型元素，并将其整合到一个科学技术高度发达，且拥有现代化的政治经济制度的未来世界里。

这一处理方式的讨巧之处，首先在于拼贴类型元素带来的新奇感。然而无论是冰火符阵驱动的双制式空调，还是经液化处理用喷涂方式使用的丹药，都不过是器物层面的简单叠加。在小说最初的一百章中，作者靠着这份花样百出的创意，再套上逆袭打脸小白文的模板，倒也足够敷衍成篇，却不免有后继乏力的风险。

小说的第一百零五至一百一十五章则堪称奇峰突起：男主角李耀乘坐的晶轨列车遭遇妖族入侵，七名修真者坚守“强者的鲜血，要为弱者而流”的“修真者天职”，牺牲自己保护了数千名普通乘客的安全。目睹前辈们的英勇壮烈、慷慨殉道，李耀激愤难当，终于冲破最后的屏障，灵根觉醒，成了一名真正的修真者。

哪里还有什么“大道无情”“以力证道”“自我飞升”，亦绝非“我见众生如蝼蚁”“天若有情天亦老”。当男主一脚踏在普通人和修真者的分界点上，他所窥见的修真世界，竟满是杀身成仁、舍生取义的豪侠壮举。

但这却并不意味着《修真四万年》重新回归到了某种武侠传统（武侠小说正是修真文的源头），事实上，这一略嫌怪异突兀的价值观，恰是构筑在小说的基本世界观设定之上。前文已经点明，小说的故事并非发生在前现代的修真世界，而是处于一个拥有现代化政治经济制度的未来世界之中。与现代化的政治经济制度配套的，必然是现代化的法律体系。男主人公就曾在大学里修习过一门基础课程《修真基本法》。这部《基本法》以规范修真者的行为为诉求，认为“星耀联邦是法治国家，人人平等，不管普通人还是修真者，在法律面前都一视同仁”。修真者不但有义务保护普通人，也必须控制自己的力量，不能伤害普通人。倘若修真者违反了《基本法》，亦自然有国家暴力机关予以惩处。

在这部《基本法》中，公平、正义等现代性价值得到了充分的展现，在前现代社会中由于力量悬殊而绝不可能获得平等地位的普通人与修真者，因这一制度保障而获得了平起平坐的可能性。这也意味着，小说由其新奇的世界观设定中，不仅获得了挪用拼贴科幻元素的奇技淫巧，同时也从现代性价值和现代化的民主制度中获得了某种大义名分。

诚然，修真题材中亦不乏将背景设定在现代都市的作品，但《修真四万年》作为一部修真与科幻的类型融合之作，在借用诸多经典科幻母题（如末日、太空探索、生物恐怖等）的同时，亦吸纳和沿袭了科幻小说以文明整体为尺度思考问题的视野。

正是在这一刻，小说由器而入道，竖起了一面价值观的大旗，并在此后的行文布局中，将文明内部和文明之间的价值观冲突确立为整部小说的核心矛盾。作为法律基础的《修真基本法》和作为道德准则的“修真者天职”，表里一体，从中衍生出的是男主人公所在的星耀联邦的社会形态和社会主流价值。

然而信也好，不信也罢，作者始终如一，将舍己为人的、锄强扶弱的、民族融合的、争取平权的人和行为，塑造得光彩夺目，令人心折。它动人、它美好，以至于经得住小小的质疑，也配得上李耀这样的强者用拳脚去争抢，用尔虞我诈去维护，为了心中的大道，成为一个“卑鄙无耻的好人”。

在《修真四万年》中，修真者们的“大道之争”不再是哲学思辨、生死杀伐，而是对于文明存亡、社会发展形态的论争。由此无限上升，两个政权的“大道之争”，则是意识形态之间的碰撞。作者卧牛真人将干货稀释在无穷且乏味的套路反复之中，花费五百万字，终于铺开了代表“普世价值”的新联邦与秉承纳粹思想的真人类帝国之间的对立冲突。小说尚未完结，前路扑朔迷离，但至少，在“天地不仁，以万物为刍狗”之外，修真也可以偶尔讲讲科学，讲讲《基本法》。

无限道武者路

饥饿 2006

饥饿 2006，起点业余作者，本职为高中数学老师，故更新频率极低，平均十余天更新一章。《无限道武者路》是其处女作，于 2009 年 5 月 25 日开始在起点中文网连载，7 年间共创作约 400 万字，虽是起点中文网更新最慢的作品之一，但已居起点武侠类会员总点击榜第 4 名。

《无限道武者路》是《无限恐怖》（zhttty，2007）的同人作品，故事结构也沿袭了“无限流”的基本套路，此外，小说主角王宗超，还借用了现代国术小说[①]《龙蛇演义》（梦入神机，2008）中主角王超的人物设定。作为一部业余的同人写作，《无限道武者路》极大地开拓了“无限流”的写作空间，并展现了网络小说创作的多种可能状态。

【标签】无限流　同人[②]　武侠

【简介】

王宗超，中国特种部队的格斗教练，顶尖的武术大师，意外进入了一个神秘空间。在这里，他同其他被召唤进来的伙伴在名为“主神”的未知伟大存在的安排下，穿梭于不同的以各种流行文本为基础搭建的平行世界。

《生化危机》《异形》《惊情四百年》……作者逐渐从《无限恐怖》的同人脱胎而出，即使是照搬现成作品的副本世界，也会补足原本世界设定的缺憾并给出新的解释；更将多个主要的副本世界打通，构建出一个完整的体系；努力让每个副本世

---

① 国术是指中国传统的武术，是对武术的尊称。国术小说就是指以国术为内容的网络小说的流派。

② 同人：在已经成型的文本基础上，借用原文已有的人物形象、人物关系、基本故事情节和世界观所进行的二次创作。（详见《“网络部落词典”专栏同人·粉丝文化》，载《天涯》2016 年 04 期）

界呈现出不同的文明形态与最终真相的一角，尝试在对各类文明的探索和缝合中发出对“主神空间”的终极意义的叩问。

主角王宗超也从一个已然臻至现实世界武术巅峰的大师，在一次又一次的生死考验和异域探险中，凭借对武道的痴迷，带领着他的伙伴们走上了独特的进化之路。从对抗丧尸异形，再到遍历诸般仙佛神圣的境界——他们已经由寻求一条求生之路变为追求后人类时代中人的无限可能性。

选文第二百一十四章是主角等人进入《神鬼传奇》联合守护者共同抗击阿努比斯军队和蝎子王的一段。在此段中作者将战斗场面描写得波澜壮阔、血脉贲张，展现了作者的老辣笔力和对于场景的精准把控。

选文第六百四十六章是中洲队以及一些修炼者进入仙秦大陆的情景。选文着重于对仙秦大陆的环境描写以及不同势力的介绍。此处已经进入小说后段，是对此前突破“无限流”和同人限制所开拓的原创世界的收束。

【节选】

第二百一十四章　任务终结

狂啸的风将死亡气息传遍广袤沙漠。惊天动地的枪炮轰鸣，爆炸，砍杀，铁骑奔腾，骨折筋裂，鲜血泼洒，呐喊，惨叫，各式各样的声音如同海啸般汹涌，混卷成了一道巨大繁杂的声浪。

尽管身上到处是伤痕，尽管手中的刀剑早已残破卷刃，尽管四周遍地都是倒下的伙伴，但守护者们还是与阿努比斯军团在厮杀着，用火炮、步枪、弯刀、奔腾的铁蹄还有一切可以使用的东西战斗着。舍生忘死，寸步不退。

守护者一族死战不退，狼头人更是根本没有畏惧死亡的念头，在庞大的沙漠战场上，竟然没有出现任何一个逃兵。

被消灭的狼头人随即化为尘沙消逝在沙漠中，而在战斗中牺牲的守护者倒下的身体却铺满了整块战场，负伤的人们躺在沙地里，痛苦地呻吟着，手掌无力地曲张着。

"第七个！"激战中，阿德贝嗓音显得沙哑低沉，只见他弯腰低头避过一个狼头人横斩而至的地狱战戈，自己的弯刀却干净利落将对方一条腿斩断，就在对方高近三米的强壮身躯失去平衡向下倒时，他平举弯刀对准狼头人颈部迎上，只凭着对方倒下的力量就将对方毫不费力地斩首！

"第四十三、四十四个！"不远处的欧康诺吹了个口哨，左手刀一挥将一个狼头人分尸的同时，右手则以散弹枪将另外一个狼头人打了个支离破碎。

当欧康诺攻击时，他右手腕上的那块金黄色的古朴刺青，就会将一种神秘的能量通过欧康诺的身体送进他的武器当中，无论是刀还是枪，令他不必将狼头人斩首也可以将对方彻底消灭。

"第十三个……"伊芙身形如蝴蝶般飘舞着，突然一跃踏上了一名狼头人微躬的后背，就在对方还未来得及反应时，她手中双刀飘闪，一下交剪，顿时干净利落地令一个狼头人脑袋搬家。

守护者一族，任何一个男子都是从小苦练刀法，此次来的战士更是精锐全出，否则这些身高近三米，又拥有不被斩首就不死的强悍体质的狼头人绝对不是普通战士能够匹敌的，而阿德贝自然是精锐中的精锐，只是同觉醒前世记忆的欧康诺与伊芙比起来还有不少的差距。

同更多依仗个人蛮力一味疯狂杀戮的狼头人不同，守护者战士骁勇却又不忘冷静。他们集结成队，步兵与骑兵相互配合，冲击队形持续而连贯，左右穿插，耐心地将密集的狼头人队形不断分解、包围，慢慢地将战况扭转。

狼头人往往是孤身一人向前猛冲突破了对手的防线，却又发现自己被重重包围，便倒在了那一柄柄像潮水般砍来的刀斧中，或者数百狼头人在不知不觉中被围得挤成一团，然后一颗榴弹在它们中间开了花。在现代枪械武器的辅助下，冷静的指挥和优秀的配合帮守护者确立了优势。

渐渐地，随着战场上的爆炸声与厮杀声渐渐止歇，已经开始感到疲惫不堪的守护者一族终于发现，战场上再也找不到一个狼头人，他们已经将对手全部歼灭了！

一阵静默之后，零星的欢呼声逐渐响起，渐渐地连成一片，形成阵阵山呼海啸般的呼喊。

“我们胜利了！我们凭着信仰与勇气打败了阿努比斯军团！”无数人喜出望外，在纵声高喊着，许多跪下感谢着太阳神的恩悯，缄默压抑已久的情感在此刻尽情宣泄而出。

阿德贝呼喊着，不过他的眼神欣喜中却带着悲哀，他们全歼的阿努比斯军团其实仅有五千左右的狼头人，但是他们在许多现代武器配合下，却仍然付出了伤亡上万人的惨重代价。

“但我们的牺牲始终还是有价值，如果我们不集中在这里，阿努比斯肯定会将他的军团投放到距离阿姆谢最近的人口密集地带，到时候的伤亡就是以数十万、上百万计了。”

“我们……似乎高兴得太早了！”欧康诺是唯一没有喜色的人，作为上神战士的他同样具备超人的感知能力。

巨大欢呼声还在余音袅袅，但已经渐渐沉默下来，陷入一片令人窒息的死寂。与人们的死寂形成反衬的是沙漠地面却传来阵阵震动，越来越明显。

所有人的动作都凝固了，就像一座座雕像，他们的目光，都望向了一个方向。即使是一直冷静如恒的阿德贝瞳孔中也开始闪烁绝望，满脸茂密的胡须开始颤抖，一如他的身体。

只见，他们眼神望向的方向，接天连地地涌过来一阵滔天巨浪一般的黑色浊流。

天与地的最远方，这股似乎要吞没一切的黑色怒潮源源不断地疯狂奔腾着，怒吼着，践踏着大地，撕裂着天空！遮天蔽日铺天盖地汹涌而来！！

在他们的脚底下，大地的颤抖越来越剧烈，仿佛有无数个顶天立地的巨人在愤怒地跺着脚，又仿佛天空的雷神用雷神之锤降下粉碎世界的怒火！

那是根本看不到边际的，一望无际，多得仿佛一直延伸到世界尽头的无数狼头人！就像海啸一样，颤抖着空气，颤抖着皮肤，颤抖着每一个人的神经！！

喑呜则山岳崩颓，叱咤则风云变色！！

绝望，不可抑制地在每一个人脸上浮现了。

他们明知必死，却远赴绝地，浴血奋战，至今已是身心俱疲，在歼灭敌人之后，每个人都充满了跨越巅峰般的豪情以及重获新生般的喜悦，但如今这份豪气与喜悦却被更大的绝望无情扑灭。

正所谓一鼓作气，再而衰，三而竭，这种攀越巅峰之后又被无情打落谷底的感觉，无疑比始终如一血战至死来得更加摧残人心，拷问意志，磨砺灵魂！

阿德贝默然片刻，深吸了一口气，高举已经砍得严重卷刃、缺口处处的弯刀，紧接着一声巨吼从肺里喷薄炸出！

“奋战至死！”

“奋战至死！！”

“奋战至死！！！”

每一个人都高高举起手中的武器，响应着阿德贝，发出了一声从灵魂深处迸出的悲凉苍劲的呐喊。随着这个激烈的动作，他们身上的大小创口在迸裂、在流血！

弯刀掠过的寒光就像星空中凄冷的下弦月，悲壮苍凉的螺号声响彻着大地！

欧康诺与伊芙相视而笑，他们在握紧手中武器的同时，也握紧了彼此的手，即使已经没有生存的希望了，他们仍能选择死在一起。

下一刻，所有的人都会迎着汹涌而至的死亡之潮，发动自杀式的冲锋，把凄凉留给地平线，用倒下的背影给这个世界述说悲壮！

在这股血性如焚的苍凉悲壮气氛之下，天空中的明月似乎也受到了渲染，原本皎洁的月光化为带着浓烈血色的红光。

血月？

是的，血月！

高空中一个巨大无伦的血球，吞噬了所有月光，取代了明月的位置，就像老天爷睁开一只放射着瑰丽红光的巨大血眼，夺人心魂的瞳孔直盯着沙漠上的每一个生物。

从血月中洒下的红光为无边无际的阿努比斯军团披上了一层艳红色的外衣，但是却没有一丝红光洒落在守护者大军身上，紧接着，随着红光越来越强烈，越来越实质化，整个如同世界末日之潮一般汹涌耸动着的阿努比斯军团，都被笼罩在一个巨大无边，接天连地的红色“天幕”之中。

之前的血腥厮杀，阿卡朵虽然没有发动深红领域强行掠夺鲜血，但仅靠着汲取上万人伤亡而流出的大量鲜血，就汇集了远远超越在特兰西瓦西亚城之时的力量，加上如今是黑夜，没有阳光克制却反而有月光加持，深红领域的威力比那时要强上数倍，一下子就禁锢住整个阿努比斯军团的行动。

不过这片岿然耸立天地之间的血幕像被一股永不停歇的黑色的怒潮巨浪一阵又一阵地拍击着，边缘剧烈晃动着，就像将一个巨人困在一个铁罐中，而这个巨人正在歇斯底里地剧烈锤击着铁罐急于破罐而出！

一浪接着一浪，一浪高过一浪！

似乎，永不停歇，似乎，永无止境！！

那个巨大血月之中的鲜血却在沸腾着，燃烧着，体积以缓慢的速度渐渐缩小。

“笼罩范围实在太大了，这群家伙又没有血，无法直接禁锢它们的动作，这样下去坚持不了半个小时。”

一袭黑衣在空中悠悠地飞舞，荡起的裙摆下露出了穿着束带黑丝鞋的纤足，魔女般的阿卡朵就这样飘浮于血球之上，粉嫩的面颊上满是愠意，用那对美丽的瞳孔冷冷俯瞰着大地。

“真想杀人来补充血球啊……不过这样一来，他肯定会乘机和我彻底闹翻吧？希望他能够尽快解决那个蝎子王，好歹能够让我留下足够让秘党同盟全军覆没的血……”

……

“摩挲尤斯！”王宗超直呼蝎子王名讳的声音犹如黄钟大吕般震颤着整个犹如角斗场的巨大石室，他的目光直视眼前狰狞的半人半蝎怪物，虽然身上沾满血污，但双眸却没有一丝一毫因为血腥杀戮而变成血红色的痕迹，反而澄清澄净，犹如一把刚刚在冰水中浣洗过的锋锐长剑，闪烁着不带任何杂色的凛然寒光。

即使是化身不死怪物的蝎子王，面对这样的眼神，残暴兽性杀意也微微为之一泠，对方的犀利眼神，令他眉心间也有一种刀刃及肤的危险错觉……这种曾经极为熟悉的，第六感触觉到极度危机后的预告，微微唤醒了他之前作为一名战士的记忆。

“五千年前，你也是一名身经百战，所向无敌的勇士，你的辉煌战绩与赫赫威名千百年来已成为传奇，令无数后人为之神往。但如今你真想彻底抛弃你身为战士的尊严与灵魂，以一个怪物的姿态，披着那身笨重的、丑陋可笑的甲壳，与我一战吗？”

直面着蝎子王，王宗超大步向前，言语中透着一股说不出的桀骜与狂傲，以及一种直指人心的震撼性力量！就连一旁还没能分出胜负的赵樱空与安苏娜也不自觉停止了交手。

“吼！”

虽然微微唤醒了一些过去的记忆，但王宗超赤裸裸的挑衅毕竟点燃了蝎子王的滔天怒火与嗜血兽性，他庞大的身形向前猛冲，带着还挂在他一只钳子上的郑吒直朝王宗超扑来。

随着“嘭”的一声沉闷撞击，王宗超以不足蝎子王怪物躯体十分之一的体重生生挡下了他的冲势，硬是没有后退一步。不过他其实也是取了巧，先瞄准对方六足爬动时刚好有四足凌空，下盘最是不稳的瞬间发生碰撞，在碰撞时又巧妙卸去大半力道。

蝎子王六足刨地，地上顿时砖石爆裂激射，气势凶莽猛恶，王宗超只是微微闭眼伸手托住蝎子王还钳着郑吒的巨钳，似乎在倾听、感受着什么的同时，顺着那巨钳砸落的势头，猛地一抖一扭一错。

只听一声清脆的“咔嚓”一声，郑吒感觉到自己拼死抗衡的钳制力量完全消失，整个人也终于脱开束缚滚落地面。原来蝎子王的巨钳已经被错开关节。

相比有一层皮肉包裹着骨头的人类，蝎子王的甲壳动物关节直接暴露在外，更能够为分筋错骨之术所制，只是所需力量更大许多罢了。而王宗超的“听劲”功夫已经练到炉火纯青，借着碰撞接触之时音波震荡感应，就已经洞察蝎子王关节的构造，顺手将其错开。

蝎子王剧痛反击，但王宗超身子一跃，直接跳上了他半人半蝎的身子，奔走跳跃之间，如履平地，蝎子王的甲壳躯体转折不灵，难以攻击到贴得过近的王宗超，虽然拼命飞蹿颠簸，却无法摆脱王宗超。一时只听见一连串甲壳关节被错开的咔嚓声，蝎子王的三条虫足关节被错开，庞大的躯体也失去平衡而倒地。

“你若披着这身累赘，就不过是个沙包罢了！”

随着这句话的是当头对面的一记重拳，双眼中满天星星乱闪的蝎子王整个脑袋往后仰起，酱紫色的鼻血是一缕一缕向外狂喷。

蝎子王晕头转向之际挥动奇长尾刺反击，如鞭如矛，可惜未免准头大失，让王宗超双手拉住他的尾刺，跳下他的躯体，双足扎根站稳，全身根结甩动，犹如劲竹迎风而摆，猛地一下拉扯，竟像背口袋一样将蝎子王抡了起来。

“砰”的一声巨响，整个角斗台都被这个体形庞大的怪物砸出一阵巨大的晃荡，角斗台边缘缝隙中的岩浆被拍得四处飞溅，下方隐隐的亡灵的哭号之声更加凄厉清晰。

郑吒正沿着石壁爬上去企图取回插在天花板上的审判之矛，被这一震震得差点没摔下来，他在咂舌之余也下定决心自己取回审判之矛后才插手战斗，无论如何非人的战斗还是留给非人为好。

“在阿努比斯神力下，他怎么可能还有这么巨大的力量？”伊莫顿缩在石室的一角，按着自己不断流血的伤口，神情惊愕地死死盯着角斗台上的激烈较量，但失去法力的他却不敢上前，似乎在等待着一个双方两败俱伤的时机。

此时王宗超双拳齐抡，对着被摔了个六足朝天的蝎子王展开一场残忍到极点的暴殴。每一拳下去，巨大的角斗台都为之颤抖，尘土飞扬，沉闷的撞击声都会令所有听者心头为之一沉，令每一个人的血液都随之震动沸腾。

拳拳到肉，力贯千钧，犹如雷霆撼天，沙场击鼓，震人心魄！

没有任何取巧，那是力量，赤裸裸的力量，比任何复杂的技巧、恐怖的魔法、奇诡的异能更单纯，更直接，更狂猛，所以更有效更无坚不摧的力量，完完全全就是生命力最直接最酣畅淋漓最直截了当的本原展示。

每一拳下去，蝎子王中拳的部位都有一股黑气冒出，整个庞大躯体也似乎要土崩瓦解。

“怎么可能？他仅仅是出拳时贯彻的力量与斗志，就已经足以直接伤害灵魂？”伊莫顿脸部的肌肉也随着拳击之声而抽搐着，眼神阴晴变幻，“……莫非他仅仅凭着一双拳头，就可以杀死蝎子王？”

而一旁与赵樱空缠斗着的安苏娜，已经由原本的占据上风变成左支右绌，王宗超的重拳虽然没有落到她身上，但是却一下下地将她的信心和斗志逐渐击碎瓦解，与此同时她身上缠绕着的一头训练有素的剧毒眼镜蛇同样因为那犹如雷霆击鼓的击打声震慑得畏缩起来，威力大减。

在打了上百下重拳之后，王宗超一拳擂出，蝎子王的庞大躯体发出一阵支离破碎声，竟然整个溃散开来，化为一股浓烈的黑烟四散，这股黑烟落到地上，竟然化为无数细小蝎子，满地乱爬乱窜，令人心寒。

而王宗超的拳头，却被黑烟之中另外一条也是强壮有力的胳膊强行止住了！

王宗超原本在战斗中就像雕塑般不动分毫的表情也终于有了波动，一丝说不出是兴奋还是残酷的笑意令他的神情看起来更有了活力。

“摩挲尤斯，你终于肯以真身迎战了？”

随着黑烟散去，直接站在王宗超面前与他正面角力的竟是一名高近两米的健壮男子，男子的相貌豁然正是蝎子王刀削般粗犷刚毅的脸，赤裸的上半身满布虬结的肌肉，身体线条比例完美，充满着暴力美感，原本直欲择人而噬的疯狂兽性杀气已经完全敛入体内，但压迫感却更加深沉内敛，潜伏着刀斧般锐利威猛的危险气势。

他才是蝎子王摩挲尤斯。是脱去了兽化之身，真真正正的蝎子王！

两双同样流泻出剽悍与强势的目光，跨越数千年的时空，毕现峥嵘和杀气，狠狠地碰撞在一起，炸出一蓬炽烈燃烧着的战意。

只见两位战士单臂互抵，比试着各自的力量，他们站立的角斗石台也在隐隐摇晃，然而他们却都站得稳如泰山。

王宗超脚下的岩石在格格地碎裂，似乎渐渐屈居下风，然而他突然一个侧身，施展出擒拿手法抓住蝎子王胳膊将对方用力甩了出去，蝎子王像一只投石器投出的铁球撞进了岩壁中，碎片横飞出来，将靠着墙壁的一个武器架撞倒，武器撒了一地，好像是蝎子王已经粉碎了。但烟尘散去其他人却看到他正气极败坏地从烟尘中直冲出来，咆哮着朝王宗超击出一拳。

王宗超也是一拳击出。二人拳头尚未交锋，已听爆裂声不断，却是两人拳头间的空气受猛力急速挤压，便如拍爆纸袋的声响一般。紧接着双拳互击，隆然一声响，两人都晃了晃，王宗超向后退了三步，而蝎子王仅仅向后退了一步，只是王宗超退得如流水行云，脚下地面几乎没有踏出印痕，很自然地消弭了力道。然而蝎子王却一腿重重踏落地面，如同火药迸发，五雷轰鸣，脚下岩石粉碎着四处飞溅。

紧接着，两人缠斗在一起，蝎子王有着体形与力量上的优势，而王宗超却在技巧上胜出一筹，一时竟难分上下。

没有斗气，没有内力，没有任何神秘能量，然而两人却都展现出非人的战斗力与破坏力，拳脚相碰发出的震荡和声音都像一辆攻城车撞在城门上，岩石在他们脚下如脆饼干般不断粉碎，尘沙飞扬，他们顺手从地上拾起的武器，在巨大的力量相互撞击下很快就犹如玻璃般四分五裂。

蝎子王的每一拳，每一脚，每一个最细微的动作都是最直接最简单的攻击。每一击上蕴含的力量和破坏力都足够将一只最强壮的犀牛击倒。攻势之猛之厉如雄狮、如虎豹、如豺狼、如俊鹰，然而在狂野彪悍之中却带着一股沙场争锋、金戈铁马所向披靡的威风煞气，呼啸的拳风隐隐中更呈现出一种犹如沙暴飓风，酷烈苍茫，铺天盖地，侵略四方的大气势。

他竟然也是如王宗超一般，是一位修炼出自己的武道拳意绝顶武者，那份拳意更是将各种猛兽的凶莽，沙场征战的威煞，以及沙漠天威的浩荡融入武道精神中，丝毫不逊色于王宗超的武道拳意，甚至在老辣雄浑之处，尤有超出！

旁观者都看得心惊胆战，根本难以插手，伊莫顿更是脸色灰败，他还曾经以为凭着自己身为古底比斯大祭司时在顶级武师指点下修炼出来的武技，再不济也可以和蝎子王斗上一斗，想不到半人半蝎的蝎子王他已经无法匹敌，而在蝎子王的人形状态面前，他那几乎没有沾过血的武技更是如小孩子般幼稚可笑！

要知道，蝎子王生于五千年前，那个人类文明刚刚萌芽的远古时代，那时候没有内力、斗气等人类武道传承，他只能在与猛兽斗，与人斗，与天威抗衡之中磨砺出一身原始蛮荒的淳朴武技，淬炼出所向无敌的战斗意志。

仅仅以超凡的战斗意志去推动千锤百炼的躯体，凭着一股沸腾的热血去战斗，就能够发挥出脚能断岩，拳能碎铁，万夫莫敌的战斗力。这种源于最本源的灵魂信念，源于最纯粹的生命力量的战斗力根本就没法为阿努比斯，为任何神明所剥夺。除非直接抹杀了灵魂，消灭了肉体，否则这种战斗力永远存在。因为灵魂与肉体，本来就是一个人存在的本质根源！

蝎子王与王宗超的战斗，不仅仅是肉体拳脚的碰撞，还是意志的对抗，灵魂的较量！

渐渐地，王宗超开始占据了上风，虽然蝎子王无论力量意志都没有丝毫比王宗超逊色之处，然而王宗超却比他多出了数千年人类武道传承的智慧。虽然蝎子王以极为丰富的战斗经验与惊人的战斗直觉勉强弥补了这点，但是随着伤势的不断积累他还是渐渐处于劣势，最起码，当双方都彼此挨了对方重拳时，蝎子王就比不上王宗超刚柔并济的柔韧躯体来得可以承受攻击。

“你败于缺少智慧传承，也败于你已经完全没有了希望与寄托，只是求死！”

随着这话，王宗超身子兜转成圈，避开了蝎子王的勾拳，跟着化拳为爪，趁势扭住对方的臂膀，贴身近靠，两手环腰，膝盖顶住尾椎，奋起神力，将蝎子王高高举起。紧接着，蝎子王的身子就像是一块从天而降的陨石，“扑通”在地面上发出一声巨响，震得整个角斗台都是一阵剧颤和“吱吱嘎嘎”的闷响。

石块炸飞中，岩石地面上多出了一个人坑，碎裂的石板上泥土横七竖八喷洒得到处都是。

一摔之下，蝎子王的脊椎已经折得七零八落，虽然在阿努比斯神力下他不会死亡，但整个人却再也无法起身再战。

“你的存在，是一种悲哀……”王宗超叹了一声，在彼此武道拳意碰撞的同时，王宗超也直接接触到蝎子王的战魂，明白他是以什么方式存在于世上，也明白阿努比斯为什么看重一个区区凡人，赐予了他阿努比斯军团。

其实蝎子王的作用就像一条桥梁，阿努比斯正是通过这条桥梁才能将力量源源不断从冥域投射到现实世界，形成阿姆谢绿洲以及无穷无尽的阿努比斯军团。不过这样一来，承载这种程度神力的桥梁更是必须万里挑一地“坚固”不可，因此磨砺出绝世拳意的蝎子王的灵魂才是最佳选择。

然而像蝎子王这种程度的孤傲战士，又有什么人肯屈服于神明，出卖自己灵魂签下契约？要不是在某种命运力量引导下，陷于绝路的蝎子王急于向灭了他的国家、亲友，结下血海深仇的敌人复仇，又怎会接受这个契约？

当然，在可以选择的情况下，阿努比斯也不介意更换一条更坚固的“桥梁”，所以他设立了挑战蝎子王以获得阿努比斯军团的规则，而在禁止一切神秘力量的情况下，挑战者自然只能以最纯粹的生命力量与灵魂拳意去拼，而胜出者，自然是更有价值的“桥梁”！

“……既然如此，就让我们终止你的悲哀，释放你的灵魂吧！”说完之后，王宗超朝已经取回审判长矛的郑吒一点头，郑吒于是手持审判长矛走上前来，对准蝎子王的心脏，就要刺下！

然而就在此时，一阵沙暴飓风狂飙而至，正站着的王宗超与郑吒顿时被远远掀飞出去，王宗超一头撞在石壁上，郑吒则滚落到角斗台边缘，几乎掉到下方地狱般的缝隙里。

“阿努比斯军团属于我了！”沙暴中伊莫顿一闪而至，刚好夺过审判长矛，虽然阿努比斯禁止了他绝大多数力量，但他还是有微弱的法力残余，之前他与其说是受伤难行，倒不如说他一直在借机拼命积蓄自己的点滴法力，而此时才抓住一个难得的时机一下爆发出来。

闪烁着寒光的审判之矛直刺蝎子王心脏，然而也就在一瞬间，随着一声铿锵巨响，伊莫顿双手虎口炸裂，审判之矛脱手直飞出去。

王宗超阻止他的方法很简单，只不过顺手拾起一块碎石，屈指弹出罢了。

“恭喜你，看来积累了千年怨气的你，也终于拥有了一丝无法为神力禁止的灵魂本源法力了……”

王宗超只向前迈出三步，就来到已经满脸绝望的伊莫顿面前，然后他伸手一推，推在了伊莫顿的胸口上。伊莫顿的整个人顿时像一只弩箭一样凭空射了出去。半空中，他那正因为生命迅速消逝而迅速模糊的感觉还来得及觉得自己的肺几乎从嘴里吐了出来，心脏似乎直接冲到了脑腔里面。

“啪！”已经失去了法力的不死祭祀大人撞到了石室的墙壁，在上面留下一摊血迹后滑落下来。

“不……不！”目睹这幕的安苏娜拼命摆脱了赵樱空，朝金字塔深处疯狂奔去。

郑吒也迅速取回王宗超撞往他所在方向的审判之矛，奔回来用力刺穿了蝎子王的心脏，审判之矛与蝎子王胸膛接触处迸出隐隐金光，紧接着又扩散蔓延开来，侵蚀着蝎子王的身体，令他的身体迅速化为黑尘消失不见。

紧接着巨大的震动传来，大量岩石巨砖向下砸落，整个金字塔开始崩溃……

第六百四十六章　仙秦各家

"这就是五行仙天，真正的仙家妙景？"

当时空错落的迷幻与恍惚尽去后，呈现在眼前的，是难以想象的巨大与恢宏。

不说那些把真正的山岳、山脉挖空改造，上抵浮云，巍峨壮观而又延绵无尽的琼楼高塔，鳞次栉比的亭台、殿阁、水渠、喷泉、广场、药田、琼林花果、仙禽奇兽……以及契合阴阳风水，天人共存，聚天地灵犀的精妙布局，这些足以让最发达摩登的二十一世纪大都市为之黯然失色的万般妙景，和眼前这片天地真正蔚为壮观的事物相比，统统成了参天大树脚下的灌木杂草！

这种过于广大的空间，确切地说，根本不像是在一片天地之间，而应该是存在于宇宙，这种颠覆常理的广大甚至模糊了每一位初临贵境的道家弟子的空间与距离感，让他们一时茫然不知身处何地，唯有修为真正高深，早已脱离耳目口鼻等凡俗感官，而是以神念去认识天地万物的人物方能不受妨碍。

神念如潮水般扩散，每一秒都可以延伸十万里之遥，在这处天地却有一种一点点延伸的缓慢之感……直到触及了一根玄黄色石柱般的高峰。

不知其方圆多少里，不知其上下多少米，悬崖陡峭，如天维地柱，擎天屹地，一股可怖的压迫感油然而生，庞大的体积自然流露出一股睥睨天下，唯我独尊的气势。其下端各方分别雕刻着规、尺、秤、斗、车、刻笔六物，散发一股量天称海，普天共文，经纶万物的庞大规则之力，想来正代表着"统一度量衡，书同文，车同轨"。

哪怕以齐腾一六劫鬼仙修为，也说不清这根巨峰究竟有多大多高，他甚至可以感受到，这根巨峰的上端根本不在这个世界，而是贯通了虚空，进入了另一个世界。

而在这根堪称当之无愧的天柱巨峰之上，则盘绕着另一种庞然大物。

那是根本见不到龙头龙首，甚至分不清究竟是一条、百条，还是无数条的长龙，忽隐忽现，或直或曲，若静若动，宛若百川归一，又似群龙无首，却汇聚出一股浑然磅礴，堂皇正大，凛然莫犯的沧桑肃穆气势。巨峰下端又向四面八方延伸出无数如锦似霞、云光转流的龙形飞桥，在云端迂回曲折，横架穿梭于无数城楼高塔之间，四通八达，上天入地，其上车马行人往来，络绎不绝，一直延绵到无穷远的天际……

“龙气实化，纵聚民心，横渡虚空？”

目睹此情此景，齐腾一忽然想起当年穹冥帝君处心积虑，借华夏主龙气以暂时沟通天庭地府，而自己也是借龙气横渡三途河。如今仙秦不仅俨然凝聚出规模更强盛百倍的浩荡龙气，而且以叹为观止的阵法神通将之充分利用，龙气为引，沟通诸方异界，充当庞大仙秦帝国的血管经脉。

龙气原本只是虚幻，与真正的实体桥梁道路仍有区别，如果凡人踏上这种龙气幻化的长廊，非要一下摔落下来不可。不过如果运用对应的符箓法宝，却可以在上面来去自如，涉空凌虚，日行千里。打个比方，如果龙气是强大且稳定的磁力，那么符箓法宝就是磁悬浮列车。

而以龙气为引，各方神念沟通以及各种虚空挪移法术运用起来更是足以方便百倍，比如六劫鬼仙借用虚空龙气之桥，便足以用不到十分之一的法力实现距离更远十倍的传送，并做到原本做不到的跨界传送。若有合适的法宝与资源，更是足以架起让凡人直接来往的稳固跨界桥梁，正如青龙军在故土与洪荒界之间架起虚空升龙道。而眼下青龙军主管绮湄虽然也只是六劫鬼仙，但借跨空龙气，便能一举将千余人跨越诸界屏障，带到仙秦统治核心——中央戊土天。

而这千余人，则是故土归化人士中除了郑吒等投军人士之外的一批精英，基本都是倾于法职，不擅争斗或不愿受军旅约束的一类人。单是茅山、天师两家本宗以及旁系流派，便已占了半壁江山，除此之外，还有一批正邪皆有的散修、隐士，其中甚至不乏当年从镇魔井内走脱的邪修，不过慑于仙秦威严，并无正派人士向他们出手。

此外，人群中还有来自中原禅宗、净土宗、律宗、天台宗、三论宗的几十名僧尼，虽然中原佛门近百年来一贯低调，几乎不见神通显化干预世俗，但既有资格被直接送至中央戊土天，就绝非只懂吃斋念佛的普通和尚。照理说，这些人即使留在故土，未来也能借用香格里拉前往西方极乐世界，但他们仍前往仙秦，多半是存着在这方天地传播佛法之念。

而除了中原人士之外，还有三百余或金发碧眼，或奇装异袍的外国人，连黑皮肤的非洲部落萨满也有那么几个，倒是称得上“不拘一格降人才”了。

“群龙无首——吉……”

混在茅山弟子中的朱雯一直都在认真观察天际的蟠龙天柱，最终得出一句批语。

群龙，指的就是很多龙，这么多神物在一起，却没有一条龙露出头了，依旧保持神秘难测，意犹未尽的状态。说明事情还没有到极端，还有余地，说明龙还在向上腾飞，还在一种连绵不绝，蓬勃向上的急速发展状态。而最恐怖的就是，如此迅猛的状态，却是平衡，却是太极。因为群龙不见首，则群龙皆不是上九当中“亢龙”。而从另一个角度看，那群龙围绕天柱盘旋，首尾相连，形成一个浑然太极，却又并非原地打转，就是动态平衡，螺旋向上的可持续发展状态。

这说明仙秦如今气运蓬勃，绝非什么外强中干的纸糊架子，只要不是自己作大死或者遭遇不可抗拒的外敌，断不致有亡国之虞。不过这也有可能是某些高明到难以想象的手段塑造出来的假象，毕竟在经营驾驭龙气方面，仙秦与故土的区别就像大规模使用石油能源的现代工业文明与刚刚认识到某种地下黑色黏稠物可以用来点火助燃的小农文明的差距。所以如今的朱雯也没有把握说自己就当真看透了仙秦的气运。

“各位皆为有道之士，然而仙秦之道，却与故土之道颇有异处。”负责接引众人的绮湄开口宣告，六劫鬼仙强大无比的神念将她所要表达的一切真实无遗、无可抗拒地印入在场每一个人的意识之中，“故各位若无在仙秦开宗立派之能，最好还是先彻底放下以往门户之见，仅凭各自的秉性、资质、能耐，加入合适的宗门。”

全场缄默，一时无人回应，虽然几乎每一个人都听出其言下之意——到了仙秦，最好不要有什么结党营私的抱团取暖念头，一切全凭组织安排！

对于这点，他们也早有觉悟了，毕竟他们的身份说到底就和难民差不多，最多就算是有特殊技能的难民，能够与普通难民区分开来，第一时间脱离军管，直抵五行仙天已经是很不错的待遇了，又哪还有什么讨价还价的资本？

“不知何谓开宗立派之能？”

忽然有一人开口询问，语气冷淡直畅，自有一种看淡生死的无畏锐气，众人看去，却见那是一名看来只有十岁左右的道童，虽然外表稚嫩，但俨然有一种一派宗师气度，神念震荡之间暗蕴一丝雷霆气韵，大见不凡。

不少人一时不知他的底细，但齐腾一却清楚得很：这名道童正是在数年前更换了肉身的石坚。

“道友何须心急，且听我一一道来。”

绮湄淡然而笑，开口说道：“仙秦各家各宗传自诸子百家，至今长盛不衰者，仅有七家、五十三宗、一千三百一十八门。七家是为道家、兵家、法家、墨家、农家、阴阳家、杂家，七家各有传道贤师，其玄机要旨，与故土所传流派又颇有差异。

“其中道家皆为求道之士所聚，地位超然，掌管天下典籍，穷究天地宇宙，众生鬼神，造化运转之道，以图化繁为简，直指最根本、最原初的道德真解，所立至道殿非有资格开宗立派的道德之士不得而入。

“兵家则全是军旅之人，主杀伐征战之道，若不从军，便与兵家无缘。

“法家主张为天地立规、为人心定序，铸十二都天铜狱，判罚众生鬼神。

“墨家主兼爱，利苍生，集众智，汇群力，重实证，机关傀儡，锻造匠器之术巧夺天工。

“农家尊崇上古神农氏，精五谷，擅医毒，辨天时化地利，亦有驯驭万兽，呼风唤雨之能。

“阴阳家精于阴阳五行变化之理，擅符箓法阵，通天文地理，亦通岐黄炼丹占卜敕鬼封神诸法。

“杂家兼容并包，博取众长，不拘门户，重在于用，纵横策辩、琴棋书画、戏艺商贾之术，多出于杂家之学，许多史上昙花一现却未能自成一派的奇技异学，最终也都归于杂家。诸位若有独门异学却未能在仙秦一展所能，不妨货于杂家，总能有些回报，也不至于让绝学就此湮没。”

听到这里，齐腾一心中寻思：仙秦各家各宗，果然有些异处，正史上自汉后成了华夏文化核心的儒家，在仙秦竟然混不出什么名堂，看来祖龙的确如史上一般不喜儒家的那一套。

而道家基本上也就类似于中科院的最高研究机构，在仙秦的地位堪称崇高。

仙秦似乎不因受华夏天庭排挤而对道家心存怨怼，除了胸怀方面的解释之外，也有可能太上道祖正如神话传说中一般，并非华夏天庭的掌控者与执行者。如果说太上道祖是某个行业的开创者的话，天庭大概也就是这个行业的最大垄断集团，不过在这个行业之内，还是有仙秦之类竞争者存在的。这么一来，仙秦倒是没有因受天庭排挤而迁怒于道祖的道理。

至于仙秦杂家，虽然听起来在七家之中不算显赫，但也值得注意，毕竟按照正史，杂家共有两名最核心的代表人物，一为吕不韦，二则为淮南王刘安，以穹冥帝君不介意大肆变通佛家六道轮回之理为己用，却又不遵从佛家“诸行无常、诸法无我、涅槃寂静”的“三法印”核心理念的做法，不求超脱六道，只求变通六道，也正合杂家作风……

在寻思的同时，只听绮湄继续朝石坚说道：“至于开宗立派，便需得七家贤师之一推荐，入道家‘至道殿’，与各宗宗主论道，屹立不倒，至少得十名宗主向始皇圣帝联名举荐，得圣帝敕封宗门福地即可。不过历来为开宗而与各宗论道，道心破碎者，甚至不乏六重雷劫修士。

“吾得传上古织女一脉织云绣霞之法，侥幸而为农家分宗锦罗宗宗主，此外农家又有泽地、魁隗、五谷、药王、百草、御兽、气象各宗。道友若醉心天地自然之雷，可加入气象宗；若属意雷霆掌天地权柄，判罚万物之意，可加入法家属下天罚宗；若欲穷究雷霆阴阳变化之枢，可加入阴阳家属下天枢宗……至于开宗立派，此时提起，未免流于空谈尔！”

言下之意，即使以她的六重雷劫修为，在仙秦也不过一宗之主，同级的宗门，竟然有五十三之多，而且在此之上，还有七大家。石坚闻言默然不语，即使以他的心高气傲，也清楚仅仅凭他的四重雷劫修为，妄谈在仙秦开宗立派，只是徒惹人笑。

“观仙秦法度，心知仙秦诸法如渊，包罗万象，吾辈有所难及，”齐腾一忽然开口，心诚意实地说道，“吾以为求道之始，非在傲慢自恃之心，而在敬畏自省之念。我等远来求道，尚未得道，又谈何立道？仙子告诫，甚为在理，我等自当客随主便！”

一眉道人终究心念故土，最终选择了不履仙秦，但却将代表掌门印信的九老仙都君印传予齐腾一，托齐腾一于仙秦代承茅山道统。毕竟眼下故土末法已至，一切道统已成了无根之木，唯有前往仙秦才有继续发展壮大的可能。

齐腾一受印，却不肯接受茅山掌门之位，只愿暂代掌门，并向一眉道人承诺若有合适传人出现，必然会将道统代传。一眉道人只道他是顾虑自己已得了穹冥帝君道统，也不强求，却不知他主要是因自己身为轮回者而多有不便。

虽然他并非真正的茅山掌门，但已晋升六重雷劫，又于茅山道门乃至华夏国运多有力挽狂澜之功，在场茅山派系都视他为首，包括张氏兄弟并未带队，最强不过是金丹级的天师教派系也隐约唯他马首是瞻，此时见他言下之意，却是向仙秦彻底服软，连争都不争上半分就自愿解散一切道统组织，将自家弟子恭送于仙秦各家各宗门下，虽知道也是形势逼人，但未免仍有些大失所望。

绮湄点点头，带着些许的赞许说道："明智之择，道友果然万事烛明……"

齐腾一淡然一叹，又问道："不知各家各宗将如何招录？"

"仙秦取贤，但凭登仙之桥！"绮湄手中忽然就多了三炷鎏金色长香，转过身来，恭恭敬敬地对着远方的蟠龙天柱拜下。随着长香燃起，一缕氤氲的香气迅速蔓延开来，融入无所不在的虚空龙气之中。而天空之中更是传来阵阵编钟奏鸣之声，庄重肃穆，让人不敢擅动。

"青龙军府主管，农家锦罗宗宗主绮湄携带故土归化之贤才异士一千三百四十八人，奏请始皇圣帝降登仙之桥，以便纳贤取士。"

片刻之后，方有回应传来：

"准！"

只得一声，仿佛自无尽高远的天外传来，但听在耳中，却仿佛有一座巍峨高山当空降下，带来皇天后土般的浩荡威严，哪怕是以齐腾一的修为，竟也一时有些举头艰难，只能确保挺直腰杆，至于四周的一群人，除了心境最佳修为最高的近百人之外，早已自然而然地跪倒一地，许多明明自负傲骨峥嵘之人，此时竟也是脑中一片空白，仿佛理所当然般跪得干净利落，毫无半点勉强，不知不觉中，心灵已印下了某种难以抹灭的深刻痕迹。

随即，只见一道龙形飞虹自远方的蟠龙天柱之上降下，划破天际，所过之处的虚无之中留下一座玄黄色长桥，一直延展到众人面前。

所谓玄黄之色，实谓天玄地黄，天空澄清空旷而深邃莫测，故为玄色，大地浑厚宽广而孕养万物，是为黄色，玄冷黄暖，互为阴阳。眼下此桥上接天幕，祥云缭绕，下连地极，山河相映，天地二色彻底融为一体，方才构成一种包罗万象的奇妙“玄黄”。

齐腾一神念沿桥而上，竟无法测探出桥另一端的具体位置，只觉此桥看似只有一条，实质却通向无数个阵法空间或者独立洞天。

见长桥立下之后，绮湄随即回身向众人宣告道：“此桥起点虽一，实质却有无数分歧，大家各尽所能，各依本性择路而行，排忧解难，力争向上，直至心力已竭，各宗各门自会依据各位表现进行招录。不过若无把握，切勿不自量力强闯，以免招惹不测之祸，我等修道之人，断不能如兵家勇夫一般但凭血勇行事。”

言下之意，众人在登仙桥的过程中可能会有危险，不过众人既已到此，都没退缩的道理，当即纷纷上桥。

此桥没有明显的边沿栏杆之类可言，就算千人并排而走，也是绰绰有余，很快，登桥者都已消失在层云缭绕之间。

只听绮湄又朝齐腾一说道：“以道友境界，却是无须与他人一般循桥而行。还请随我前往，去见一位贤师。”

齐腾一却开口问道：“若我如常人一般登桥而行，又会如何？”

“以道友修为，等闲考验自是难不了道友，不过也难保神念有损，”绮湄只是摇头劝诫，“况且此桥终点直指至道殿，倘若入了至道殿，再与驻殿贤师论道，尤能立而不倒者，便有资格常驻至道殿，并自立一宗，不必托庇于任何一家一宗门下。只是此举何其艰难，以道友天纵之资，若知雄守雌，厚积薄发，将来成就必定远在我之上，何愁无出头之日？”

“求道者，需心存隐忍敬畏，却也当有精诚勇进之时！”

齐腾一一言方落，人已踏上登仙之桥，再不回头，大袖飘飘，临风而行。

绮湄举目望去，只见齐腾一背影转眼间已消失在云蒸霞蔚之间，隐约间似有歌声传来。

“……仙路漫漫千般劫，而今迈步从头越！”

他刚刚告诫茅山等一众道门弟子要隐忍敬畏，只因以这些人的实力，在目前的确没有争上一争的资格，非要逞强的话，绝对没什么好结果。至于他却并不一样，纵然艰难，却未必没有在仙秦开宗立道的一线可能。

若他能在仙秦正式立下茅山道统，也就等于给了所有茅山弟子一种精神寄托与希望，哪怕暂时分散到仙秦各宗，只要还对茅山心怀眷念，未来就有重归茅山门下的可能，而且由于兼修了仙秦各宗之法，开阔眼界，前途更加远大。当然若是不愿回归，也是人各有志，无须强求。

但如果连他也是选择了隐忍，等待十数年甚至几十年后才开宗立道，还能挽回多少人就很难说了，毕竟人心善变，若是没了念想，一切都会淡去。

他既身负一眉道人所托，自要一路向前，力争一线，但却没有必要强求其他茅山弟子与他共同承担风险，这就是他选择的做法。

……

“你……竟然不仅在蛇潮下逃生，还能够带上我……”

“鲸将”彭元仕如今已没了半点笑傲沧海的气魄，有的只是满脸的困惑与懵懂，如今的他，就连自己究竟是如何逃出生天都是不清不楚。

距离越近，越是可以深刻感受到眼前一盔一剑散发的滔天都天煞气，似狂沙漫漫，似愁云滚滚，似毒火熏天，似浊水蚀地……搅翻了天地，混淆了乾坤，遮蔽了过去未来，又在恍恍惚惚间贯穿了洪荒诸界，让身处其中感觉自己是无比地渺小无力，这不是形体上的渺小，而是来自心灵。

沾染此煞，人仙也会肉身腐烂，鬼仙则会神魂迷失为怨灵，连神祇也会因此而陨落，在这股煞气面前，刚刚受到重创的自己无法维持清醒的判断与认知能力，以至于不清楚如何蛇口逃生，也不足为奇。

“竟然曾猎杀过一只五头海蛇，果然不愧是‘鲸将’。不过你现在该认真考虑的，是怎么让自己活下来。”

面甲之后的人声继续传来，吐气吹动面甲铿然作声，更增一份冷厉。

“若要我向你称降为奴，不如马上杀了我！”彭元仕断然说了一句。

出于保全人才的考虑，仙秦允许生死斗擂中，落败者向胜者称降，胜者若肯受降，则降者等同战俘，需奉胜者为主，为仆三年。而且三年之后，也绝对禁止实施或参与任何对胜者以及亲属不利的行为，违者处以极刑。在没有公证的情况下，降者只需在一种试炼者都会随身携带的特殊软玉上按下指纹交与胜者，在此之后再前往法家刑殿确认即可。

“但是，你不像想寻死的人。”对方开口回应，“所以，你可以考虑付出其他代价来保全性命。”

沉默片刻，彭元仕最终开口说道："如果你答应保我一命，将我所领悟的武道经验全部向你透露，并告知你这次绝地试炼的一些内幕……"顿了顿，他又特别补充了一句："如果我所料不差的话，这次绝地试炼的胜出者，也将是将来'千秋竞擂'的胜出者。也就是说这一次桂冠必将在玄武、白虎两军之中决出，其余各方或者也有些人打探到某些风声，这几天陆续来了些意图一探虚实之人，却终究难以逆转大局。你若是不明究竟，就算依仗一丝相柳凶念与一身都天煞气，也休想胜出！"

彭元仕在玄武军中的地位相比荆无殇实有天壤之别，他所知道的机密，荆无殇可能一辈子都接触不到，所以他所说的的确有一定可信度。

对方点头示意："你说。"

彭元仕咳了几声："请你先离我远些，否则单凭你一身都天煞气，我只怕难以保持清醒。"

对方随即后撤，彭元仕这才缓过一口气，只觉得眼前世界竟是前所未有的清新美好，再仔细一看，自己似乎处在一处颇为宽敞的溶洞内，空气凝滞而无风，却有一份森森的阴冷潮湿，没有明显的出口，但身侧有着一个一丈见方的泉眼，应是可供进入的水道。

"据我所知，白虎军于洪荒诸界之外的某处异域取得大捷，收获诸多资源与异术，也招纳了一大批能人异士，只是还未正式向圣帝献捷。"定了定神，彭元仕开始述说，"凭着这批收获，白虎军与玄武军达成一项计划，可以将两军将士大幅强化，只是时间仓促，在'千秋竞擂'之前，大约只能强化十余名额，故需先行选拔。

"如果我没有猜错的话，这一次强化，起码可以将玄武军的'重水涤血'与白虎军的'琉金塑骨'合而为一，兼两者之长……"

仙秦五大军团，各有将人仙进一步强化的玄妙秘法。其中玄武军的"重水涤血法"乃是采共工界数万里深海之下才有可能存在的一种"一元重水"，此水之重，是为凡水十二万九千六百倍，正合一元之数，常人哪怕饮用了半滴都会全身爆裂而死。然而玄武军另有秘法，可将重水融入人仙血脉。融入一元重水的人仙之血十数倍重于同级人仙，蕴含的精血之旺也是同级人仙的十数倍，其强大可想而知。而且还有可能借重水参悟出将肉身随意放缩之法，于瞬间将肉身扩大数百倍或者缩小到数百分之一，并如呼吸般本能施展葵水神雷，战力倍增何止十倍。

而白虎军的琉金塑骨法则是源自蓐收界一种奇蚁，此蚁以金矿为食，百年之后，体内则会凝聚出一粒异质金砂，收集足够的金砂再研磨成粉，配合各种奇药与手段，便可将之融入人仙骨骼，使得骨化琉金，无论强度、自我复原以及骨髓造血能力都是同级人仙的十倍以上，而且以琉金之骨传导运转诸窍震劲，更是加倍迅猛集中。

青龙军的灵木易筋法需炼化句芒界一种名为“太阳藤”的异种藤木的种子，此藤生命力无比强悍，刀斧不损水火不伤，而且异常霸道，所种之处，方圆百里之内一切生机都要被抽尽，彻底化为荒漠。但若将其种子改造，种入人体，就可以慢慢将人体的筋络皮膜改造得坚韧数十倍，而且具备强大再生能力，哪怕肢体被断，只要将断肢重新按上伤处，也能够在瞬间将经络悉数接驳完好，兼且自身生机延绵强韧，哪怕用上透支潜能的自损之法，又流干血液，断水绝气十数年，也只会陷入假死状态，获得足够进补即可还原如初。

朱雀军的离火炼元法以祝融界的火凤凰之血为引炼药，此药并非口服，而是外敷人体，再以火点燃以收炼体之效，受炼者需承受巨大痛苦，但如果成功，气血的精纯程度以及各器官功能运转、瞬间爆发力都将是同级人仙的十数倍，而且在濒死之时还有一次涅槃重生的机会。

中央军的戊土孕神法最为神秘，传闻涉及身神凝炼，但具体过程与效果却不为人知。

五大军团的人仙强化秘法都不会对人仙进一步炼窍造成任何妨碍，反而有不小的益处，对于实力的增幅也是立竿见影。只可惜每一种强化都需要耗用许多资源，更有不小的风险，至今各大军团中强化成功者都如凤毛麟角，更不用说将几种强化都集中于同一人身上。

[节选自起点中文网]

【粉丝评论摘编】

@自寻死路：作者塑造出一个强大的武者主角，主角对于“武”的执着，在本书中得到很好的诠释，例如主角被吸血感染后的自残解毒，面对神的愤怒劈出无畏一刀……这些情节都让主角的形象变得更为栩栩如生。而作者在简介里让炮灰拥有属于他的光芒的承诺也做到了，敢于牺牲的胖子，直面自我的李帅西，成为主力的秦缀玉和越来越强的齐腾一被作者完整地塑造出来。而剧情方面，战斗情节很有节奏感，作者对于燃点的安排不会让人出现审美疲劳的情况。

@锐悦：似乎看这本书已是遥远的回忆了。说来当年看书的时间比较巧，我还是没看过《无限恐怖》先看的《无限道武者路》。记得当时《生化危机》就记住了王宗超，《异形》就记住了楚轩，愣是把其他所有人都当成了路人。后面看到王宗超找郑吒商量和楚轩坑郑吒的情节时还特奇怪，这人谁啊！直到后来看到《无限恐怖》时才恍然大悟。也有个四五六七年了吧，也不记得看到哪了，过来怀念一下曾经的记忆。可能是我更喜欢武侠吧，比起《无限恐怖》我还是更喜欢这本书的，希望能看到结局。

@幕雨晨风：齐藤一踏“登仙路”的那段，反反复复看了好多遍……心里感觉真正的求道者莫过于此了。

@Amelie的大师兄：半年前看老师说快完结了，不忍心看。然而半年后一搜……看了七年的书，感觉还能再看几年。

@f19881119：第一本真正能写出无限轮回真实性的书，如果说《无限恐怖》开创无限流这个流派，那么《无限道武者路》则是把这个流派进行系统化合理化的完善。

［导引：龚翰文、张芯，简介：农昌荣，节选：农昌荣，粉丝评论摘编：农昌荣、陈智信］

“一棵树上的不同果子”：“无限流”的新可能

——评饥饿2006《无限道武者路》

张 芯

《无限道武者路》（后简称《无限道》）是“无限流”开山之作《无限恐怖》（zhttty,2007）的同人作品，在其完结当年开始连载，至今已有7年，经历了“无限流”由盛转衰的全过程。在“无限流”类型每况愈下的大势下，这部出自非职业作家之手、堪称“旬刊”（平均约十天一更）的兴趣之作，却一步步迎难而上，甚至展现出了“无限流”转型的某种新可能。

“无限流”的核心设定是某种超自然力量让现实世界的人“被选中”前往由各种流行文本（包括但不限于影视、游戏、漫画）所构筑的虚拟世界去永不停歇地冒险与轮回。这一设定框架清晰明了，写作难度极低，且打通了玄幻、科幻、魔法、修仙、武侠等不同类型，极大拓展了小说的叙述空间。

然而，在几年的流行之后，“无限流”却未能发展成如玄幻、修仙、武侠一般长期保持众多作品更新数和读者人数的主流网文类型。其核心问题正在于杂糅过多元素的大杂烩式写作模式导致的先天不足：故事缺乏贯穿全书的核心动力，各个副本世界只是被强行堆砌到一起，本身并没有内在的关联。“升级流”小说饱受诟病的换地图模式在“无限流”里成了最基本的设定，这样的写法固然能带来一时的新鲜，但并不能持久“保鲜”。小说需要不断安排人物进入不同副本世界来保持惊奇感，但人物疲于在不同的副本中奔波，导致每个世界的剧情，都只能走马观花式地简单素描，这让“无限流”更像一个一个单独剧情连缀而成的短篇小说集——读者甚至可以直接跳过自己不喜欢的剧情世界而几乎不影响阅读的流畅感。更为尴尬的是，“无限流”通过反复快速穿越的模式制造的惊奇，只有对该副本世界的类型模式乃至其背后的亚文化社群文化有足够了解，才能没有文化障碍地进入。而这批自带背景知识的资深粉儿又恰恰是最难喂饱的一群，不是浮光掠影式的猎奇能糊弄得住的。

但对于饥饿2006这样一个本职为高中数学老师的网文爱好者来说，“无限流”的模式给了他业余写作最大的便利：门槛低。如他自己所说：“无限流入门门槛低，加上选择同人门槛更低，勾起了写作的兴趣。”（资料来自2016年10月18日笔者通过QQ对作者进行的简单采访。）《无限道》不只是《无限恐怖》的同人，连主角也是从国术小说《龙蛇演义》（梦入神机，2008）处“借来”的。然而，可贵的是，作者从一个最低的门槛起步，却一路拾阶而上，直抵问题的核心——或许正是基于数学教师的逻辑能力，使他能把结构庞杂、线索繁复且互不关联的副本世界的逻辑理清，并且缝合起来。

作为一个新手，作者的成长路径清晰可见。小说的前两个副本世界《生化危机》《异形》都是从《无限恐怖》中照搬而来，但笔头刚刚练熟，就给出了惊喜。第三个副本世界《惊情四百年》的剧情不但是《无限恐怖》没有的，更比原著电影精彩得多，充分发挥了同人小说写作的功用——用文字丰富和补足电影/游戏等艺术形式由于媒介的限制而无法舒展的设定与故事。这个部分已经可称是“无限流”的精品，然而它还有另一重功用——开始为后面的缝合穿针引线。在这里，作者安排吸血鬼伯爵德古拉在神秘的东方世界受伤归来，自此埋下伏笔。到第四个副本世界《千年僵尸王》，作者才尝试将东欧的吸血鬼传说与中国的民间鬼神信仰打通，借助“无限流”的框架，在虚拟世界里完成超自然力量的全球化。在随后展开的《神鬼传奇》副本里，《惊情四百年》中的欧洲吸血鬼和中国轮回者共同介入到埃及神话中，剧情不再只是人物之间的联系，背后的文明世界也开始进一步融合。

《无限道》尝试着去真正缝合各个副本世界乃至它们背后所代表的流行文化，借用多元宇宙的设定去容纳所有剧情世界，创造出一个包含无数平行位面的宏伟宇宙，也顺应了当代流行文化突破地域藩篱完成某种虚幻的全球体系的潮流。作者像一个“修补匠”，通过人物的“穿针引线”来完善设定，将原来分属欧洲神话、埃及神话、中国神话的元素成功融入一个体系。在穿梭不同剧情世界时会面对不同文化体系的碰撞，以往的“无限流”通常会搁置这些文化观念、历史神话体系的更深层差异，只让小说人物在不同世界的表层穿梭猎奇。《无限道》则是用“一棵树上的不同果子”去解释不同的神话体系——不但将“果子”描绘得栩栩如生，也勾勒出“一棵树”的大致轮廓。

从另一个角度来说，《无限道》的设定又回到了“无限流”诞生之前的宏大叙事，而非碎片化的写作。但这种回归，是在无数“无限流”作品开疆拓土之后的重新整合，是用一个更加宏阔的多元宇宙包纳了内部的各种或大或小的叙事，使之拥有了某种“总体性”。

当然，作为一部新手尝试之作，《无限流》并没有真正完成“无限流”类型的转向，只是提供了某种新可能。与此同时，它也展现了网络小说在主流的商业化写作之外的多种生态——一个从同人入手的业余写手也能抵达如此高度，并为类型的发展做出独特贡献。

太上章

徐公子胜治

徐公子胜治，本名徐胜治，起点白金作家。原为著名证券分析师，2006 年签约起点，2010 年从证券市场抽身而出并建立工作室，成为专职网络作家。徐公子胜治熟稔民俗风土、历史掌故，对于玄学和神学心得尤深，曾经表示他的小说可以部分地当作丹书来读。目前完结作品共 7 部，除“天地人神鬼”五部曲外，还有《灵山》(2008)、《惊门》(2012)，广泛涉猎现代修真、都市灵异、架空玄幻、西方奇幻诸种题材，作品系列中多个人物相互“串片场”，设定亦相互照应。可以说他有意通过这系列作品，在种种典籍传说的基础上构建一个庞大而自洽的玄幻世界。

新作《太上章》(2014) 试图从神话和历史的维度描摹“太上老君”(老子) 的生平，显示出为文明起源做注的抱负：计划分为 9 部，每部 81 章，目前连载至第 8 部约 332 万字。和前作一样，这部鸿篇巨制也意在通过“风尘国士”行走人间的经历传达出作者对于历史和人生的思考感悟，材料极其翔实，文笔一贯老辣。

【标签】东方玄幻　远古神话

【简介】

在玄幻世界中，要如何复写一代道祖的成长史？要怎样重述中华文明的上古史？《太上章》选择了从中华腹地之外的巴原（对应巴蜀）出发，从原始部落中的一个孩子虎娃与一条花狗盘瓠的降生起笔，勾勒了虎娃从边陲山孩到太上道祖的成长轨迹。从蛮荒时期原始部落的淳朴民风，到巴原五国与中原各部的纷争纠葛，再到无边方广世界的神奇造化，仓颉、丹朱等各路神仙的修行奥秘，作者在这个架空世界里将《道德经》中修身、治政、用兵、养生之道娓娓道来，“道成肉身”，化用到具体的人事之中。

徐公子胜治试图将《道德经》之五千言，敷衍成《太上章》九部数百万字，努力将不可考的道祖李耳历史化，从神话时代的具体语境中，重新发掘出《道德经》中智慧与知识的产生情景，并为他一直以来所致力的从上古到当代的中国神话体系搭建起最后也是最初的一环。

选文展现了蛮荒部落中的一次定盟，在刻画若山、西岭大人、鱼大壳等人物形象，推进情节的同时，有意尝试还原文明演进历程中种种趋力的冲突、抗衡。这是这部小说常用且运用得圆融灵巧、较为成功的写法。

【节选】

第三十二章　其未兆易谋

各部族长前后到场，大家纷纷找座位坐下。他们各自也带了不少族人随行，但普通族人没资格进入棚中，便纷纷好奇地在远处围观，蛮荒中哪见过这种大场面。西岭大人当然坐在兽皮棚最中央的位置，他一直在注意观察走进来的人，他们形形色色奇形怪状。

这些人和鱼大壳打过招呼便自找座位，有很多人在大声地问："大壳，鱼呢？"

鱼大壳则笑着解释道："一会儿就好，今天管饱，等人到齐了就开始。"

并没有人和西岭打招呼，大家只是好奇地看了看他便自顾自坐下了，甚至连问都没人问。看西岭的打扮应该来自山外，可能是有鱼村招待的商贩吧。鱼大壳又低声向西岭解释道："大人，深山野民未经教化，不懂礼数，请您不要介意。"

西岭笑着摇头道："我怎会介意，否则国君何必派我来呢？……你特意对我提到的路村族长若山，究竟是哪一位啊？"

鱼大壳答道："此人一向狂傲，各族长都到了，他却还未来。"

西岭微微皱了皱眉头，他也注意到一件事。各部族长虽然随意而坐，却把最靠近自己的三个位置给空了出来。鱼大壳就坐在他的左手边，然后依次是有鱼村的长老会诸位成员。有鱼村长老会共有七人，包括三名年纪最大的长者以及已突破初境得以修行者，此刻在座的有四位，另外三人是军阵指挥者，所以并未出现。

鱼大壳的对面、西岭的右手边，依次排开三个位置始终是空的，各部族长谁也没坐，显然是留给什么人的，而且大家都认为那三人理所应当要坐在最前面。

西岭大人猜对了，这三个位置是留给若山、若水、蛊辛的。各部族长用不着商量，他们毕竟是每个部族中的首脑人物，当然也懂不成文的规矩，最受尊敬的、最重要的人，应该在吃饭的时候坐在最早分发到食物的位置。水婆婆虽然不是族长，但昨日也来到了中央谷地中，有鱼村请人吃鱼哪能不请她呢！

西岭也在暗中观察各部族长，从他们的言谈举止中也能看出各部族目前处于什么状况，从他们的穿着打扮以及随身携带的饰物中，则可以大致判断部族的生活环境以及物产，这些都是很重要的信息。细心的比较之下，有鱼一族确实是这片蛮荒中最富足、最繁盛、最开化的部族。

正在西岭这么想的时候，已入座的各部族长突然全部站起来了，纷纷向一位刚刚走来的人问好，还用乱七八糟的各种方式行礼表达敬意——原来是山爷终于到了。

山爷并不是一个爱摆架子的人，他不像其他各部族长就是来吃鱼的，早就清楚这顿饭意味着什么，也清楚有鱼村的军阵正在谷地边缘的树林里待命。他来得稍微迟了点，是因为若水不肯同行，怎么劝也不行。

若水说道："这顿鱼有什么好吃的，你就那么馋吗？明知道他们不怀好意，你还得赔着笑脸去！反正今天就是要翻脸的，等他们摆开军阵过来，我们也亮出军阵不就行了？"

若山劝道："事情不是这么办的，就算要打架，也得先吃饭。各部族长都在呢，听说还有相室国的使者来，鱼大壳必然要说出他的想法，而我有些话也要对国君使者以及各部族长说清楚。等到摆开军阵的时候，已无须交战则最好。"

若水："你说的话总有道理，想去就去吧，反正我不去，难道还想我陪那些臭男人一起吃鱼吗？……你也别一个人去，带着伯壮，或者把盘瓠也带上。"

若山忍不住笑了："有鱼村请的是各部族长，至于特意请你那是为了表示尊敬。伯壮待会儿还要指挥军阵呢，带一条狗去也不像话……你放心好了，我不会有危险的，在那种场合谁也伤不了我。"

就因为在水婆婆这里耽误了一会儿，若山才到得比较晚，然后受到众人的欢迎。这场面让西岭吃了一惊，这些蛮荒族人并非不懂礼数，虽然他们的礼节很混乱，但都向若山表达了礼貌与尊敬，而自称蛮荒各部领袖的鱼大壳却没有这种待遇。

西岭本以为若山是一位桀骜不驯的彪形大汉，头发上抹着泥浆插着鸟毛，身上乱糟糟地裹着兽皮，脖子上挂着各种兽骨兽牙串，身上还画着乱七八糟的图案，结果完全不是这么回事。若山三十多岁的样子，穿着干净整洁的葛布衣衫，手持一根骨杖，相貌很英俊，举止也很谦和。

若山自然地走到了最前方鱼大壳对面的位置，一路和众族长打着招呼，接受大家的行礼与问候。西岭不由自主地就站起身来，鱼大壳也赶紧站了起来在一旁介绍道：“西岭大人，这位就是路村的族长山爷……山爷，这位是巴国国君派来的使者西岭大人！”

若山闻言向西岭行了一礼道：“西岭大人好，我代表这一带蛮荒各部欢迎您的到来，路途艰险崎岖，您辛苦了！”

西岭又吃了一惊，没想到若山竟然懂得巴原上巴国的礼数，迄今为止除了有鱼村众长老特意学过，在场的蛮荒各部族长还没人会这样行礼呢。他下意识地还礼道：“山爷客气了，快请坐下！我是带着国君的使命而来，也是为了造福此地各部族……请问您怎么会熟悉巴国的礼仪呢？”

鱼大壳在西岭面前一直称呼若山之名，但是当若山来到面前时，他还是忍不住叫了山爷。虽然今天已有大获全胜的绝对把握，但是见到山爷本人，鱼大壳还是莫名感到心虚。而若山走进棚中时，所有人也一律称呼他为山爷。所以连西岭自己都没意识到，他无意之间也这么叫了。

山爷答道：“君使大人不必惊讶。六十年前，我曾远离蛮荒，在巴原上游历了三年，也曾想建功立业，只惜乱世纷纷，最终一事无成！”

西岭惊讶得差点说不出话来，六十年前！那么这位若山今年该多大岁数啊？可他看上去还这么年轻，要么是胡说，要么就是一位修为深厚、懂得驻颜秘法的高人！鱼大壳说他是一位境界高深的修士，看来是没错的。

刚才他们几人的谈话，众族长也都听见了。当听说西岭的身份是君使大人时，大家都纷纷看了过来，目光中带着惊讶与好奇。但若山自称六十年前去过巴原时，众族长的反应都很淡定，看来此言非虚，而这里的人早就知道。难怪大家都叫他山爷，也确实该叫一声爷！

西岭再仔细打量山爷时，发现此人虽形容年轻，但给人的感觉绝不止三十多岁，有些东西是形容不出来的，那是属于岁月的沉淀，无形中所赋予的气质。如此看来，鱼大壳先前介绍的情况恐不尽属实，这位若山族长绝非什么化外野民，反而可能是这一带蛮荒中最有见识的长者。他受到各部族长的尊敬，就连有鱼村的两位长老刚才都向若山致意了，只有鱼大壳与另一位长老是例外。

众人又重新坐下，鱼大壳皱起眉头问道：“山爷，水婆婆和蛊辛怎么没和您一起来？”

若山不紧不慢地解释道："有鱼村今天邀请的是各部族长，若水说她不是族长就不来凑这个热闹了……至于蛊辛，是因为族中有事，今天来不了。"

鱼大壳微微一惊，面现不悦之色道："我一个月前就把话说清楚了，今天要商议与各族将来有关的大事，花海村的族长怎可以不到？"

其实鱼大壳担心的是另一件事，他已勾结羽民族族长大毛，今日去袭击路村与花海村。没想到那边还留下了蛊辛这样一位高手，大毛可能会碰到点麻烦。但转念一想，根据已掌握的情况，路村与花海村的精壮男子几乎都来到了中央谷地，就算还留了一个蛊辛，也不可能是会飞的羽民族的对手，便又放下心来。

而若山答道："大壳，你不是请大家吃鱼吗？蛊辛没来也没关系，我可以给他带几条回去。如果你有什么事要说的话，对我说也是一样的，花海村与路村已经结盟，我也可以代表花海村……时间不早了，大家也都饿了，快把鱼端上来吧。"

有人早就等得不耐烦了，既然山爷开口了，就有族长嚷道："快点把鱼端上来吧，我们都闻到香味了！"

鱼大壳知道这些人的脾气，再不上鱼估计他们都快掀桌子了，在用鱼把大家的嘴堵上之前，也谈不了什么正经事。他赶紧一招手，已经做好的鱼一盘盘端了上来。这是鱼海中特产的一种冷水鱼，刺很少而肉质鲜美，有鱼村人世代打鱼，也掌握了给鱼去腥的方法。

鱼是装在陶盘内煮好的，以山中产的花椒和野蒜调味，还配了菽豆苗与血皮菜的嫩叶为辅蔬，非常好吃。这等精心烹制的美食，就算是有鱼村的村民也很难享受到，鱼大壳确实做足了准备，毕竟在座的是各部族长还有君使大人。

第三十三章　宴席与刀锋

食鱼用箸，俗称筷子，是两根细长的小木棍，拿在手中可以夹起切好的食物。而煮熟的鱼是不用切的，直接用筷子就可以把那细嫩的肉夹下来。西岭饶有兴致地看着这些蛮荒野民究竟会不会用筷子。结果发现他们大部分都是会用的，有少数人很迟疑地看了看身边的人，虽然动作不是很熟练但也拿起了筷子。也有个别心急的家伙直接伸手了，结果手被烫了。

这宴席和巴原上的正式宴席也有不一样的地方，每个陶盘旁边还放了一把刀，以一种半透明的黑曜石磨制成的石刀，刀脊较厚，刀尖和刀锋很直很锋利。这种刀平时能当分割猎物的匕首，也可以绑在长竿上当成梭枪的枪尖。

宴席餐桌上放刀，在巴原各国中是一种很无礼的行为，不仅仅意味着准备食物的人没有将自己的事情做好。因为这要么是家人簇拥尊长进餐之处，要么是待客的场合，而刀是一种凶器，其仪非礼，其兆不祥，在正式的宴会上不能将锋利可伤人的刀摆上桌，食物端上来之前都要先切割好，席上之人用筷子和汤勺就可以了。

化外野民不懂这些讲究也就罢了，但细心的西岭又发现，山爷的手边并没有刀，可能是他根本用不着吧，手中的筷子使得很熟练。而别的族长手边虽有刀，但也没人拿起来，因为吃鱼用不着，基本都是用筷子加手。

大家吃得很热闹也很专注，没过多久盘子里就只剩下了鱼骨头。鱼大壳一招手，自有族人给各位族长面前又换上一盘新的。然后大家接着埋头猛吃。

这种好东西，就算是各部族长也是很难吃到的。因为并不是每个部族都会打鱼又能找到地方打鱼，而且今天的鱼味道做得特别鲜美。蛮荒族人的食量和肠胃都是很惊人的。在饥馑的时期，他们有时甚至好几天都吃不到东西，而打到猎物饱餐一顿又能顶好几天。

各部族长的嘴都没闲着，当然就更没工夫说闲话了。西岭又注意到若山倒是提着筷子吃得不紧不慢，当别人三盘鱼都快吃完的时候，若山面前的第一盘鱼也只吃了一半多。

西岭笑着问道："山爷，您身穿的葛布与大壳族长身上的衣料是一样的，看似是寻常，可是仔细观察却精致非凡，绝非寻常织工所能织就，巴原上也难得一见。我看在座的有些族长亦身着同样的布料，应是这一带的特产，请问出自何人之手？"

水婆婆亲手制成的水布，是这一带最精致的布料，也是最受各族欢迎的物产。鱼大壳身上的衣料就是水布，若山穿的也是水布衣裳，在座的好几位族长同样如此，被细心的西岭发现了。

它是水婆婆以神通法力、在元神定境中织就。质地轻柔舒顺简直接近于丝绸，感觉却比丝绸更为清爽。如此布料不仅精致已极且相当名贵，至少巴原上的织工们是织不出来的。

以巴原之大、人口之多，当然也有不弱于水婆婆的高手。但别说水婆婆这等五境高手，就算普通的迈入初境得以修行者，不是各国的重要人物便是各氏族的重点培养对象，怎么可能去亲自纺布呢？

凡是能用普通人工解决的事情，在巴原五国之中，通常情况下都不会烦劳修士动用神通法力。当然巴原上也有些衣物是以神通法力炼制的，但那绝非一般人的穿着，比如赤望丘上那些高人的衣饰，或者各国国君的袍服，则是精美异常甚至水火不侵、能防刀枪的。

但水布就是水布，它就是普通人的衣料，也是西岭所见过的最精美的葛布。想当初鱼大壳派鱼与游去找悦耕大人，所携带的礼物除了有鱼村传承的珍贵器物以及山中的物产，还有一批水布，是他们用很多盐从路村换来的。

悦耕大人没有收这些东西，甚至都没有仔细看，而是建议鱼与游，以代表蛮荒各部朝贡者的身份，带着礼物去觐见国君。他们送的礼物当然也不会被国君放在眼中，但此事的意义重大，所以国君大悦。可是鱼与游等人走后，国君出于好奇翻看这些乱七八糟的礼物时，才发现这些葛布实在太精致了，国中的织工们根本就没这种手艺！

看来偏远的蛮荒中的原始部族也不可小看啊，竟有这等能工巧匠！国君既有此感慨，才会更愿意派人帮助蛮荒各部，同时更想建立部落联盟为其臣属。这种精美的葛布是有鱼村的人携带的礼物，有鱼村还自称是蛮荒各部的领袖，那么想都不用想，此物就是他们部族特有的物产了。

可是今天西岭却看见若山等人也身穿同样的布料，所以就忍不住问了一句。这也算是没话找话吧，否则就这么干坐着看大家吃，气氛略有点尴尬。若山刚要答话，离得最近的另一位族长也听见了，扯着大嗓门嚷道：“君使大人，您是说水布吗？它是路村的水婆婆亲手织成，在这里很受欢迎啊，大家的水布都是从路村换来的！”

这位族长吃得最快，第三盘鱼已经空了，所以他才有工夫插嘴。西岭闻言微微一怔，原来此等精美的葛布并非有鱼村所产，反而是来自路村。而编织水布者，应该就是鱼大壳所说的另一位难对付的高人若水。今天大家给这位水婆婆留了座位，她本人却没有到场。

原来是一位境界高深的修士，竟在蛮荒中织布，难怪可织成此等布料了。就这么一个微小的细节，已令西岭对若山以及路村的感观大为改变，心中甚至隐约感觉，他支持有鱼村劝说与震慑各部族结盟的计划好像有点不对劲。

众族长都放开食量毫不客气，仿佛端多少盘来就能吃多少盘下去，有人甚至在想吃完这么好吃的一顿，明天或者后天都不用再吃东西了。鱼大壳看着这场面有点发晕啊，这些都是凌晨时分组织族人特意打的新鲜鱼，赶紧运到中央谷地中做好，本以为已经足够了，但看样子好像还是有点少啊，必须控制一下了。

当第三盘鱼吃空了之后，那些族长们一抹嘴，发现没有鱼再端上来，于是问道："大壳，已经吃完了吗？"他们倒也知足，并没有催着再要。

鱼大壳笑着站起身道："还有还有，正在做呢，诸位不要着急！……趁此工夫，我有些话要对大家讲。今天之所以请诸位族长来到这里吃鱼，主要是为了欢迎来到这里的贵客，巴国国君派来的使者西岭大人！"

若山率先起身再度对西岭大人表示问候与欢迎，其余各族长也跟随若山起身问好，算是都打过招呼了。蛮荒中的很多族人可能根本就没有听说过什么巴国，但在座的毕竟都是各部族长，近年来都在中央谷地建立了定居点，也常见到巴原来的商贩，倒是都了解情况，他们也对国君使者的到来非常好奇。

这里的鱼虽好吃，但是没有酒，西岭大人起身致意，就以竹筒杯中的山泉敬各位族长。众族长都觉得挺有意思，吃饭的时候怎么还有这种讲究，纷纷嘻嘻哈哈地学着样子把竹筒里的水都喝了，也恰好都吃鱼吃渴了。

然后西岭高声道："我奉国君之命而来。如今巴原上纷争已延续多年，国君亦有平定巴原之志，将招抚各族部属。数年之前，悦耕大人奉国君之命，来到这里探看清水氏一族，获知清水氏一族已不在。而后有使者代表此地各部族向国君朝贡，有鱼村族长鱼大壳告知悦耕大人，有鱼一族已继承清水氏之地，将率蛮荒各部结成联盟，重归巴国臣属之位。国君派我来协助完成定盟之事，并向各族表达敬意与谢意。"

各部族长纷纷惊讶道："有这回事吗？我们怎么不知道？……山爷，这件事你清楚吗？"

鱼大壳赶紧说道："就算诸位中有人先前不清楚，今天不就清楚了吗？之所以请大家来吃鱼，就是为了商议此事。恰好君使大人在场，今日就可以商定了。"

若山问道："大壳，你召集各部族长，商议结盟之事，究竟是怎样的打算呢？"

鱼大壳咳嗽一声道：“联合各部结成统一联盟，在中央谷地中筑城，受封于巴国。而后开凿扩建通往巴原的道路，迎接国君的赏赐、打通与山外的往来，这对各部都是有利的。山爷，您说呢？”

若山没有直接回答，而是扭头问道：“大家以为呢？”

不少人皆答道：“听上去倒是不错啊，但我们还是不太明白……山爷，我们听您的！”

若山又问鱼大壳道：“你刚才说的话倒是不错，可是在这片谷地上筑城，可不是简单的功夫，需要调集各部族之力经营多年。请问这座城建成之后又属于谁？何人领巴国之封？筑城开路又由谁来指挥调配各部族之人力、物力？”

在若山的逼问下，鱼大壳偷偷瞄了西岭一眼，尽量挺胸答道：“我有鱼一族人口最多，地处与山外往来要道，离这片谷地又最近，兼有鱼盐之利，是此地最繁盛强大的部族，理应担当此任。各部族结为联盟之后，调集各部人力物力筑城开路，便等于是自家的事情了。”

鱼大壳的想法很美，凭借相室国的撑腰，想将原清水氏一族占据的中央谷地变成他的封地，并在这片封地上筑城自称城主。有鱼村当然不能独力建造城郭，便以部落联盟的名义，号令各部族来做这件事，他也能趁机控制各部族的资源和物产。

若山笑了：“大壳，我听明白你的意思了。你想让国君将这片中央谷地赐予你为封地，并在这片封地上让各部族为你筑城，然后由你这个城主号令各部开凿山路……你最近是不是总在白天做梦？”

立刻就有人嚷道：“大壳，这片中央谷地是大家的地方，成了你的封地，那我们怎么办？……还要大家帮你筑城开路，以后都听你的号令？”

鱼大壳赶紧解释道：“大家不要误会，我的目的只是为了得到巴国的支持与协助，平原外有太多我们没有却需要的东西。至于筑城，也是为了保护此地各部居民的安全，不能再遭遇当年清水氏一族的命运。届时大家皆是同盟之人，当然也都可以住在城中了，只是听从统一的分派调配而已。”

西岭也开口道：“有鱼村数年前曾派使者携礼物向国君朝贡，国君为答谢各部族之美意，特派农师与匠师来到这里，携带器具种子，并帮助族人学习耕作，掌握技艺，这是对大家都有好处的事情。国君无意直接统辖此地，只是欲封赏部落联盟之主，今后此地有事，也知应与谁联络。”

又有人叫道：“哦？原来鱼大壳已经在巴国那里拿了那么多好处，现在居然连整片中央谷地都要占据，还让我们大家为他筑城开路！可是我们也没有得到好处啊，凭什么要听你的呢？”也有人喊道：“难怪大壳今天这么大方，请我们来吃鱼，原来是捞着好处了，还想继续捞。真不愧是打鱼的，想把我们都当成鱼吗？”

西岭也瞄了鱼大壳一眼，面不改色地朗声说道：“诸位族长不要误会，国君的赏赐并不是只给有鱼村的，而是赐予蛮荒各部之民。有鱼村占据地利，首先得到了这一切，但我今日代表国君而来，就是要让山中各部皆得其利。”

鱼大壳赶紧又插话了，他大声喊道：“诸位，有鱼一族确实得到了巴国的帮助，但国君欲封赏的是蛮荒各部族人，所以才有结为联盟的必要。今日定盟之后，有鱼村所享受的好处便属于整个联盟了，这也是君使大人的意思。”

若山看着西岭道：“君使大人，您是这个意思吗？”

西岭答道：“国君命我来协助各部族定盟，赐予氏号于部盟之主，并封以原清水氏之地，助其筑城开路……山爷，难道您反对这件事吗？”

若山摇头道：“我当然不反对各部族结盟之事，筑城开路也是长远之举，对各部族都有利。但这片中央谷地是原清水氏的封地，如今已被各部族所占据，怎能为有鱼村族长鱼大壳一人所有，而令各部族为其臣属？”

有人立刻附和道：“山爷说得对呀，假如能够结盟，大家经常坐在一起吃鱼也挺好。但是要推选联盟首领，当然应该是山爷，国君要封城主的话，也应该封山爷！像大壳说的那样办，我们是不干的。”

若山又问西岭道：“国君之命，是要将原理清水的封地给鱼大壳，便命他为各部联盟之主吗？……假如是这样的话，于情理不符，此地各部族恐难听从。”

西岭赶紧摇头道：“并非如此！国君并没有指定谁，谁能成为部落联盟之主，谁就将受国君的封赏。这片封地，原属巴国里正理清水，国事自有礼法，封赏亦要有缘由，否则君威难立、国人不服……鱼大壳，就说说你的理由吧！”

这位君使大人此刻的心情，简直想骂娘！他可不是笨蛋，在这样的年代中能受到国君的任命和重用，必然有某方面过人的才能，平庸之辈几乎是不会出人头地的。他能成为君使，当然比普通人有见识得多。

西岭已经看出来了，此地不是不能建立部落联盟，但是很显然，有威望能得到各部族支持的人是若山，而真正的“捣乱者”恰恰就是有鱼村的族长鱼大壳，因为鱼大壳有自己的野心。悦耕大人第一次来这里时也不知是怎么查探的情况，偏偏选择了支持鱼大壳。

悦耕大人通过有鱼村，从国君那里得了好处，已立功受封为城主。而有鱼村通过悦耕大人，这几年在相室国又得了不少帮助，这更加助长了鱼大壳的野心。却将最棘手的难题，都留给了西岭这位君使。

西岭清楚有鱼村在谷地边准备了一支百人军阵，应该就是用来镇压反对者的，此刻就算想劝说鱼大壳，恐怕也不太可能了。他了解人的野心，鱼大壳借助相室国的帮助，已经准备了好几年，又操练了强大的军阵，绝不会甘心放弃的。

假如待会儿翻了脸，鱼大壳的选择应该是攻伐路村、震慑各部。只要在这里打败了路村，顺势占据中央谷地、封锁周边道路，各部族恐怕就不得不听命了。

如此一来，西岭表面上好像也完成了使命，但这真是国君想要的结果吗？他是为了促成各部结盟而来，而不是来挑起蛮荒内乱的，这样可能会引起除了有鱼村之外的各部族仇视，却仅仅只为了实现鱼大壳的个人野心。所以在这种形势下，西岭要尽量避免冲突，只能站在君使的角度去谈国中的礼法。

鱼大壳显然是早有准备，清了清嗓子高声道：“诸位，数年前巴国的使者悦耕大人，就是我有鱼村接待的，觐见国君的队伍，也是我有鱼村派出的。自从清水氏一族覆灭之后，各部之间无人主事，山中生存格外艰难，也是我有鱼村重新打通商道、率先垦殖谷地、开凿盐井。这些就不说了，君使大人要谈礼法，那么我就谈礼法。清水氏一族原是蛮荒各部领袖，这中央谷地也是其祖先理清水大人的受封之地。而我们有鱼村的祖先当年便是跟随理清水大人来到此地，有鱼村是清水氏一族的部属。清水氏不存，但有鱼一族仍在，继承其封地亦是理所当然。”

西岭问若山道：“山爷，您怎么看呢，大壳族长这番话是否是实情？”

若山答道：“君使大人，请您移步，我想给您看另一件事情。”说完话他率先起身走出了棚子，西岭也跟了出去。

西岭一动，站在棚外边缘的几个人也随即跟了过去，他们是西岭的贴身护卫，要保护君使大人以防出任何意外。若山走出棚子的时候，顺手在另一位族长的桌上抄起了一把刀，也搞不清他想干什么。护卫们挡在西岭大人身前，不让他太靠近若山。

若山来到空地上，左手持骨杖向远处一挑，在周围看热闹的各部族人皆发出一声惊呼。只见一块足有五尺方圆的巨石竟凌空飞了过来，稳稳地飞过众人的头顶，轻飘飘落在了若山的脚前。这么大的石头，最强壮的汉子也搬不动啊！山爷居然用骨杖虚挑，它便凌空飞到了身前，落地时一丝尘土都没有溅起。

若山突然施法，西岭身边的护卫包括棚中的鱼大壳等人都很紧张，又见他并无攻击谁的意思，这才松了一口气。有一名护卫在西岭耳边低声道："此非御物之功，而是御器之妙，他手中的骨杖是一件法器，此人至少有四境修为。"

西岭这次带了四名四境高手随行，有三人此刻都已经加入有鱼村的军阵中，还有一人留在身边贴身护卫，正是此人在说话。西岭本人并非修士，但他也是有见识的，知道这是神通手段。可是巨石这么飞过来，施法者究竟是何种境界他却难以分辨，只有真正的修士才能感应清楚。

巨石落地，若山随即上前挥起手中的刀斩落。那把刀是黑曜石所磨制，很锋利也很坚硬，拿来切肉、杀人都毫无问题，但是用力砍在这么大一块石头上，肯定会被崩断的。可出乎众人的预料，只听咔嚓一声，五尺方圆的巨石被一剖两半，断面非常整齐，就像被一把巨刃裁开。

众人发出轰然喝彩声，若山转身道："君使大人，您可认识这是什么功夫？"

又是那名护卫耳语了几句，目瞪口呆的西岭回过神来道："开山劲、武丁功！您竟能以石刀施展，内劲穿透外物。这是当年巴国国君训练亲卫所教习的神功，您怎么会呢？而且练到了这等境界！"

其实不用那名护卫提醒，西岭大人也能认出这是什么功夫。他这次带来的随从中，除了特意邀请的四名修士，还有六位修成开山劲的战士，其中有三人练到了武丁功的境界。他们都是相室国君的亲卫，但功力皆远没有若山这般惊人！

第三十四章　兵者不祥之器

石刀只有不到一尺长，却能整齐地切开五尺巨石，不仅是因为石头顺着刃口裂开，更重要的是有一股劲力沿刀刃透石而过。那只是普通的石刀并非法器，若山也并未施展其他的神通手段，这就是开山劲中的武丁功！

据西岭所知，若山至少是一名四境修士，他从未见过这样的修士还去下苦功修炼开山劲的。一位练成了开山劲的战士，当然很强大也很受重视，但其地位却远不能与那些真正的修士相比。

这倒是其次，说不定蛮荒部族中就有修士自己愿意修炼开山劲，还有若水那等修士亲手编织葛布呢，但开山劲在民间并不流传。想修炼这门功夫，必须是健康强壮的男子，才能受得了那样日复一日艰苦磨砺，不仅脱离了劳作且需要比平时多得多的供养，普通人谁能练得起？

普通人家或村庄，不可能专门供养壮劳力天天去干这种事，就算能练得起，也未必能练得成，上百人里能练成一两个就不错了，还要吃那么多的苦头，谁又愿意呢？所以开山劲只能是国家培养精锐武士的秘传功夫，在大规模征召的军队中挑选壮士进行训练。

数百年前，第一代国君进入巴原建立巴国的时候，所招募的勇士中有三百人练成了开山劲。他们为国君架桥开路、征战四方，被后人称为三百武丁。

武丁最早其实是一种称号，意思是最强壮有力的勇士，后来有些人就用它作了自己的名字。开山劲的最高境界也被人称为武丁功。这三百武丁，有人在战场上捐躯，也有少数人后来返回了各自的部族，剩下大部分一直都是国君的亲卫，终老于国都中。

民间很难修炼开山劲也无其秘法传承。它一直都是国家所掌握的培养精锐武士的方法，当巴原分裂为五国之后，情况仍是如此。可是若山这位蛮荒部族的族长，修为不仅至少突破了四境，且将武丁功练到了如此境地，当然令西岭惊讶异常。

若山闻言大声答道："我是路村族长，族人以路为姓，此姓得自我的祖先路武丁。他是巴国开国国君刚刚进入巴原时的座前武士，亦是逢山开路之英雄。路村族人世代修炼的开山劲，便是这位祖先所传。有鱼村的祖先，当年只是为巴国里正挑担的仆从，清水氏的封地与他们何干？鱼大壳所谓的继承，难道是想让国君纵仆窃其主吗？清水氏已灭，山中各部族皆居其故地，若真要追论国中礼法，开国之君座前英雄，难道还比不上一位后世大臣的挑担仆从吗？就算国君要在此地新封氏号，也轮不到鱼大壳吧？"

巴原上的国度，最早就是在各部落联盟的基础上建立的。所谓联，就是各部融合，修建城郭，开凿道路，对外征战，像是被一根绳子系在一起；所谓盟，就是绳子上打的结，大家共同遵守的约定。

这种约定后来又发展成了礼法，行国事就要讲究这些，凡事都要论个源头和道理。蛮荒各部族长可能不太懂这些，但若山却比鱼大壳明白得多，这番话说得无懈可击，就连西岭也不得不点头。

若山又接着说道："西岭大人也不必为难，我并不是求国君要做什么。只是今日你为定盟之事而来，有利于山中各部，我也想尽量帮助君使大人完成使命。此事由各部族协商而定，您只需顺势而为，为国君做个见证。"

西岭大人只得点头道："多谢山爷提醒，那我便顺势而为，代表国君为各部族见证，并将今日之事禀报国君。"他其实何尝不想这样，可是又不好直接提醒若山，鱼大壳已经准备了军阵恐怕就要动手，而这支军阵就是有鱼村在巴国的帮助下操练的。

西岭料得不错，鱼大壳此时已站起来悄悄来到棚外，身边有一人举起一根绑着兽尾的长竹竿朝远处晃了一下。谷地边缘传来整齐的号令与脚步声，一支百人军阵走了出来，他们全副武装就在棚外的空地旁站定，无形的肃杀之气漫延开来。

这些渔村战士一看就经过长期严格操演，皆是清一色的青壮男子，分成三队阵列。前排战士身着坚韧的皮甲护住胸腹及大腿等要害，左手持可以支地的长木盾，右手拿着锋锐的硬木长杆梭枪，枪尖竟然是青铜铸成，共有三十三支。

第二排则是弓箭手，腰佩长刀手持硬弓，箭筒中皆是清一色的羽箭，也是三十三人。在他们的后面，还有一排战士同样手持硬弓，每人身边都插着好几支石尖梭枪，行动时可将梭枪夹在腋下跟随战阵一起前进，在接近敌人时能投出梭枪攻敌。

这种经过专门操练的军阵，远非各部族的狩猎队伍所能敌，乌合之众一旦被他们冲开，往往便四散逃溃，人数再多也没用。在军阵之前，有三位有鱼村的长老率领，此刻还多了巴原来的三位四境高手。

假如若山提前没有准备，就凭他和水婆婆两个人冲入这种军阵，假如被高手纠缠住又被军阵合围，恐怕也很难全身而退。西岭大人变色道："大壳族长，你这是何必呢？今日商谈的是蛮荒结盟之事，没必要摆开军阵引发冲突，我看大家还是坐下来好好谈吧！"

这支杀气腾腾的军阵一现，围观的各部族人便四散而开，棚外立刻就空出了一大片地方，棚中的各部族长全部变了脸色。

鱼大壳狂笑道：“君使大人，我这么做就是为了各部族今日能顺利结盟。这几年来得国君之助，有鱼村已训练一支军阵，足以保护这一带的安定。有人破坏结盟大计，行不利之事，我绝不客气！君使大人就放心好了，您今日一定能成国君使命。”

鱼大壳早就料到，若山今天一定会站出来破坏他的计划，他也没打算放过路村与花海村，此刻终于到了该翻脸的时候。此时路村与花海村留守的全部族人，应该已尽灭于羽民族之手。而得手后的羽民族大军，正在族长大毛率领下沿山路飞往中央谷地，他这边也该动手了。

鱼大壳今天要当着君使大人与各部族长的面，镇压路村与花海村，只要这个最大的障碍不在了，他理所当然将成为此片蛮荒之主，没有人再能、也没有人再敢反对什么。

鱼大壳训练的军阵，有绝对把握可击败若山带到中央谷地的这些人，他为何还要安排羽民族去袭击路村与花海村、行灭族之事呢？因为他的目的不是打败对方，而是彻底消灭对手，永绝后患。

鱼大壳最怕的就是溃散的路村与花海村族人逃回去，只要逃出谷地进入山路便不好追了。假如他们逃回村寨，将山路一封据险固守，鱼大壳虽有军阵也很难攻伐。假如是那样的话，他就算占据了中央谷地自称部盟首领，各部族也不会乖乖听话。

但今天路村和花海村人如果逃回去，不仅村寨被毁、部族已灭，且在山中恰好将迎上羽民族大军飞在空中的射杀，一个都跑不掉！想当初清水氏一夜灭族，虽至今不知是何人所为，但也给了鱼大壳启发，他也要这么对付路村与花海村。

可他这个计划太过狠毒，所以除了另外两位心腹长老外，其余族人也皆不知情。这么做一方面是为了保密，另一方面有鱼村人虽支持他成为部盟之主，但绝大多数族人也不会同意无端行此灭族之事。

事情到了这个时候，鱼大壳绝不能让西岭大人被若山的花言巧语说动了心，必须要将巴国使者和有鱼村绑在同一条船上，立即摆开了军阵。

但若山却丝毫没有惊慌的样子，他并没有逃开，仍站在原地，神情竟然在冷笑。这时就听见一声震吼，远处的很多围观者甚至头晕腿软一屁股坐到了地上。那训练有素的军阵正面承受这震吼冲击，虽没有人倒下，但很多人猝不及防间也晃了几晃，以手中的枪盾杵地。

各部族长在棚中都扶着桌子站了起来，目瞪口呆地望着谷地的另一个方向，那边同样也走来了三队军阵。两翼约各有百人，身着轻便的简易皮甲，手持武器队列整齐。最引人注目的中军战阵由五十余人组成，也分成三行排列，战士们穿的皮甲是特制的，坚韧轻便带有光泽，包裹住全身要害，大家竟认不出那是什么材质。

这些甲衣是犀渠兽的皮制成，犀渠兽皮有好几寸厚，水婆婆将它们从中间剖开成三层，并以法力炼化使之既轻柔又坚韧，寻常刀枪难破，几年间制成了五十多套甲衣，给那些练成了开山劲的精锐战士准备的。

这队精锐中军，前排十七名战士也是左手持盾牌右手拿梭枪，他们的梭枪是由整根兽骨磨制而成，又经过了法力的炼化变得坚韧锋锐。后面的战士腰佩长刀，各持梭枪、弓箭，保持着整齐的队列。他们往那里一站，无形的威压之气便弥漫而开，将对面百人军阵的气势完全给压下去了。

战阵的正前方，站着一位手持枪盾的彪形大汉，正是路村的狩猎队伍首领伯壮。伯壮身边有一条花尾巴小狗，似人一般以两条后腿直立，样子非常搞笑。但此刻谁也笑不出来，因为方才那声震吼就是这条狗发出的，余音尚在谷地中回荡未绝。

侧翼的两支百人战阵，虽不及中军战阵那般气势逼人，但也肃杀整齐威风凛凛。相比之下，有鱼村那边摆开的军阵就不够看了。在场的所有人都惊呆了，有鱼村出动一支百人战阵，就已经出乎众人的预料，他们根本就没见过这种场面。

等路村和花海村的战阵一出来，众人的反应就不仅仅是惊讶或震撼了，简直都傻掉了，让他们放开胆子去想，做梦也想不到这种场面啊！盘瓠发出那一声震吼，很多人一屁股坐倒在地，都忘了再站起来。

鱼大壳刚才还在得意地笑，此刻脸上的表情也很精彩，说不清是震撼、恼怒还是惊恐。他本人好歹也是一名三境修士，等反应过来立刻大声喊道："西岭大人，您看！我早就说过路村和花海村心怀阴谋，企图破坏国君的定盟大计，这就是证据！"

鱼大壳也被吓到了，但他并没有绝望，自以为底气依旧很足。路村和花海村能拉出三百精壮男子，并不令他意外，真正意外的是这些人竟然全副武装也摆开了军阵。但这也不要紧，他们可能只是做个样子而已，并没有真正强大的战斗力，山爷只是想了这么个法子来吓唬人。

有鱼村的军阵可不一样，那是真正的完全脱离劳作，在相室国派来的兵师指点下足足操演了三年时间，还配备了统一的精良武器，在蛮荒各部族中当然所向无敌。鱼大壳原先最担心的只是若山和若水这两名高手，所以才会请求西岭大人尽量多带几位高手来。

鱼大壳说话的时候，已经离开了兽皮棚，站到了己方军阵的一侧。西岭身边的护卫们见势不妙，也想护着君使大人退避到鱼大壳那边。但西岭却没有动，依旧站在原地。方才与他耳语的那名贴身护卫，也是留在君使大人身边唯一的一名四境修士，同样也站着没动。

西岭没有忘了自己的身份。他的动作就代表了立场，假如此刻也躲到鱼大壳那边，那就意味着支持有鱼村和路村开战了，所以他不能动。西岭的位置离若山不远，就在双方军阵对峙间的空地一侧，假如他们真打起来了，他也恰好能站在旁边观战。

西岭朝若山说道："山爷，您这是什么意思？若对定盟之事有什么不同的想法，完全可以好好商谈。大家又何必刀兵相向呢？我来到此地，绝不想看见山中各部结盟未成，反而自起战乱！"

西岭说话的同时也暗暗心惊，他可是见过大场面的人。若山这边摆开的军阵绝非乌合之众，看气势和装备，那支五十多人的中军战阵，就算在巴原各国中也是精锐；而两边的百人战阵虽然没有那么声势迫人，但显然也不是临时拉凑的，也应该经过了专门的操演训练。

这位山爷六十年前就闯荡过巴原，看来也学过兵师之法，真要是打起来，有鱼村这支百人战阵恐怕不是对手，最终的结果会伤亡惨重。西岭已知若山是一名高手，他还注意到路村的战阵后方还有一名女子，身形窈窕长发及腰，背手而立神情冷峻，应该就是另一名高手若水了。

若山笑着答道："君使大人看得清楚，我等正在商谈定盟之事。鱼大壳却突然摆开军阵刀兵相向。我才不得不如此，破坏定盟大计之人。是他不是我！"

西岭又问道：“山爷，您怎么可能训练出这样一支军阵？”

若山反问道：“君使大人，请问您此前来过这里吗？是否了解此地各部族的情况？”

西岭答道：“惭愧，看来我对此地各部族的实情所知甚少。”

若山：“当年清水氏一族突然覆亡，却不知是何人所为，山中各部族人人自危，也一度生存艰难，早有建立部族联盟的必要。但鱼大壳素怀野心，不仅想取清水氏而代之，还想占据中央谷地驱使奴役各部族，几番阴谋皆未得逞，于是又想到了借助巴国之力，派人蒙蔽国君获得帮助。我也察觉了动静，所以训练一支军阵以防万一，如果今天有鱼村好好与各部族商量，不擅动刀兵，我也不会刀兵相向。我的目的不是为了征伐各部，仍然是想好好商谈，但若有谁还想捣乱的话，就请君使大人当场下令，我一定不会对他客气的！”

见西岭一直站着没过来，鱼大壳着急了，大声喊道：“君使大人，我们用不着怕他，也不必再和他啰唆！军阵已摆开，想收手也不可能了，别看他们人多，但不过是乌合之众，凭我有鱼村的军阵以及大人您带来的高手，正可将这些不服王化的挑事者一举镇压，完成国君之愿与大人您的使命！”

这时若山举起骨杖发了个信号，路村那边的战士齐声发出一声大喝，同时抬起左脚重重地跺地。中央谷地中仿佛响起了一声晴天炸雷，震得大家耳膜嗡嗡作响，就连整片大地仿佛都在微微颤抖。西岭猝不及防间晃了晃，被护卫伸手及时扶了一把才站稳。

然后只听若山不紧不慢地说道：“方才我已告诉君使大人，路村世代传承开山劲，为了应对蛮荒中的各种状况，这几年我也训练族人下苦功修炼。这中军战阵的五十余名战士，皆已练成了开山劲。”

众人耳中还有余音回旋，而山爷说话的声音好像也不大，却能让每个人都清晰地听见。刚刚站稳的西岭闻言腿又一软，差点又坐下了。这番话的含义，以前从未听说过开山劲的鱼大壳可能还不太懂，但西岭却是完全明白的。他很庆幸自己刚才站住了未动，否则今天能不能回得去都两说了！

若山这边共有二百五十多名战士，全副武装且经过了正规的操练，其中五十多名精锐的中军居然全部练成了开山劲。别说是在蛮荒中，就算在巴原五国，那些并非处于交战边境的城郭，平常的守备力量也没这么强大啊！

仅仅这支精锐的中军，就足以击溃有鱼村的百人战阵了，那两翼的军阵再跟随而上，有鱼村那边是一个人都跑不掉，还谈什么镇压对方！

西岭确实带来了一批高手，共有四名四境修士，还有六名练成开山劲的战士，但若山那边也有高手啊，西岭这点手下能护送他这位君使大人逃出谷地就不错了。可是穿越蛮荒的路途艰险漫长，他就算逃出去又能逃多远，国君的使命又该怎么交代？

幸亏事情还没有到无法挽回的地步，西岭也知顺势而为。他随即招手下令，原本站在有鱼村战阵中的三名四境修士，迅速离开了军阵回到西岭大人身边护卫。鱼大壳傻眼了，在那里喊道："君使大人，您这是什么意思？难道不想镇压捣乱者，定下各部结盟大事吗？"

西岭面无表情地答道："鱼大壳，各部族长不是正在商量吗？我带人来只是做个见证，并召集各部相商，而不是挑起冲突纷争的。你就别捣乱了，赶紧过来一起说话吧！"

然后他又转身对若山笑道："山爷，现在大家可以好好商谈了。依您与各部族长的意思，是否愿意结成部落联盟？又应该怎样结盟呢？"

西岭甚至有点佩服自己还能笑得出来，而各部族长皆已走出了兽皮棚，不约而同纷纷站在了若山身边。他们也看清了今天的形势，原来鱼大壳是想玩硬的，结果山爷早有准备，手段比鱼大壳还硬。但山爷并没有打算在中央谷地中杀得血流成河，假如那样不仅对有鱼村是覆灭之祸，对于即将建立的部族联盟而言也是不小的损失。

各部族长就站在这里，按若山的想法商谈结盟之事。等大家都商量定了，就要按盟约行事，若是事后有人不遵守盟约，那么若山就不会再客气。

在谷地最中央，将划出一片共有之地，包括了原清水氏城寨的废墟原址，留待将来建造城郭，还将在城郭中专门开辟商肆，是各部族交换各种物品之处，也供外来商贩驻足。至于城主当然是山爷，谁都没有异议，大家甚至连国君给山爷的氏号都商量好了——既然他的名字叫若山，那就封为"若山氏"吧。

若山本人却反对道："此处原为清水氏故地，我若为城主在此筑城，那么此城就叫山水城吧，受氏号也应称山水氏。"反正这些都是山爷自己说了算，随即就定了下来。

“山水氏”这个氏号，将来也是属于此地所有部族的，因为他们已经结为了联盟，虽有不同的姓，却可共有一氏。至于结盟的方式已有成例，就参考路村与花海村的结盟。山水城的管理，也可以参照有鱼村，由各部族长组成长老会，当长老会争议不决时由城主若山大人定夺。

既然各部族已结为联盟，将来可合称“山水氏一族”，那么这片中央谷地包括盐井也等于是部落联盟共有了。至于剩下的其余事情，就由若山召集山水城长老会慢慢商量决定。西岭大人至此已能顺利完成使命，只需将今日的结果回去禀报国君。然后山水城派使者象征性地向国君朝贡，再带回国君的封赏之命就可以了。

这些事情山爷心中早有计较，逐条提议，各部族长纷纷点头赞同。所谓的山水城现在还没影子呢，但这没关系，把事情先定下来，然后什么都好说。

第三十五章　山水踹大壳

西岭终于彻底松了一口气，他原本以为此行的使命会很轻松，只需协助鱼大壳震慑几个捣乱的深山野民便能搞定，不料情况却完全相反，差点连自己都给搭进去了。还好他擅察情由知顺势而为，并没有像悦耕大人那样中了鱼大壳的套。

见众人商量已毕，西岭大人在护卫环绕中又恢复了君使的威严，转身道：“鱼大壳，现在只差你代表有鱼村点头了。只要你无异议，我便宣布决定，然后将此地定盟的结果汇报国君，这里的事情就交给若山大人去办……你若不肯点头，我建议有鱼村可另换一位族长来点头，总之就像你自己方才所说，不要破坏有利于此地全体部族的大事！”

他的称呼转换得倒很自然，山爷此刻已经变成了“若山大人”。

方才众人商议的时候，鱼大壳也一步一步蹭了过来，就站在人群外围听着，却始终一言不发，脸色也越来越阴沉，紧咬牙关连腮帮子都在轻轻抽搐。此刻君使大人发话，他身边的两位有鱼村长老也在低声劝说——事已至此就只能点头了，幸亏山爷并没有要动手的意思。

虽然鱼大壳没有实现他的野心，有鱼一族也没有称霸蛮荒，但这已经是个很好的结果了，若山算是手下留情。至于各部结盟之后，若山会不会设法报复有鱼村，那只能是后来的事情，鱼大壳就算挨了收拾恐怕也是活该，至少绝大部分普通族人不会受到太大影响。

鱼大壳的神情看上去竟有些狰狞，额头上有青筋跳动，回头望了一眼有鱼村军阵，突然开口道："君使大人，各位族长，你们不必着急宣布决定。如今定盟，只是因为路村与花海村的威逼，假如路村与花海村出了什么变故，恐怕今日商量的一切都是白费功夫。我们不妨再等等，等到明天再说。"

［节选自起点中文网］

【粉丝评论摘编】

@云中仙客:《太上章》写的是太上证道的故事，洪荒神话之先，远古文明之前。上古神话人物一一登场，文明启蒙写得非常有韵味。文笔相对之前更为老到，描写非常有画面感。如果说《天枢》是试图去解释什么是神性，那么《太上章》就是试图去探索什么是文明。

@坚实的肉盾:这本书写得很有道理，很多是我们现代生活不见得存在的东西。虽然以前生产力低下，人过的是群居生活，但正因为如此，人与人之间才非常团结、信任(同族的)、平等……不讲规矩的人会为此付出很高昂的代价，所以他们又很注重誓言。而随着生产力的发展，人的生活水平不断提高，就逐渐有了更多丰富的东西:欺骗，奸诈，阶级，等等，一切人类社会中不怎么美好的事物。这让我想起了初中历史老师说的:生产力的发展，带来了贫富差距，而就带来了阶级。作者写得很有道理，前几十章一百章让我看到了中国社会的进步，原始社会的制度和生活方式的不断改变，还原得很好，我觉得很有意思。

@新传奇大侠:徐公子擅长在某个点去阐述某种道理，《神游》和《灵山》的点都不一样，新书《太上章》又重新站在了另一个点。尤其是和仓煞论道的时候，从蛮荒到文明之间的经过娓娓道来，铺面都是很舒服很和缓的气息，确实是一本好书。

［导引：陈子丰，简介：王君竹，节选、粉丝评论摘编：陈子丰］

“网文以载道”的可能之路
——评徐公子胜治《太上章》

陈子丰

自《地师》《天枢》和《惊门》起，“远古级大神”徐公子胜治就一直系统性地偏离网文创作常规，在2014年开坑的《太上章》中，这种偏离已经是昭然若揭。作为“天地人鬼神灵”系列的前传性作品，它不仅与前作共享世界观架构，更有意交代整个世界的来龙去脉，似乎是“编筐编篓，重在收口”，有在种种花样翻新之后煞尾之意，故而这部书被不少读者怀疑是封笔之作。平心而论，这部志在高远的小说作为一幅大画卷的最初一笔和最后一笔并不太引人入胜；但从另一个角度说，一项义无反顾探索新路径的尝试，无论是成是败，都有值得探讨的价值。

自开始网络写作以来，徐公子胜治无论旨在“迎合大众”或者一心“孤芳自赏”，始终有介乎出世入世之间的“道”与“理”两种关怀，落在丛林法则、为人处世、欲望因果等实处之上。换言之，“论道”或“讲理”是他写作的根本动机和组织故事的核心原则，身处以水涨船高的快感为自然生长动力基础的网文界，用数百万字长篇解《道德经》，这大概是大神才敢豪掷的任性。

徐公子笔下“道”与“理”的区别在于前者在造化之外，道法自然；而后者在红尘之中，人情物理。批评的声音说《太上章》是“老白”作者的一篇“小白文”。然而“小白文”挂在嘴上的“证道修真”不过是价值空洞亦不必当真的奇观式设定，是小说生产爽点的工具。而徐公子建基于又不同于《道德经》的“道”，是他小说的真正主题。徐公子在玄幻网文已成系统的套路之上拼合了像《封神演义》这种宗教神话小说的风格特征——两者本就有共同的道家思想资源；同时更结合了博赡的历史、神话知识和采风收集来的民俗地理资料，承接宗教小说三教合一的传统，形成了颇具特色的世界观体系。这个体系同玄幻升级文的快感机制结合，化生万物之“道”最直观的表现是人物修仙练级的过程更像是道教的以武入道、以身证道。在道家的泛灵论倾向下，甚至非人的动植物也可以成为修行的主体，通过感知参悟得证大道。

从证券业出走的徐公子胜治某种程度上可以算是麦克卢汉所谓的“各行各业的生活艺术家”之一，在都市繁弦急管的喧嚣中非但未麻木地截除五感或者沦为感官的奴隶，反而更加敏锐地延伸感官同世界共振。在整个小说系统内，修行者凝会“神识”，可以侦知千里之外发生的事、自身五脏经脉律动，甚至可以感应到宇宙中生机的运行。对“和光同尘”“天人合一”的古典哲学观念的具象化解读呼应着当代著名的盖亚假说[①]。它暗示的那种整体性感应的宇宙意识，在科幻文学中比较常见，但尽管佛道思想中都有类似的资源，玄幻网文用中国元素去呈现这种思想的实践却很少。目前男频玄幻网文谈起情怀，大多落在启蒙主义或民族主义这些我们非常熟悉的现代性议题上。相比起来，这个看似很虚很远，不在现代话语之内亦不在生活之内的落点，却恰恰是一种每个人都能伸手触到的“日常生活的修行”，可以为现代生活中的粗粝和折磨带来超越性的抚慰。

徐公子胜治以网文载道的用意，并非所有人都能接受，批评者（如前所述）说小说情节推进僵硬简化如同“小白文”，而回护者则讽刺他们不解大道真味，自己才是“小白”。《太上章》不是“小白文”，但将不吃这套的读者视为思想绝缘体、快餐文食客则更不公平。通读全书，作者论道讲理的动机显而易见，但完成度却不尽如人意。读者@阳明后学的批评“YY不爽，情感不真，新奇不再，风神不拉”[②]伤于尖刻却不无精确。徐公子没有把道作为文学的工具，相反为了讲道把文学当作了工具。但实际上他只是对文字物尽其用，而文学的跌宕起伏、风格百变、细腻婉转所包含的表现力、感染力却并没有开发出来，结果是，急吼吼地堆砌太多的观点、信息的小说成了说明文，那些用《道德经》中警句作为标题的章节，甚至几乎就是经变文。此外，操之过急的使命感在行文中难免转化为“分分钟教你做人”的优越感。主人公虎娃面对敌人，在一击致命前后总要进行一番长篇大论的道德审判，十几岁的孩子俨然是一个小夫子。与此同时，徐公子显然还在意点击、收藏的成绩，换言之他努力地想要调和自身写作目的和读者阅读目的之间的关系。然而，事实是在这

---

① 盖亚假说：20世纪60年代由英国詹姆斯·洛夫洛克等人提出的假说，认为地球上的生物和其物质环境相互反馈协调，共同进化，可以据此将地球视为一个以它们为组织器官的巨型生命整体，而宇宙又可以视为一个由其中物质、空间组成的生命整体。

② 阳明后学：《不爆粗不秀优越坦言徐公子小说质量滑坡，兼高度评价其前期作品》，百度贴吧徐公子胜治吧，2013年12月26日。

场高难度的游戏中，徐公子显得有点捉襟见肘，在起初的两部他尚能把持良好的节奏，让悟道和升级相得益彰，可是后文就逐渐散架，成了独立的说教、说明和动力不足的情节，也就是 @ 阳明后学说的情形了。

不过，虽然《太上章》的尝试折射出种种问题，但这并不说明此路不通。须知，“文以载道”的概念虽然在网文中别具一格，但在漫长的文学史中却已是千万双脚踩过的道路。如果徐公子还有意在下一部作品中继续开掘这一方向，或许可以在经典文学处理这一亘古难题的脉络中找找灵感。如果把自己从化身风君子中抽出来一点，对小说控制少一点，凭借徐公子的博学有趣，一定可以探索出风景更优美的道路。

雪中悍刀行

烽火戏诸侯

烽火戏诸侯，网文大神。因其“文青范儿”十足的写作风格被认为是网络“文青作家”的代表人物之一，但也因其长年“太监”（即尚未完结就放弃更新）被戏称为“大内总管”。其代表作有《极品公子》（2005）、《陈二狗的妖孽人生》（2009）、《雪中悍刀行》（2012）、《天神下凡》（连载中）等。《陈二狗的妖孽人生》已被改编为网络剧并于腾讯视频首发，口碑颇佳。

《雪中悍刀行》自2012年6月29日起连载，2016年8月31日发表最终章《小二，上酒》，塑造出了一个大气磅礴而又波诡云谲的江湖世界。全书共计450万余字，完结当月居纵横小说网男频小说月票榜第7位。该作还曾于2015年获首届华语网络文学双年奖（浙江省网络作家协会主办）银奖。

【标签】武侠　东方玄幻　架空历史

【简介】

“败絮其外，金玉其中”的北凉王府世子徐凤年因拒与当朝公主成婚被迫游历江湖，初时不喜武艺，后因老仆剑九黄死于武帝城，徐凤年想为其取回遗物剑匣六剑，于是开始跟随湖底老魁楚狂奴练刀。后上武当修习，得掌门王重楼毕生所修的“大黄庭”，从此一脚踏入了这纷纷扰扰的江湖世界。然而此时的江湖风雨交错的却是庙堂斗争，徐凤年最终可否于金戈铁马之外寻得安息之所，从此世事纷争炎凉于此只归为一句：“小二，上酒。”

选文出自小说第二卷《孤身赴北莽》中的第九十五至九十九章，叙述了敦煌城中局势纷乱，城中宗族茅家意欲以五百铁骑“金吾骑兵”破城，危急时刻，徐凤年以一人之力歼敌两百余人并斩将夺帅，得到北凉大都督徐璞敬服的故事。选文中战争场面气势宏大，人物群像立体、细腻，很能体现《雪中悍刀行》整部小说的艺术特色。

【节选】

第二卷第九十五章　满城皆敌

紫金宫有养令斋，可俯瞰全城，顶楼藏书阁，斋楼外有石雕骊龙吐水，红薯姑姑手植有五株海棠树。徐凤年这几天由庆旒院搬到斋内书阁，经常站在窗口，一站就是个把时辰。红薯在梧桐苑可以只在那一亩三分地优哉游哉，如锦鲤游水，在敦煌城就断然不行，如今七八万人都要仰其鼻息，她就像一位垂帘执政的年轻女皇，虽然有紫金宫一批精干女官帮忙处理政事，但是敦煌城势力纠缠，千头万绪，一团乱麻，都要她来一锤定音。好在徐凤年也不让她黏在身边，世上没有不透风的墙，哪怕这墙是天子家墙，也一样遮瞒不住，时不时就在宫内隐匿游走的徐凤年察觉到一股暗流涌动，触须蔓延向外，再反哺宫中。徐凤年不知道这是否是巨仙宫和敦煌城的常态，一次询问红薯，她说敦煌城在姑姑手上，就向来是管不住人管不住嘴，当初魔头洛阳在城外，敦煌城就是一盘散沙，受恩于她姑姑的势力都眼睁睁看着她独身出城，重创而返，洛阳离去，之后才做些锦上添花的事情，至于那些老百姓，大多视作天经地义的事情，你是敦煌城城主，你不出马谁出马？你死了无非换个主子，城若破，洛阳不管如何滥杀无辜，七八万人，总不太可能杀到咱头上不是？换了主子，最不济也不过是大家一起吃苦头，总好过当下强出头给魔头宰了。徐凤年听到这个答案，一笑置之。

红薯那会儿问了一句："如果北凉三十万铁骑有一天没能守住西北国门，北凉道百万户百姓一齐束手就擒，甚至投靠了北莽，反过来对付北凉军，公子会不会心冷？"

徐凤年反问道："如果你是我，怎么做？"

红薯手指抹过嘴唇，笑眯眯道："奴婢若是公子这般世袭罔替北凉王，真有这种事情，不被我看到还好，见到一个，杀一个。"

徐凤年感叹道："你来做敦煌城城主，还是有些大材小用。"

温柔乡终归是英雄冢。红薯说起往北去五百里锦西州境内，就是吴家九剑破万骑的遗址，徐凤年就起了离城的念头。那一夜在巨仙宫主殿龙椅上，她身穿龙袍，高坐龙椅，摆出君临天下的架势，若是上了岁数的北莽皇帐重臣，见到这一幕，只会误以为是女帝陛下返老还童。暮春时分，一夜荒唐，幸好敦煌城没有早朝一说，破晓前，一起回到了庆旒院，两人洗了个鸳鸯浴，徐凤年在她服侍下穿回黑山白底的文士装束，背上书箱，红薯绕了两圈，查漏补缺，只求尽善尽美，实在是挑不出毛病，她才一脸惋惜道："公子这般装束像腹有诗书的读书人，很好看，不过那身紫蟒衣，更好看。"

徐凤年拍了拍那柄春秋剑，轻声道："就别送了。"

红薯摇头道："送到本愿门外。"

来到地藏本愿门外，红薯又说要送到十里地外，徐凤年无奈道："照你这么个送法，直接回北凉算了。"

红薯又给徐凤年细致打理了一番，问道："真的不要那匹夜照玉狮子？就算是怕扎眼，随便弄匹良驹骑乘也好，若是不耐烦了，随手丢掉。"

徐凤年摇头道："谁照顾谁还不知道，还是走路轻松。处出感情来了，不舍得说丢就丢。"

红薯柔声道："公子走好。"

徐凤年点头道："你也早点回北凉，我还是那句话，我不管敦煌城在北凉的布局中是如何重中之重，都要你好好活着。"

红薯低眉道："奴婢知晓了。"

徐凤年想了想，继续说道："小宦官童贯你再冷眼旁观个两三年，之后送去养令斋，这个孩子的识字读书和武道筑基，就要你多费些心思，说是放养，全然不顾听天由命，那也不行。"

红薯笑道："公子放一百个心，冬寿以后一定可以让敦煌城大吃一惊，藏经阁里还真有几本适合他去习练的秘籍，算他运气好。"

徐凤年嗯了一声，低声道："希望世间多一个苦心人天不负。"

"走了。"

徐凤年转身背对锦衣大袖如芙蓉的红薯，挥了挥手。

红薯似乎想追上去，一脚踏出尚未踩地就缩回，久久停留，当宫中晨钟敲响，这才走过本愿门，走往掖庭宫，站在堆春山上眺望远方，敦煌城在她姑姑手上按例十五一朝，这类朝会规模不大，也就是城内有资格分一杯羹的各方势力聚在一起瓜分利益，姑姑一直想拧成一股绳，奈何至死都没有达成，红薯也不奢望同仇敌忾，不过似乎眼下连表面上的和气都成奢望了。她眯起眼，流露出和徐凤年相处时截然不同的冷冽气息，跳梁小丑都该浮出水面了，其实姑姑一死，他们就开始鼓噪，尤其是确定魔头洛阳懒得插手敦煌城后，这些元老自居的老狐狸就要拿她这个势单力薄的狐媚子开刀了，时下城内疯狂流传的面首窃权一事，不正是他们府上撒出去的鱼饵？红薯缓缓走下堆春山，她虽然是北凉王府的一等丫鬟，但每年都会有两三个月在敦煌城，亲眼看着姑姑如何处理政事，那些算是看着她长大的势力，都只知道她是“二王”当作下一任城主去器重栽培的亲外甥女，而不知她是锦麝。

（略）

第二卷第九十六章　一步不得入

清晨钟鼓响起，敦煌城主城南大门就缓缓推开，一些聚集在城门内外的百姓就蜂拥出入。敦煌城虽然建立在荒凉黄沙之上，因为方圆百里内独树一帜，成为当之无愧的活水城，商贾众多，城池出入频繁，一天不下五六千人来来往往，加上城外有释教圣地采矶佛窟，每逢初一十五，信徒礼佛出城烧香，就更是浩浩荡荡满城皆出的盛大场景。今天恰逢暮春时节尾巴上的最后一个十五，若是往常，南门主道早已密密麻麻，今日却出奇的少，仅有几百虔诚香客，还都不是拖家带口的，沿街两旁有因利起早的贩夫挑担吆喝，售卖葱饼点心，还有卖些粗劣香黄纸。

街边就一家店铺开张，是个出了名不善经营的中年汉子，本来以他铺子所在的地段，卖些烧香物件，保管一本万利，可他只是卖酒，还卖得贵，生意惨淡，只得清晨做几锅清粥卖给商旅。此时狭小店铺里就一个熟客，还是那种熟到不好意思收铜钱的熟面孔，汉子虽然家徒四壁，没有媳妇帮着持家，不过把自己收拾得清爽洁净，有几分儒雅书生气，敦煌城都知道这么一号人，写得一手好字，也传出过许多脍炙人口的诗文佳句，当年敦煌城里的一名大姓女子，姓宇文，瞎了眼竟然逃婚跟他私奔，在敦煌城阔绰程度首屈一指的宇文家族倒也大度，没有追究，钻牛角尖的秀美女子还真跟这个外来户落魄书生成亲，她那个差点气得七窍生烟的爹惦念闺女，生怕她吃苦，还偷偷给了好些嫁妆，不承想这个男子颇为扶不起，有才气，却不足以建功立业，而且高不成低不就，偌大一座酒楼开成了酒肆，最后变成了小酒铺子，女子心灰意冷，终于让旁观者觉得大快人心地离他而去，改嫁了门当户对的端木家族，夫妻琴瑟和鸣，皆大欢喜，那位坐拥佳人的端木公子还来酒铺喝过酒，没带任何仆役丫鬟，温文尔雅，尽显士子风流，据说只说了几句客套话，说是以前听过酒铺汉子的诗词，十分拜服。再后来，女子偶有烧香出入敦煌城，都是乘坐千金良驹四匹的辉煌马车，好事者也从未见她掀起过帘子看身为旧欢的落魄男子一眼，想必是真正伤透了心。

来这里蹭吃的汉子一脚踩在椅子上，喝完一碗粥，又递出碗去，都说吃人家的嘴软，这可厮却是大大咧咧教训道："徐扑，不是我说你，这儿要是卖香火你早挣得盆满钵满了。嘿，到时候我去烧香拜佛，也好顺个一大把，菩萨见我心诚，保管心想事成，我发达了以后，不就好提携提携你了？"

神色恬淡的中年男人接过大白碗，又给这个为数不多的朋友盛了一碗米粥，摇头道："烧香三炷就够了，敬佛敬法敬僧，香不在多。"

接过了白碗的邋遢汉子瞪眼道："就你死板道理多，你婆娘就是被你气走的，你说你，有个不要那胭脂水粉山珍海味，却乐意跟你挨冻一起吃苦的傻婆娘，还不知珍惜，不知道上进，活该你被人看笑话戳脊梁骨！"

男人端了条板凳坐在门口，望向略显冷清的街道，皱了皱眉头。身后健壮汉子犹自唠叨："要不是我爹当年受了你一帖药方的救命大恩，也不乐意跟你一起受人白眼，你说你既然会些医术，做个挂悬壶济世幌子的半吊子郎中也好啊，这敦煌城郎中紧缺，有大把人乐意被骗，只要你别医治死人就成。喂，说你呢，徐扑，你好歹嗯嗯啊啊几声。得，跟你这闷葫芦没话可说，走了走了，那几只我打猎来的野鸭，自己看着办。"

酒肉朋友都讲究一个不揭伤疤不打脸，多锦上添花少雪中送炭，可见这人要么是没心没肺，要么就是真把寒酸的酒铺老板当作朋友。中年男人突然问道："今天出城烧香这么少？"

才要起身的猎户白眼道："都说你们读书人喜欢两耳不闻窗外事一心只读圣贤书，你倒好，书不读，外边事情也不去听，跟你说了吧，今天巨仙宫那边不安分，老城主跟大魔头洛阳一战后，已经过世登仙，是三岁孩子都知道的事实，现在明摆着造反，恐怕就那位小姑娘不知情了，有消息说城外那茅家手里的五百金吾卫，马上要杀进城，直直杀去紫金宫，把那个小姑娘从龙椅上拖下来。老子看这事儿十有八九要成，一个二十几岁的小姑娘当敦煌城主，说出去都丢人。”

男人问道：“城内宫外不是驻扎有五百金吾卫骑卒吗？”

猎户都不乐意回答这种幼稚问题，实在是憋不住话，这才说道：“你当那些茅家和端木宇文几个家族都是木头，用屁股想都知道这些家伙肯定花钱给官送女人，那五百骑里头肯定有很多家伙早就不跟宫内一条心了啊，再加上外头这五百骑兵一股脑杀进城去，就是我这种小百姓也知道根本挡不住，不过这些都是大人物的把戏，要死也是死那些生下来就富贵的，跟咱们没半点干系，躲远点看热闹就好，变了天，咱们一样该吃啥吃啥，该喝啥喝啥。你等着瞧，没多久肯定就有金吾卫冲进城了。”

中年男人陷入沉思，准备关铺子，猎户踏出门槛，一脸欣慰：“徐扑，这次你总算有些脑子，知道关起门来看热闹了。”

男子笑了笑，没有出声，等到猎户走远，才轻声道：“凑热闹。”

他看到猎户没多时跟许多香客一同狼狈往回跑，才关上最后一块门板，猎户跑得上气不接下气，急匆匆道：“你咋还没躲起来，快快快，进门，借我躲一躲，他娘的有个脑袋被驴踢了的年轻后生，堵在城门口，好像要和五百骑兵硬抗，疯了疯了！”

男子问道：“多少人？”

猎户骂道：“那后生找死！就一个！”

已经一脚向前踏出的男子想了想，追问道：“用刀还是用剑？”

猎户脚底抹油溜进酒铺，气急败坏道：“管这鸟事作甚，方才听旁人说是一名背书箱的读书人，倒也用剑，老子估摸着也就是个不知天高地厚的绣花枕头，读书读傻了！徐扑，你还不滚进来？”

一些个腿脚比猎户慢些的香客，住处离得城门较远，见到酒铺子还没关门严实，都过来躲着，胆大一些的让酒肆老板别关门，立马被胆小的痛骂，生怕被殃及池鱼，给几个当权大家族秋后算账。

城外三百步，在为首的茅家女子停下后，金吾卫五百骑骤停。

一名三十来岁的英武女子披银甲持白矛，骑了一匹通体乌黑的炭龙宝驹，茅家势大，根深蒂固，是敦煌城建城时就屹立不倒的元老派，在诸多势力角逐中始终不落下风，很大原因就是茅家始终牢牢掌控有这五百精锐骑兵，茅家子弟历来尚武骁勇，但这一代翘楚却是一名女子，叫作茅柔，敦煌城出了三位奇女子，第一位当然是被誉为“二王”的城主，一位是宇文家族那名不爱富贵爱诗书的痴情女子，嫁鸡随鸡给了一个卖酒的汉子，再就是当下这名靠武力统帅五百铁骑的茅柔，城内金吾卫是轻骑，近几年来城外五百骑都被换成重甲铁骑，在敦煌城宽敞主道上策马奔驰，只要不入巨仙宫，足以碾压城内五百轻骑。

茅柔停马以后，死死盯住那名守在城门口的年轻书生，长得人模狗样，是她好的那一口，可惜大事临头，容不得她贪嘴，挥了挥手，对身后一名壮硕骑将吩咐道：“去宰了！就当祭旗。”

茅柔身后金吾骑尉狞笑着提枪冲出。

铁骑铁骑，就是重马重甲，以冲刺巨力撕开一切布防。金吾骑尉喜欢这种奔袭的快感，跟床上欺负那些黄花闺女是一个感觉。主子茅柔是个让所有她裙下重骑兵都心服口服的娘们，带兵和杀人都带劲，骑尉这辈子最大的念想就是有朝一日能爬上她的身上去冲刺，茅将军有一句话被整座敦煌城将门子弟称颂：姑奶奶带出来的士卒，胯下一杆枪，手上一杆枪，比起城内五百软蛋金吾卫强了百倍！金吾骑尉随着马背起伏而调整呼吸，握紧铁枪。他并未一味轻敌，那家伙敢独自拦在城门口送死，多少有些斤两。

敦煌城毕竟藏龙卧虎，大好功业等着老子去挣取，不能在阴沟里翻了船。

徐凤年摘下书箱，放在脚边上，并未摘下春秋剑，对上那名铁骑，不退反进，大踏步前奔。

茅柔和五百骑都有些惊讶，一些铁骑讶异过后，都发出笑声。想要拦下一名冲刺状态下的重骑兵，知道得有多少气力吗？何况这位金吾骑尉可不是稻草人，枪法超群，在金吾卫中是战力可以排在前五的绝对好手！

金吾骑尉与那名书生相距五十步时，精气神已经几乎蓄势到了顶点，眨眼过后的十步时，凶猛提枪就是一刺。

徐凤年侧过头，弯臂挽住铁枪，一掌砸在踩踏而来的高头大马脖子上，连人带马都给往后推去五六丈外，当场马死人将亡。

铁枪环绕身体一圈，徐凤年身体继续前掠，期间经过那名痛苦挣扎的重骑都尉，一枪点出，刺透头颅，钉死在地上。

茅柔皱了皱眉头，抬起手，划出一个半弧，骑兵列作六层，层层如扇面快速铺开。

其余有八十随行弓弩手在前。

战阵娴熟，在茅柔指挥下如臂指使。

不论是单兵作战，还是集结对冲，都绝非城内刻意安排下弓马渐疏的五百金吾卫可以媲美。

百二十步时，茅柔冷血道："射。"

箭雨扑面。

徐凤年身形一记翻滚，铁枪抡圆，泼水不进，挡去一拨箭矢后，一枪丢出。

虽然仅是形似端孛尔回回的雷矛，却也声势如惊雷。

在战阵之前的茅柔神情剧变，身体后仰贴紧马背，一枪掠过，身后两名铁骑连人带甲都给刺透，跌落下马。

茅柔不再奢望弓弩手能够阻挡，率先冲杀起来。

虽有三人阵亡，六层扇形骑阵丝毫不乱，足见茅家之治军森严。

铁蹄阵阵。

徐凤年眯眼望向那名英伟女将，扯了扯嘴角，微微折了轨迹，直扑而去。

茅柔不急于出矛，当看到这名年轻剑士身形临近，轻松躲过两根铁枪刺杀，这才瞅准间隙补上一矛，直刺他心口。

矛尖看似直直一刺，朴实无奇，实则刹那剧颤，锋芒无匹，这是茅家成名的跌矛法，无数次战阵厮杀都有不知底细的敌人给震落兵器。

"下马！"

徐凤年左手一弹，荡开长矛，身体前踏几步，一个翻身，就与铁矛脱手的茅柔好似情人相对而坐，才要一掌轰碎这名女子的心口，她便抽刀划来，徐凤年两指夹住，指肚传来剧烈震动，摩擦出一抹血丝，茅柔趁机弃刀，一手拍在马背上，侧向飞去，接住铁矛，撞飞一名骑兵，换马而走，流窜进入战阵，不再给徐凤年捉对厮杀的机会。十来条枪矛刺来，徐凤年身形下沉，压断这匹炭龙马的脊梁，痛苦嘶鸣一声，马腹着地，徐凤年一手推开一骑，一肩撞飞一骑，恰到好处夺取如雨点枪矛，身形并无丝毫凝滞。

在五十步外拨转马头的茅柔脸色阴沉，怒喝道：“结阵。”

徐凤年身形后掠，将背后偷袭的一骑撞飞，脚尖踩地，潇洒后撤，撤出即将成形的包围圈。

长呼出一口气，抽出春秋剑。

右手握剑，剑尖直指五百骑，左手竖起双指并拢。

开蜀。

茅柔怒极，沉闷下令道：“杀！”

她眼中那一人，一人一剑。

身前五百骑，身后是城门。

徐凤年不动如山。

哪怕魔道第一人洛阳驾临，敦煌城也只是一人对一人。

徐凤年习武以前还有诸多对于江湖的美好遐想，但是真正疯魔习武以后，就从不想去做什么英雄好汉，但既然身后是自己的女人，别说五百骑，五千骑，他也会站在这里。

我死前守城门。

教你们一步不得入！

第二卷第九十七章　有人血衣拖刀入城

茅柔见到这名年轻剑士如此托大①，恨得牙痒痒，若是以往见着如此性子刚烈的俊彦，还不得好好调教怜爱一番，只是此时兵戎相见，就只剩下刻骨挠心的怒意了，一连说了好几个杀字！战马前奔炸如雷，徐凤年一气不歇滚龙壁，虽然做不到羊皮裘李老头那样一条剑气数十丈，不过在草原上对阵拓跋春隼的生死之间，悟出了一袖青龙，剑气滚龙壁就愈发货真价实，身形如鱼游弋在潮头，对上第一批铁骑冲锋，春秋在手，当中就劈开一人一马，然后横向奔走，无视铁矛点杀，仗着真气鼓荡的海市蜃楼，一开始就抱有持久厮杀的念头，不去执意杀人，而是见马便斩，

① 托大：大意。

重甲骑兵马战无敌，下马步战就成了累赘。

战马冲锋如同一线潮的阵形，被徐凤年杀马破潮，顿时有十几骑人仰马翻，迫于第二拨铁矛如雨点，只是略微后撤停歇，复尔再进，身形逍遥剑气翻，好似丹青国手的写意泼墨，看得持矛高坐的茅柔咬牙切齿。仿佛才几个眨眼工夫，茅家倾注无数心血精力和足以堆成小山真金白银的铁骑，就已经阵亡了将近二十人，一旦坠马，就要被那名书生装束的剑士一剑削去脑袋，或者剑气裂重甲，死无全尸。这几乎是剐去她身上肌肉一般疼痛，她很想一脚踩爆那相貌英俊小王八蛋的裤裆，然后质问一句："你知道老娘养这些铁骑跟养自家儿子一样，容易吗？容易吗！"

茅柔很快安静下来，别说五百骑杀一人，就是三百骑，对阵一品金刚境，后者十有八九也得被活生生耗死，不过这里头有一个重要前提，那就是死了一两百人后，阵形不乱，胆子没碎，不至于杀溃逃散。对于这一点，茅柔有不小的自信，这五百金吾卫骑兵等同于茅氏亲兵，她养兵千日，极为看重实战和赏罚，经常拉出去绞杀山寇和马贼，对上前者轻骑轻甲作战，后者则需轻骑混杂重骑厮杀，每次功成归来，别说酒肉赏银，只要你敢拼命搏杀，就算是敦煌城里窑子里的那些花魁，茅柔也有魄力去花钱请来军营打赏下去。

气闷的茅柔重重吐出一口浊气，恶狠狠道："玩剑的小子，你死了以后，姑奶奶我用铁蹄将你的尸体踏成肉泥！"

茅柔高声道："别给他换气的机会，用马撞死他！哪个家伙第一枪刺中，老娘就打赏他城里全部叫得上名号的花魁！"

金吾骑兵都杀红了眼。

徐凤年面无表情，一手驭剑取头颅，一手近距离杀马杀敌。

茅柔看着战场中惊心动魄的单方面绞杀，冷笑道："拉开三十步，丢矛掷枪，捡起以后再来！"

与徐凤年纠缠的半圆形骑阵顿时后撤，第二拨骑兵一瞬丢掷出枪矛，这可不是百步以外的箭矢那般轻易拨开，能够成为重骑兵，膂力本就不俗，因此每一次劲射都堪称势大力沉。

驭剑不停，斩乱阵营，徐凤年握住两柄擦肩的铁枪中段，在手中一旋，两枪如镜面圆盾，所有近身枪矛都弹飞在外，一拨丢掷过后，徐凤年握住铁枪，双手回馈了一次抛掷，立即有两骑应声落马，铁甲通透！

茅柔看得触目惊心，事已至此，竟然开始麻木，声调冷硬下令："围住他！"

这名心狠手辣的女将低声嗤笑道："老娘就不信你能做到两百年前的吴家九剑破万骑，一人如何成就剑阵？"

茅柔给身边五名嫡系骑兵都尉一个眼神，撇了撇下巴。

五骑开始悄悄提枪急速冲锋。

一圈六十骑，尽量躲避那柄恐怖飞剑，然后三十步外同时丢掷枪矛。

徐凤年双手浑然抱圆，枪矛出人意料地随之旋转，左手错过一抹，六十杆枪矛反向射出。

虽然这些重骑兵静止时行动相对轻骑要迟缓，却也不是稻草垛子，除去十几根大箭太过于刁钻，刺死重创了骑兵，其余都只是擦伤或者被竭力拨去，不过最内一层圈子开始有破裂的迹象，而六名武力在金吾卫中登顶的骑兵都尉就在间隙中瞬间奔出，同时丢出枪矛，然后抽莽刀，一人被春秋飞剑割去半张脸，坠马身亡，第二匹马仍是笔直凶悍撞在了这名可怕剑士的胸口，一撞之下竟然只是让他一脚后滑几步，便止住了身形，所幸一骑侧向撞来，才将其撞飞，另外一名都尉莽刀抓住千载难逢的机会当空劈下！

总算见血了！

这帮厮杀到现在的憋屈金吾卫骑兵差点热泪盈眶。

那名砍中书生剑士肩头的彪悍都尉心头一热，才想要将吃奶的劲头都推到刀锋上，削去这个年轻狠人的整只膀子，就瞧见那双不带感情的阴柔眸子。下一刻，他就被崩开莽刀，一把拽下马，被书生的双手拧断了脖子。

徐凤年丢下鲜血淋漓的头颅和身躯，嘴角扯了扯。

茅柔沉声道："都尉唐康战死，抚恤钱是五十两黄金，准许他儿子进入茅氏私学读书，及冠后立即进入金吾卫担任都尉一职！"

茅家重诺！

这是一块比金银还要沉重的金字招牌，这也是茅氏能够在敦煌城数次跌宕中始终占据实权高位的根基。

军心再次凝聚。

徐凤年拿住春秋剑，开始狂奔，直线冲向发号施令的茅家女子。

成胎大半的金缕和剑胎圆满的朝露终于出了剑囊，所到之处，两侧骑兵脖颈间纷纷绽放出一抹血珠。

茅柔眯起眼，这一次并未退走。

两名不起眼的重甲骑兵猛然落马，手持莽刀，大踏步和徐凤年展开对冲。

茅柔则一夹马腹，游入阵形厚重腹部。

她显然不惜让金吾卫中隐藏的茅氏精锐死光死绝，也要慢慢耗死这个横空出世的剑士！

宫城白象门外，可谓枭雄林立，各自的狼子野心昭然若揭。茅氏族长茅锐是一个精瘦老者，坐轿而来，此时帘子掀开，车厢内摆有一整套精美绝伦的炉瓶三事，香炉是旧南唐官窑烧制的三足瓷香炉，五彩斑斓，是久负盛名的南唐国器，一寸瓷片一寸金。香盒更是蔗段盒，贮藏有一块海中百年漂游才呈现出纯白色的珍品龙涎香，箸瓶插有几根黄金小箸白银香铲，两名身段妖娆的妙龄女子跪在一旁，低眉顺眼，轻巧焚香。

茅锐眯起眼，脸色看似安详，眼神却尤为炙热，望向城门口，一只手探入领口，按在侍香女的胸脯上，另外一只手也没闲着，隔着精绝天下的西蜀缎子，抚摸另外一位侍女的臀瓣儿，茅锐这些年亲眼看着那名女子，在城主身边一点一点，由女童蜕变成妩媚少女，再长成国色天香的成熟女子，没有一夜不去垂涎她的身段，尤其是她身上的独有体香。

车厢香味弥漫出去，连相隔十步以外的一名骑马老者都清晰闻到，不过显然这位老骥伏枥不服老的佩剑老人并不领情，闻着扑鼻而来的香气，有些厌烦，他曾是锦西州上一任持节令的旧将，叫鲁武，弓马熟谙，青壮时候更是锦西军中名列前茅的骑射高手，上了岁数后也没落下武艺，对于同枝通气的茅锐，其实向来看不起，伸手挥了挥香气，鲁武腹诽一句老不正经的东西。鲁武虽未像茅家这般掌握五百铁骑，却也有大量精锐私兵，老人以豢养假子著称于敦煌城，私兵两百，其中假子占了一半，这次城内金吾卫倒戈了两百，他的几名假子功不可没。按照秘密约定，事后坐下来瓜分战果，那女娃儿和两三百宫女都归茅锐这老色坯所有，他则要那宫中所藏的数百具兵甲，至于武痴城主收集搜刮入藏经阁的全部秘籍，则由橘子州慕容宝鼎的一头走狗去接手，这次不光彩的篡位，算是大家各出其力，各取所需，省得等下分赃不均，到时候再闹出一场乌烟瘴气的窝里斗。

当看到那团锦绣衣袖出现在城门口，所有人都不由自主屏气凝神，便是茅锐这种老神在在[①]的老狐狸，也下意识停下揉捏嫩肉的动作，微微用力，那名吃痛的侍香女冷汗直流，小手一抖，手持金铲子的她不小心铲坏了龙涎香块，多刮下几两香料。茅锐眼神死死盯住那位身段诱人身份更可口的锦衣女子，而一只干枯如老松的手则扯住女婢的头发，按在香炉上，侍女被烫得嘶声尖叫，茅锐慢慢松手后，并不理睬缩在角落瑟瑟发抖的破相侍女。

除了他们这些大人物遥遥对峙，宫外五百金吾卫更是剑拔弩张，一批两百骑，不过有三百黄金甲士坐镇。另外一批人数占优，有三百人，而且掺杂了许多鲁家假子死士。

更有茅家重金引诱来的一百来号江湖人士，一半是敦煌城本土势力，一半是近日由城外渗入的亡命之徒。

这批人密密麻麻聚集在一起，声势一样不小。

陶勇是公认慕容宝鼎麾下的一条恶犬，他在敦煌城内势力只算末尾，主要是渗透的时日不多，才五六年时间，比不得茅家和宇文端木这三个靠年月慢慢积累起威势的大家族，不过城内许多成名的江湖豪杰都归拢在他帐下，而且有十几名慕容亲军打底子，不容小觑，这次他精锐尽出，而且胃口小，只要藏经阁那几十本生僻秘籍，故而有一席之地。他不曾骑马，只是步行，朗声道："姓燕的，你暗中害死城主，整整两年秘不发丧，心机如此歹毒，不愧对列祖列宗吗?！"

暂任紫金宫宫主的红薯笑了笑，简简单单说了一个字："杀。"

金吾卫骑兵展开一场不死不休的血腥内耗。

当鲁家假子和陶勇嫡系以及江湖莽夫都投入战场，使得黄金甲士都悉数战死，再去看那名女子仍是轻描淡写挥了挥手，连宫女和老宦官都掠入门前血河。茅锐有些按捺不住，走下马车，来到鲁武身边，沉声问道："宇文端木两家当真不会帮着那小娃儿？"

与那两个大族有密切联姻的鲁武摇头道："绝对不会。唯一需要小心的就是补阙台。"

茅锐松了口气，讥笑道："这个你放心，补阙台有老夫的密探，这次一定不会插手。只要宇文端木不出手搅浑水，老夫不介意分给他们一些残羹冷炙。"

---

① 老神在在：很从容的样子。

鲁武冷哼一声。

陶勇有些怜悯地望向那名妖艳女子："敦煌城台面上就只有这么些人，就算你还有一些后手，也扭转不了战局。须知马上还有五百铁骑入城！嘿，可惜了这副皮肉囊，真是便宜姓茅的老玩意儿。"

红薯形单影只，站在空落落的宫门前。

伸出一指，重重抹了抹天生猩红如胭脂的嘴唇。

她由衷笑了笑，可惜没大雪，否则就真是白茫茫一片死得一干二净。

就当红薯准备出手杀人时，人海渐次分开。

五百骑不曾有一骑入城，只有一人血衣背剑拖刀入城。

一身鲜红，已经看不清衣衫原本颜色。

他手中提着一颗女子头颅。

这名背剑拖刀的年轻人丢出头颅，抹了抹满脸血污，说道："这娘们好像叫茅柔，说只要杀了我，就给他手下吹箫，我就一刀搅烂了她的嘴巴，想来这辈子是没法子做那活了。"

然后他指了指红薯："她是老子的女人，谁要杀她，来，先问过我。"

第二卷第九十八章　猩红叠猩红

茕茕孑立在宫门外的红薯一袭锦衣无风飘摇，眼眶湿润，眼眸赤红，五指成钩，几乎刹那入魔。

她亲姑姑死时，都不曾如此。

不知何时出现了一名背负眼熟书箱的中年男子，对她摇了摇头。

红薯的锦缎大袖逐渐静止下来。

场上，众人只见那名血衣男子好像是咧嘴笑了笑，然后说道："放心，我没能杀光五百金吾卫，就杀了两百骑。宰了这个茅柔后，三百骑就逃散去。"

车厢内的茅锐那副老心肝差点都要裂了，城外五百金吾卫是茅氏数代人的心血，被茅柔掌握兵权后，更是力排众议，轻骑改作重骑，这里头的算计、付出和代价，早已不是三言两语可以说尽，你个挨千刀万剐的跟老夫说就杀了两百骑?！茅锐踉跄扑出马车，在无数视线中跑去抱住小女儿的头颅，顾不得什么颜面体面，坐在地上号啕大哭，茅柔虽然离二品小宗师境界还差一线，可众所周知，女子相较男子，登堂入室困难百倍，但只要踏入二品门槛，在武道上的攀登速度往往容易令人瞠目结舌，何况茅柔不论武力还是才智，都是茅氏未来三十年当之无愧的主心骨，死了她，丝毫不逊色于失去两百铁骑的伤痛程度，甚至犹有过之，一个家族，想要福泽绵延，说到底还是要靠那一两个能站出来撑场面的子嗣，百人庸碌，不及一人成材，白发人送黑发人的茅锐如何能够不肝肠尽断？

这期间又有几道玩味古怪的眼神，来自深知敦煌城肮脏内幕的鲁武之流，茅锐嗜好女色，生冷不忌，被嘲笑成一只趴在艳情书籍里的蠹鱼，而茅柔年过三十仍未嫁出，看来父女两人私下苟且多半是真实无疑，不过取笑过后，鲁武和陶勇默契地视线交汇，都看出对方眼中的忧虑，一介匹夫之怒，不足挂齿，可当这名武夫临近一品，是谁都无法轻视的，那些北莽甲字大姓为何不遗余力去聘请供养这些人物？还不是想要震慑宵小，不战而屈人之兵？像眼下这种肯为了个娘们去抗衡整整五百铁骑的疯子，鲁武自认就算把自己正房媳妇偏房小妾一并拱手相送，都舍得！只要那满身血污的年轻人看得上眼。

那些个被金银钱财吸引来的武林草莽都早早吓破了胆，他们比不得那些个抱团家族，自个儿单枪匹马闯荡江湖，死了就彻底白死了，都没人收尸，板上钉钉的，身上武器银票秘籍都会被人搜刮殆尽。这趟入城是在稳操胜券的前提下去搏求富贵的，不是来当垫背送死的。一时间跟金吾卫厮杀过后还剩下七八十号的这伙人，都蠢蠢欲动，萌生退意。一些个相互有交情的，都提防着其余面生脸孔开始窃窃私语，打算盘权衡利弊。

鲁武有大将风度，策马冲出，问道："来者何人?！"

徐凤年只是看着那名撕心裂肺哀号的老头子，平淡道："你叫茅锐，我知道你。"

负弓猛将陶勇猛然喊道："小心！"

同时搭弓射出一箭，众目睽睽之下，射向茅锐脑袋，让一些眼尖的旁观者以为陶勇丧心病狂了，或者是要落井下石。

殊不知箭矢与某物相撞，发出金石铿锵声。

但茅锐的脑袋仍是往后一荡，一颗眼珠子炸出一团小血花。

茅锐松开那颗女子头颅，捂住眼睛，嘶吼愈发凄厉。

眼睛通红的陶勇咬牙咯吱作响，沉声提醒道："此子可驭剑两柄！"

徐凤年抹了抹嘴角渗出的鲜血，伸出一根手指旋了旋，有双剑绕指飞掠如小蝶，问道："我再刺他一眼，这次你如果还是拦不住，下一次就轮到你了。"

陶勇二话不说，干净利落地收回铁胎大弓。

徐凤年自然轻而易举地驭剑刺透茅锐手掌，刺破另外一颗眼珠，笑道："我的女人，好看吗？可惜你看不到了。"

分明是笑，可他那一身鲜血浸染的红衣，还有那扭曲的英俊脸孔，实在是让人看着战栗心寒。

徐凤年不急于杀死茅锐，归鞘春雷立在地上，双手搭在刀鞘上，问道："谁敢与我一战?！便是群殴也无妨，老子单挑你们一群！"

这实在不是一个能逗人发笑的笑话。

这名原本只被当作宫中裙下面首的年轻人，满身血腥渗出的是滔天戾气。

还有那几乎所向无敌的剑气和刀意。

这一刻，不知道有多少老一辈枭雄都感慨，生子当如此！

当时城外，明明可以驭剑的年轻书生竟然拔刀，杀人如麻后，一刀刺入躺在地面上的茅柔的嘴巴，扭动刀锋搅烂，不忘记报仇地对着尸体说了句："让你吹。"大半仍有战力的金吾骑兵彻底崩溃，开始疯狂逃窜。徐凤年不去追杀这些做散兵游勇奔走的骑卒，割下茅柔脑袋，提着蹒跚返身，见城门口站着一名干净清爽的文雅男子，徐凤年默不作声，春秋即将出鞘。

男子挡下一剑后平静说道："在下徐璞，北凉老卒。来敦煌城之前，都算是朋友李义山的死士。"

杀红了眼的徐凤年微微错愕，问道："徐璞，当年北凉轻骑十二营大都督徐璞？"

男子单膝跪地，嗓音沙哑，轻声道："末将徐璞见过世子殿下。"

北凉王府，不去说徐骁那些见不得光的死士，除了镇压听潮阁下的羊皮裘老头，深藏不露的剑九老黄，接下来就是这位素未谋面的徐璞了。他的身份极为特殊，曾经官拜正三品，在军中跟教出兵仙陈芝豹的吴起地位相当，两人北凉三十万铁骑里的声望堪称伯仲之间，不过徐璞的形象更倾向于儒将，至于后来为何弃官不做，成了死士，注定又是一段不为人知的秘辛。徐璞眼神真诚和煦，帮忙背起那只曾经藏有春雷刀的书箱，笑了笑：“殿下放心调息便是，虽比不得殿下英武，徐璞到底还剩下些身手，沿街一路北去，断然不会有人能打扰。”

挥出不下六十记“一袖青龙”的春雷刀，已然斩杀将近两百骑，此时在主人手中颤动不止，可见已经到了极限，徐凤年捂住胸口，缓了缓气息，皱眉问道：“不会让徐叔叔身份暴露？”

徐璞摇头道：“无关紧要了，今天按照李义山的算计，本来就要让敦煌城掀个底朝天，末将肯定要露面的。原本殿下不出手，事后末将也一样会清理掉。”

徐凤年缓缓入城，听到这里，冷笑道：“那时候徐叔叔再去给红薯收尸？掬一把同情泪？”

徐璞神情不变，点了点头。

察觉到他的勃然杀意，徐璞隐约不悦，甚至都不去刻意隐藏，直白说道：“殿下如此计较这些儿女情长？”

徐凤年缓步入城，一个字一个字平淡道：“放你娘的臭屁！”

徐璞并未出声。

沉默许久，大概可以望见巨仙宫的养令斋屋顶翘檐时，徐凤年好像自说自话：“我今天保不住一个女人，以后即便做了北凉王，接手三十万铁骑，你觉得我能保得住什么？”

徐璞哈哈大笑，整整二十年啊，积郁心中二十年的愤懑，一扫而空，笑出了眼泪。

徐凤年疑惑地转头看了一眼。

徐璞收敛神色，终于多了几分发自肺腑的恭敬，微笑道：“当年李义山和赵长陵有过争执，李义山说你可做北凉王，赵长陵不赞同，说陈芝豹足矣！外姓掌王旗也无妨。”

徐凤年扯了扯嘴角，实在是挤出个笑脸都艰难，若非那颗当初入腹的两禅金丹不敢肆意挥霍，一直将其大半精华养在枢泉穴保留至今，这一战是死是活还真两说，于是好奇问道：“那徐叔叔如何？”

徐璞眯眼望向城内，满脸欣慰，轻轻说道：“在徐璞看来，殿下选择站在城门口，胜负仍是五五分，可走入城中以后，李义山便赢了赵长陵。”

徐璞突然说道：“李义山断言，吴起绝不会惦念亲情而投靠殿下，此次赶赴北莽，殿下可曾见过？”

徐凤年脸色阴沉：“兴许我没见到他，他已经见过我。”

此时场中，寂静无声，落针可闻，竟是无一人胆敢应战。

不知何时，试图围攻巨仙宫的茅氏等多股势力，报应不爽，被另外几股势力包围，堵死退路。

除了仍然沉得住气的补阙台在外，宇文家，端木家，等等，都不再观望，可谓是倾巢出动，螳螂捕蝉黄雀在后。

什么联姻亲情，什么多年交情，什么唇亡齿寒，比得上铲除掉这帮逆贼带来的权力空位来得实在？

徐凤年望向那些江湖莽夫，冷笑道：“要银子是吧？茅家给你们多少，巨仙宫给双倍，如何？”

徐璞笑着放下书箱，开始着手杀人。

他作为北凉军六万轻骑大都督，亲手杀人何曾少了去？

徐凤年负剑提刀前行，大局已定，更是无人敢拦，径直走到锦衣女子眼前，抬起手作势要打。

她泪眼婆娑，根本不躲。

红薯死死抱住这个红衣血人，死死咬着嘴唇，咬破以后，猩红叠猩红。

徐凤年只是伸手捏了捏她脸颊，瞪眼道：“你要死了，你以为我真能忘记你？做丫鬟的，你就不能让你家公子省省心？退一步说，做女人的，就不能让你男人给你遮遮风挡挡雨？”

第二卷第九十九章　孤城白首

有那些几十号草莽龙蛇倒戈一击，战局就毫无悬念，而在红薯授意下依着兵书上围城的封三开一，故意露出一条生路，陶勇明摆着舍得丢下敦煌城根基，率先丢弃失去主心骨和茅家，带着亲信嫡系逃出去，锦西州旧将鲁武则要身不由己，身家性命都挂在城内，悍勇战死前高声请求红薯不要斩草除根，给他鲁家留下一支香火。红薯没有理睬，鲁武死不瞑目，茅家扈从悉数战死，足见茅锐茅柔父女不说品性操守，在养士这一点上，确实有独到的能耐，徐璞将宫外逆贼金吾卫的厚实阵形杀了一个通透，剩余苟活的骑兵都被杀破了胆，丢了兵器，伏地不起。

徐璞随手拎了一根铁枪，潇洒返身后见到红薯，以及一屁股坐在书箱上调息休养的徐凤年，红薯欲言又止，徐凤年笑道："敦煌城是你的，其中利害得失你最清楚，别管我，该怎么做就怎么做。这位徐叔叔，是我师父的至交好友，信得过。"

"见过大都督。"红薯敛衽轻轻施了个万福，先私后公，正色道，"劳烦徐叔叔带五十骑兵，追剿陶勇，只留他一人返回橘子州，也算敦煌城给了慕容宝鼎一个面子。徐叔叔然后领兵去补阙台外边，什么都不要做就可以。"

徐璞领命而去，几名侥幸活下来的老宦官和紫金宫女官也都跟在这名陌生中年男子身后，徐璞三言两语便拉拢起五六十名想要将功赎罪的金吾骑兵，杀奔向一直不知是摇摆不定还是按兵不动的补阙台。

徐凤年一直坐在书箱上吐纳疗伤，看似满身血污，其实一身轻伤，外伤并不严重，不过经脉折损严重，一人力敌五百骑，没有半点水分，虽然茅家铁骑欠缺高手坐镇，但五百骑五百坐骑，被徐凤年斩杀两百四十几匹，又有撞向徐凤年而亡四十几匹，足见那场战事的紧凑凶险，茅柔显然深谙高手换气之重要，靠着铁腕治军和许诺重赏，躲在骑军阵形最厚重处，让骑兵展开绵绵不断的攻势，丢掷枪矛，弓弩劲射，到后来连同时几十骑一同人马撞击而来的手段都用出来，这其中武力稍高的一些骑尉，在她安排下见缝插针，伺机偷袭徐凤年，可以说，若只是双方在棋盘山对弈下棋，只计棋子生死，不论人心，哪怕徐凤年再拼死杀掉一百骑，也要注定命丧城门外，只不过当春秋以剑气滚壁和一袖青龙开道，再以春雷刀捅死茅柔，好似在大军中斩去上将首级，铁骑士气也就降入谷底，再凝聚不起气势，兵败如山倒就在情理之中，徐凤年即便有五六分臻于圆满的大黄庭和金刚初境傍身，也要修养两旬才能复原，这一场血战的惊险，丝毫不下于草原上和拓跋春隼三名高手的死战。放在市井中，就像一个青壮跟三名同龄男子厮杀，旁观者看来就是心计迭出，十分精彩，后者就是跟几百个稚童玩命，被纠缠不休，咬上几口几十口，甚至几百口，同样让人毛骨悚然。

徐凤年安静地看着那些尘埃落定后有些神情忐忑的江湖人士，然后看着那个扑地身亡的壮硕老人，这位敦煌城鲁氏家主原本应该想要摆出些虎死不倒架的势头，死前将铁枪挤裂地面，双手握枪而死，但很快被一些人乱刀劈倒，践踏而过，一些个精明的江湖人边打边走，靠近了尸体，作势打滚，凑近了老者尸体，手一摸，就将腰间玉佩给顺手牵羊，几个下手迟缓的，腹诽着有样学样，在鲁武尸体上滚来滚去，一来二去，连那根镶玉的扣带都没放过，给抽了去，脚上牛皮靴也只剩下一只，都说死者为大，真到了江湖上，大个屁。此时的茅家，除了马车上两名蜷缩在角落的香侍女，都已经死绝，一个眼尖的武林汉子想要去马车上痛快痛快，结果被恰巧当头一骑而过的徐璞一枪捅在后心，枪头一扭，身躯就给撕成两半，就再没有谁敢在乱局里胡来，个个噤若寒蝉。

徐凤年已经将春雷刀放回书箱，一柄染血后通体猩红的春秋剑横在膝上，对站在身侧的红薯说道："接下来如何安抚众多投诚的势力？"

红薯想了想，说道："这些善后事情应该交由大都督徐璞，奴婢本该死在宫门外，不好画蛇添足。"

她笑了笑，又说："既然公子在了，当然由你来决断。"

徐凤年皱了皱眉头："我只看，不说不做。不过先得给我安排个说得过去的身份，对了，连你都认识徐璞，会不会有人认出他是北凉军的前任轻骑十二营大都督？"

红薯摇头道："不会，奴婢之所以认得徐璞，是国师李义山当初在听潮阁传授锦囊时，专门提及过大都督。再者，凉莽之间消息传递，过于一字千金，都是拿人命换来的，密探谍子必须有所筛选，既不可能事无巨细面面俱到，也不可能有本事查探到一个二十年不曾露面的北凉旧将。咱们北凉可以说是两朝中最为重视渗透和反渗透的地方，就奴婢所知，北凉有秘密机构，除了分别针对太安城和几大藩王，对于北莽皇帐和南朝京府，更是不遗余力。这些，都是公子师父一手操办，滴水不漏。"

徐凤年自嘲道："仁不投军，慈不掌兵。我想徐璞对我印象虽然有所改观，不过估计也好不到哪里去。"

红薯黯然道："都是奴婢的错。"

徐凤年笑道："你这次是真错了，如果不是因为你，我执意要逞英雄，返身入城，徐璞兴许这辈子都不会下跪喊一声世子殿下，顶多叔侄相称，你是不知道，这些军旅出身的春秋名将，骨子里个个桀骜不驯，看重军功远远重于人情，徐璞已经算是难得的异类了。像那个和我师父一起称作左膀右臂的谋士赵长陵，都说三岁看老，可我未出生时，徐骁还没有世子，他就料定将来北凉军要交到陈芝豹手上才算安稳，死在西蜀皇城外二十里，躺在病榻上，不是去说如何给他家族报仇，而是拉着徐骁的手说，一定要把陈芝豹的义子身份，去掉一个义字，他才能安心去死。”

红薯没敢询问下文。

徐凤年站起身，春秋归鞘背在身后，吐出一口猩红中透着金黄的浊气，笑道：“因祸得福，在城外吸纳了两禅金丹，又开了一窍，还有你可知道这柄才铸造出炉的名剑，若是饮血过千，就可自成飞剑？”

红薯眨了眨眼睛道：“那借奴婢一用，再砍他个七八百人？”

徐凤年伸手弹指在她额头，气笑道：“你当这把有望跻身天下前三甲的名剑是傻子不成，得心意相通才行的，养剑一事，马虎不得，也走不了捷径。”

徐凤年望向宫外的血流成河，叹了口气，暗骂自己一句妇人之仁，矫情，得了便宜卖乖。提着书箱起身往宫内走去，红薯当然要留下来收拾残局。她望着这个背影，记起那一日在殿内，她穿龙袍坐龙椅，一刻欢愉抵一生。此时才知道，跟姑姑这样，在选择一座孤城终老，为一个男人变作白首，也不是多么可怕的事情。徐凤年突然转身，展颜一笑。红薯刹那失神，不知此生他最终到底会爱上哪一名幸运的女子，姜泥？红薯打心眼不喜好这个活着就只是为了报仇的亡国公主，她觉得要更大气一些的女子，才配得上公子去爱。当然，这仅是红薯心中所想，至于公子如何抉择，她都支持。

徐凤年早已不是那个五谷不分四体不勤的世子殿下，在庆旒斋独自沐浴更衣，换过了一身洁净衣衫，神清气爽。敦煌城大局已定，各座宫殿的宫女宦官也就继续按部就班安分守己，宫外那些风起云涌，对他们而言，无非是一朝天子一朝臣，只是大人物们的荣辱起伏，他们的官帽子变得大一些或者被连脑袋一起摘掉而已，惊扰不到他们这些小鱼小虾的生活，不过说心里话，他们还是十分喜欢现任宫主做敦煌城的主人，虽然赏罚分明，但比起上任几十年如一日冷如冰山的城主，要多了些人情味，徐凤年坐在繁花似锦的院子石凳上，桌上摆有春秋和春雷，光听名字，挺像是一对姐弟，徐凤年没有等到情理之中的红薯，反而是徐璞意料之外的独身造访。

徐璞也没有用下跪挑明立场，见到徐凤年摆手示意，也就平静坐下，说道：“按照李义山的布置，造访势力，分别对待，城内根深蒂固的本土党派，斩草除根，一个不留。近十年由城外渗入敦煌城的，如橘子州和锦西州两位持节令的心腹，旧有势力被掏空铲平以后，会继续交给他们安排人手填平，而且新敦煌城会主动示好，不光给台阶下，还搭梯子上，放手让他们吞并一些茅家和鲁家的地盘，如此一来，有了肥大鱼饵去慢慢蚕食，可保五年时间内相安无事，说到底，还是逃不过一个庙堂平衡术。”

徐凤年点了点头，好奇道：“补阙台到底是怎样一个态度？”

不杀人时分外文雅如落魄书生的徐璞轻声笑道：“不表态便是最好的态度，新敦煌乐意分一杯羹给他们。”

徐凤年问道：“到底有哪几股势力是北凉的暗棋？”

徐璞毫不犹豫说道：“宇文端木两家都是李义山一手扶植而起，不过恐怕就算是这两族之内，也不过四五人知道真相。其余势力，都是因事起意，因利而动，不值一提。”

徐凤年苦笑道：“我闹这么一出，会不会给师父横生枝节？”

徐璞由衷笑道：“李义山自己常说人心所向，方才使得棋在棋盘外，可见国手真正棋力，世子殿下不要担心，末将相信李义山肯定乐见其成，能让一局棋额外生气眼，可见殿下已经真正入局发力，是好事。”

徐凤年感兴趣道：“徐叔叔也精于弈棋？”

徐璞赶紧摆手道：“跟李义山相处久了，只会说些大道理，真要对局，就是俗不可耐的臭棋篓子，万万下不过殿下的，殿下不要强人所难啊。”

徐凤年哈哈笑道：“我想总比徐骁来得强上一些。”

一个恭恭敬敬称呼世子殿下，一个亲亲热热喊徐叔叔。

是不是牛头不对马嘴？

一场暮春苦雨骤然泼下。

徐凤年和徐璞一起走入斋子，徐凤年说道：“魔头洛阳何时入城，才是当下敦煌城的真正劫数。”

徐璞点了点头，饶是这位轻骑大都督，也有些忧心忡忡。

徐凤年自嘲道：“可别乌鸦嘴了。”

城内城外瓢泼大雨。

一袭白衣去过了采矶佛窟，缓缓走向敦煌城。

白日大雨如黑幕，男子白衣格外显眼，雨滴在他头顶身遭一丈外便蒸发殆尽。

一些逃散溃败的茅家金吾卫骑兵，路上见着了这名菩萨女相的俊美男子，心生歹意，只是还来不及出声，就在大雨中连人带马给大卸八块。

［节选自纵横中文网］

【粉丝评论摘编】

@陶牵金：几年来称得上最好的一部书，亲情友情，道出心中真情；庙堂江湖，说出男儿向往。这到底是怎样一个作者，能写出如此荡气回肠又温柔如风的故事？

@1440707557：看到两百章之后不敢看了，人物饱满栩栩如生，情节构思巧妙。老黄死了，眼泪就下来了，一边看一边哭。看到两百章，不敢再看了。

@安迪斯晨风：把主菜扔了用花椒大料陈皮熬了一锅汤……

@祝佳音：看完了《雪中悍刀行》，感觉假如逼格是粮食，看书的感觉就是被绑在椅子上，被几个大汉往嗓子眼里塞压缩饼干。

@某不具名的评论者：《雪中悍刀行》就是武侠版的《小时代》。

@沐风而遇周星星：烽火总管的《雪中》，文字技巧够炫丽，配角描写很煽情，支线伏笔环扣环。但烽火有个毛病，前期框架拉得很大，挖坑很多。写到后期，无力填坑，后劲不足。好好的几本书，不是太监，就是烂尾。希望《雪中》扫前几部作品的颓势，能够完美收官，也给读者们留一个念想。

@颜说：近几年看过的最好的武侠小说。要说构架还欠缺，一篇的才气还没能到一本的才气。可是作者骨子里透着的那么一股子劲儿，不歪，正且倔强，喜欢得很。

@疏醉：我看过金庸梁羽生的电视剧，也看过古龙的小说，但可惜，我没从他们那里看到过我向往的江湖，直到《雪中悍刀行》，将别样的江湖送到我的脑海。

我有一剑仙人跪，一声剑来天下惊。

对于《雪中》迷来说，不用多，一句话，一句话就行，一句话就能唤醒所有深深印在脑中的场景。

一句话，揭开了一个江湖的序幕；

一句话，就能让看过《雪中》的心怀武侠梦的少年热血沸腾，甚至热泪盈眶；

一句话，让那向来苍茫如荒原的武侠世界里，出现了一座栩栩如生声色俱清的江湖。

《雪中》的江湖啊。

书上说，天下没有不散的筵席。不要怕，书上还说了，人生何处不相逢。

［**导引：陆正韵，简介：刘家铭，节选：刘家铭、张萌、梁承哲，粉丝评论摘编：王浩**］

才华横溢，却难称“巅峰”

——评烽火戏诸侯《雪中悍刀行》

吉云飞

网文圈对《雪中悍刀行》（以下简称《雪中》）的评价可谓是一天一地，爱的人说它“倾城倾国”，说其中的江湖好过金庸古龙。不少慕名而来的读者则高呼上当，网评家安迪斯晨风就认为《雪中》是“把主菜扔了用花椒大料陈皮熬了一锅汤”。

“彼之仙草，我之毒草。”网文中这类真诚地认为对方书友非“傻”即“白”的情景其实不算罕见，但《雪中》的流行及其引发的争议却是别具意味。

“《赘婿》《雪中悍刀行》和《将夜》是否是目前为止网络文学的巅峰表现？”知乎社区上的这一提问已有了上百个回答（2016 年 2 月至 12 月），在以网络文学为主题的问答里可以说是顶热闹的。激发读者讨论热情的关键词是：“巅峰。”寻找《雪中》的位置，在此种精英读者已然自发开启对网络小说经典化可能之大辩论的情势下，就变成了对整个网文评价体系都相当重要的一次定位。于是，我们必须正面回应这一问题：《雪中》能否够得上目前网络小说的“巅峰”水平？

以“人物性格”为叙事中心的《雪中》，在近年来的网文里堪称是“独此一家”，写这样的小说最要紧的是才华，这是学不来的。徐凤年、李淳罡、姜泥……书中不但有无量高人雅士，更有王者之痴、匹夫之怒、美人之勇；连一把兵器也要唤作大凉龙雀，和主人一般潇洒——此剑抚平天下不平事，此剑无愧世间有愧人。

喜欢《雪中》的可不是什么“小白”，几乎都是入坑多年阅文无数的“老白”，烽火是靠才情征服了这些已经开始挑剔起来的读者。他重新演绎了一个似旧实新的江湖，试着用工笔画出无数漂亮的人物，无穷美妙的场景，再用情义将它们熔铸到一起。天下可以没有江湖，但必须有侠士；世间可以没有侠士，但必须有侠气。凭着这股子贯穿古今的侠气、豪气、意气，前现代的江湖风云，后启蒙的现实处境，似乎都能伴随着第一章与最终章处的两声“小二，上酒”，在迷醉里化成了同一片天地，同一个酒嗝。

要是真的能让所有人再大醉一场、大梦一回，《雪中》或可与《将夜》（猫腻）

《赘婿》（愤怒的香蕉）媲美。然成也才情，败也才情；《雪中》多见才气挥洒，但惜未能气贯长虹。烽火另一个比“文青”更为读者所乐道的标签是“大内总管”，自他于2005年以《极品公子》正式出道以来，作品中“太监”（未完成便停更）的数量要远超过完结的，《雪中》之前的《天神下凡》（2010）与《桃花》（2011）都是在一个极漂亮的开篇后就戛然而止。据说当年金庸曾惜才于古龙：性格上有弱点，做事不能坚持。或许也是性格上的善始而不善成，导致烽火的才情未能得到足够的打磨，时有妙悟妙语，但水平并不稳定，对语言的运用也远没到炉火纯青的地步。

历时四年多，近五百万字的《雪中》把烽火的优点和缺点一并放到了最大。人物有灵气，场面有意境，但总是差那么一点落不下来，老是在变着花样的修饰、重叠与夸张里，把不少人物的“性灵”给绕没了、磨破了、玩虚了，结果便是失掉了合理性，更缺少层次感，反倒有些矫情和奇怪。烽火想把中国历史上那些最令人心折的人物、最让人向往的画面化用到书里的庙堂、江湖与沙场中，但他的笔力撑不起来他心中的那个繁华世界，常常是该收时放，且一放就不可收拾；又在该简时繁，该繁时更繁。

除了笔力稍欠火候，人物立不起来的一个更重要的原因是价值观没有落到实处。相比《将夜》将“自由与爱情”落进“大唐和书院”，《赘婿》把“启蒙立场”植入“家国天下”，《雪中》少了一以贯之的“硬菜”，而主题的缥缈直接导致作品结构的散漫和气质的虚浮。在《雪中》里烽火更多是在追求一种“漂亮”的感觉，一路顺流而下，却对世界架构和故事主线缺少整体的设计，但五百万字的大长篇不可能主要凭灵感，何况作者的“灵感”有时还不灵。

对于大部分土生土长的网文“老白”，由于已经阅尽千文，心中早已有一万种爽文套路，高举情怀的《雪中》带给他们的兴奋和沉醉的确也是第一流的，甚至是前所未有的——这一群体通常是只看网文，对网文之外的文学世界既不了解也无甚兴趣去了解；但是对于跳出网文之外的那部分更加精英的“老白”读者，《雪中》则还不够入味。这大概是《雪中》在“老白”群体中获得了如此截然不同的评价的原因。

《雪中》虽比《将夜》和《赘婿》稍逊一筹，但它的产生和流行却足以证明培育有经典潜质的网络小说的土壤已经成形。有几流的读者就有几流的作品，这些已经不再停留于简单的欲望满足的“老白”，在无比热切地期盼和呼唤着“巅峰”。为此，他们能够忍受《赘婿》作者愤怒的香蕉的龟速更新，也能忽略《雪中悍刀行》中烽火戏诸侯的种种不足，不但源源不断地为他们订阅、投票和打赏，还持之以恒地向他们提供灵感、建议与赞美。烽火此番能够坚持四年多且完本，没有“戏诸侯”，可能也离不开忠诚粉丝的狂热支持。

其实《雪中》写到中段，烽火写人写情已经是老辣了不少，可惜这一口气还不够绵长，到了最后又脱不开“烂尾”的嫌疑。不过经过《雪中》数年数百万字的艰苦磨炼，或许可以期待烽火继续在东方玄幻与仙侠领域深耕，创作出一部实至名归的巅峰之作。

2016 中国网络文学大事记

1 月

1 日，梦入神机新作《龙符》首发纵横中文网，打破了此前流传半年多的“跳槽”乃至“封笔”传言。2015 年 2 月，《星河大帝》完结，此后梦入神机新书多次“跳票”，到 8 月更发微博表示“因为种种原因，新书没和网站谈拢，我暂时离开”，直到 12 月 30 日，才表示此前的各种变故都是因为网站动荡。据悉，百度在 2015 年一度想将纵横中文网出售给阅文集团，后经由梦入神机及其团队运作，最终完美世界注资百度文学并实现控股。

6 日，由阅文集团联手老牌商业媒体福布斯中文版发布的“2015 年度福布斯·中国原创文学风云榜”颁奖盛典在上海举行，该榜是国内首份年度 IP 价值排行榜，榜单包括男生作品 TOP10 :《我欲封天》(耳根)、《造化之门》(鹅是老五)、《一世之尊》(爱潜水的乌贼)、《天域苍穹》(风凌天下)、《星战风暴》(骷髅精灵)、《超品相师》(九灯和善)、《大宋的智慧》(孑与 2)、《三界独尊》(犁天)、《完美世界》(辰东)、《择天记》(猫腻)；女生作品 TOP10 :《邪王追妻》(苏小暖)、《国民老公带回家》(叶非夜)、《金陵春》(吱吱)、《惊世毒妃》(白天)、《炮灰攻略》(莞尔 wr)、《诛砂》(希行)、《绝世神医》(夜北)、《征服游戏》(公子如雪)、《倾世宠妻》(寒武记)、《爆笑宠妃》(梵缺)。2015 年度人气作家，男性作家：忘语（代表作《魔天记》)；女性作家：叶非夜（代表作《国民老公带回家》)。2015 年度新锐作家，男性作家：全金属弹壳（代表作《黄金渔场》)，女性作家：北川云上锦（代表作《史上第一宠婚》)。2015 年度原创作品改编奖，2015 年度原创最佳电影改编：《寻龙诀》(原著作者：天下霸唱，出品方：万达影视)，入围作品：《九层妖塔》《寻龙诀》《左耳》《何以笙箫默》;2015 年度原创最佳电视剧改编:《琅琊榜》(原著作者：海宴，出品方：正午阳光)，入围作品:《何以笙箫默》《琅琊榜》《花千骨》《芈月传》;2015 年度原创最佳动画改编:《择天记》(原著作者：猫腻，出品方：阅文集团),

入围作品:《莽荒纪》《择天记》《灵域》。2015 年度最佳游戏改编:《莽荒纪》(页游)(原著作者:我吃西红柿,发行商:妙聚网络),入围作品:《武极天下》(手游)、《莽荒纪》(页游)、《九天星辰诀》(页游)、《大主宰》(手游);2015 年度最佳网络剧改编:《盗墓笔记》(原著作者:南派三叔,出品方:欢瑞世纪、爱奇艺),入围作品:《无心法师》《盗墓笔记》《校花的贴身高手》《纳妾记》;2015 年度最具改编潜力作品:《谁与争锋》(作者:乱),入围作品:《谁与争锋》(作者:乱)《国民老公带回家》(作者:叶非夜)、《全职法师》(作者:乱)、《从前有座灵剑山》(作者:国王陛下)。本次发布会上,由阅文集团主持发起的“正版联盟”揭牌。阅文集团 CEO 吴文辉表示,将团结业内所有正版化的平台公司,并且呼吁在座的作家共同努力,“打造 2016 年网络正版元年”。

7 日,艾瑞咨询发布了《2015 年中国网络文学版权保护白皮书》,白皮书显示,2014 年盗版网络文学如果全部按照正版计价,PC 端付费阅读收入损失达 43.2 亿元,移动端付费阅读收入损失达 34.5 亿元,衍生产品产值损失 21.8 亿元,行业损失近 100 亿元。

23 日,由中国作协网络文学委员会主办、中国作家网承办的 2015 年度中国网络小说排行榜揭晓。该榜分为精品榜和新书榜。精品榜有《奥术神座》(爱潜水的乌贼,起点中文网)、《回到过去变成猫》(陈词懒调,起点中文网)、《木兰无长兄》(祈祷君,晋江文学城)、《匹夫的逆袭》(骁骑校,17K 小说网)、《从前有座灵剑山》(国王陛下,创世中文网)、《烽烟尽处》(酒徒,17K 小说网)、《凤倾天阑》(天下归元,潇湘书院)、《唐砖》(孑与 2,起点中文网)、《紫阳》(风御九秋,17K 小说网)、《女户》(我想吃肉,晋江文学城)。新书榜有《原始战记》(陈词懒调,起点中文网)、《诛砂》(希行,起点女生网)、《修真四万年》(卧牛真人,起点中文网)、《穿越者》(骁骑校,17K 小说网)、《碎星物语》(罗森,17K 小说网)、《厨娘当自强》(欣欣向荣,晋江文学城)、《巫神纪》(血红,起点中文网)、《万古仙穹》(观棋,17K 小说网)、《他知道风从哪个方向来》(玖月晞,晋江文学城)、《灭世之门》(黑暗荔枝,起点中文网)。

本月,北京大学网络文学研究论坛的“2015 中国年度网络文学排行榜”发布,该榜单坚持学院派研究者立场,所推选作品“蕴含某些经典的要素和指向,或者某种对既有类型的突破性和颠覆性”,同时又是“建立在不错的商业成绩和圈内口碑之上”的。榜单分男频、女频各十部。男频小说十部分别是:《清客》(贼道三痴，创世中文网)、《宰执天下》(Cuslaa，纵横中文网)、《从前有座灵剑山》(国王陛下，创世中文网)、《异常生物见闻录》(远瞳，起点中文网)、《重生潜入梦》(第十个名字，起点中文网)、《回到过去变成猫》(陈词懒调，起点中文网)、《问镜》(减肥专家，纵横中文网)、《一世之尊》(会潜水的乌贼，起点中文网)、《剑王朝》(无罪，纵横中文网)、《择天记》(猫腻，创世中文网)。女频小说十部分别是:《木兰无长兄》(祈祷君，晋江文学城)、《制霸好莱坞》(御井烹香，晋江文学城)、《快穿之打脸狂魔》(风流书呆，晋江文学城)、《诛砂》(希行，起点女生网)、《帝师》(来自远方，晋江文学城)、《女帝本色》(天下归元，潇湘书院)、《他与月光为邻》(丁墨，腾讯云起书院)、《我家徒弟又挂了》(尤前，起点女生网)、《红楼之宠妃》(Panax，晋江文学城)、《金玉王朝》(风弄，米国度)。排行榜的实体书《2015 中国年度网络文学》(男频卷、女频卷)加入历史悠久的“漓江年选”于 3 月由漓江出版社出版，其中包含了选文、简介、评论等内容，这是网络文学首个实体出版的年选本。

3 月

1 日，墨香铜臭在晋江文学城连载的《魔道祖师》完结(2015 年 9 月开始连载，2016 年 8 月更新精修版)。伴随作品人气的上升，网络上出现大量同人小说、漫画、视频等二次创作，为原作聚集了超高人气。随后，晋江论坛等平台陆续爆出墨香铜臭种种营销炒作手段，引发了关于网络文学推广营销的巨大争议，成为 2016 年女频网文的热门事件。同年 11 月 4 日，晋江文学城公布《魔道祖师》与非天夜翔的《二零一三》共同列入腾讯动漫百万级改编计划，一定程度上肯定了这部作品的 IP 价值。

2 日，被网文圈戏称为“能把读者看太监的神作”的有史以来最长的网络小说《从零开始》(雷云风暴，起点中文网)完结，该作从 2005 年 2 月 15 日开始连载，连载时间长达 11 年之久。小说共 3429 章，2018.08 万字，在起点中文网累计获得了超过 1300 万张推荐票。

3日，全国人大代表、腾讯公司董事会主席兼CEO马化腾在媒体沟通会上回答记者提问时表示，腾讯有责任和义务去思考如何将IP泛娱乐化和多角度开发，今年将重点关注文学与动漫。在其向全国“两会”提出的《关于以创新为驱动，促进我国数字内容产业发展的建议》中指出：“网络盗版仍然是产业挥之不去的‘阴霾’，极大地制约了数字内容产业生态良性发展。”

22日，广西作家协会八届主席团会议决定成立广西作家协会网络文学委员会。网络文学委员会主任由广西作协专职副主席朱山坡兼任，副主任由网络作家卢国政、朱泽瑞、赵又仪、蒋晓平担任。

24日，由青罗扇子的《重生之名流巨星》（2009—2010，晋江原创网）改编的同名网络剧播出，该作是较早的女频“重生”之作，开启了晋江延续至今的“重生”风潮，也是女频“娱乐圈文”的早期代表作，同年11月被2016中国泛娱乐指数盛典评选为“中国网生内容榜·网络剧榜top10”。

25日，由《华西都市报》和作家榜团队大星（上海）文化传媒打造的“第十届作家榜”子榜单“网络作家榜”发布，榜单前三继续被上届三甲唐家三少、天蚕土豆、辰东所占据，其中唐家三少被报年度版税收入达1.1亿元，成为第一位年度版税过亿的中国作家。

28日，国家新闻出版广电总局公布“2015年优秀网络文学原创作品推介活动”的作品名单，推介作品共21部：酒徒《烽烟尽处》、蒋胜男《芈月传》、骁骑校《匹夫的逆袭》、陈词懒调《回到过去变成猫》、唐慧琴《日头日头照着我》、万派《网络英雄传Ⅰ：艾尔斯巨岩之约》、萧炳正《萧家媳妇》、苏诗桂《宁子墨那代人》、天下尘埃《星星亮晶晶》、邱德昌《郭公传奇》、林跃奇《黄道周》、古筝《青果青》、三月王屋《宝贝，向前冲》、携爱再漂流《因为相爱才上演》、宁国涛《两个人的婚姻，七个人的饭桌》、小如的爱情《装修毁了我十四年婚姻》、我吃西红柿《莽荒纪》、唐家三少《斗罗大陆Ⅱ：绝世唐门》、风舞天下《不朽神瞳》、沧月《忘川》、笑谈天涯《古瓷谜云》。

本月，上海浦东新区人民法院对上海玄霆娱乐（阅文集团旗下起点中文网）起诉神马搜索及UC浏览器侵权一案做出一审判决：一、判决认定UC浏览器内搭载的神马搜索提供转码阅读是侵权行为；二、由被告神马搜索立即停止对原告阅文集团文学作品13部小说的网络传播权，判决被告神马搜索赔偿原告侵权损失及其合理支出共计54万元。

本月，愤怒的香蕉正在连载的历史小说《赘婿》在当月仅更新十二章，更新量只有正常作品三分之一甚至五分之一的情况下，获得起点中文网月票榜第六名。这一反网文一般商业规律的成就，正是《赘婿》在网文评价体系内部“巅峰”地位的最佳注脚。

4月

7日，由《羊城晚报》主办的“2016年花地文学奖”公布获奖名单，酒徒的《烽烟尽处》(2012—2014，17K小说网)获年度网络小说大奖。

8日，根据八月长安的小说《最好的我们》(2010年3月起在晋江文学城连载时名为《流水混账》，实体出版改名为《最好的我们》)改编的同名网络剧在爱奇艺播出。11月，该剧荣获2016中国泛娱乐指数盛典“中国网生内容榜·网络剧榜top10”。

9日，全国公安网络文学学会在无锡成立。

11日，上海首份网络文学批评电子刊物《网文新观察》上线。该刊为双月刊，由上海市作家协会主管，上海网络作家协会主办，上海网络作家协会会长、作家陈村主编，华语文学网出版，免费赠阅。主要内容包括追踪网络文学的发展，溯及网络文学历史，开展文学批评，介绍网络作家，提供资讯和相关图片等。

12日，跳舞现身知乎社区，对一个询问起点白金作家跳舞是否已经封笔的帖子进行回应，并解释封笔的原因和心态。据跳舞介绍，在其创作的过程当中，虽然有很多充满善意和友爱的铁杆粉丝一直在身边陪伴，但也遭遇到了很多的黑粉，有些还以谩骂、诅咒、命令的形式进行催更，对其本人的写作动力和创作心态造成了非常大的打击。不过，跳舞后来删除了回应帖。

16日，由《南方都市报》《南都周刊》发起主办的第十四届华语文学传媒盛典颁奖典礼揭开帷幕。典礼上阅文集团与南都传媒达成战略合作，并举行了阅文平台文学大数据授权仪式。还评选出了六位“年度网络作家”：纳兰内拉、叶非夜、吱吱、圣者晨雷、定离、若菀。

18日，根据阿耐的小说《欢乐颂》(该作于2010年9月28日在阿耐的新浪博客和晋江文学城上连载，2012年由四川文艺出版社出版实体书)改编的同名电视剧在浙江卫视、东方卫视首播，引起热评。

18日，中国新闻出版研究院发布《第十三次全国国民阅读调查》。报告显示，2015年我国成年国民图书阅读率为58.4%，同比上升0.4个百分点；数字化阅读方式的接触率为64.0%，同比上升了5.9个百分点。不同人口特征群体的手机阅读接触率不同，年龄越小的群体，手机阅读接触率越高，呈阶梯递增趋势，18—29周岁群体的手机阅读接触率最高，为89.6%；其次为30—39周岁群体，该群体的手机阅读接触率为82.2%。在手机阅读接触群体中，都市言情类电子书成读者最爱，其次为文学经典。其中，都市言情类电子书的选择比例为18.2%，文学经典类电子书的选择比例为14.3%，历史军事类电子书的选择比例为13%，武侠仙侠类、玄幻奇幻类以及悬疑推理类电子书的选择比例分别为12.7%、12.6%和12.3%。

19日，国务院新闻办公室在京举行新闻发布会，介绍2015年中国知识产权发展状况。国家版权局副局长阎晓宏认为，虽然版权秩序在改善，但网络文字作品在传播中存在的版权问题仍不少，特别是网络文学领域依然是侵权盗版的重灾区，还需要持续加大治理力度。

21日，愤怒的香蕉在微博上贴出自称“免费章节承包商联合体”的盗版者发布的公开消息的截图，声讨盗版。愤怒的香蕉称自己“曾考虑过，等到下本书专为赚钱而写的时候，就拿出一半的钱来，专门请律师跟盗贴者打官司，不告组织，就告个人，告到他没有办法正常生活，告破产一个算一个”。

23日，重庆网络作家协会成立。协会名誉主席张兵(小桥老树)，顾问张恒(zhttty)、林庭锋(宝剑锋)、侯庆辰(意者)、周运、庄秦、向林(司徒浪子)，主席袁锐(静夜寄思)。

25日，中国作家协会网络文学委员会、湖南省作家协会、中南大学三方联合设立中国作家协会网络文学委员会中南大学研究基地，这是首家国家级网络文学研究基地。由欧阳友权教授领军的中南大学网络文学研究团队是我国最早开展网络文学研究的学术群体。该团队1999年即涉足网络文学研究领域，2000年开始发表论文，2004年建立湖南省社科重点研究基地网络文学研究基地，2012年、2013年先后组建成立湖南省和全国网络文学研究会，成为这两个学会的会长单位和秘书处单位。16年来，该研究团队已出版5套网络文学研究丛书，有25位教师发表网络文学研究论文250余篇，出版该领域著作43种。

26日，由国家版权局主办的中国网络版权保护大会在京举行。工信部、公安部、国家网信办等相关部门负责人及来自版权产业界的代表，探讨了网络转载版权保护、网络文学版权保护等议题。国家新闻出版广电总局数字出版司副司长宋建新提出了五条工作思路。北京知识产权法院法官张玲玲在专题分会上指出，目前，网络文学是网络盗版的重灾区。北京法院在2015年共审计了2.62万件案件，里面70%是网络著作权案件。网络文学作品侵权有三个特点：第一，案件数量非常大，串案非常多。一般以作品不同进行分案，所以有些案件往往是成批量的，有几十件甚至上百件，因为涉及的侵权行为是一模一样的，只是涉及不同的作品。第二，被诉的主体与经营模式是紧密相关的。一开始各大网站成为被告，接下来是专门的文学网站，而现在更多的是专门做阅读的APP。第三，被诉行为与网络技术发展息息相关。

5月

6日，视频网站爱奇艺同时启动了爱奇艺文学和中国好故事文学大赛，宣布"未来一年里，将以一个亿的资金寻找100个好故事"。爱奇艺文学的成立意在打通IP从文学创作到后续改编的产业链，将爱奇艺从IP开发的下游改编平台，转型为兼具上游源头功能、能够自主创造IP的"一体机"。

10日，由河南省作协主办的第二届杜甫文学奖公布获奖名单，庚新以《宋时行》(2012—2013，起点中文网)获杜甫文学网络文学奖。

19日，阅文集团CEO吴文辉在新浪微博上转发了自己就网文被盗版情况接受北京电视台采访的视频，该条微博得到了唐家三少、丁墨等众多网络作家的转发声援。23日，吴文辉在微博上发布长文《把这场不该发生的战争打到底》，公开讨伐网络文学盗版，并发起了"对盗版SAYNO"话题，很快得到包括网络作家在内的无数网友回应，最终发酵成为当日微博分类榜最热话题。24日，胜己、小刀锋利、猫腻、月关、南派三叔、唐家三少、林海听涛、我吃西红柿、辰东、石三、高楼大厦、蚕茧里的牛、骷髅精灵、不信天上掉馅饼、录事参军、天使奥斯卡、乱、傲无常、七十二编、犁天共20位网络作家录制了“对盗版SAYNO”的短视频。作为QQ阅读代言人的演艺明星胡歌也录制视频支持该活动。

20日，前盛大文学CEO侯小强创立的“火星小说网”上线测试版PC端。

23日，百度发布公告，宣布将陆续关停百度贴吧文学目录下的全部贴吧，进行全面整顿并清查其中的盗版侵权内容。

23日，改编自常书欣小说《余罪》（2013—2014，创世中文网）的同名网络剧在爱奇艺播出。该剧不仅收获了良好的口碑，还斩获了金骨朵网络影视最佳网络剧、2016中国泛娱乐指数盛典网络剧榜top10、第七届澳门国际电视节金莲花优秀网络剧大奖等多项荣誉。

26日，《人民日报》第19版用较大版面发表记者郑海鸥的《网络文学，找回被盗走的尊严》一文，关注网络文学繁荣背后的盗版问题，呼吁保护网络作家、网络平台的合法权益。

6月

3日，由中国文艺评论家协会青年委员会、中国当代文学研究会新媒体文学委员会、中国文艺理论学会网络文学研究会主办的“首届网络文艺评论大赛”启动。

6日，网络文学作家林海听涛发布一条微博：“#支持正版，从我做起#正版化是一个阵痛的过程，需要全体网民的共同努力。只要话题讨论量破万，我来买单一个月请大家在QQ阅读上免费阅读《胜者为王》。”此条微博一经发布，立即引起了众多网络作家的积极响应，包括骷髅精灵、耳根、血红、叶非夜、流浪的蛤蟆、打眼、高楼大厦、丁墨等作家在内的20位大神作家表示也将加入到免单行动中。最终，“支持正版，从我做起”话题在两天后冲破10000次讨论量。“大神买单阅读”行动得到了移动阅读应用QQ阅读的支持，QQ阅读官方微博发表声明表示将无条件支持正版、支持作家，将由QQ阅读提供20位参与活动作家的代表作、共计20部作品的限时免费阅读，限免时段长达一个月。

7日，由猫腻小说《择天记》（2014— ，创世中文网）改编的同名电视剧在上海举办开机发布会，这是腾讯影业成立后推出的首部电视剧作品。《择天记》成为腾讯互娱打造泛娱乐生态链的突破之作。

中旬，潇湘书院CEO鲍伟康、小说阅读网CEO刘军民、红袖添香CEO孙鹏、言情小说吧CEO宁辉等阅文集团旗下多家子公司CEO集体离职，不久，阅文集团多位核心高管已分别接管各网站。

24日，起点中文网时隔数年之后再次进行页面整体改版，网站整体架构趋于扁平化，有利于增强移动端读者的体验。

26日，江苏省网络作家协会成立。该协会主席为陈彬（跳舞），副主席为丁凌滔（忘语）、马季、王辉（无罪）、卢菁（天下归元）、朱洪志（我吃西红柿）、刘晔（骁骑校）、刘华君（寂月皎皎）、杨晨(314)、吴正峻、徐震（天使奥斯卡）。

7月

4日，完美世界集团正式宣布与百度旗下文学业务开展合作，对百度文学注资并实现控股。而成立于2008年的纵横中文网最早就由完美世界投资，直到2013年，完美世界将其出售给百度。

4日，根据南派三叔的同名作品改编的电视剧《老九门》在东方卫视和爱奇艺同步上映，截止至2016年9月27日，《老九门》网络播放量突破100亿，成为全网史上首部播放量破百亿的自制剧。11月，该剧荣登2016中国泛娱乐指数盛典“中国网生内容榜·网络剧榜top10”。

12日，国家版权局、国家网信办、工信部和公安部四部门联合开展的“剑网2016”专项行动启动，重点打击网络侵权盗版，并将网络文学纳入2016年网络版权重点监管工作。同年8月16日，国家版权局通报了“剑网2016”专项行动第一批网络侵权盗版案件查办情况，包括北京“顶点小说网”、江苏苏州“风雨文学网”、重庆“269小说网”、四川双流“轻之国度”“轻之文库”、广西南宁“皮皮小说网”等网站涉嫌侵犯著作权案。据同年12月22日反馈消息，在“剑网2016”专项行动中，各地共查处行政案件514件，行政罚款467万元；移送司法机关刑事处理案件33件，涉案金额2亿元；关闭网站290家。

18日，中国作协在其官方网站中国作家网公布了中国作协2016年新会员名单，其中包括29名网络作家及从业者，阅文集团负责作家与内容方面的两位副总裁林庭锋（宝剑锋）与侯庆辰（意者）也同时入会。

31日，根据萧鼎小说《诛仙》（2003—2007，幻剑书盟）改编的古装仙侠剧《青云志》在湖南卫视超级独播剧场播出。

8月

2日，中国文联网络文艺评论家协会成立。协会主任为尹鸿，副主任为欧阳友权、关玲，秘书长为庄庸。

2日，河南省网络文学学会成立，何弘当选为河南省网络文学学会首届会长，庚新（原名刘峰晖）当选为秘书长。

3日，中国互联网络信息中心（CNNIC）发布第38次《中国互联网络发展状况统计报告》，报告显示，截至2016年6月，中国网民规模达7.10亿，半年共计新增网民2132万人。互联网普及率为51.7%，较2015年年底提升1.3个百分点。中国手机网民规模达6.56亿，较2015年年底增加3656万人。网民中使用手机上网人群占比由2015年年底的90.1%提升至92.5%。网络文学用户规模达到3.08亿，较去年年底增加1085万，占网民总体的43.3%，其中手机网络文学用户规模为2.81亿，较去年年底增加2209万，占手机网民42.8%。报告指出，经过近两年的大规模并购重组，网络文学市场目前已经形成了较为清晰的市场格局，产业生态化和版权正规化是2016年上半年网络文学市场变化的主要特征。

5日，由南派三叔等担任编剧，李仁港导演的电影《盗墓笔记》上映。

16日，阅文集团宣布与科幻世界杂志社达成战略合作，并签署“银河奖”冠名协议，从2016年起连续三届冠名“银河奖”。

31日，烽火戏诸侯的东方玄幻小说《雪中悍刀行》完结。这部首发于2012年，共450余万字的小说是以挖坑不填、被戏称为“大内总管”的烽火戏诸侯迄今为止最长的完本小说。

9月

1日，由中国文字著作权协会主办的“2016剑网行动·原创文字作品保护月”在京启动。

13—14日，全国第二届网络文学论坛在佛山召开，该论坛由中国作协主办、广东省作家协会承办，聚集主流文学界、网络作家、网站负责人、网络文学专家等多方人士，是目前由官方主办的网络文学界最高规格最大规模的会议。此次会议讨论了加强网络文学规范管理、IP转化、网络版权保护等话题。会上，邵燕君做了“全球媒介革命视野下的中国网络文学”的主旨发言，介绍中国网络文学在包括北美地区在内的海外传播情况，其中涉及中国文化走出去、软实力文化输出，以及中国网络文学的定位等问题，引起各方高度重视。

19日，由国家版权局指导、中国版权协会主办的网络文学版权保护研讨会在北京举行，会议宣布中国网络文学版权联盟成立，掌阅科技创始人张凌云代表联盟发布自律公约。

29日，由张嘉佳的《从你的全世界路过》同名改编的电影在大陆上映，其票房迅速突破8亿人民币，刷新了国产爱情片的票房纪录。《从你的全世界路过》（湖南文艺出版社，2013）是张嘉佳2013年7月开始在新浪微博上连载的“睡前故事”的实体版。

10月

8日，吉林省作家协会网络文学委员会成立，王永庵当选主任。

10日，金庸状告江南，认为江南的小说《此间的少年》（2001，清韵书院）涉嫌侵犯了其著作权。

10日，根据烽火戏诸侯的《陈二狗的妖孽人生》（2009—2010，起点中文网）改编的同名网络剧在腾讯视频上线播放。

13日，改编自秦明的小说《第十一根手指》（2013年7月开始在新浪博客连载，2014年由湖南文艺出版社出版）的《法医秦明》在搜狐视频上映。《第十一根手指》曾荣获2015年首届网络文学双年奖。

14日，网易云阅读在杭州为更俗新作都市小说《大地产商》召开发布会，证实更俗已从纵横中文网转战网易云阅读。

本月中旬，阿里旗下移动阅读APP书旗小说上线直播功能，定位于“作家直播”。

本月中旬，艺恩数据报告显示，截止10月7日，2016年网络剧TOP50中IP改编数量为21部，比重上升至42%，流量在20亿以上的5部网络剧《老九门》《太子妃升职记》《最好的我们》《余罪》《重生之名流巨星》全部由网文IP改编。

24日，根据丁墨小说《如果蜗牛有爱情》（2013，晋江文学城）改编的同名网络剧在腾讯、东方卫视上映。至12月12日大结局时，收视率持续排名同时段第一，网络播放量突破19亿。

26日，水千澈的《重生之国民男神》（2015年6月1日开始在潇湘书院连载）完结，该作第一次把目光从舞台上的明星转向了舞台下的粉丝，把“饭圈”生态搬进“娱乐圈文”，给近年来在青少年间火爆升温的“爱豆（idol）”文化以文学赋形，成为粉丝追星文的成功开端。

11月

3日，河北省网络作家协会成立。王万举任主席，成龙（九戈龙）、苏明哲（随轻风去）、寇广平（梦入洪荒）、崔浩（何常在）、张伟（录事参军）、聂丹（聂昱冰）任副主席。

4日，国家版权局发布了《关于加强网络文学作品版权管理的通知》。《通知》进一步明确了通过信息网络提供文学作品以及提供相关网络服务的网络服务商在版权管理方面的责任义务，细化了著作权法律法规的相关规定。

11日，根据秦简的同名小说（2013年连载于潇湘书院，起初书名是《庶女有毒》，后更名《锦绣未央》）改编的电视剧《锦绣未央》在北京卫视、东方卫视播出，立即在网络上陷入“抄袭门”争议。早在2013年2月小说连载期间就已经陆续出现质疑小说抄袭的声音，但纸质书仍于 2013 年 7 月由江苏文艺出版社出版，2013 年 8 月有网友贴出了《庶女有毒》与 21 部其他网文作品的调色盘对比，至 2016 年 7 月根据新浪微博账号“言情小说抄袭举报处”的整理，《锦绣未央》涉嫌抄袭的书目已经增加到 219 部。书目整理微博被网友转发数万次，并得到了著名编剧汪海林的声援，开始走法律诉讼程序，但电视剧仍如期播出。网文抄袭，进行 IP 改编的影视剧制作方是否需要负担相应的责任，开始成为网文圈不得不考虑并解决的问题。

21—25 日，国家新闻出版广电总局在上海举办了 2016 年网络文学网站主要负责人暨骨干编辑培训班，来自全国 43 家网络文学网站的 80 多人参加培训。

29 日，由艺恩主办的 2016 中国泛娱乐指数盛典 ENAwards 颁奖典礼在北京举行，艺恩根据泛娱乐大数据平台的多元洞察分析，结合近一年来中国文化娱乐产业发展的整体态势，发布了“企业榜”“明星榜”“内容榜”三大榜单，“内容榜”中有许多网文作品。“中国网生内容榜·网络大电影榜 top10”有《山炮进城 2》《死神的假期》《猎灵师之镇魂石（上）》《老九门番外之二月花开》《宠灵实验室 I 狸奴艾莉》《拯救汪星人大作战》《深宫遗梦》《僵尸英雄之魔王与公主》《超能联盟》《痞子兵王之特种使命》。“中国网生内容榜 · 网络剧榜 top10”有《法医秦明》《最好的我们》《余罪》《太子妃升职记》《超少年密码》《九州天空城》《十宗罪》《一起同过窗》《重生之名流巨星》《老九门》。“中国 IP 价值榜·网络文学榜 top10”有《完美世界》《微微一笑很倾城》《最好的我们》《盗墓笔记》《诛仙》《择天记》《三生三世十里桃花》《斗破苍穹》《大主宰》《太子妃升职记》。

30 日，中国作协第九次全国代表大会在京召开，中国作协党组书记、副主席钱小芊在工作报告中透露中国作协将成立全国性网络作家组织。唐家三少、蒋胜男、血红等 8 名网络作家被选举成为中国作协第九届全国委员会委员，唐家三少更被选举为主席团成员。

12月

2 日，由中国新闻出版传媒集团有限公司、中国全民阅读媒体联盟主办，浙江升华拜克生物股份有限公司联合主办的首届中国网络IP大数据发展研讨会在京举行。

5日，国内版权领域的最高奖项“中国版权金奖”在广州颁发，《琅琊榜》获得金奖。

6日，由上海市新闻出版局指导，阅文集团旗下多家知名原创文学网站主办的网络原创文学现实主义题材征文大赛颁奖典礼在上海举行。大赛共评出14部获奖作品，wanglong的《复兴之路》获特等奖，唐四方的《相声大师》获一等奖。

13日，中国作协网络文学委员会上海研究培训基地在上海大学挂牌，该基地由中国作协网络文学委员会、上海市作协、上大中国创意写作中心、阅文集团共同创办。第一期网络文学高级研修班同日开班。府天、孑与2、希行等24名历史类网文作者成为网络文学高研班首批学员，参加了首期网络文学（历史类）高研班培训。

15日，山东省作家协会网络文学创作委员会成立。高楼大厦（曹毅）、风凌天下（张荣会）、周志雄、飞天（徐清源）等19人为网络文学创作委员会成员。

19日，根据天下霸唱的《鬼吹灯》（2006，起点中文网）改编的《鬼吹灯之精绝古城》在腾讯视频首播，同月26日在东方卫视播出。

23日，由中国文艺评论家协会网络委员会、光明网文艺评论编辑室、中国青年出版社新青年读物工作室联合策划，资深网文研究者庄庸与著名网文“土著”评论家安迪斯晨风共同主持的“中国网络小说好看榜”开始发布。该榜单的评选标准为“好看”，具体是“文笔要好”“情节要精彩”“人物要写活”。榜单作品将陆续发布于微信公众号“网络文艺日报”，已入选作品包括《末日乐园》《拔魔》《修真门派掌门路》《七根凶简》《文艺时代》《有匪》等，所选作品多数来自安迪斯晨风组织的“晨曦杯”（后文有介绍）所评选出的2016年内更新或完结的作品。

27日，国家新闻出版广电总局公布《全民阅读“十三五”时期发展规划》。规划指出，“十三五”时期（即2016—2020年）将做好“中国好书”“向全国青少年推荐百种优秀出版物”“优秀老年人出版物”“大众喜爱的50种图书”“优秀民族图书”“中华优秀传统文化普及图书”“优秀少儿报刊”“精品文学期刊”“优秀网络文学原创作品”等推荐工作。“十三五”期间将建设3至4家国家级公益性数字化阅读推广、优质阅读内容数字化传播、移动阅读数字化传播平台，与各类图书馆、农家书屋等终端联网，向读者提供数字化阅读服务。

本年度下半年值得注意的是网文“土著”评论圈的活动。著名网文“土著”评论家安迪斯晨风（曾担任山坡网编辑，先后创建“推遍天下”自媒体团队和知书网）在9月份组织发起了针对“原创通俗小说”（不限于网络小说）的评选活动——“晨曦杯”。组织方认为“小说好不好，专家说了不算，粉丝最知道”，因此准备“邀请到至少65名来自社会各界、各种年龄段的网络小说阅读者，请他们从2016—2017年有过更新的小说中选出最新最好的书，也从一个粉丝读者的角度对这些作品做出评论和评价”。整个评选活动分三个阶段，第一阶段是提名预征集和评委预邀请（2016年9月15日—2016年10月7日），征集活动全程在知书网（微博协助）上进行，在10月7日选出了获得提名最多的20部作品进入最后榜单：《拔魔》（冰临神下，2014—2015，起点中文网）、《从前有座灵剑山》（国王陛下，2013—2015，创世中文网）、《惊悚乐园》（三天两觉，2013— ，起点中文网）、《临高启明》（吹牛者，2009— ，起点中文网）、《魔道祖师》（墨香铜臭，2015—2016，晋江文学城）、《末日乐园》（须尾俱全，2014— ，起点女生网）、《木兰无长兄》（祈祷君，2014—2015，晋江文学城）、《女帝本色》（天下归元，2014—2015，潇湘书院）、《七根凶简》（尾鱼，2015— ，晋江文学城）、《清明上河图密码》（冶文彪，2015—2016，北京联合出版公司）、《师姐的剑》（吃书虫子，2014— ，晋江文学城）、《十州风云志》（知秋，2012—2015，起点中文网）、《文艺时代》（睡觉会变白，2014—2016，起点中文网）、《相见欢》（非天夜翔，2015—2016，晋江文学城）、《修真门派掌门路》（齐可休，2014— ，创世中文网）、《修真四万年》（卧牛真人，2015— ，起点中文网）、《雪中悍刀行》（烽火戏诸侯，2012—2016，纵横中文网）、《有匪》（priest，2015—2016，晋江文学城）、《宰执天下》（Cuslaa，2010— ，纵横中文网）、《制霸好莱坞》（御井烹香，2014—2015，晋江文学城）。第二阶段是评委阅读、打分与评论阶段（2016年10月8日—2016年12月20日），评委需在对小说已有充分了解的基础上进行打分，一般须阅读某部作品的前10万字后才可以打分。评分将分为1分—10分这10个分档，不得出现小数点。所有书评都将在知书网依次公布。第三阶段是评分整理与结集总结阶段（2016年12月25日—2017年1月15日），对评委们做出的打分和评论进行整理，选出最佳小说前3名以及其他值得推荐的作品，并做出总结报告。第二阶段公布书评时引发了争议，评委袁从嘉给《雪中悍刀行》《女帝本色》《从前有座灵剑山》等小说都打了0分，为之所写评语也很尖锐，这些书评被公布后，引起了作家及其读者粉丝的不满。12月24日，烽火戏诸侯在微博上转发了袁从嘉批评《雪中悍刀行》的微博，并加了一个“咦”。次日，他在微博上回应袁的批评，后来其粉丝对袁展开了回击。此事件是网文圈“土著”评论者与网文作家及其粉丝群体的正面交锋。

本年度，中国网络小说的海外传播成为热门话题。2015年年初，中国网络小说就开始在北美流行，并以北美为基地辐射全球，在一年半的时间里就征服了百万级的英文读者。中国网络小说在北美的翻译和传播，目前的主要阵地是专门翻译中国网络小说的网站Wuxiaworld。该网站自RWX于2014年12月22日建站至今，在不到两年时间里，Wuxiaworld就成了全球Alexa排名前1500的大型网站，每日来访人数在30万以上。网站的读者来自全球100多个不同国家和地区，其中人数排在前五位的国家分别是美国、菲律宾、加拿大、印度尼西亚和英国，而北美读者约占总数的三分之一。年底，网络文学的海外传播情况引发媒体的关注。12月1日，阅文集团与Wuxiaworld（武侠世界）宣布，签署10年翻译和电子出版合作协议，初步达成20部作品的合作协议，开启了中国网络小说对外输出的新模式。对于中国网络小说的海外传播情况的发现和研究，是由“北京大学网络文学研究论坛”率先做出的。邵燕君老师在9月13—14日于广东省佛山市召开的全国第二届网络文学论坛上，做大会主旨发言——《全球媒介革命视野下的中国网络文学》，后有论文《“征服北美，走向世界”：老外为什么爱看中国网络小说？》（吉云飞）、《美国网络小说“翻译组”与中国网络文学“走出去”——专访Wuxiaworld创始人RWX》（邵燕君、吉云飞）发表于核心学术期刊《文艺理论与批评》2016年第6期。

本年度重要网络文学研究成果

重要著作：《网络文学符号学研究》（王小英著，中国社会科学出版社，2016年1月）、《中国当代网络文学研究》（胡淑琴、杨萍萍、阮丽著，吉林出版集团有限责任公司，2016年2月）、《网络文学发展现状及其评价体系研究》（张立主编，中国书籍出版社，2016 年 3 月)、《网络文学经典解读》(邵燕君主编，北京大学出版社，2016 年 3 月)、《网络文学及其批评研究》(唐迎欣主编，人民日报出版社，2016年6月)。12月15日，邵燕君的《网络时代的文学引渡》(广西师范大学出版社，2015 年 12 月) 获得了中国文联、中国文艺评论家协会评选的 2016 年度优秀文艺评论著作奖。

重要论文：欧阳友权的《网络文学批评史的建构逻辑》(《求是学刊》，2016 年第 3 期)、马季的《IP 的实质：网络文学知识产权漫议》(《文艺争鸣》，2016 年第 11 期)、周志雄的《兴盛的网络武侠玄幻小说》(《小说评论》，2016 年第 3 期)、邵燕君的《从乌托邦到异托邦——网络文学“爽文学观”对精英文学观的“他者化”》(《中国现代文学研究丛刊》，2016 年第 8 期)、汤哲声的《网络小说入史与中国当代文学史价值取向的思考》(《小说评论》，2016 年第 2 期)、黎杨全和李璐的《网络小说的快感生产：“爽点”“代入感”与文学的新变》(《海南大学学报·人文社会科学版》，2016 年第 3 期) 等。

［李强、肖映萱、吉云飞整理］

后　记

本书是我们北京大学网络文学研究论坛编选的第二个年选本，今年虽然稍有经验，仍不免心有忐忑。

2015年的年选，网文圈整体评价还不错，基本被认为是“老白”的眼光。最大的批评是针对《女帝本色》（天下归元）的。其实，收入潇湘当家大神的热门新作，这并不是什么问题，问题在于，相关点评没有把自己和粉丝圈区分开，显得学生腔了，说明我们的评价机制还不够成熟，尺度没有拿捏好。今年，我们有所改进。虽然没有评级打分，但尽量每部作品都说了缺点，期望以批评的方式建立尺度。其实，“年选”本来就不是“典藏”，即使是经典，也要“好处说好，坏处说坏”。

经过两年的实践，我们觉得最初锚定的两个基本点是站得住的，一个是学者粉丝的自我定位，一个是学院榜的评价标准。

几周前，我们有幸请到著名的网络文学“土著”评论家安迪斯晨风先生莅临课堂，传经送宝。安总自称是“美食家”，而称我们为“营养师”。这个比喻生动而有见地，指出了学院研究者的职责所在。我们需要有“营养师”的专业性，但也怕选出的“营养食品”干巴巴的，中看不中吃。我们这些人首先是粉丝，有不少是“看网文长大的孩子”。做网文研究首先是因为喜欢，这份初心是无论如何不能忘记的。所谓学者粉丝，就是要有粉丝的情感立场，学者的视野方法。“老白”的眼光是难得的，但光有“老白”的眼光是不够的，还要有对粉丝心态的自省意识和理论的复杂度——这些都是说起来容易做起来难，真要心里整明白，下笔有分寸，不知要摔多少个跟头才行。

所谓“学院榜”就是要立足文学性，落实到年榜，就是要有文学史的目光。我们的选文，除注重口碑外，也特别注重其在网络类型文发展史上的价值，更注重那些突破了网络文学和所谓传统精英文学的楚河汉界、可以放置在整个文学史脉络上讨论的作品。所以，除了重推猫腻、愤怒的香蕉这样代表目前网文创作巅峰水准的经典性作家之外，也注重推荐有类型探索意义的小众作品——这里面既有知秋、徐公子胜治这样“远古级大神”的新作，也有小透明的处女作——这其实是不无遗憾的，如果带头创新的都是成熟大神，年选本的风光会很是不同。

其实，每一种选本都是挂一漏万，我们努力做到的是，无论选什么还是不选什么都有说法。选目之外附有大事年表，希望对本年度网文大事有一个更全面的观察记录。

特别遗憾的是，几年来一直指导、陪伴我们论坛的庄庸老师今年因工作繁忙而离开，在此郑重致谢！庄老师现任中国文联网络文艺评论家协会秘书长，创办的《网络文艺报》风风火火，网文圈人称“庄主”，年末又与刚刚创立知书网、启动“晨曦杯”的安迪斯晨风先生联手，推出“中国网络小说‘好看榜’”，打出“土著粉丝评论”的旗帜。如此，商业榜、政府榜、学院榜、粉丝榜终于四角俱全，这样多元共存的评论格局无疑有助于网络文学的健康发展。

本年度执笔年选点评的大都仍是论坛的元老们，也有新鲜血液加入。秋季学期的网文课基本以做年选为主，本来以为会枯燥乏味，没想到选课人数是开课六年来最多的。30人的教室要挤下将近60人，直到最后一课，都坐得满满的，让我们的讨论特别有劲。谢谢大家！

欢欢乐乐又一年，小伙伴们继续努力！

邵燕君

2016年12月30日

图书在版编目(CIP)数据

2016中国年度网络文学 · 男频卷 / 邵燕君主编.
一 桂林：漓江出版社, 2017.3
ISBN 978-7-5407-8052-4
Ⅰ. ①2… Ⅱ. ①邵… Ⅲ. ①中国文学 - 当代文学 - 作品综合集
Ⅳ. ①I217.1
中国版本图书馆CIP数据核字（2017）第059055号

2016 ZHONGGUO NIANDU WANGLUO WENXUE [NANPIN JUAN]
2016中国年度网络文学［男频卷］
主编：邵燕君　副主编：吉云飞
选编者：北京大学网络文学研究论坛

责任编辑：孙精精
书籍设计：石绍康
责任监印：杨东

出版人：刘迪才
漓江出版社有限公司出版发行
广西桂林市南环路22号　邮政编码：541002
网址：http://www.lijiangbook.com
全国新华书店经销
销售热线：0773-2583322　010-85893190
北京大运河印刷有限责任公司印刷
［北京市通州区潞城镇大营工业区　邮政编码：101117］
开本：710mm × 960mm　1/16
印张：20.25　字数：328千字
2017年3月第1版　2017年3月第1次印刷
定价：45.00元